Wolffenbüttel

Wolffenbüttel

SUSANNE GANTERT
Das Fürstenlied

ZEILEN DES TODES 1579. Seltsam angeordnete Mordopfer, denen eine Verszeile beigelegt ist, veranlassen den Vogt eines Amtes im Braunschweiger Land, Hilfe aus der Herzogsresidenz Wolfenbüttel anzufordern. Der frischgebackene Jurist Konrad von Velten reist mit seinem Vorgesetzten Walter zu Hohenstede nach Niederfreden und wird immer mehr zum Motor der Untersuchungen. Während weitere Morde gemeldet werden, entdeckt er mit gutem Instinkt und einer Portion Beharrlichkeit allmählich den Zusammenhang und das Motiv, das ihnen zugrunde liegt. Gleichzeitig verliert er durch seine Liebe zur blinden Christine aber zunehmend die Distanz.

In Wolfenbüttel ist seine Mutter Agnes ständigen Anfeindungen ausgesetzt. Der selbstständigen und gebildeten Frau wird unterstellt, mit dem Teufel im Bunde zu stehen. Als Konrad der Lösung des Falles immer näher kommt, zeigt sich, dass das Verhalten einer Persönlichkeit aus höchsten Kreisen und ein Ereignis, das vor vierzehn Jahren stattgefunden hat, die gemeinsamen Nenner aller Geschehnisse sind.

Susanne Gantert wurde in Salzgitter als Pfarrerstochter geboren. Nach Abschluss ihres Theologiestudiums heiratete sie einen angehenden Pastor. Heute lebt sie in Wolfenbüttel. Neben der Organisation der Familie mit drei Kindern und der nebenberuflichen Tätigkeit als Kirchenmusikerin begann sie zunehmend kleinere Vortragsanfragen zu theologischen Themen anzunehmen. Die interessante (Kirchen-) Geschichte des Braunschweiger Landes, die die Autorin durch ihre Forschungen für eine populärwissenschaftlichen Auftragsarbeit genauer kennenlernte, inspirierte sie zu ihrem ersten Roman. Ihm folgte der vorliegende Kriminalroman.

SUSANNE GANTERT

Das Fürstenlied

Historischer Kriminalroman

SPANNUNG

GMEINER

Besuchen Sie uns im Internet:
www.gmeiner-verlag.de

© 2015 – Gmeiner-Verlag GmbH
Im Ehnried 5, 88605 Meßkirch
Telefon 07575 / 2095 - 0
info@gmeiner-verlag.de
Alle Rechte vorbehalten
1. Auflage 2015

Lektorat: Claudia Senghaas, Kirchardt
Herstellung: Mirjam Hecht
Umschlaggestaltung: U.O.R.G. Lutz Eberle, Stuttgart
unter Verwendung der Bilder von: © http://commons.wikimedia.org/
wiki/File:Stundenbuch_der_Maria_von_Burgund_Wien_cod._1857_
Kreuzabnahme.jpg und © http://commons.wikimedia.org/wiki/
File:Braunschweig_Lüneburg_(Merian)_336.jpg und © http://en.wikipe-
dia.org/wiki/File:Angelo_Bronzino_-_Portrait_of_a_Young_Man.jpg
Druck: GGP Media GmbH, Pößneck
Printed in Germany
ISBN 978-3-8392-1730-6

Gewidmet: Na, Ihr wisst schon …

PROLOG

Niederfreden 1565
Amt Lichtenberg

IN FREUDIGER ERWARTUNG wich die Menge gerade so weit auseinander, um Platz für den Durchzug der Hexen zu machen. Die sieben unglücklichen Frauen traten hintereinander, alle mit einem langen Strick aneinandergebunden, aus dem Eingang des Amtes Lichtenberg im Dorf Niederfreden. Vorneweg marschierten der Amtmann und zwei Richter, dann der Büttel, der den Strick mit dem Hexenzug hielt, hintendrein schlossen sich der Scharfrichter und seine Knechte an.

Die Alte, die als Erste in der Reihe der Frauen humpelte, richtete sich angesichts der hämischen Verunglimpfungen, die man ihnen entgegenschrie, hoch auf und schoss eisblaue Blicke in die tobende Menge. Sofort wurden die Menschen leiser und einige wandten sich ängstlich ab, um nicht vom bösen Blick getroffen zu werden.

Eine bildschöne junge Frau mit zusammengewachsenen Augenbrauen war die Zweite in der Reihe. Sie ging in wahrhaft stolzer Haltung, als befände sie sich auf ihrem Brautzug. Nur ein Rinnsal stiller Tränen, das eine Spur auf ihren schmutzigen Wangen hinterließ, ließ ihre wirkliche Stimmung ahnen.

Ihr folgte die streitbare Anna Bothe, der vorgeworfen worden war, die Kühe des Nachbarn vergiftet zu haben. Sie zeterte in Richtung eines Bauern:

»Karsten Knake, verflucht seist du und dein ganzes Haus dafür, dass du mich angezeigt hast. Jeden Tag deines Lebens sei auf die Rache der Zauberschen gefasst!«

Die zwei Schwestern, die des Beischlafes mit dem Teufel bezichtigt worden waren, schauten stumpf in die Menge, als wenn ihnen gar nicht klar wäre, was ihnen nun bevorstand.

Hinter ihnen wankten eine große, schlanke und eine kleine, sehr zierliche Frau. Sie stützten einander und dabei flossen Strähnen der wallenden kupferroten Mähne der Größeren wie züngelnde Flammen in die mahagonirote Haarflut der Kleineren.

Nachdem der Henkerszug durch die Menge geschritten war, schloss diese sich dahinter an und wand sich wie eine Riesenschlange durch die Höfe des Amtes hinab zum Schafgarten.

Dort war als Richtstätte ein mächtiger Scheiterhaufen errichtet worden, den die Verurteilten nun über eine eigens angelegte Stiege erklimmen mussten. Hier wurden sie von den Bütteln, denen ihr Unbehagen, den verfluchten Hexenweibern so nahe kommen zu müssen, deutlich anzumerken war, unverzüglich an Pfählen festgebunden.

Kurz wurde von einem Ausrufer noch einmal das gefällte Urteil verlesen, schon wurde Feuer in das trockene Brennholz gesetzt. In der eingetretenen Stille hörte man auf einmal eine hohe, zittrige Frauenstimme rufen:

»Ihr von Wolfenbüttel, ihr dürfet so nicht herlaufen, Zauberschen zu sehen, ihr habet derselbst in der Dammburg genug. Die fallen doch wie Ziegeln vom Herbststurm, nicht nur in der Stadt, sondern im eigenen Schlosse!«

Die Stimme kippte plötzlich um in einen lang anhaltenden Schrei, denn nun hatte das Feuer die Unglückseligen eingeschlossen. Auch die anderen Frauen auf dem Scheiterhaufen begannen, gellend zu schreien. Das klang so schauerlich, dass sich der Schrecken auf die Menge übertrug. Aus Tausenden Kehlen ergoss sich das Höllengetöse des Aberglaubens über die Dörfer Oberfreden, Niederfreden, Bruchmachtersen, Salder und bis hin nach Lesse und Berel und weiter. Manche wollten es sogar in Braunschweig gehört haben.

1. KAPITEL

Lichtenberge, 2. Oktober 1579

BESORGT BLICKTE DER JUNGE zum Himmel hinauf, als sich der sonnenbeschienene Waldweg plötzlich verdunkelte. Den ganzen Tag schon hatte eine sonderbare Stimmung über dem Wald gelegen. Am Morgen hatte ein leuchtend blauer Himmel sein Dorf überspannt, schon früh flirrte zwischen den Katen eine für diese Jahreszeit ungewöhnliche Hitze.

Glückselig war er dem Befehl seiner Mutter nachgekommen, in den Wald zu laufen, um Bucheckern zu sammeln, die die Mutter mühselig zwischen zwei Steinen zu mahlen pflegte, um das kostbare Öl für den Winter zu gewinnen.

Er musste nur aufpassen, dass er den Männern des Amtsvogtes nicht in die Hände geriet, denn eigentlich war das Aufsammeln der Samen nur erlaubt, wenn man um Zuteilung eines Abschnittes nachgesucht hatte. Dies hinwiederum konnte sich seine Mutter nicht leisten, wie die meisten der armen Leute im Ort. Es war ein offenes Geheimnis, dass die Kinder zum Sammeln ausgeschickt wurden, man durfte sich halt nur nicht erwischen lassen.

Die Taschen des Jungen beulten sich schon verräterisch nach außen und so hatte er begonnen, Tannenzapfen, die für die Feuerung zu sammeln erlaubt war, obenauf zu schichten, sodass ein flüchtiger Beobachter meinen konnte, dass hier nur Genehmigtes passiert war.

Nun befand er sich auf dem Heimweg. Im Eifer des Sammelns war ihm entgangen, dass sich der Himmel über ihm verändert hatte. Auch das Verstummen der Vogelstimmen war nicht bis in sein Bewusstsein gedrungen. Doch nun nahm er beides resigniert wahr und dachte angesichts des Weges, der noch vor ihm lag, dass er es wohl nicht trocken nach Hause schaffen würde.

In diesem Moment tat es einen heftigen Schlag und es begann, wie aus tausend Kübeln zu regnen. Der Junge versuchte, so gut es mit den gefüllten Taschen, deren kostbaren Inhalt er nicht verlieren wollte, ging, zu laufen. Doch er wurde jäh gebremst, als gleichzeitig mit einem weiteren donnernden Schlag ein Blitz in eine mächtige Fichte am Wegesrand fuhr. Der Junge meinte, sein Herz müsse stehen bleiben, und er spürte entsetzt ein Knistern an seiner Kleidung hinaufkriechen. Die gewaltige Entladung des Blitzes ließ seine Haare zu Berge stehen und weil er den Grund nicht kannte, bezog er dies auf sich. Gott wollte ihn strafen, weil er ohne Erlaubnis Bucheckern gesammelt hatte. Gott allein wusste, warum er diese Strafe an ihm vollzog, war es doch ein kleines und sehr übliches Vergehen.

Der Baum vor ihm hatte zu brennen begonnen. Der Junge sank auf die Knie, begann zitternd, seine Taschen auszuleeren, und beschwor dabei den Allmächtigen, noch einmal Gnade vor Recht ergehen zu lassen, er wolle hinfort nicht fehlen.

Als sei sein Gebet erhört worden, löschte der noch heftiger herniederprasselnde Regen die züngelnden Flammen an dem Baum. Das Grollen der eben noch in dichter Abfolge ertönenden Donnerschläge wurde schwächer und seltener.

Der Junge richtete sich zögernd auf und schleppte sich unter den Schutz einiger dicht stehender Buchen. Bedauernd erkannte er, dass gerade hier ein reicher Fundort für seine Suche gewesen wäre. Dann beschloss er, das Ende des Regengusses im Schutz der Ruinen der alten Burg abzuwarten, die nur noch wenige Schritte entfernt war.

Die Burg kannte er wie seine Westentasche und so wusste er, dass er, wenn er den Burggraben überwunden hatte, sich rechts zu halten hatte, um in die Oberburg zu gelangen. Dort gab es an den geschleiften ehemaligen Wirtschaftsgebäuden einen kleinen windschiefen Unterstand, von dem es hieß, dass in ihm vor einigen Jahren noch eine Hexe gehaust habe.

Bis auf die Knochen durchnässt, erreichte der Junge den Unterstand und stellte fest, dass seit seinem letzten Besuch hier nun auch die Tür entfernt worden war – die Bretter waren ein kostbares Gut und hatten sicher irgendwo unten im Dorf Verwendung gefunden. Das Dach wäre eigentlich auch nicht mehr als solches zu benennen gewesen, wären da nicht ein paar Fichtenäste mit dichtem Nadelbewuchs kreuz und quer angeordnet worden, sodass wenigstens noch ein bisschen Schutz erreicht wurde. Der Junge hatte schon beobachtet, dass so mancher Wanderer oder Herumstreuner den Schutz der Burgreste für einen kürzeren, manchmal sogar längeren Aufenthalt in Anspruch genommen hatte, bis die Nähe der Leute des Amtsvogts zu gefährlich wurde.

Erleichtert wollte er sich in die Ecke kauern, von der er annahm, dass der Regen dort am wenigsten hingelangen konnte, fuhr jedoch mit einem schrillen Entsetzensschrei zurück. Sein erster Gedanke war, dass hier nun sogar der Teufel schon Schutz gesucht hätte vor den Massen des vom Himmel strömenden Wassers. Er drehte sich um und wollte aus der Kate stürmen. Doch etwas hielt seinen Knöchel fest und er schlug der Länge nach hin. Wild strampelnd und um sich schlagend versuchte er, sich aus dem vermeintlichen Griff des Teufels zu befreien, wandte sich dabei zu ihm um und erkannte in diesem Moment, dass dort in der Ecke nicht der Teufel lag, sondern eine Frau, deren Gesicht durch eine schauerlich klaffende Wunde entstellt war, die es genau auf der Linie des Nasenrückens in zwei Hälften teilte. Beide Hälften der Nase wurden durch eine, wie es aussah, eiserne Schelle zusammengehalten. Das strähnige schwarzgraue Haar floss, teilweise blutdurchtränkt, bis auf ihre Brust und verstärkte den Eindruck, es mit einer Teufelsfratze zu tun zu haben.

Der Junge erkannte, dass sein Fuß sich in den Röcken der Frau verfangen hatte, als er hatte flüchten wollen. Langsam wich die alles ausblendende Panik aus seinem Körper und seine Vernunft und seine Neugier gewannen die Oberhand. Vorsichtig näherte er sich auf allen Vieren der Frau und stellte fest, dass sie nicht mehr atmete, was ihn bei dem Anblick der Wunde auch nicht überraschte. Als er seinen Blick auf die Überreste des Gesichts fokussierte, vor allem auf eines der starr geöffneten wasserblauen Augen, wurde ihm mit einem Mal klar, dass er diese Frau kannte. Es war Berthe, die Frau des Kotsassen Bethge, ein zänkisches Weib, das ihn und seine Spielkameraden gerne einmal mit dem Besen vor dem Tor ihres kümmerlichen Hofs wegzujagen pflegte.

Nicht schade um die, dachte er rebellisch, begann aber sofort, sich zu schämen, denn mit einer solchen Wunde hier so hingeworfen zu liegen, war denn doch auf jeden Fall eine sehr harte Strafe für ein zänkisches Wesen.

Nun fiel ihm aber auf, dass Berthe nicht einfach nur hingeworfen worden war. Nein, es schien, als sei sie sozusagen angeordnet worden. Ihr Kopf und ihre Schultern waren gegen die Überreste der Burgmauer gelehnt, die Arme ausgebreitet zu ihren Seiten und die Handflächen nach oben gedreht. Zeigefinger und Mittelfinger der rechten Hand, der Schwurhand, waren wie zum Meineid gekreuzt, Daumen, Zeigefinger und Mittelfinger der linken Hand gestreckt, Ringfinger und kleiner Finger gebeugt, wie man es zum Schwur tat. Die unbeschuhten Füße kreuzten sich unter den Säumen des Rockes.

Der Junge beschloss, dass er hier nicht länger verweilen wollte und dass der grausige Fund unbedingt noch vor Einbruch der Nacht angezeigt und von den zuständigen Männern beschaut werden müsste, und lief fast schneller, als es der abschüssige Weg erlaubte, hinab ins Dorf. Schon bei den ersten Häusern fing er an zu schreien, denn nun suchten sich die überstandenen Schrecken ein Ventil. In Windeseile verbreitete sich die Nachricht im Dorf, dass Berthe Bethge ermordet worden sei.

2. KAPITEL

Niederfreden, 3. Oktober 1579
(Amt Lichtenberg)

DURCH ENERGISCHES KLOPFEN wurde der kleine Nachmittagsschlummer des Untervogts Friedrich Kasten jäh unterbrochen. Er fuhr hoch, stieß sich dabei den mächtigen Bauch an der Tischkante und stieß dementsprechend schmerzgequält und ungnädig ein kurzes »Herein!« hervor. Die Tür öffnete sich und gab den Blick auf zwei Bauern frei, die nun nicht mehr so forsch aussahen, wie es ihr Klopfen angedeutet hatte.

»Gnädiger Herr Untervogt, wir bitten untertänigst, eine Anmeldung machen zu dürfen«, begann der ältere von beiden. »Wir wurden vom Amtsschließer zu Euch geschickt.«

Der Jüngere fuhr ungeschickt fort: »Weil, nämlich, es geht um den Toten. Also nicht die Tote von der Burg, sondern es gibt noch einen Toten, und Ihr untersucht doch den Fall schon, also den von der Toten, und unser Toter klingt so, als wenn er dazugehört, hat nämlich der Amtsschließer gesagt.«

Etwas unwillig, aber plötzlich hellwach, verlangte der Untervogt zu wissen, was denn nun genau angemeldet werden sollte, und bedeutete dem Älteren, dass er antworten möge.

»Ja, also ich bin Kotsasse Hans Lindes aus Hohenassel und das ist mein Sohn, Heinrich Lindes aus Hohenassel, also, weil er ja mein Sohn ist. Und wir haben auf dem

Acker einen Toten gefunden. Und der war nicht einfach nur tot, der war grauenvoll tot.«

»Was, was, grauenvoll tot, was soll das denn heißen? Tot ist tot, möchte ich meinen!«, unterbrach der Untervogt die umständliche Rede. Doch nun kam der junge Lindes in Fahrt:

»Das sollten der Herr Untervogt aber gesehen haben. Ein grauenhafter Spalt geht durch sein Gesicht mitten durch den Mund. Aber über dem Mund sitzt eine Klammer, als wenn er wieder zusammengehalten werden sollte. Und die Glieder sind merkwürdig angeordnet, sodass man eine Schwurhand sieht und eine Meineidhand. Und die Füße liegen über Kreuz!«

Nun war Friedrich Kasten endgültig wach. Mühsam versuchte er, seiner Erregung Herr zu werden. Schon der Mord an Berthe Bethge war bemerkenswert, gab es doch solche Gräueltaten hier in der Gegend nicht so häufig, seitdem der Landfrieden sich durchgesetzt hatte. Doch dass zwei Tage später gleich ein zweiter, ähnlicher Mord in nicht allzu weiter Ferne stattgefunden haben sollte, war eine Sensation.

»Habt ihr außer dem Amtsschließer schon jemandem von dem Vorfall erzählt?«, verlangte er zu wissen.

»Ja, nein, also nicht direkt. Also ich meine …«, stotterte der alte Lindes.

»Was denn nun? Ja oder nein?«

»Ja also, wir sind losgelaufen und es waren ja überall Leute auf den Äckern bei der Arbeit. Und da haben wir es dem einen oder anderen zugerufen, also, dass da ein schlimmer Toter liegt und dass das der Karsten Knake ist«, gab Heinrich zu.

»Oh Grundgütiger, hoffentlich rührt den jetzt keiner an! Seid ihr mit einem Wagen gekommen?«

»Nein, Herr Untervogt, wir waren doch nur mit Rechen auf dem Feld.«

»Dann wartet hier, ich lasse anspannen und ihr fahrt mit und zeigt mir den Weg.«

Keine zehn Minuten später rumpelte die Kutsche des Untervogts über die holprige Straße nach Hohenassel. In ihr saßen Kotsasse Hans Lindes und Friedrich Kasten, auf dem Bock saß neben dem Fuhrknecht Heinrich Lindes und wies eifrig gestikulierend den Weg.

Zunächst ging es nur hinunter auf den Hohen Weg und der Ausflug gestaltete sich noch einigermaßen bequem, doch hinter dem Dörfchen Osterlinde musste die Straße verlassen werden und es ging kreuz und quer über üble Holper- und Feldwege, erst ein Stück hinab und dann quälend langsam wieder bergauf.

Als der Untervogt, der seinen spontanen Aufbruch nicht zuletzt wegen der nun schon sehr fortgeschrittenen Zeit zu bedauern begann, unwillig äußerte, dass doch wohl bequemere Straßen von Niederfreden nach Hohenassel führten, wurde ihm beschieden, dass das wohl stimme, aber zu besagtem Acker müsse man nun mal über diese Wege.

Tatsächlich neigte sich der frische Herbsttag allmählich dem Abend zu. Die Sonne stand schon sehr niedrig und Friedrich Kasten befürchtete, wenn er denn den Tatort noch im Hellen betrachten könnte, doch die Heimfahrt im Dunkeln antreten zu müssen, und davor graute ihm ein wenig.

»Erzähl mir, wer dieser Karsten Knake ist!«, befahl der Untervogt seinem Begleiter.

»Er ist ein Ackerhofbesitzer von Hohenassel und ein rechter Unhold, möchte ich sagen. Auf uns Kotsassen blickt er nur mit Verachtung herab, *hat* herabgeblickt, meine ich.«

Kasten konnte ein Stöhnen nicht unterdrücken. »Ach, der Knake, o je, das ist ja ein großes Kaliber!«

Doch nun kündigte sich die Nähe des neuen Tatorts dadurch an, dass die Kutsche sich den Weg durch immer größer werdende Menschenansammlungen bahnen musste. Erst waren es drei Rotzbengel, die nach Aufforderung zur Seite sprangen, dann war es schon eine ganze Familie, die mitsamt ihrem Ackergerät direkt vom Feld aufgebrochen zu sein schien. Zum Schluss bewegte sich die Kutsche im Schneckentempo zwischen einer aufgeregten Schar Menschen verschiedensten Alters und scheinbar auch Herkunft.

»Wir sind da«, erklärte Heinrich kurz und hielt den Schlag der Kutsche für seinen Vater und den Untervogt offen.

Hans Lindes versuchte besorgt, dem Mann des Amtes einen Weg durch die Menge zu erkämpfen, aber erst die in rüder Autorität vorgebrachte Mahnung Kastens, dass jeder mit einer bösen Strafe zu rechnen hätte, der nicht sofort dem Beamten der Gerichtsbarkeit Platz machen würde, zeigte Erfolg. Es bildete sich eine schmale Gasse, an deren Ende eine große Birke mit einer am Stamm angelehnten, halb liegenden, halb sitzenden Gestalt zu sehen war.

Gemessenen Schrittes bewegte sich Untervogt Kasten auf den Fundort zu. Auf seiner Stirn hatten sich schon Schweißperlen gesammelt, als er sich der Schwere seiner Aufgabe angesichts des Menschenauflaufes bewusst geworden war. Nun aber, als er vor dem Toten stand, fuhr ihm ein eiskalter Schauer über den Rücken und er bemerkte, dass sein Magen sich anschickte, das noch nicht völlig verdaute Mittagessen wieder von sich zu geben. Er fuhr sich mit einem großen Taschentuch über die kaltschweißige Stirn, wandte sich von dem Toten ab und herrschte die Menschenmenge an:

»Alle, bis auf dich, dich, dich und dich, verlassen sofort diesen Ort und begeben sich auf dem direkten Weg nach Hause!« Er wies auf vier in seiner Nähe stehende Männer.

»Und welcher Mann hier hat einen Pritschenwagen mit Zugtier? Ah, du, dann hol ihn geschwind und komm damit her!«

Widerwillig und sehr langsam zerstreuten sich die Schaulustigen, nachdem Kasten mit funkelnden Blicken deutlich gemacht hatte, dass dem nichts mehr hinzuzufügen sei.

Die übrig gebliebenen Männer wies er an, sich in einigem Abstand vom Baum und dem Toten als Wachen zu postieren. Selbst zog er aus seinem Ränzlein ein Stück Papier und einen Kohlestift und näherte sich, vor Ekel schwitzend, der von Fliegen umschwirrten Leiche. Mit schnellen Strichen skizzierte er die Anordnung der Glieder und entdeckte, kurz bevor er sich abwenden wollte, einen kleinen Zettel, der, von einem Stein beschwert, neben der Leiche lag.

»Sieh da!«, brummte er, »auch das wie bei der Alten!«

Er nahm den Zettel an sich, zog sich in seine Kutsche zurück und überdachte das Geschehene.

Abgesehen davon, dass man die Leiche der Ermordeten aus Niederfreden vor zwei Tagen eingehend am Fundort besichtigt, ihre seltsame Anordnung sorgsam auf einer Skizze nachgezeichnet und die Tote dann in der Gefängnisstube des Amtes vorläufig aufgebahrt hatte, war man in der Untersuchung des Mordes noch nicht weiter vorangekommen. Ein kleiner Zettel hatte neben der Leiche gelegen mit den Worten: ›der nase schnüffelei‹.

Eine Befragung des Ehemannes hatte noch nicht vorgenommen werden können, da er am Tag der Auffindung der Leiche seiner Frau so sturzbetrunken in seinem Haus vorgefunden worden war, dass man zunächst seine Ausnüchterung abzuwarten hatte.

Am nächsten Tag, also heute Morgen, war Kasten dann aufgebrochen, um den nun hoffentlich nüchternen Bethge zu befragen, bekam aber nur die Auskunft von einer mürrischen Magd, dass dieser längst zu seinem Tagwerk auf dem Feld aufgebrochen sei. Das Vorhaben, es heute gegen Abend noch mal zu versuchen, war nun durch diesen neuen Vorfall vereitelt worden.

Die Leitung der Untersuchung war ihm, dem Untervogt Kasten, vom Amtsvogt mit den Worten zugewiesen worden, dass er sich um die Aufklärung zu bemühen habe, die sich höchstwahrscheinlich in Familienstreitigkeiten dieses Gesindels finden lasse, und dass er, der Vogt, sich letztlich nur mit der entsprechenden Urteilsfindung über den Missetäter befassen wolle, wenn er dann überführt sei.

Dieser neue Vorfall, meinte Kasten, hob das Ganze nun doch auf eine andere Ebene und er wollte, sobald er zurück im Amt war, dies zum Ausdruck bringen und dringend Hilfe anfordern.

An diesem Punkt der Überlegungen angelangt, fiel ihm ein, den gefundenen Zettel genauer zu studieren, und er las mit sich weitenden Augen: ›des munnes gered‹.

Ja, da füllt sich unsere Gefangenenstube ja mit seltsamen Gästen. Hoffentlich werden's nicht noch mehr!, dachte er, während er aus seinem Ränzchen ein Stück Papier und einen Kohlestift fischte.

3. KAPITEL

Wolfenbüttel Heinrichstadt, 4. Oktober

KONRAD VON VELTEN betrat mit gemischten Gefühlen die Wohnung seiner Mutter. Schon auf der Treppe hatte ihn das Gefühl beschlichen, dass er auch heute keiner guten Stimmung in der elterlichen Wohnung begegnen würde. Im Hof hatte die alte Beamtenwitwe ihn gar scheel angeschaut und nur, weil es die Höflichkeit gebot, einen knappen Gruß vor sich hin gemurmelt, der fast nach einer Verwünschung klang.

Halb hoffte Konrad dennoch, einmal wieder der lichten Fröhlichkeit, die in diesem Haushalt bis vor knapp zwei Jahren der bestimmende Ton gewesen war, zu begegnen, doch nachdem eine verhuschte Magd ihm die Wohnungstür geöffnet hatte, schlug ihm nur muffige Stille entgegen.

»Ist meine Mutter da?«, verlangte er zu wissen, und im gleichen Zuge, »meine Geschwister scheinen es wohl nicht zu sein, es ist so still!«

»Ihre Frau Mutter ist in der Wohnstube mit Ihrer jüngsten Schwester, Herr Konrad. Die anderen sind noch in der Schule.«

Konrad eilte zur gegenüberliegenden Seite der kleinen Diele, öffnete nach kurzem Klopfen die Tür und blieb zunächst im Türrahmen stehen. Das Bild, das sich ihm bot, war das erwartete, aber nicht erhoffte. Zugezogene Vorhänge sperrten die warme Oktobersonne aus, die Luft war ein wenig abgestanden. Überall türmten sich Bücher und auf dem Schreibtisch außerdem Schriftstücke. Seine Mutter saß zwar sauber, aber achtlos gekleidet auf einem Stuhl und hatte den Kopf in ihren Händen vergraben. Sie war in irgendein auf dem Tisch vor ihr liegendes Schriftstück vertieft und schien sein Klopfen gar nicht vernommen zu haben. Nur die dreijährige Käthe, wie seine jüngste Schwester Katharina genannt wurde, die auf dem Boden kauerte und der Puppe in ihren Armen etwas vorgesummt hatte, blickte ihm erst neugierig, dann aufs Höchste erfreut entgegen, rappelte sich behände aus dem sie umgebenden Durcheinander der zu Spielzeug zweckentfremdeten Gegenstände auf und lief auf ihn zu.

»Konrad, spiel mit mir, mir ist sooooo langweilig!«, forderte sie ihren verehrten großen Bruder energisch auf.

Nun blickte auch seine Mutter Agnes auf. Ihr Körper nahm unmittelbar eine straffere Haltung an, sie strich sich ein paar Strähnen ihres Haares, die sich aus dem schlichten Haarknoten gelöst hatten, aus dem Gesicht und es wurde von einer Ahnung ihres alten lieblichen Lächelns erhellt.

»Konrad, wie schön, dass du uns besuchst, mein Lieber. Es ist schon wieder so lange her seit dem letzten Mal. Bist du schon wieder gewachsen?«

Konrad nahm seine Mutter in den Arm und erschrak, als er die zerbrechlichen Knochen ihrer Schultern spürte. Als er von oben ihren Scheitel erblickte, stellte er fest, dass sich ein paar graue Strähnen unter die hellblonden Haare mischten, was von Weitem nicht so sehr auffiel.

Käthe versuchte, sich nun zwischen Mutter und gro-ßen Bruder zu drängen, um wieder auf sich aufmerksam zu machen, und Konrad hob sie lachend hoch und wirbelte sie einmal im Kreis durch die Luft. Dann setzte er sie wieder ab, kniete sich vor sie hin, um mit ihr auf Augenhöhe zu sein, und versprach:

»Wenn du jetzt raus gehst zu Liese und ihr ein wenig zur Hand gehst, dann kann ich kurz mit unserer Mutter etwas besprechen. Wenn du brav bist und erst wiederkommst, wenn ich dich rufe, dann nehme ich dich auf einen Spaziergang an der Oker mit!«

Kurz wog Käthe Vorteile und Nachteile dieses Arrangements ab, dann knickste sie und verschwand eilends, um sich zur Magd in die Küche zu begeben.

»Ihr seht aus, als wenn es Euch nicht gut ginge, Frau Mutter!«, begann Konrad, nachdem er mit seiner Mutter am Tisch Platz genommen hatte. »Seid Ihr krank oder ist etwas passiert?«

»Ach«, winkte sie ab, »es ist nichts und es ist alles. Du kennst mich doch mit meiner Begeisterung für meine Arbeit. Nur ist es eben so, dass seit dem Tod meines geliebten Max mir nichts mehr so leicht von der Hand gehen will. Bei allem, was ich tue, fehlt mir sein munteres Anspornen und sein Zuspruch, dass er keine Frau kennen würde, die genau das Angehen, das ich gerade vorhätte, besser zum Ende bringen könnte als ich.«

Beklommen dachte Konrad an seinen vor zwei Jahren verstorbenen Stiefvater. So wie seine Mutter Agnes sich keinen besseren Mann hatte wünschen können, hatte er sich keinen besseren Vater wünschen können. Sein plötzlicher Tod, unglücklich verursacht durch ein durchgehendes Kutschpferd, das in seinem Wahn und seiner Panik, mit der Kutsche hinter sich, drei Menschen, die ihm in den engen Gassen nicht hatten ausweichen können, überrannt und überrollt hatte, hatte jäh das Ende des Familienglücks in der Offizierswohnung in der Krummen Straße eingeläutet.

Agnes, seine bis dahin blühende Mutter, war anfangs kaum über den Tod des geliebten Mannes hinweggekommen und hatte sich fast wieder so verschlossen, wie Konrad es schon einmal in seiner Kindheit erlebt hatte.

Seine Halbbrüder, die Zwillinge Nicolaus und Julius, die die Lateinschule besuchten und in fröhlicher Zweisamkeit ihre Lehrer mit ihren Streichen zur Verzweiflung trieben, waren damals 13 Jahre alt gewesen. Konrad, selbst noch keine 20 Jahre alt, tief verunsichert über seine eigene Person und von untröstlichem Liebeskummer geplagt, hatte ihnen den Vater nicht ersetzen können. Zudem hatte er sein Studium in Helmstedt zu Ende bringen müssen und so waren die Jungen zeitweise so außer Kontrolle geraten, dass Konrad seinen Onkel Andreas um Hilfe hatte bitten müssen.

Seine Schwester Elisabeth, selbst erst elf Jahre alt, hatte versucht, vorerst den kleinen Schwestern Adelheid und Käthe die Mutter zu ersetzen und im Haushalt eine gewisse Organisation aufrechtzuerhalten, war aber in der höheren Schule, die sie besuchte und die Agnes bis zu dem Tod von Max als Rektorin geleitet hatte, durch ihre permanente Müdigkeit so aufgefallen, dass sich ihre Lehrerin ein Herz nahm und Agnes aufsuchte.

Seitdem war Agnes aus ihrer Starre erwacht, denn zu gut wusste sie aus eigener Erfahrung, was es bedeutete, wenn ein kleines Mädchen plötzlich die Pflichten einer Mutter und Hausfrau übernahm. Blass und still hatte sie ihre Aufgaben wieder übernommen, sowohl im Haushalt als auch in ihrer Rolle als Rektorin ihrer Mädchenschule. Aber was früher angenehm gewesen war in diesem unkonventionellen Heim, nämlich immer ein Hauch von Großzügigkeit und Chaos, ließ jetzt Zeichen der Vernachlässigung und Resignation erkennen.

»Aber erzähl von dir!«, bat Agnes. »Was gibt es für Neuigkeiten am Hof?«

Nun umwölkte sich Konrads Stirn und er stieß etwas gepresst hervor:

»Man hat Nachricht bekommen, dass Herzogin Sophia Hedwig von einer gesunden Tochter entbunden worden ist.«

»Ach Konrad«, seufzte Agnes, »du solltest dich für sie freuen. Aus euch beiden hätte niemals etwas werden können und so solltest du ihr wünschen, dass sie in ihrer Rolle als Fürstin von Wolgast glücklich sein kann.«

»Ja, Ihr habt recht , aber ich hoffe sehr, dass sie auch wirklich glücklich ist mit einem alten Mann!«

Ihre leichte Belustigung wohl verbergend, betrachtete Agnes ihren Erstgeborenen. Konrad war fast mit der wenige Jahre jüngeren Prinzessin Sophia Hedwig, der erstgeborenen Tochter von Herzog Julius und seiner Frau Hedwig, aufgewachsen. Irgendwann musste sich aus der freundschaftlichen Verbundenheit mehr entwickelt haben und es schien auf Gegenseitigkeit zu beruhen.

Was wundert's?, dachte Agnes. Sophia Hedwig verbindet in ihrer Gestalt die freundliche Lieblichkeit ihrer Mutter mit dem scharfen Verstand ihres Vaters. Und meinen hübschen Konrad umgibt im Kontrast zu seiner lichten Eleganz immer die Aura des Geheimnisvollen.

Ehe jedoch die Verliebtheit der beiden jungen Leute am Hofe in Wolfenbüttel zum Skandal hatte werden können, war Sophia Hedwig mit dem 16 Jahre älteren Herzog Ernst Ludwig von Pommern-Wolgast verheiratet worden, während Konrad in Helmstedt seinem Studium nachging.

»Und was sagt man in Bezug auf die neuesten Hexenanklagen?«, fragte Agnes betont beiläufig.

Konrad blickte überrascht auf.

»Ihr wisst doch, Mutter, dass Julius diese Dinge sofort im Keim erstickt. Nicht die als Hexe beschuldigten Frauen lässt er befragen, sondern er lässt recherchieren, was hinter den Anklagen steckt. Wird ihm berichtet, dass eine Beschuldigung durch Neid oder Eifersucht zustande gekommen ist, wird das Verfahren sofort ad acta gelegt. Und das ist ja immer der Fall.«

»Ja, aber die Schlüter-Liese musste brennen!«, entgegnete Agnes, wohl wissend, dass diese Frau, die vor vier Jahren vor dem Mühlentor von Wolfenbüttel verbrannt worden war, ihren Tod durch bewiesene Schandtaten wie Giftmord, Landesverräterei und Betrug gegen das Herzogshaus verdient hatte.

»Mutter, warum macht Ihr Euch Sorgen wegen der Hexenanklagen?«, hakte Konrad nach.

»Es ist … es ist vielleicht nichts, aber seitdem Max tot ist, bemerke ich eine Veränderung im Verhalten der Menschen mir gegenüber. Es sind nur Kleinigkeiten. Hier werde ich nicht gegrüßt, dort werde ich als Letzte bedient, wenn ich einkaufe. Und vorgestern auf dem Markt hörte ich hinter mir ganz deutlich die Worte: ›Da geht die Teufelsbuhle‹. Als ich mich umdrehte, waren da einige Weiber, aber keine schaute in meine Richtung.«

Schockiert griff Konrad nach der Hand seiner Mutter.

»Ihr werdet Euch verhört haben, Mutter. Wer weiß denn hier von den Dingen, die vor mehr als 20 Jahren geschehen sind?«

Agnes nickte, seufzte und gab zu:

»Vielleicht hast du recht, vielleicht spielt sich das alles nur in meinem müden Kopf ab und wird so stark, weil mein Max mir nicht mehr die Flausen austreibt. Bleibst du ein wenig hier oder musst du bald wieder los?«

»Nein, ich bleibe bis morgen, wenn es Euch recht ist. Ich soll morgen mit einem Beamten des Hofes nach Niederfreden reisen und ihm bei Ermittlungen in zwei Mordfällen zur Hand gehen. Den Leuten des Amtsvogts sind die Fälle, die auf irgendeine Weise zusammenzuhängen scheinen, nicht geheuer und sie wollen sich sozusagen durch fürstliche Amtshilfe absichern. Oheim Andreas, der noch nicht so recht weiß, wo im Beamtenapparat des Hofes ich meinen Platz finden soll, schlug Herzog Julius vor, dass ich mit dem Ermittler mitreisen solle, um gleichfalls auch noch meinen juristischen Verstand in einer ähnlich liegenden Praxis zu schulen. Mir ist das auch recht, kann ich doch gleich einmal den Ort kennenlernen, an dem Ihr mit Euren Geschwistern einst die schauerliche Hexenverbrennung erlebt habt.«

»Oh, erinnere mich nicht an diesen bösen Tag. Gleichwohl, er brachte mich auch meinem Max ein Stück näher, also hatte er auch sein Gutes«, sann Agnes.

Konrad schlug mit den Händen auf die Knie, erhob sich und sagte, wie um die Schatten zu verscheuchen, betont munter:

»Aber jetzt löse ich erst mal mein Versprechen an Käthe ein und Ihr könnt Euch vielleicht ein bisschen ausruhen, ehe die anderen nach Hause kommen.«

4. KAPITEL

Niederfreden, 5. Oktober

GLÜCKLICH, DEM RÜTTELN DER KUTSCHE nach der fast den ganzen Tag andauernden Reise von Wolfenbüttel nach Niederfreden entronnen zu sein, streckten der herzogliche Assessor des Rechts Walter zu Hohenstede und Konrad auf dem Hof des Amtes Lichtenberg in Niederfreden die müden Glieder.

Konrad war, wenn er ehrlich war, nicht nur glücklich, der Kutsche entronnen zu sein, sondern auch darüber, dass die ermüdenden Monologe seines Mitfahrers nun zunächst beendet waren. Assessor Walter war ein Mann, der seine besten Jahre schon hinter sich hatte, aber auch noch nicht wirklich alt war.

Er ist nicht dick und nicht dünn, nicht blond und nicht braun, nicht Fisch und nicht Fleisch, dachte Konrad. Alles an ihm war unaufregend und unauffällig, und so war es auch um seine bisherige Karriere und um seinen Wissensstand bestellt. Dies versuchte er aber anscheinend umso mehr zu kompensieren, als er nun einen so jugendlichen Mitarbeiter an die Seite gestellt bekommen hatte, der aber, wie er wohl wusste, einflussreiche Verwandte im Herzogtum hatte.

Nachdem die Kutsche durch eine düstere Toreinfahrt gerattert war, war sie direkt vor der Tür des mächtigen neuen Amtshauses stehen geblieben. Bemerkenswerter noch als das prächtige Haus aber war das Drumherum. Überall gingen Menschen bäuerlichem Tagwerk nach, das Amtshaus befand sich direkt auf der Anlage der Domäne, war sozusagen in sie integriert.

Konrad wusste, dass noch vor drei Jahrzehnten die Amtsvogte von der Burg aus gewaltet hatten, die erst vor 27 Jahren im Zuge der Auseinandersetzungen zwischen den Lutherischen des Schmalkaldischen Bundes und dem römisch-katholischen Herzog Heinrich dem Jüngeren, dem Vater des jetzigen Herzogs, zerstört worden war.

Ein Bediensteter des Amtes trat auf die Ankömmlinge zu und fragte nach ihrem Begehr. Eilig winkte er einen Büttel, der träge in der Spätnachmittagssonne herumstand, herbei, nachdem er vernommen hatte, wer hier eingetroffen war.

»Geschwind! Begleite die hochwohlgeborenen Herren zum Amtsvogt. Er wartet schon!«

Durch die große Halle wurden die beiden Männer des Herzogs eilends zur Amtsstube geführt. Der Büttel klopfte an die Tür und kündete, nachdem er sie auf ein barsches »Herein!« hin geöffnet hatte, mit gewichtiger Stimme die Besucher an:

»Der Assessor der Jurisprudenz Seiner Fürstlichen Gnaden des Herzogs Julius von Braunschweig-Wolfenbüttel, Herr Walter zu Hohenstede, und der Herr Assistent Konrad von Velten.«

Konrad folgte seinem Vorgesetzten in die durch die grünen Butzenscheiben halb im Dämmerlicht liegende Amtsstube. Hinter einem großen Tisch hatte sich ein beleibter älterer Herr aus einem prächtig verzierten Lehnstuhl erhoben. Vor ihm tanzten in einem verirrten Sonnenstrahl Staubkörner, die ihren Weg genau auf seiner mächtigen Brust, die die Amtskette schmückte, beendeten. Schwerfällig kam der Amtsvogt um den Tisch herum, verneigte sich vor seinen Besuchern und stellte sich vor:

»Amtsvogt Jacob Bissmann zu Diensten, erlaubt, dass ich noch nach meinem Untervogt schicke, der mit den bisherigen Untersuchungen in unserem Fall betraut ist.«

Mit einem Wink schickte er den Büttel auf den Weg. Dann wies er seine Besucher an, auf zwei Schemeln vor dem großen Tisch Platz zu nehmen, und machte es sich selbst wieder in seinem Lehnstuhl bequem.

»Ihr seid der junge von Velten?«, wandte er sich an Konrad. »Ich kannte Euren Herrn Vater und auch Euer berühmter Onkel Andreas Riebestahl ist mir ein Begriff. Hat er doch einige recht ordentliche Richtlinien zur Handhabung juristischer Fälle in ländlicher Gerichtsordnung entworfen. So, so, Ihr tretet also in seine Fußstapfen!«

»Nun, der junge Herr von Velten ist mir als Assistent beigegeben«, beeilte sich Walter zu Hohenstede einzuwerfen, »er kommt frisch von der Universität und hat noch keinerlei Erfahrung in juristischen Belangen!«

»Jaja, wie dem auch sei …, ah, da kommt mein Untervogt Kasten. Nun, Kasten, schildert den Herren bitte, was hier für unheimliche Umtriebe untersucht werden müssen!«

Untervogt Friedrich Kasten blickte sich einen Moment unsicher um, blieb aber mangels einer weiteren Sitzgelegenheit an einer Längsseite des Tisches stehen, ohne sich vor den Besuchern verneigt zu haben, und begann schwitzend zu reden, wobei sich seine Worte zunächst vor Aufregung überschlugen.

Konrad unterbrach die Rede, indem er aufsprang, den Älteren mit den Worten, dass er selbst schon den ganzen Tag gesessen habe, nötigte, auf seinem Schemel Platz zu nehmen. Der Untervogt errötete, nahm aber das Angebot dankbar an.

In neuer Ordnung begann er nun ruhiger zu sprechen und erzählte die Vorfälle, soweit sie ihm bekannt geworden waren: Eine unbedeutende Kotsassin und ein reicher Ackerhofbesitzer seien ermordet worden, wobei die Todesursache zunächst bei beiden ein brutaler Schlag auf den Hinterkopf, der diesen den Schädel zertrümmert habe, gewesen sei. Dies allein hätte man als einen bösen Zufall betrachten können, doch die Gemeinsamkeit der Fälle bestünde darin, dass der Frau die Nase gespalten und dann wieder mit einer Klammer zusammengefügt worden sei, während es bei dem Ackerhofbesitzer der Mund gewesen sei. Auch hätte bei beiden Ermordeten ein Zettelchen gelegen, auf dem mit zierlicher Schrift etwas über das jeweilige Organ geschrieben stand.

Die Zettelchen zog er nun ungeschickt aus seiner Wamstasche und reichte sie dem Assessor.

»»*Des munnes gered*‹, ›*der nase schnüffelei*‹«, las dieser verwundert, »was soll es damit wohl auf sich haben?«

Konrad streckte seine Hand nach den Zetteln aus und bat bescheiden, auch einen Blick darauf werfen zu dürfen. Widerwillig reichte Walter zu Hohenstede sie weiter.

Inzwischen hatte der Untervogt aus seiner anderen Wamstasche zwei Skizzen hervorbefördert und fuhr fort:

»Auch die Anordnung der Leichen war seltsam und zeigt eine weitere Gemeinsamkeit. Man möchte meinen, dem Betrachter soll etwas mitgeteilt werden!«

Diesmal wartete Konrad nicht ab, dass der Assessor die Blätter an ihn weiterreichte, sondern trat neugierig hinter diesen und blickte ihm über die Schulter.

»Die Schwurhand und die Meineidhand und gekreuzte Füße, das zusammen mit den gezeichneten Organen kann nur heißen, dass diese Menschen falsch Zeugnis abgelegt haben!«, rief Konrad erregt.

»Ähmmm, ich möchte doch bitten, Herr Assistent, keine voreiligen Schlüsse zu äußern und die Untersuchung in Reih und Ordnung vor sich gehen zu lassen!«, fuhr der Assessor erzürnt auf. »Ich bitte, die Ungeduld meines Assistenten zu entschuldigen, Herr Amtsvogt, und seinen Worten kein Gewicht beizumessen.«

»Dann würde ich vorschlagen, dass die Herren, wenn sie es wünschen, zunächst einen Blick auf die Toten werfen, damit man sie zur Bestattung freigeben kann. Sie beginnen bereits übel zu riechen. Später wird man Euch dann Eure Unterbringung zeigen und eine Abendmahlzeit zukommen lassen«, schloss der Amtsvogt das Gespräch. »Mein Untervogt wird Euch in allen Belangen hilfreich zur Seite stehen und über alle neuen Erkenntnisse der Untersuchung wünsche ich, umgehend informiert zu werden.«

Der Untervogt erhob sich und bat nach einer Verneigung in Richtung des Vogtes die Herren, ihm zu folgen.

In der Diele des Hauses angelangt, wandte sich Kasten nach rechts und wies mit einem Schlüssel, den er aus seiner Hosentasche hervorgezogen hatte, zur Kellertreppe.

»Unsere Gefängnisstube befindet sich im Keller, dort

haben wir die Leichen aufgebahrt, weil es dort sicher und einigermaßen kühl ist.«

Am oberen Ende der Treppe griff sich der Untervogt eine Fackel und ließ sie von einem herbeieilenden Büttel entzünden. Über die Treppe gelangten die Männer in ein Kellergewölbe, in dem an den Seiten allerlei Zeug gelagert war. An einer Wand waren Fässer aufgereiht, an der nächsten hingen an in die Wand getriebenen Halterungen Spieße, Ketten mit Handreifen und zwei Kettenhemden. Gegenüber standen verschlossene Kisten, über deren Inhalt man nur spekulieren konnte.

Durch eine niedrige Tür gelangte man in einen weiteren Keller. War der erste Keller ein Tonnengewölbe gewesen, so war dieser ein großes Kreuzgewölbe, das aus einer älteren Zeit zu stammen schien. Während Kasten einige an der Wand befestigte Talglichter entzündete und damit den Raum nach und nach mehr erhellte, blickte Konrad sich um.

Hier stand einiges seltsam anmutendes Gerät herum. Eine Vorrichtung konnte Konrad erschaudernd als transportablen Pranger identifizieren, der bei Ingebrauchnahme sicherlich gut sichtbar auf einem der Domänenhöfe aufgestellt wurde. Man konnte sogar eingetrocknetes Eigelb und andere Essensreste darauf erkennen, die Dinge, mit denen die armen Delinquenten üblicherweise beworfen wurden.

Ein anderes Gerät erwies sich bei näherem Hinsehen als Streckbank. Das Brett mit den zwei Armlöchern am oberen Ende konnte mittels einer Kurbel an einer Kurbelwelle gut einen Meter versetzt werden, während das Brett am unteren Ende, in dem die Füße fixiert wurden, starr blieb.

An den Wänden hingen an Nägeln allerlei eiserne Werkzeuge: Pieken, Scheren und Zangen, Klammern, Schellen und ein schwerer Schandkragen.

Auch über einer an der Wand befindlichen Esse hing eisernes Gerät mit hölzernen Griffen, wohl dazu bestimmt, Schandtäter mit glühenden Eisen zu befragen.

Konrad schüttelte sich ein wenig angesichts einiger großer Kugelgewichte an kurzen Ketten, die neben einem Gürtel mit Ösen hingen, wusste er aus alten Familienerzählungen, dass sein verehrter Onkel mit dieser Vorrichtung einst zu einem Geständnis gezwungen werden sollte. Man hing den Gefangenen an den über den Kopf gestreckten Armen auf und legte ihm den Gürtel mit den Ösen an. Eins nach dem anderen wurden dann die Gewichte in Form von eisernen Kugeln an dem Gürtel befestigt und so die Arme und der Oberkörper des armen Opfers in äußerst schmerzhafter Art immer weiter gestreckt. Mal mehr auf der einen Seite, mal mehr auf der anderen Seite. Bald meinte das Opfer zu ersticken und tat dies doch nicht so bald.

Friedrich Kasten, der Konrads Schaudern wohl bemerkt hatte, räusperte sich und bemerkte mit mitleidiger Miene:

»Arme verlorene Seelen, die so befragt werden müssen! Doch kann ich Euch versichern, dass die meisten dieser Gerätschaften schon lange nicht mehr zur Anwendung gekommen sind. So schwer sind die Verfehlungen in unserem Amte nicht und die Sünder sind meistens schnell geständig, da sie wissen, dass Amtsvogt Bissmann durchaus Milde walten lässt, wenn er wahre Reue erkennt. Am meisten hat noch unser ›Johann‹ hier zu tun.« Kasten wies auf den Pranger.

Am hinteren Ende des Kreuzgewölbes befand sich ein

abgeteilter Bereich, der mit einer schweren eisenbeschlagenen Tür, in der sich im oberen Bereich ein kleines vergittertes Fenster und im unteren Bereich eine winzige Luke befanden, abgeschlossen war. Vogt Kasten zeigte darauf und erläuterte beflissen:

»Hier ist unsere Gefangenenstube, derzeit umfunktioniert zur Leichenhalle.«

Die Männer traten schweigend ein und Kasten entzündete auch hier einige Lichter.

Sie standen nun unmittelbar am Fußende zweier auf Böcken und einem darübergelegten Brett aufgebahrter Körper. So lag dort neben dem armen Kotsassenweib der reiche Ackerhofbesitzer und es schien im Tod keinen Unterschied mehr zu geben.

Still sind sie, dachte Konrad, aussehen tun sie grässlich, mitnehmen konnten sie nichts und stinken tun sie beide!

Der Advocatus zu Hohenstede wandte sich nach einem kurzen genaueren Hinsehen mit Schaudern ab und trat zurück in den Vorraum. Konrad erkannte auf seiner Stirn trotz der Kühle dicke Schweißperlen und man konnte im Fackelschein deutlich erkennen, dass sein Gesicht eine wächserne Blässe angenommen hatte.

»Ich glaube, wir haben genug gesehen, Ihr könnt die Leute nun beerdigen lassen!«, wies zu Hohenstede den Vogt an.

»Mit Verlaub, Herr Assessor, dürfte ich noch einen Moment genauer schauen, während Ihr vielleicht noch rechtliche Schritte mit dem Vogt zu klären habt?«, bat Konrad demütig und sehr diplomatisch.

»Nun gut, schaut nur hin, Ihr habt ja noch viel zu lernen!«, beschied Hohenstede und zog sich noch ein Stück weiter zurück.

Konrad griff nach einem der Lichter und näherte sich vorsichtig dem Kopfende der Bahre. Eingehend betrachtete er zunächst das entstellte Gesicht der Frau, dann das des Mannes. Behutsam zog er an verschiedenen Stellen die Kleidungsstücke der Opfer zur Seite, um zu sehen, ob es auch an den Leibern weitere Verstümmelungen zu entdecken gab, fand aber nichts dergleichen. Allerdings fand er die Aussage, dass der Tod durch Einschlagen der Schädel eingetreten war, durch das Wenden der Köpfe bestätigt. Die Schläge mussten mit großer Gewalt und einem sehr harten, schweren, aber offensichtlich stumpfen Gegenstand ausgeführt worden sein. Der Hinterkopf beider Toten war eine blutige, breiige Masse aus Haaren, Schädelsplittern und Hirn. Es sah tatsächlich aus, als wenn eine große, schwere Kugel dagegengeschmettert worden war.

Kugel!, dachte Konrad, und ihm kamen die Kugelgewichte aus der Folterkammer in den Sinn. Das gilt es gleich zu überprüfen!

Die Klammern, die über der Nase der Frau und über dem Mund des Mannes saßen, kamen Konrad auch bekannt vor.

»Auch die hab ich doch im Folterkeller gesehen!«

Aufgeregt beugte er sich nun über die Hände und Füße der Opfer. Die Glieder der Frau lagen in der seltsamen Anordnung, wie sie vom Fundort beschrieben worden war, die des Mannes hingegen lagen völlig unauffällig in einer normalen Anordnung.

»Eine Frage hätte ich da, Herr Kasten!«, rief er durch den Türrahmen und hoffte, dass er sich damit nicht schon wieder den Unwillen seines Vorgesetzten zugezogen hatte. Der Untervogt kam jedoch sofort wieder in die Gefangenenstube und schien zu Diensten sein zu wollen.

»In welcher Stellung befanden sich die Hände und Füße der Toten, als sie hier abgelegt wurden?«, fragte Konrad.

»Nun, die der Frau waren noch so wie am Fundort: Meineidhand, Schwurhand und die Füße überkreuz. Die Totenstarre hatte schon eingesetzt, bevor man begann, sie zu transportieren. Die Glieder des Mannes lösten sich beim Transport. Die Leichenstarre hatte noch nicht eingesetzt.«

Gedankenverloren fasste Konrad nach der Schwurhand der Frau und als er sie bewegte, lösten sich Ringfinger und kleiner Finger und richteten sich in die normale Lage. Nun versuchte Konrad, die Finger des Mannes aus ihrer Ausgangslage zu lösen, doch diese waren starr und ließen sich nicht krümmen.

»Die Frau war also in der Leichenstarre, als sie gefunden wurde, der Mann kam erst in die Leichenstarre, nachdem er transportiert wurde«, räsonierte Konrad mit halblauter Stimme. Dann an Kasten gewandt: »Gibt es hier einen Medicus oder eine Totenwäscherin? Mit ihrem Wissen könnte man den Todeszeitpunkt genauer bestimmen!«

»Gewäsch!«, ertönte es aus dem Türrahmen. Zu Hohenstede hatte sich offensichtlich etwas erholt. »Was hilft uns der Todeszeitpunkt, wir werden lieber die Angehörigen und Nachbarn verhören. Da wird's schon zur rechten Anzeige kommen, einer verplappert sich immer!«

Konrad behielt seine Antwort für sich und beschloss, auf jeden Fall etwas über die Gesetze der Leichenstarre herauszufinden.

37

5. KAPITEL

Niederfreden, Hohenassel

NOCH AM GLEICHEN NACHMITTAG gab der Amtsvogt die Leichen der beiden Ermordeten zur Bestattung frei.

Konrad, der sich zunächst in seiner winzigen Gastkammer eingerichtet hatte, stand am Fenster zum Innenhof des Amtshauses und beobachtete, wie zwei Männer, die einen Karren mit einer darauf befindlichen Holzkiste hinter sich herzogen, in Begleitung einer alten Frau den Hof betraten. Sie ließen den Karren vor der Tür des Amtshauses stehen und verschwanden im Haus.

Eilends verließ Konrad sein Zimmer, eilte hinab in den Keller und fand seine Vermutung bestätigt, dass die erste Leiche abgeholt werden sollte. Die beiden Männer fand er im Folterkeller auf der Streckbank sitzend vor, die Frau hörte er in der Gefangenenstube werkeln.

Konrad verneigte sich zunächst vor den Männern und stellte sich vor. Dann fragte er behutsam, ob er es hier mit Angehörigen einer der Toten zu tun habe.

Der eine Mann räusperte sich ausgiebig und begann dann, unsicher, ob es denn nun an ihm sei, zu reden:

»Mein Name ist Adam, der Totengräber, mit Verlaub, gnädiger Herr, und das ist Anton Bethge, der hat einen Kothof hier in Niederfreden, dem ist sein Weib erschlagen worden.«

Anton Bethge blickte noch nicht einmal auf bei diesen Worten, sondern stierte unentwegt vor sich hin.

Konrad begann vorsichtig:

38

»Herr Bethge, dürfte ich Euch ein paar Fragen stellen? Vielleicht wisst Ihr etwas, was zur Aufklärung des Mordes an Eurer Frau beitragen könnte.«

Nun blickte Bethge alarmiert auf.

»Ich weiß gar nichts und das kann mir auch keiner anhängen!«

»Nein, nein, das will ja auch niemand!«, beeilte sich Konrad zu versichern. »Aber vielleicht wisst Ihr ja noch, wann und wo Ihr Eure Frau das letzte Mal lebend gesehen habt? Für die Aufklärung eines solchen Verbrechens ist es wichtig, die letzten Stunden des Opfers weitgehend rekonstruieren zu können.«

»Also ich weiß nicht, was der Herr mit rekron …, ich weiß nicht, wie das Wort war, meint. Ich kann nur sagen, ich hab die Berthe zuletzt am Sonntag gesehen. Da hat sie die Kuh gemolken gehabt und die Milch umgefüllt. Ich bin dann in den Krug zu einem Abendschoppen und als ich heimkam, ähem, ich meine, da weiß ich nicht mehr so genau …«, endete er vage.

»Sturzbetrunken warste ja auch, hihi!«, fügte der Totengräber an.

»Naja, und am nächsten Morgen bin ich aufgewacht, weil die Kuh wie am Spieß gebrüllt hat. War nicht gemolken und von der Berthe weit und breit nicht eine Spur. Hab dann die Kuh gemolken und das hat mir fast den Schädel gesprengt. Bin ich halt wieder ins Bett gegangen, war ja kein Weib da, das mich aufs Feld getrieben hat. Am Abend dann hat mich 'n Büttel aus'm Bett geholt und ins Amt befohlen und da haben die mir erzählt, dass man die Berthe tot in der Burg gefunden hat.«

»Also, am Sonntagabend nach dem Kuhmelken …, also welche Uhrzeit?«, fragte Konrad nach.

»Also, eine Uhr hat unsereins nicht, aber die Berthe fängt immer nach dem Abendläuten mit dem Melken an. Bei einer Kuh dauert's ja nicht lang. Also wird's so eine halbe Stunde nach dem Abendläuten gewesen sein«, rechnete Bethge vor.

»Und das Abendläuten ist um sechs Uhr abends, nicht wahr?«

»Jaja, das ist wohl so!«

»Vielen Dank, Herr Bethge, mein Vorgesetzter und ich werden sicher noch einmal auf Euch zurückkommen, zunächst aber begrabt in Ruhe Eure Frau«, schloss Konrad das Gespräch ab und wandte sich der Gefängnisstube zu.

Hier war, wie er es schon vermutet hatte, die alte Frau als Totenwäscherin zugange.

»Mit Verlaub, gute Frau. Mein Name ist Konrad von Velten und ich untersuche zusammen mit meinem Vorgesetzten dieses Verbrechen. Darf ich Euch ein paar Fragen stellen?«

Die Frau blickte auf, betrachtete den hübschen blonden Jüngling und ein verschmitztes Lächeln breitete sich auf ihrem Gesicht aus.

»Ihr dürft mit der alten Nele fast alles machen, was Ihr wollt, mein Hübscher! Fürchte nur, dass es nicht viel sein wird, hihi!«

Konrad grinste ein freches Flegelgrinsen und ging auf den scherzhaften Ton ein:

»Nun, mein liebes Fräulein Nele, mir fiele gar einiges ein, aber leider hab ich nicht viel Zeit. Heute müssen die Fragen reichen. Sagt, ist es Euer Amt in dieser Gemeinde, die Toten zu waschen?«

»Jaja, die Toten waschen und die Kindlein holen, das

macht die alte Nele. Weiß gar nicht, ob ich mehr Kindlein geholt oder mehr Tote gewaschen habe. Manchmal kam auch das eine nach dem anderen.«

»Dann könnt Ihr mir sicher etwas über die Gesetzmäßigkeit der Totenstarre erzählen, denn Ihr werdet doch Beobachtungen angestellt haben?«, fragte Konrad begierig.

»Jaja, das kann ich wohl, aber Ihr müsst wissen, dass es nicht ungefährlich für ein altes Weib ist, zu viel über diese Dinge zu wissen. Eh man sich's versieht, ist man eine Zaubersche und brennt auf dem Scheiterhaufen.«

»Da kann ich Euch beruhigen. Ich werde mit Euren Beobachtungen sehr sorgsam umgehen. Aber mir würden sie helfen, die beiden Todeszeitpunkte näher bestimmen zu können«, beruhigte Konrad die Alte.

»Also, dann hört gut zu, mein Jüngelchen, ich sag's nur einmal. Es gibt drei Dinge, die man an den Toten beobachten kann: die Totenstarre, die Leichenflecken und die Auflösung der Totenstarre. Vier bis acht Stunden nach dem Tod kann man die Glieder des Toten noch mehr oder weniger bewegen, danach sind sie für eine Weile ganz starr. Gleichzeitig beginnt das Blut des ganzen Körpers zu der unten liegenden Seite des Körpers zu wandern. Hier seht Ihr das bei dem Herrn Ackerhofbesitzer.«

Nele drehte den toten Mann zur Seite, schob seine Kleidung am Rücken ein Stück nach oben und wies auf die dunkel verfärbte Haut.

»Erst sind das nur Flecken, etwa zwölf Stunden nach dem Tod sind die Flecken ineinandergelaufen. Dann, zwei, drei Tage später, beginnt sich die Starre wieder zu lösen, nach vier Tagen ist der Mensch wieder beweglich wie vorher.«

»Oh, das ist ja wunderbar!«, rief Konrad begeistert. »Damit hat man eine gute Grundlage für die Untersuchung des Todeszeitpunkts!«

»Oho, nicht so voreilig, Junkerchen. Das kann man alles nur ungefähr sagen, bei dem einen passiert's schneller, bei dem anderen langsamer. Legt Euch da nicht zu sehr fest!«

Konrad hatte sich jedoch inzwischen schnell alles, was er von Nele gehört hatte, mit einem Kohlestift in einem kleinen Heftchen notiert, das er, bevor er sein Zimmer verlassen hatte, geistesgegenwärtig in die Jackentasche gestopft hatte.

»Habt Ihr jetzt auch dazugeschrieben, dass ich das gesagt habe?«, fragte Nele, nun etwas misstrauisch geworden.

»Nein, nein, ich versichere Euch, diese Notizen sind nur für mich, damit ich mir alles merke, und Euer Name steht nicht dazugeschrieben«, versicherte Konrad. »Habt Ihr sonst noch etwas Besonderes an der Frau Bethge entdeckt?«

»Das Bemerkenswerteste habt Ihr ja wohl selbst gesehen, mein Schmucker, eine gespaltene Nase, mit einer Klammer geflickt. Und das ist, als wenn der Mörder alles über diese Frau gesagt hätte, was man sagen kann: Ein Weib mit einer überall Unrat witternden Nase, das war die Berthe und das hat er ihr ausgetrieben.«

»Wie meint Ihr das?«, hakte Konrad nach.

»Wisst Ihr nicht, was ein übles Klatschweib ist, mein Engelchen? Stellt Euch ein Weib vor, das über jeden etwas Übles herauszufinden sucht, überall seine Nase hineinsteckt und wenn es nichts zu riechen gäbe, dieses einfach erfände. Das war die Berthe. Manch eine Familie hat das gespalten und manch ein Unglück heraufbeschworen.«

»Könnt Ihr mir ein Beispiel nen …«, begann Konrad, wurde aber von einem verlegenen Räuspern unterbrochen. Im Türrahmen standen der Totengräber und der Witwer.

»Würde der Herr Untersuchungsbeamte vielleicht seine Befragung verschieben, damit das Weib seine Arbeit macht? Der Pastor kommt gleich zum Friedhof, damit die Bestattung noch vor dem Abendläuten verrichtet werden kann.«

»Oh, vergebt mir. Ja, verehrtes Fräulein Nele, tut Eure Arbeit, und wenn Euch noch etwas auffällt, so berichtet mir später davon«, beeilte sich Konrad zu sagen, verneigte sich kurz und begab sich hinauf in den Amtshof. Dort setzte er sich auf den Brunnenrand, um auf den Leichenzug zu warten.

Nach wenigen Minuten kam der Totengräber und trug zusammen mit einem Büttel die Holzkiste ins Haus. Als die beiden wieder mit der Kiste erschienen, war sie ihrer Bestimmung zugeführt worden. Die Männer ächzten nicht schlecht unter dem Gewicht und luden die Kiste mit einem unsanften Plumps auf dem Karren ab.

Der Totengräber fluchte laut und herrschte den Büttel an:

»Mach mir die Kiste nicht kaputt, die brauch ich noch für ein paar mehr Begräbnisse. Vielleicht auch bald für deins!«

Der Gescholtene erbleichte und strich wie zur Entschuldigung mit der Hand über den Deckel.

Nun erschienen auch der Witwer und die Totenwäscherin. Adam, der Totengräber, spannte sich vor den Karren und begann zu ziehen, Anton Bethge schloss sich mit gefalteten Händen und gesenktem Kopf dem Karren an und die Totenwäscherin folgte ihm in respektvollem Abstand.

Konrad begab sich rasch an ihre Seite, da er für sich beschlossen hatte, dass er dem Begräbnis genauso gut beiwohnen könnte, da sich dort vielleicht noch interessante Beobachtungen machen ließen.

Mit gesenkter Stimme fragte er Nele:

»Sagt, werdet Ihr auch den Herrn ›Gespaltener Mund‹ waschen?«

»Nein, nein, dafür kommt morgen früh die Giese aus Hohenassel. Jedes Dorf hat seine eigene Wäscherin. Ehe morgen Abend der Sonntag eingeläutet wird, muss dann der Knake auch unter die Erde, damit er nicht über den Tag des Herrn im Keller liegen muss.«

6. KAPITEL

Niederfreden, 6. Oktober

AM NÄCHSTEN MORGEN erwachte Konrad von den ungewohnten Lauten des Landlebens. Zwar krähte auch hier und da mal ein Hahn in der Stadt, aber hier auf dem Dorf schienen sich die Hähne eines jeden Bauernhofes den Rang, wer am lautesten und am häufigsten krähte, streitig machen zu wollen. Und damit nicht genug, stimmten schon bald die Kühe in den Chor mit ein und verlangten nach Erleichterung.

Schlaftrunken blickte Konrad durch die Butzenscheiben hinaus auf den Hof und sah zum einen, dass es vorbei zu sein schien mit dem schönen Herbstwetter. Der Himmel war dunkel verhangen und ein scharfer Wind trieb Blätter und allerlei Staub und Unrat in wilder Fahrt über den Hof. Zum anderen erblickte Konrad einen Pritschenwagen mit einem kräftigen Ackergaul davor, der eben erst angekommen zu sein schien, denn ein Knecht war dabei, dem Pferd einen Futtersack vorzuhängen.

Aha, der Herr Knake wird in aller Herrgottsfrühe gewaschen und nach Hause geleitet, dachte Konrad. Ob das wohl auch so eine jämmerliche Beerdigung wird?

Schaudernd erinnerte sich Konrad an die Bestattung von Berthe Bethge. Außer dem Superintendenten, dem Totengräber und dem Knecht, der bestellt worden war, mit dem Totengräber zusammen die Tote in das Grab zu legen, dem Ehemann und ihm selbst war niemand auf dem Friedhof gewesen, um der Ermordeten die letzte Ehre zu erweisen. Die alte Nele war vorher mit einer gemurmelten Entschuldigung in eine enge Seitengasse abgebogen und hier und da wurde hörbar eine Tür zugeschlagen.

Superintendent Schultius hatte angesichts der Eile, die geboten war, wenn er noch vor dem Abendläuten fertig werden wollte, über dem offenen Grab, in dem Berthe Bethge nun nur noch in ein Leinentuch gehüllt lag, ein Bibelwort gelesen, ein paar Worte über das ewige Leben, in dem alles neu wird, gemurmelt und mit Vaterunser und Segen geschlossen.

Als der Witwer sich zum Abschied vor dem offenen

Grab verneigte, ertönte eine gellende Frauenstimme über den Friedhof:

»Schmeiß endlich Erde drüber, Totengräber, dass das Dorf Ruhe hat vor dem neugierigen Nasenzinken!«

Konrad blickte sich um, doch war die Besitzerin der Stimme weit und breit nicht zu erblicken und wahrscheinlich von der Kirchhofmauer abgeschirmt.

Konrad setzte sich auf sein Bett und ging die Notizen durch, die er sich am Tag zuvor gemacht hatte. Er stellte Berechnungen darüber an, was die fehlende Leichenstarre bei Berthe Bethge und die noch vorhandene Leichenstarre bei dem Ackerhofbesitzer über den Todeszeitpunkt aussagen konnten, und stellte fest, dass zumindest zwischen der Aussage des Ehemannes von Berthe, dass er diese am Sonntagabend zuletzt gesehen habe, und dem Einsetzen der Leichenstarre kein Widerspruch zu liegen schien, denn sie war ja über einen ganzen Tag später gefunden worden.

»Das Auffinden und der Transport der Leiche von Karsten Knake müssen jedoch, wenn stimmt, was die alte Nele gesagt hat, innerhalb von sechs bis acht Stunden nach seinem Tod geschehen sein«, dachte Konrad.

Beim weiteren Durchblättern seiner Notizen stieß Konrad auf die eilig hingeworfenen Worte: ›stumpfer Gegenstand – Gewichtkugeln Folterkammer?‹ Ihm fiel ein, dass ihm auch aufgefallen war, dass die Klammern an Nase und Mund der Opfer eine verdächtige Ähnlichkeit mit den Zwickklammern in der Folterkammer gehabt hatten, und dass ihm der leere Platz neben den Gewichtkugeln seltsam vorgekommen war.

Hastig zog er sich fertig an und eilte noch einmal hinunter in den Keller. Dass auf der Kellertreppe der präch-

tige Sarg mit der Leiche des Ackerbauern an ihm vorbei-
getragen wurde, hielt ihn nicht weiter auf, sondern er ging
direkt in die Folterkammer.

Zunächst prüfte er die Kiste mit den Zwickklammern,
nahm eine davon heraus und begab sich in die Gefängnisstube. Dort lagen auf dem Tisch noch die beiden blutigen
Werkzeuge, die Nele von den Leichen entfernt hatte, und
tatsächlich, sie glichen genau der, die Konrad in der Hand
hielt. Grübelnd schritt er nun mit den drei Klammern in
der Hand zurück zu den anderen Folterwerkzeugen. Dort
hingen die schweren Kugelgewichte nebeneinander an der
Wand. Daneben der Gürtel, der dem Delinquenten um
die Taille gehängt wurde. Konrad zählte die Ösen rings-
herum und kam auf insgesamt acht Ösen. Kugelgewichte
gab es jedoch nur sieben Stück, und als Konrad ganz dicht
an die Wand trat, entdeckte er unter einem Nagel genau
auf der Höhe der anderen Kugeln eine leichte dunkler
gefärbte Vertiefung in der Wand. Vorsichtig hob Konrad die Nachbarkugel an und stellte befriedigt fest, dass
es die gleiche Vertiefung auch hier zu beobachten gab.

»Es fehlt eine Kugel. Die Klammern sind identisch.
Der Mörder hat sich des Werkzeugs aus der Folterkammer bedient. Er muss Zugang zur Folterkammer haben.«

Aufgeregt begab er sich wieder in die oberen Sphären
des Amtshauses und erforschte, welche Personen man um
diese Zeit wach antreffen konnte. Tatsächlich begegnete
er im Flur vor dem kleinen Speiseraum, in dem er und
sein Vorgesetzter Walter zu Hohenstede gestern Abend
noch beköstigt worden waren, ebendiesem und wurde
mit den Worten begrüßt:

»Gut, dass Ihr auch schon da seid, wir sind ja schließlich
nicht hergekommen, um auf der faulen Haut zu liegen!«

Konrad verkniff sich aufgrund der gestern in Bezug auf den kleinlichen Charakter Hohenstedes gemachten Beobachtungen eine Antwort und beschloss abzuwarten, wie dieser die weiteren Untersuchungen zu gestalten gedachte.

Tatsächlich war er durchaus einverstanden mit dem weiteren Vorgehen, denn zu Hohenstede beabsichtigte, den heutigen Tag dazu zu nutzen, zunächst der Bestattung des Ackerbauern beizuwohnen, um dann die Zeugen aus Hohenassel sowie die Familie des Toten zu befragen.

Seine eigenen Beobachtungen und Erkenntnisse beschloss Konrad erst preiszugeben, wenn zu Hohenstede in aufgeräumter Stimmung wäre, was nun nicht gerade zum Frühstück der Fall zu sein schien.

Schweigend beendeten die Männer die Mahlzeit, dann wies zu Hohenstede die Bedienstete an, dem Untervogt Kasten Bescheid zu geben, dass man seine Begleitung nach Hohenassel wünsche. Kurze Zeit später befanden sich die drei Männer auf dem Weg in das kleine, hoch gelegene Dorf.

Gleich am Ortseingang wurde deutlich, dass die Beerdigung des Ackerhofbesitzers unter einem anderen Stern stand als die von Berthe Bethge. Aus allen Richtungen strömten Menschen auf den Kirchhof zu und bald stand ihre Kutsche eingekeilt und es ging nicht mehr vorwärts und auch nicht zurück.

Ächzend öffnete Vogt Kasten den Schlag der Kutsche und bedeutete seinen Begleitern, dass sie, wollten sie näher ans Geschehen gelangen, den kurzen restlichen Weg zu Fuß zu gehen hätten.

Es erwies sich, dass auch zu Fuß nur noch schwer ein Fortkommen war, und erst als Untervogt Kasten mit

strenger Stimme forderte, der hohen herzoglichen Amt-
lichkeit Platz zu machen, bildete sich langsam eine schmale
Gasse, durch die er und die Gäste aus Wolfenbüttel bis
fast an das ausgehobene Grab schreiten konnten.

Dort stand schon der Pastor in Talar und Barett, neben
ihm, wie Konrad vermutete, die Witwe des Ermordeten
und eine Verwandtenschar. Die Witwe, recht ansehnlich
und keineswegs ärmlich gekleidet, drückte sich immer wieder ein spitzengesäumtes Taschentuch an die Augen, zwei
halbwüchsige junge Männer stützten sie an beiden Seiten.

In diesem Moment hob der Pastor mit lauter Stimme
an zu sprechen:

»Im Namen des Vaters und des Sohnes und des Heiligen Geistes ...«

Der wohlhabende Ackerhofbesitzer durfte im Gegensatz zu seiner armen Leidensgenossin aus Niederfreden
seine ewige Ruhe in der Bequemlichkeit eines Sarges antreten. Als dieser schließlich langsam in die Grube hinab-
gelassen wurde, begann die Menge sich zu zerstreuen,
während der Pastor sich noch mit der Witwe unterhielt.

Hinter sich hörte Konrad eine Stimme zischeln:

»Da steht sie nun und spielt die trauernde Witwe und
hat sich doch in Reichtum und Sicherheit gebettet. Um
den Karsten weint die bestimmt nicht!«

»Na, um den würde ich auch nicht weinen, so wie der
sich immer gebärdet hat!«

Konrad drehte sich um und versuchte, die Besitzer der
Stimmen zu identifizieren, konnte ihnen aber in der sich
bewegenden Menge keine bestimmten Personen zuordnen.

Sehr beliebt scheint auch dieser Zeitgenosse nicht
gewesen zu sein, dachte Konrad bei sich.

Nun trat die Witwe vom Pastor weg und zu Hohenstede machte schnell zwei Schritte auf sie zu.

»Mit Verlaub, Frau Knake, darf ich trotz der bedauerlichen Umstände, nein, gerade deswegen um eine kurze Unterredung bitten? Mein Name ist Walter zu Hohenstede, fürstlicher Assessor der Jurisprudenz zu Wolfenbüttel, und ich bin mit der Untersuchung dieses Mordfalls beauftragt worden.«

Das Gesicht der Ackerhofbesitzerin hellte sich beträchtlich auf. Es war ihr sichtbar sehr angenehm, von einer solch hochgestellten Person angesprochen zu werden, unterstrich es doch vor aller Augen die Wichtigkeit ihrer Position im Dorfe.

»Aber gewiss, Herr zu Hohenstede, folgt mir doch auf unseren Hof, dann will ich Euch gerne zu Diensten sein.«

Nachdem zu Hohenstede auch seinen Gehilfen und den Untervogt vorgestellt hatte, machte sich der kleine Zug auf den kurzen Weg zum Hof des verstorbenen Karsten Knake. Die Gäste wurden in die Wohnstube geführt, bekamen Plätze auf einer Bank zugewiesen und ihnen gegenüber platzierten sich die Witwe und die beiden jungen Männer, die als Söhne der Familie vorgestellt worden waren. Eine Magd wurde angewiesen, Erfrischungen zu holen. Als alle versorgt waren und die Magd die Tür hinter sich geschlossen hatte, begann zu Hohenstede:

»Nun, werte Frau Knake, in der Untersuchung dieses Falles ist zunächst vonnöten zu wissen, wer Eurem Eheherrn Übles gewollt haben kann. Gab es in Eurem Umfeld ungute Töne oder Drohungen?«

»Nun, Ihr müsst wissen, werter Herr, Neid und Missgunst begleiten den Alltag eines reichen Bauern wie sein eigenes Wams«, begann die Witwe mit stolz erhobenem Kopf. »Ich will die Reformation unseres Glaubens und unserer Kirche wahrlich nicht verdammen, ich bin eine treue Kirchgängerin wie auch mein verstorbener Gatte, aber seit den Bauernaufständen vor 50 Jahren hat so manch einer vergessen, seinen Platz in der göttlichen Ordnung anzunehmen, wie er ihm verliehen worden ist. Tagelöhner und kleine Kotsassen begehren immer wieder auf und neiden dem Herrn mit Besitz alles. Da kommt es schon mal vor, dass unsereins sogar von den Neidern verflucht wird, wie es einstmals geschah. Aber das Weib ist schon lange tot.«

Bei diesen Worten merkte Konrad auf und machte Anstalten, sich in das Gespräch einzuschalten, doch ein strenger Blick zu Hohenstedes mahnte ihn, sich nicht einzumischen. So begnügte er sich damit, in sein kleines Notizbuch einzutragen, dass ein Weib einst Karsten Knake verflucht hatte, dieses aber schon tot sei.

»Könnt Ihr mir irgendjemand Speziellen benennen, um den Kreis der Verdächtigen einzuengen?«, fuhr zu Hohenstede fort.

Die Witwe begann sich sichtlich zu winden und entgegnete erst nach geraumer Zeit: »Also, das könnte jeder hier im Dorf gewesen sein. Mein Gatte hatte eine sehr aufbrausende Art und hat mit Schimpfwörtern und Flüchen nicht gespart. Aber nein, dass ihn jemand so grausam umbringt, das traue ich eigentlich keinem zu, da will ich keinen Namen nennen!«

Nun bat Konrad bescheiden, ein paar Fragen stellen zu dürfen, was ihm mit einem etwas unwilligen Nicken von zu Hohenstede gewährt wurde.

»Eurem Ehemann hat man den Mund und die Zunge gespalten, dann mit einer Klammer wieder zusammengefügt. Könnt Ihr Euch erklären, was dieses offensichtliche Zeichen für eine Bedeutung haben könnte?«

Die Witwe brach nun in lautes Wehklagen aus und zu Hohenstede wollte ihr schon nervös bedeuten, dass sie auf diese naseweise Frage seines Assistenten nicht zu antworten bräuchte, aber mit einem theatralischen Seufzer begann sie schließlich zu antworten:

»Das muss sein Mörder ihm vorgeworfen haben, dass er zu allem und jedem etwas zu sagen hatte und sehr böse wurde, wenn dem nicht genug Gewicht beigemessen wurde.«

Konrad fuhr fort:

»Könnte Euer Gatte jemanden gekannt haben, der auch die Frau des Kotsassen Bethge aus Niederfreden kannte?«

Entrüstet entgegnete die Witwe:»Was soll mein Mann mit Kotsassen aus Niederfreden zu tun haben? Was für eine seltsame Frage!«

»Aber nennt mir doch bitte den Namen des Weibes, das Euren Eheherrn einst verflucht …«

»Genug, Herr Assistent, wir wollen Witwe Knake in ihrer Trauer nicht mit unnötigen Fragen belästigen!«, unterbrach zu Hohenstede Konrad mit einem herrischen Wink. Er stand auf, verneigte sich vor der Witwe und machte seinen Begleitern ein ungeduldiges Zeichen, dass auch sie sich nun zu verabschieden hätten. Wieder bei der Kutsche, die man in den Hof gefahren hatte, angelangt, verlangte er unwillig von Konrad zu erfahren, was dieser sich bei seinen wenig feinfühligen Fragen gedacht hätte.

»Ich wollte, wenn es genehm ist, den deutlichen Zusammenhang mit dem anderen von uns zu untersuchenden Mord erhellt haben. Beide Opfer wurden durch einen Schlag auf den Hinterkopf mit einem stumpfen Gegenstand umgebracht, bei beiden Opfern wurde ein Körperteil verstümmelt und wieder zusammengeheftet. Damit will der Mörder etwas ausdrücken und es muss etwas geben, das die Opfer verbindet.«

»Firlefanz!«, schnaubte zu Hohenstede.

Konrad, einmal in Fahrt, war nun nicht mehr zu bremsen.

»Aber seht doch, Herr Assessor, sogar das Handwerkszeug zeigt uns, dass es sich um den gleichen Täter handelt. Ich glaube, der stumpfe Gegenstand, mit dem ihre Schädel zertrümmert wurden, ist ein Kugelgewicht, das aus der Folterkammer des Amtes entwendet wurde. Auch die Klammern stammen von dort, denn ebensolche befinden sich auch an diesem Ort.«

»Und nun wollt Ihr gar sagen, dass es vielleicht ein Büttel des Amtes ist, der einhergeht und den Leuten den Schädel einschlägt?« Zu Hohenstede schlug sich amüsiert auf die Knie und schaute, wie um Bestätigung heischend, Untervogt Kasten an. Dieser beeilte sich, ein verlegenes Grinsen auf seinem Gesicht erscheinen zu lassen.

»Hört zu, Herr Assistent, Ihr sollt mir bei meinen Untersuchungen assistieren und lernen. Bescheidet Euch also und hört auf, vorwitzige Vermutungen anzustellen!«

Konrad wusste nicht recht, wie ihm geschah, hatte er zwar schon erkannt, dass zu Hohenstede eine recht schwerfällige und einfallslose Art hatte, an die Untersuchungen heranzugehen, aber nicht gedacht, dass er so augenscheinliche Dinge, wenn sie ihm vernünftig dargelegt würden, in Bausch und Bogen verdammen würde. Zunächst wollte er wütend aufbegehren, doch dann sah er aus den Augenwinkeln eine beschwichtigende Handbewegung des Untervogtes. Gerade noch im rechten

53

Moment erkannte Konrad, dass er sich und dem Fall nur schaden würde, ließe er es jetzt zum Eklat kommen, und beschloss, die von ihm gefundenen Spuren im Stillen weiterzuverfolgen. Außerdem wollte er bei nächster Gelegenheit ein Schwätzchen unter vier Augen mit Untervogt Kasten halten.

Doch irgendwie konnte Konrad sich, als er mit zu Hohenstede und Kasten die Kutsche bestieg, nicht des Gefühls erwehren, dass er in dem Gespräch mit der Witwe des Ackerbauern einen wichtigen Hinweis erhalten hatte, dessen Zusammenhang mit dem Fall ihm aber zu entgleiten drohte.

7. KAPITEL

Salder, 7. Oktober

»Es regnet auf der Brücke
  und es ward nass
  Ich hab etwas vergessen
  und weiß nicht was
  Ach, schönster Schatz
  Komm rein zu mir
  Es sind kein schön're Leut' als wir.
  Ei, ja freilich
  Wer ich bin, der bleib ich

Bleib ich, wer ich bin
Ade, ade, mein Kind!«

Hell und fröhlich erklangen die Kinderstimmen aus dem
Pfarrgarten. Eine Schar von kleinen Mädchen bewegte
sich im Kreis um ein einzelnes Mädchen herum. Bei den
Worten ›Schönster Schatz‹ griff das Kind aus der Mitte
nach einem aus dem Kreis und tanzte mit ihm bis zu
den Worten ›Ade, ade, mein Kind!‹ Nun verließ das erste
Mädchen den Kreis und das zweite wiederholte die Pro-
zedur beim neuen Durchgang. Zwischendurch erhob sich
immer wieder unbändiges Gelächter über die Melodie,
nicht zuletzt deshalb, weil die Mädchen sich gar wohl der
Blicke der zwei Jungen, die das Geschehen mit überlegen
spöttischen Mienen verfolgten, bewusst waren.

Auf einer schlichten Holzbank im Schatten einer mächtigen Linde saßen die Frau des Pastors von Salder und eine
Magd. Frau Hopius döste, dankbar, dass der Allmäch-
tige ausgerechnet heute am Tag des Herrn noch einmal
die grauen Wolken des Vormittags vom Himmel vertrieben und die Sonne hatte hervorkommen lassen, vor sich
hin. So hatte er ihr ermöglicht, den arbeitsfreien Nachmittag mit den Kindern im Garten zu verbringen. Ab
und zu löste sich ein Blatt vom Baum und segelte friedlich neben ihr zur Erde.

Die Magd hielt den jüngsten Pastorensprössling am
Gängelband. Dieser krabbelte munter, so weit es das
Band ermöglichte, durchs Gras, versuchte immer wieder durch kräftiges Zerren, seinen Radius zu erweitern,
begnügte sich dann aber schnell mit all dem Interessan-
ten, was die Natur für ihn in erreichbarer Nähe zu bieten
hatte, wie einen Ast, an dem man knabbern konnte, oder

einen Regenwurm, der interessante Nahrung zu bieten schien, sich aber seinen kleinen, ungeschickten Händen immer wieder entwand.

Einer der größeren Knaben war inzwischen auf die Idee gekommen, die Mädchen zu ärgern, indem er ihnen verstohlen kleine Kieselsteinchen zwischen die Beine warf. Mit der Zeit wurden seine Würfe immer häufiger und heftiger und konnten deshalb auch nicht mehr im Verborgenen bleiben. Empört rief eines der Mädchen:

»Frau Mutter, der Thomas plagt uns!«

Erschrocken fuhr Frau Hopius aus ihrem Schlummer hoch und mahnte den Angezeigten streng, die Mädchen in Ruhe zu lassen.

»Dem Barthel und mir ist langweilig!«, quengelte der Gescholtene.

»Spielt mit den Mädchen mit oder denkt euch ein eigenes Spiel aus«, forderte Frau Hopius müde. »Wenn ihr euch nur Dummheiten ausdenkt, könnt ihr auch hineingehen zum Vater und euch neue Katechismusaufgaben geben lassen!«

Thomas zog ob dieser Aussicht den Kopf ein und gab für eine Weile Ruhe. Nun hatten auch die Mädchen, drei Töchter des Pastors, drei Nachbarsmädchen und die Tochter der Magd, genug von ihrem Spiel und überlegten, was man nun tun könne. Schließlich einigten sie sich mit den beiden Jungen, dass man gemeinsam Fangen spielen könnte.

Else, das älteste der Mädchen, legte mit selbstsicherer Stimme die Regeln fest. Barthel begehrte kurz gegen den geforderten Vorsprung der Mädchen auf, denn sie waren doch zum Teil viel größer als er mit seinen fünf Jahren. Und ihn hatte man bestimmt, der erste Fänger zu sein.

Dann aber begann das Spiel unter Johlen und Schreien. Ausgerechnet seinen größeren Bruder Thomas konnte Barthel als Erstes greifen und so war dieser nun auch zum Fänger bestimmt.

Thomas nun bemühte sich nicht, irgendeines der Mädchen zu erwischen, sondern versteifte sich auf Gertraud, die Nachbarstochter, die er insgeheim besonders mochte wegen ihrer großen braunen Augen. Als er sie schon fast erwischt hatte, kam ihm seine Schwester Dorothea in die Quere, die gerade um Haaresbreite Barthel entwischt war. So um seinen Fang betrogen, schubste Thomas Dorothea grob zur Seite und sie fiel in eine große morastige Pfütze, die vom gestrigen Regen übrig geblieben war.

Just dieses Vergehen hatte Frau Hopius, die durch die kreischenden Stimmen davon abgehalten war, wieder in ihren Schlummer zu versinken, mit angesehen. Erzürnt angesichts dessen, was dieser Vorfall wieder an Zusatzwäsche mit sich brachte, abgesehen davon, dass auch Dorothea jämmerlich schrie, sprang sie auf, packte den Übeltäter beim Ohr und zog ihn in Richtung des Hauses.

»So, jetzt gehst du zum Vater in die Studierstube, beichtest ihm, was du getan hast, und lässt dir eine Katechismusaufgabe auferlegen!«, herrschte sie den kleinlauten Sünder an, ließ sein Ohr los und stieß ihn zur Hintertür. Selbst machte sie kehrt, um nun die heulende Tochter zu beruhigen und zu begutachten, wie groß der Schaden an der Kleidung war.

Auch die Magd hatte nun einiges zu tun, denn just eben hatte sie gesehen, wie es dem kleinen Christian gelungen war, den Regenwurm bis auf ein winziges Reststück in den Mund zu schieben. So merkten beide Frauen nicht sofort, dass auf einmal eine große Ruhe eingekehrt war und die im Garten verbliebenen Kinder alle in eine Richtung starrten.

Thomas war wieder aus dem Haus gekommen, aber dies war ein völlig anderes Kind als das, das den Garten verlassen hatte. Starr stand er in der Nähe der Hintertür des Pfarrhauses, den Mund in dem totenbleichen Gesicht zu einem unhörbaren Schrei aufgerissen, die Augen schienen aus den Höhlen zu treten. Der eine Arm hing bewegungslos an seiner Seite, der andere war nach oben gestreckt und rot von Blut. In der Hand hielt er etwas, was wie eine eiserne Klammer aussah. An ihrer Spitze hing etwas Fleischiges, von dem auch Blut tropfte.

Ilse, die Tochter der Magd, stieß einen spitzen Schrei aus, der alle Dämme bei den anderen Mädchen brach. Nun endlich durch das Schreien der Mädchen aufmerksam geworden, blickten Magd und Pastorenfrau auch zu Thomas hin. Frau Hopius meinte im ersten Moment zu glauben, dass Thomas sich doch wahrhaftig schon den nächsten Streich ausgedacht hatte, doch der Blick in sein Gesicht belehrte sie sofort eines Besseren. Abrupt ließ sie von Dorothea ab und eilte auf ihren Ältesten zu.

»Was ist, was hast …?« Ihr Blick fiel auf das blutige Etwas in der Klemme und sie erkannte sofort, dass es sich um ein menschliches Ohr handelte.

Sie packte Thomas bei den Schultern, schüttelte ihn und schrie ihn an, woher er das Ohr habe. Thomas fokussierte langsam, wie aus weiter Ferne kommend, seinen Blick auf seine Mutter und stammelte:

»Der Herr Vater … Blut … bewegt sich nicht … Ohr …!«

Frau Hopius ließ von Thomas ab und rannte zum Haus, aus dem nach wenigen Sekunden ihr gellender Schrei zu hören war. Wie als Echo fingen nun auch die Mädchen

58

wieder an zu schreien und Thomas sank auf dem Boden zusammen.

Durch die Schreie waren nun diverse Nachbarn und der Knecht alarmiert. Ein Teil strömte in den Garten, andere liefen zur Vordertür des Pfarrhauses. Doch der Erste, der sich im Pfarrhaus Zutritt verschaffte, war August, der Knecht. Er vernahm stöhnende und heulende Geräusche aus der Studierstube des Pastors und trat durch die offen stehende Tür. Das Bild, das sich ihm bot, glaubte er bis an sein Lebensende nicht mehr vergessen zu können. Auf dem Schreibtisch lag zwischen Tintenfass, Papierbögen und Büchern Pastor Hopius. Sein Kopf und seine Schultern waren blutüberströmt und auf der einen Seite des Kopfes fehlte das Ohr. Seine Beine lagen über Kreuz, seine Arme neben ihm ausgebreitet. Deutlich sichtbar waren die Hände in Schwurhand und Meineidshand angeordnet. Auf seiner Brust lag ein Stück Papier, auf dem mit Blut anstatt mit Tinte einige wenige Worte standen. Nun konnte August nicht lesen, aber er war sich im Klaren darüber, dass dieses Papier, nein, die ganze Anordnung der Leiche etwas auszusagen hatte, und so zog er Frau Hopius, die sich, halb über dem Pastor liegend, an dessen Schulter klammerte, behutsam zurück.

Die hereindrängenden Nachbarn herrschte er, ungewöhnlich selbstbewusst für einen Knecht, an, zurückzutreten und nichts im Raum anzufassen. Widerwillig wichen die Neugierigen zurück, als er sich mit Frau Hopius durch den Türrahmen drängte und die Tür hinter sich schloss.

Eine Nachbarin übernahm die schluchzende Pfarrersfrau und führte sie in die Wohnstube, wo sie sie zu beruhigen versuchte.

August sah im Ackerhofbesitzer Georg Grothe den richtigen Mann für die nächsten Maßnahmen, klärte ihn mit leiser Stimme über den Tatbestand auf und bat ihn, ihm zu helfen, für Ordnung zu sorgen. Grothe erhob daraufhin seine wohltönende Stimme:

»Ein Unglück hat unseren Pastor ereilt. Er ist tot. Da es sich um einen gewaltsamen Tod zu handeln scheint, müssen wir den Fall beim Amt anzeigen. Geht zurück auf eure Höfe. Nehmt eure Kinder mit, wenn sie hier gespielt haben. Grete und Ursel«, er wies auf zwei Nachbarinnen, »ihr kümmert euch um die Pastorskinder. Jörg, du reitest nach Niederfreden zum Amt und holst die Büttel. August, du bleibst hier vor der Tür stehen und passt auf, bis die Büttel kommen.«

Frau Hopius hatte nun die Diele wieder betreten.

»Ich muss mich um Thomas kümmern, er hat ihn gefunden. Und das Ohr!«

August wies auf die Hintertür und sagte, dass sich Thomas noch im Garten befände.

Grothe ging hinaus, fand Thomas zusammengekauert auf dem Boden, nahm ihn mitsamt dem grausigen Fund, den er immer noch in der Hand hielt, hoch und trug ihn behutsam ins Haus.

8. KAPITEL

Niederfreden

PFERDEGETRAPPEL, AUFGEREGTE SCHRITTE und Stimmen unterbrachen Konrads zwangsweise auferlegten Müßiggang. Nur widerwillig hatte er sich dem Befehl seines Vorgesetzten, den Sonntag zu heiligen, indem man die Untersuchung ruhen ließe, gefügt.

Immerhin war natürlich der Gottesdienst am Morgen eine willkommene Unterbrechung gewesen. Einmal, weil Konrad wirklich gerne zur Kirche ging, wenn er sich eine klare Predigt erhoffen konnte, zum anderen hatte er hier in Niederfreden ja sogar eine familiäre Verwurzelung, war doch vor über 30 Jahren sein Großvater hier Pfarrer gewesen.

Dies hatte sich in den unruhigen Zeiten der Schmalkaldener Kriege abgespielt. Sein Großvater Nicolaus Riebestahl war durch die Reformation in der Stadt Braunschweig ebenfalls zu lutherischer Gesinnung gekommen und hatte, als der katholisch gebliebene Herzog Heinrich von Braunschweig-Wolfenbüttel von dem lutherischen Bund besiegt und gefangen gesetzt worden war und das Herzogtum eine lutherische Kirchenordnung bekommen hatte, die Pfarrstelle in Niederfreden übernommen. Die damaligen Lehnsherren von Niederfreden und Salder, die Herren von Salder, waren der lutherischen Sache sehr gewogen gewesen, nicht zuletzt aufgrund eines alten Zwistes mit dem katholischen Herzog. Als Herzog Heinrich einige Jahre später nach der Niederlage des luthe-

rischen Bundes sein Herzogtum zurückerhielt, wurde
die Reformation im Braunschweiger Land rückgängig
gemacht und Nicolaus Riebestahl hatte mit seiner Familie, darunter seine Tochter Agnes, die Konrads Mutter
war, nach Braunschweig flüchten müssen.

Konrad hatte diesen Geschichten aus der alten Zeit
immer mit großer Spannung gelauscht. Er wusste auch,
dass seine Eltern und seine Tante und Onkel hier einst
eine Hexenverbrennung miterlebt hatten, obwohl er
sich nicht mehr an die genauen Hintergründe erinnern
konnte.

Von der Predigt an diesem Morgen war Konrad ein
wenig enttäuscht gewesen. Es schien, dass Superintendent
Schultius nicht so ganz bei der Sache war, was man angesichts der Umstände verstehen konnte. Unter das Bibelwort ›Legt nun ab alle Bosheit und allen Trug und Heu-
chelei und Neid und alles üble Nachreden‹ aus dem 1.
Petrusbrief hatte er eine sehr gesetzliche Predigt gestellt,
die das Fehlverhalten der üblen Rede anprangerte.

Sehr deutlich war für alle, dass er sich hiermit auf
Berthe Bethges Verhalten, aber auch auf das Verhalten vie-
ler Gemeindemitglieder bezog. Diese Verurteilung eines
solchen Verhaltens fand Konrad durchaus vernünftig an
diesem Tag, doch leider erschöpfte sich die Predigt auch
darin. Konrad kannte andere Prediger, die nun im zweiten
Teil die Besinnung auf die göttliche Gnade und das daraus folgende Verhalten der Christenmenschen themati-
siert hätten. Das waren die Gedanken, die eine gedrückte
Gemeinde hätten aufbauen können und in ein besseres
Leben hätten entlassen können. Doch diese Besinnung
fehlte nun ganz und auch der Trost des Heiligen Abend-
mahles wurde heute nicht gespendet.

62

Doch ein Gutes hatte der Sturm der Worte für Konrad: Da er einen Platz im Seitengestühl, das für Bedienstete des Amtes vorbehalten war, zugewiesen bekommen hatte, konnte er verstohlen die Gesichter der Gemeindemitglieder beobachten und sah auf vielen Gesichtern nicht nur Unbehagen, sondern regelrecht Entsetzen aufkeimen, was sich allein durch den Tatbestand der Ermordung von Berthe Bethge nicht erklären ließ.

Was ist hier los?, fragte sich Konrad mit leichtem Schaudern.

Nach dem Gottesdienst, der zwei Stunden gedauert hatte, war Konrad ein wenig erschöpft und hätte gerne einen ausgiebigen Spaziergang unternommen, doch als er diesen Gedanken in die Tat umsetzen wollte, traf er Untervogt Kasten auf dem Weg von der Kirche zum Amtshaus, und ihm fiel ein, dass er ja mit genau diesem ein Gespräch unter vier Augen führen wollte. Zum Glück war sein Vorgesetzter zu Hohenstede noch am Kirchenportal vom Superintendenten in ein Gespräch verwickelt worden und so konnte er sein Vorhaben unbeobachtet von diesem in die Tat umsetzen.

Kasten willigte ein, einen kleinen Umweg zu machen, wobei Konrad sehr schnell merken musste, dass das langsame Tempo des schwergewichtigen Mannes seine eigenen weit ausholenden Schritte so sehr ausbremste, dass der Gang jedenfalls nicht mehr als Spaziergang bezeichnet werden konnte.

Konrad kam ohne Umschweife auf sein Anliegen:

»Sagt, Herr Untervogt, wer hat Zugang zu dem Folterkeller im Amt?«

»Das war mir klar, dass Ihr mir diese Frage stellen würdet, nach Euren Beobachtungen, über die Ihr Euch gestern geäußert habt. Ihr habt mir einen nicht geringen Schrecken damit eingejagt und ich habe noch gestern den Wahrheitsgehalt Eurer Aussagen überprüft.«

Kasten seufzte schwer:

»Und Ihr habt recht. Es fehlt ein Gewicht und die Klammern sind identisch. Nun ist es so, dass ich nicht genau weiß, wie viele Klammern eigentlich da sein müssten, doch eines ist sicher: Es fehlen einige, denn ich weiß, dass der Kasten früher bis zum Rand voll war!«

»Ja«, seufzte Konrad, »das habe ich befürchtet! Wir müssen wohl noch mit weiteren Morden rechnen, wenn wir diese beiden Todesfälle nicht sehr schnell aufklären. Doch wer hat nun Zugang zum Folterkeller?«

»Keiner und jeder«, Kasten wischte sich mit einem überdimensionierten Taschentuch den Schweiß aus dem Gesicht. »Der Schlüssel hängt in der Amtsstube des Amtsvogtes. Nun hat zwar nicht jeder dort Ein- und Ausgang, doch wenn der Amtsvogt unterwegs ist, bleibt die Stube unverschlossen und weitgehend unbeobachtet. Man muss nur wissen, wo der Schlüssel zu holen ist, dann ist es ein Leichtes, an ihn heranzukommen.«

»Mmm, dann hilft uns das noch nicht wirklich, den Verdächtigenkreis einzugrenzen. Allerdings muss auf jeden Fall das Dienstvolk des Amtes befragt werden, wer in den letzten Monaten im Amt ein und aus gegangen ist. Könntet Ihr das übernehmen und vor meinem Vorgesetzten rechtfertigen? Wie Ihr gemerkt habt, habe ich noch keine sehr verantwortungsvolle Position in dieser Untersuchung zugesprochen bekommen und Herr zu Hohenstede scheint meine Gedanken als jugendlichen Vorwitz abzutun.«

»Mit Verlaub, Herr Assistent, ich finde Eure Gedanken sehr reif für Euer Alter, aber das ist der Lauf der Welt, dass wir Älteren uns nicht damit abfinden möchten, von der Jugend eingeholt zu werden«, erwiderte Kasten mit einem Augenzwinkern.

»Na, immerhin scheint das ja bei Euch anders zu sein«, ging Konrad auf den scherzhaften Ton ein.

Da Kasten nun sichtbar genug von der ungewohnten Bewegung hatte, begaben sich die beiden so unterschiedlichen Männer zurück zum Amtshof und trennten sich in bestem Einvernehmen.

Konrad wurde von einer Magd mitgeteilt, dass Herr zu Hohenstede eine Mittagsmahlzeit geordert hätte, die er zusammen mit dem Herrn Assistenten einzunehmen wünschte, und diese nun in der kleinen Stube aufgetragen werden könne.

Seufzend begab sich Konrad in die Stube. Nachdem die Mahlzeit einige Minuten lang schweigend eingenommen worden war, begann Herr zu Hohenstede mit weitschweifigen Erläuterungen über die vielfältigen Aufgaben eines fürstlichen Assessors und machte immer wieder deutlich, dass man diese wahrhaft auszuführen nur imstande sein könne, wenn man als junger, frisch examinierter Jurist die Augen offen und den Mund geschlossen halten würde, um von den Erfahreneren zu lernen.

Konrads Gedanken schweiften irgendwann in die Ferne, beschäftigten sich mit dem Gespräch, das er eben geführt hatte, und wurden abrupt wieder zurück in die Stube geholt, als er die scharfe Stimme zu Hohenstedes vernahm, der ihn fragte:

»Nun, Herr Assistentus, wollt Ihr mir nicht antworten?«

»Entschuldigt, wie war die Frage?«, stotterte Konrad.

Resigniert den Kopf schüttelnd, wiederholte zu Hohenstede:

»›Wie gedenkt Ihr den Nachmittag zu gestalten?‹, war meine Frage.«

»Wenn Ihr eine Aufgabe für mich habt, Herr Assessor, so will ich die gerne ausführen.«

»Nein, nein, im Gegenteil, nutzt den Tag des Herrn, um in Euch zu gehen. Dafür ist er da! Ich für meinen Teil werde mich auf mein Zimmer zurückziehen und ein wenig lesen. Mit der Untersuchung werden wir morgen fortfahren!«

So ausgebremst, wollte Konrad, der an dieser Stelle nicht wagte zu widersprechen, sich in sein Zimmer begeben. Zuvor aber lockte es ihn, den flotten Gang, um den er vorhin durch das langsame Tempo Kastens betrogen worden war, nachzuholen und er strebte hinaus in den Sonnenschein. Gerade wollte er nach einer erfrischenden Runde wieder zum Amtshof einbiegen, als er vor dem Gebäude, das seit kurzer Zeit, wie er gehört hatte, eine Art Elementarschule darstellte, die nicht so recht in Gang kommen wollte, eine anmutige Gestalt auf einer Bank unter einem Baum sitzen sah. Ohne nachzudenken, machte er einen Schritt auf die junge Frau zu und war sofort überwältigt von dem, was er sah. Auf einem geraden, ranken Körper, der schlicht in graue Wolle gekleidet doch eine unnachahmliche Eleganz ausstrahlte, saß ein der Sonne entgegen gestreckter Kopf. Ein vollkommen ebenmäßiges weißes Gesicht wurde von dunkelbraunen, fast schwarzen Haaren umrahmt. An dem schlanken Hals funkelte silbern ein kleiner Anhänger genau an der Stelle, wo der züchtige Ausschnitt des Kleides das Weiß der Haut begrenzte. Konrad, der den Anhänger einen Moment genauer betrachtete, erkannte, dass es sich bei ihm anstatt um ein Kreuz, wie er angenommen hatte, um einen fein ziselierten Lebensbaum handelte. Die Augen des Mädchens waren geschlossen und öffneten sich angesichts der nahenden Schritte nur halb, sodass Konrad das dunkelbraune Augenpaar nur erahnen konnte.

Plötzlich wurde sich Konrad seines unhöflichen Starrens bewusst und er räusperte sich verlegen:

»Entschuldigt sehr die Störung. Mein Name ist Konrad von Velten und ich bin hier fremd. Deshalb macht mich jedes Gesicht hier neugierig und ich habe Euch vielleicht ein wenig ungebührlich angestarrt. Sagt mir, wenn ich mich entfernen soll!«

»Nein, nein, dies ist ja ein öffentlicher Platz und ich warte nur auf meinen Vater, den Opfermann,« entgegnete die junge Frau mit fröhlicher Stimme.

Zu Konrads Verwunderung blickte sie ihn dabei aber nicht direkt an, was man, hätte man nicht die fröhliche Stimme gehört, als Scheuheit hätte auslegen können.

»Ihr seid die Tochter des Opfermannes? Ist das Wilhelm Bindig, von dem ich hörte, dass er auch eine Schule eingerichtet hat?«

»Ja, mein Herr, und ich bin Christine Bindig und versuche, meinem armen Vater ein wenig dabei zu helfen.«

»Ah, das interessiert mich sehr! Gestattet Ihr, dass ich mich einen Moment neben Euch niederlasse?«

Christine nickte gnädig und während Konrad sich neben ihr niederließ, beobachtete er erstaunt, dass sich ihre Augenlider nicht weiter hoben und sie auch den Kopf nicht, genau seinen Bewegungen angepasst, zu ihm wendete.

»Sollen hier auch Mädchen unterrichtet werden? Meine Mutter ist, müsst Ihr wissen, Leiterin einer Mädchenschule in Wolfenbüttel und konnte erstaunliche Erfolge erzielen.«

Christine schlug begeistert die Hände zusammen:

»Von Velten, natürlich habe ich schon von Eurer Mutter gehört! Aber ich muss Euch leider sagen, dass hier selbst der Versuch, Jungen zu unterrichten, an vielen Widerständen scheitert. Just ist mein Vater zu einem Gespräch beim Superintendenten, um ihm zu melden, dass er aufgeben will.«

»Aber warum?«, fragte Konrad bestürzt.

»Einmal, weil niemand bereit ist, diese Aufgabe zu bezahlen. Zum anderen fühlt sich mein Vater von dem Auftrag überfordert, denn ein rechter Gelehrter ist er nicht und er muss auch sehen, dass er neben seinen Aufgaben als Küster und Organist seinen eigenen Hof und seine Äcker bestellt bekommt.«

Konrad hatte schon früher von dieser Verquickung des Küsterberufes mit dem Dienst des Organisten und des Dorfschullehrers in ländlichen Gebieten gehört und sich gefragt, wie denn eine Qualifikation für so unterschiedliche Aufgaben in einer Person zustande kommen mochte.

»Ich kann ihm leider keine große Hilfe sein«, fuhr Christine fort. »Im Haushalt tauge ich kaum und lehren kann ich nur, was ich selbst gelehrt bekommen habe. Oh, ich glaube, ich höre meinen Vater kommen.«

Als wenn sie in der Luft schnuppern wollte, reckte Christine ihr hübsches Näschen in die Luft und mit einem Schlag erkannte Konrad, dass die junge Frau blind war. Er erhob sich von der Bank, verneigte sich leicht vor dem etwas irritiert wirkenden Opfermann Bindig und verabschiedete sich von Christine:

»Es war mir eine große Freude, Eure Bekanntschaft zu machen, Fräulein Bindig, und ich hoffe, dass Euer Herr Vater gestattet, dass ich Ihnen beiden demnächst meine

Aufwartung mache. Ich würde gern mehr über diesen Schulversuch hören.«

»Ja, ja, ja«, antwortete Bindig an Stelle seiner Tochter fahrig. »Kommt gerne vorbei, doch ich fürchte, Ihr werdet nur eine traurige Geschichte über ein sterbendes Kind hören, denn das ist diese Schule. Aber nichts für ungut.«

Wenig später lag Konrad auf dem Bett und starrte die Decke an. Er ließ seine Gedanken in die Richtung schweifen, wo es sie hintrieb. Erst war es die liebreizende Christine, die ihn so sehr an seine erste große Liebe Sophia Hedwig erinnerte. Welch ein trauriges Schicksal, diese Welt nicht mit eigenen Augen erfassen zu können. Trotzdem schien die junge Frau nicht allzu sehr mit ihrem Schicksal zu hadern und er hatte sich von ihrer freimütigen, fröhlichen Art sehr angezogen gefühlt. Allmählich wanderten seine Gedanken zum eigentlichen Zweck seines Hierseins, zu den Mordfällen.

›Der nase schnüfflei, des munnes gered‹ … – hier geht es um Rache! Was verbindet eine Kotsassin in Niederfreden mit einem reichen Ackerhofbesitzer in Hohenassel? Da muss man ansetzen, in dem, was die beiden verbindet liegt der Grund! Vielleicht für eine Rache?

Als er nun die Unruhe im Hof vernahm, steckte er zunächst seinen Kopf aus dem Dachfensterchen, konnte aber außer einem Pferd, das von einem Knecht versorgt wurde, nichts weiter sehen. Also verließ er schnell sein Zimmer und begab sich in das Untergeschoss des Hauses, aus dem er laute Stimmen vernahm.

In der Amtsstube standen der Amtsvogt, zwei Büttel und, der Kleidung nach zu urteilen, ein besser gestellter Bauer im Sonntagsstaat.

»… alles so belassen, wie vorgefunden, aber es müsste

sehr schnell jemand kommen!«, vernahm Konrad eben noch die Stimme des Bauern. Dann die ärgerliche Antwort des Amtsvogtes: »Ja, gewiss, aber das am Sonntag! Oh, Herr Assistent, Ihr kommt wie gerufen. Dies ist Bauer Jörg Papendeich aus Salder und er bringt böse Nachrichten aus seinem Dorf. Es hat einen neuen Mordfall gegeben und das Opfer ist Pastor Hopius aus Salder.« Der Amtsvogt schüttelte erschüttert den Kopf und die Nachricht schien ihm nun auch die Kraft aus den Beinen genommen zu haben, denn er ließ sich schwer in seinen Amtssessel plumpsen.

Konrad wandte sich an den Bauern. »Wie habt Ihr die Leiche vorgefunden?«

»Ich selbst habe sie nicht gesehen, aber mein Freund Grothe hat mir gesagt, dass die Umstände umgehend eine Untersuchung durch das Amt erfordern. Es scheint eindeutig zu sein, dass der Pastor erschlagen wurde, und ein Ohr ist ihm abgeschnitten worden. Zudem sollen seine Glieder seltsam angeordnet gewesen sein.«

Der Amtsvogt erkannte, dass in Konrad die Lösung seines dringendsten Problems zu finden war.

»Herr Assistent, reitet mit Papendeich nach Salder und nehmt ersten Augenschein der Tatsachen. Gebt die entsprechenden Befehle zur Behandlung der Leiche. Ich denke, es wird nicht nötig sein, den Pastor hierher zu überführen, wenn Ihr alles gut dokumentiert. Ich werde Eurem Vorgesetzten Kenntnis von dem neuen Vorfall geben und mit ihm das weitere Vorgehen disputieren.«

»Zu Diensten, Herr Amtsvogt, aber übermittelt bitte meinem Vorgesetzten, dass ich auf Eure Anweisung und Befehl handle, damit es keine Missverständnisse über meine Befugnisse gibt!«

Gerne kam Konrad der Anweisung durch den Amtsvogt nach, dieser wiederum war zufrieden mit der Aussicht, einen ruhigen Schwatz mit dem Wolfenbütteler Beamten halten zu können und die lästige Arbeit in die Hände des jungen Spundes geben zu können.

9. KAPITEL

Salder

DIE ZUSTÄNDE, DIE KONRAD nach seinem schnellen Ritt an der Seite des Boten Papendeich im Salder'schen Pfarrhaus vorfand, waren erschütternd und ließen auch seine bisherige Gelassenheit ins Wanken kommen. Schon als er die Anhöhe hinaufritt, die zum Kirchhof führte, spürte er die dunkle Wolke, die über dem Dorf lag, wie eine Bedrohung seiner eigenen Grundfesten.

Von Natur aus eigentlich ein lebensbejahender und optimistischer Mensch, hatte er seit frühester Kindheit auch diese Sensibilität für die dunklen Seiten des Lebens und des Menschlichen in sich verspürt. Und er fühlte sich zu seinem eigenen Entsetzen davon manchmal geradezu magisch angezogen, während er im nächsten Moment, schwer hadernd mit sich selbst, nur noch fliehen wollte, vergessen, vergessen, vergessen.

Fand er die rechte Balance nicht rechtzeitig, suchten ihn wie zur Strafe schwerste Kopfschmerzattacken verbunden mit Sehstörungen und Übelkeit heim. Bei sich nannte er diese Anfälle spöttisch ›die Strafe des unreinen Blutes‹, wie um sich selbst daran zu erinnern, welch dunklen Umständen er sein Leben verdankte.

Hier nun in Salder fühlte er zunächst nur die magische Anziehung des Dunklen und blendete in seiner Wissensgier alle späteren möglichen Folgen für sich aus. Als er auf dem Pfarrhof einritt, begegnete er einer großen Menschenmenge, sodass er fast meinte, dass hier schon das ganze Dorf versammelt sei.

Kein Wunder, das ist ja mal was, was nicht alle Tage vorkommt, dachte er bei sich.

Sein Begleiter Papendeich bahnte mithilfe seines Pferdes rücksichtslos einen Weg bis zur Haustür und saß schwungvoll ab.

Verwundert fragte Bauer Grothe, der breitbeinig in der Tür stand:

»Was hast du denn da für einen seltsamen Büttel mitgebracht? Das ist ja ein feines Herrchen!«

Papendeich, den Konrad auf dem Ritt hierher kurz über die beiden anderen Morde und die Tatsache, dass höhere Stellen nun schon mit den Untersuchungen betraut worden seien, aufgeklärt hatte, erwiderte schulterzuckend:

»Das ist der Assistent eines fürstlichen Untersuchungsbeamten, der hier im Moment schon einiges zu tun hat!«

Ehe Grothe zu weiteren Fragen anheben konnte, stellte sich Konrad selbst vor und bat dann, sich zunächst einen schnellen Überblick über das Verbrechen verschaffen zu dürfen, damit dies baldmöglichst an die zuständigen Stellen weitergeleitet werden konnte.

Grothe führte ihn ohne weiteren Kommentar zur Studierstube des Pastors und Konrad verharrte eine geraume Zeit in der Tür, sprachlos angesichts des Bildes, das sich ihm bot.

Genau die Mischung aus Grauen und Faszination, die er bei sich schon so verzweifelt kennengelernt hatte, erfasste ihn in einer hohen Woge, und auch erste Anzeichen des vertrauten Kopfschmerzes wollten sich schon breitmachen. Er fokussierte seinen Blick zu einer neutralen Sachlichkeit und konnte damit den Schmerz gerade noch rechtzeitig wieder ausblenden.

Ein Mann mittleren Alters, kräftig, aber durchaus angenehm proportioniert, lag auf einem Schreibtisch, der offensichtlich genau als solcher rege benutzt wurde. Aufgeschlagene Bücher, Papierbögen, Federkiel und Tintenfass umgaben die Gestalt, als seien sie ihre Insignien.

Die Glieder waren genauso angeordnet, wie er es auf den Skizzen des Untervogtes Kasten, die dieser über die Lage der ersten beiden Opfer angefertigt hatte, gesehen hatte, und die ihm zugewandte Kopfhälfte war blutverkrustet, es fehlte das rechte Ohr.

Behutsam trat Konrad nun näher und stellte fest, dass der Pastor im Leben ein durchaus ansehnlicher Mann gewesen war. Kastanienbraune Locken umgaben ein ebenmäßiges Gesicht mit hoher Stirn und schmaler Nase. Der schön geschwungene Mund stand ein wenig wie zu einem erstaunten Ausruf offen und auch die Augen hatte man ihm in der Aufregung, den Tatort nicht zu verändern, nicht zugedrückt. Nach einem kurzen Blick in die blicklosen blauen Teiche mit ihrem schwarzen Mittelpunkt strich Konrad sanft über die Lider und gönnte den Augen des Pastors von Salder die ewige Ruhe.

Seine eigenen Augen wanderten nun weiter über den Körper und er entdeckte ein Stück Papier, das mit einer rotbraunen Flüssigkeit beschrieben war. Blut. Konrad entzifferte die Worte: ›des ohres gerücht‹.

Wenn nicht vorher schon deutlich gewesen wäre, dass dieser Mord im Zusammenhang mit den anderen stand, so hätte dieses Papier endgültig Gewissheit verschafft.

Suchend wanderte Konrads Blick zurück zu der Stelle, wo ein Ohr fehlte.

»Wo ist das Ohr?«, fragte er laut.

Bauer Grothe, der inzwischen direkt hinter Konrad stand, schrak zusammen und stotterte dann:

»Das hat doch der Junge!«

Konrad drehte sich ungläubig um. »Welcher Junge?«

Nun erst begann Grothe, den Hergang der Auffindung der Leiche zu erläutern, und schloss mit den Worten: »Der Junge, der Thomas, der ist nach oben in die Kinderkammer gebracht worden, um ihn zu reinigen.«

»Zeigt mir den Weg, ich muss sofort mit ihm sprechen!«

Grothe rief nach dem Knecht August, um die Anweisung weiterzugeben. Ehe Konrad den Raum verließ, bedeutete er Grothe, ihm zu folgen und die Tür zu schließen. Noch durfte nichts verändert werden, auch sollte die Würde des Pastors dadurch gewahrt bleiben, dass nicht allzu viele seiner Schäfchen ihn in dieser schmählichen Position erblickten.

In der Kinderkammer saß ein vielleicht neun- oder zehnjähriger Junge in einem kleinen Badezuber und starrte vor sich hin. Eine Magd füllte soeben heißes Wasser in den Zuber, aber das schien der Junge nicht wahrzunehmen. Seine großen blauen Augen, sehr ähnlich denen

seines Vaters, starrten blicklos an die Wand und verän-
derten sich auch nicht, als eine der Frauen, die im Raum
standen, zu lamentieren begann:

»Wir müssen immer wieder warmes Wasser nachfül-
len, denn er will nicht aus dem Bad steigen. Er sitzt da
nun schon seit drei Stunden und strampelt und schreit,
wenn wir ihn herausheben wollen.«

Konrad kniete sich vor dem Jungen in der Wanne nieder.

»Thomas, mein Name ist Konrad von Velten. Darf ich
dich etwas fragen?«

Keine Reaktion.

»Thomas, hör zu, du hast etwas Schreckliches erlebt,
aber trotzdem musst du mir jetzt antworten, damit wir
das aufklären können!«

Wieder keine Reaktion.

Konrad wusste, dass die menschliche Seele auf große
Belastungen sehr unterschiedlich reagieren konnte, er
hatte es in der eigenen Familie erlebt. Wie man mit der
verletzten Seele eines Kindes umgehen sollte, war ihm ein
großes Geheimnis, und er hatte viel zu viel Respekt davor,
als dass er es gewagt hätte, hier zu forsch vorzugehen.

Er wandte sich langsam zu den Frauen, die das Geschehen in respektvollem Abstand verfolgten, und fragte:

»Wo ist das Ohr, das Thomas in der Hand hatte?«

In diesem Moment ertönte ein gellender Schrei wie der
eines Tieres, das sich in einer Falle verfangen hatte, und
als Konrad sich erschrocken Thomas wieder zuwandte,
hatte dieser die Hände vor die Ohren geschlagen und
wiegte sich im Zuber vor und zurück. Seine Augen waren
dabei schreckensstarr auf eine dunkle Ecke des Raumes
gerichtet, in der eine Kleiderkiste stand.

Eine der Frauen eilte erschrocken mit einem Trocken-
tuch herbei, versuchte, Thomas darin einzuschlagen und
aus der Wanne zu heben. Die andere Frau musste ihr zur
Seite eilen, weil der Knabe nun begann, wild um sich
zu schlagen. Konrad trat zurück und in diesem Augenblick fiel sein Blick auf die in der Ecke stehende Truhe,
auf der, in eine Klammer eingeklemmt, ein menschliches Ohr lag.

Mit seinem Körper verdeckend, was er tat, nahm Konrad die Klammer auf und ließ sie mitsamt dem Ohr in
seinem kleinen Ränzlein verschwinden. Nach einem letzten hilflosen Blick auf Thomas, der sich immer noch in
den Armen der ihn betreuenden Frauen wand und dabei
spitze Schreie ausstieß, verließ Konrad, inständig betend,
dass sich das Kind unter der Obhut der Frauen irgendwann beruhigen würde, den Raum.

Er begab sich nach unten und betrat erneut, nun diesmal, wie er sich ausdrücklich erbat, allein die Studierstube.
Hier zog er das Ohr an der Klammer aus dem Ränzlein
und sah dabei, dass das Behältnis Gott sei Dank nicht
allzu sehr beschmutzt war.

Er trat mit dem Ohr an die Leiche heran, beugte sich
ganz nah an den Kopf des Pastors und hielt das Ohr
so daran, wie es ursprünglich vom Schöpfer vorgesehen
gewesen war. Nun konnte er bestätigt finden, was eigentlich von vornherein klar gewesen war: Thomas musste
seinen Vater auf dem Tisch liegend vorgefunden und
zunächst vielleicht angenommen haben, dass dieser sich
nur ein seltsames Plätzchen für sein Sonntagsnachmittags-
schläfchen ausgesucht hatte. Sicher schon einigermaßen
irritiert durch all die seltsamen Dinge, die anders zu sein
schienen als normalerweise, hatte er irgendwann nach

dem seltsamen Gegenstand gegriffen, den er am Kopf seines Vaters erblickt hatte, und dabei hatte sich die Klammer, die das Ohr am Kopf festgehalten hatte, mitsamt dem Ohr vom Kopf gelöst.

Konrad blickte sich nun in der Studierstube um. Die beiden Fenster zum Garten waren fest verschlossen, sodass jetzt in der Stunde des späten Nachmittages nur noch spärliches Licht durch die grünen Butzenscheiben fiel. Doch vor drei Stunden, ehe der Mord entdeckt worden war, musste die Sonne aus dem Süden recht hell hereingeschienen haben. Wenn nun der Täter nicht von draußen gekommen war, was die fest verschlossenen Fenster und die Tatsache, dass der ganze Garten voll mit Menschen gewesen war, nahelegten, musste er das Zimmer durch die Tür betreten haben. Da aber der Pastor höchstwahrscheinlich auf dem einzigen Stuhl im Raum am Schreibtisch gesessen hatte, hatte er der Tür den Rücken zugewandt.

Konrad hob den Kopf des Pastors leicht an und fand auch hier, was er vorher vermutet hatte: Die Todesursache war ein heftiger Schlag mit einem stumpfen Gegenstand gewesen.

Wenn Pastor Hopius noch gehört hatte, dass jemand hinter ihm die Stube betreten hatte, so hatte er es doch offensichtlich nicht mehr geschafft, noch den Kopf zu drehen, denn dieser war genau mittig getroffen worden.

Wer aber hatte sich überhaupt zu dieser Zeit so ungehindert und wahrscheinlich unbeobachtet Zutritt verschaffen können?

Es war an der Zeit, Pastor Hopius auf die Fahrt zu seiner ewigen Ruhestätte zu entlassen und sich den Lebenden in diesem Haus zuzuwenden.

Konrad trat hinaus in die Diele, die sich jetzt Gott sei Dank bis auf Bauer Grothe und Knecht August geleert hatte, und bat den Knecht um Auskunft, wer heute Nachmittag etwa um die neunte Stunde im Haus gewesen war.

August zählte an den Fingern ab:

»Die Frau Pastor war draußen und alle Kinder. Die Beatke, was meine Frau ist, mit unserer Tochter Ilse war auch draußen. Ich war gleich nach dem Mittagessen in den Stall gegangen, um nach einem lahmenden Fuß beim Pferd zu sehen. Also bleibt nur die Köchin Kunigund, die war wohl hier im Haus.«

»Dann hol die Kunigund und weise mir einen Raum an, in dem ich ungestört mit ihr reden kann!«

Wenige Minuten später stand er mit der Köchin in der bescheidenen Wohnstube des Pfarrhauses und fragte die verstörte Frau, ob sie irgendjemanden im Pfarrhaus beobachtet hatte, der hier nicht hingehörte.

Die Köchin begann zu jammern und die feisten Hände zu ringen.

»Oh Gott, oh Gott, oh Gott! Wer tut so was? Der feine Herr, ein Mann Gottes, und so ein Ende! Nein, ich habe niemanden gesehen. Ich hatte nach dem Mittagsmahl in der Küche zu tun, sie liegt zum Hof hinaus in einem Anbau. Die Beatke hat mir ja nicht helfen können, weil sie auf das Kleine aufpassen sollte, und die Spülmagd hat nach dem Essen freibekommen und ist heimgegangen nach Heerte, und so hats gedauert. Hab ja auch gleich noch das Abendmahl vorbereitet. Das erste Ungewöhnliche, was ich vernommen hab, war das Geschrei aus dem Garten. Das war zum Fürchten! Allerdings, jetzt, wo Ihr das ansprecht, fällt mir ein, dass bei all dem Gelaufe und Gedränge ins Haus einer sich in die andere Richtung bewegt hat.«

Konrads Gestalt spannte und straffte sich. »Was habt Ihr gesehen?«

»Nein, nein, eigentlich nicht mal gesehen! Es war nur so, dass ich aus dem Anbau ins Haus lief, man muss durch die eine Tür raus und durch die Hintertür rein, da stieß mich etwas zur Seite und war sofort in Richtung Hof in der Menge verschwunden.«

»Aber Ihr müsst doch was gesehen haben!«

»Ja, nein, … ich weiß nicht. War kein feines Wams oder Kleid. Vielmehr etwas mit Fell und Wolle. Ein Hut auf dem Kopf, darunter sah ich nichts. Könnte ein Tagelöhner oder Schäfer gewesen sein.«

»Schäfer? Hat der Pfarrhof einen eigenen Schäfer?«

»Nein, nein, die paar Schafe vom Pastor grasen hier auf dem Pfarrgrundstück und die versorgt der August. Der war's aber nicht. Aber so Gesindel taucht hier manchmal des Sonntags nach der Predigt auf, weil es hofft, dass der Pastor ihrem Betteln gnädig gesinnt ist nach der Sonntagspredigt!«

»Mehr habt Ihr nicht gesehen?« Konrad malte sich aus, wie mühsam die Befragung der Dorfbewohner werden würde, die in den Pfarrhof gedrängt waren, als sie das Geschrei hörten.

»Könnt Ihr mir ein paar Namen nennen, wer sich aufgrund des Geschreis in der Zeit unmittelbar danach auf dem Hof befand?«

»Sicher, das kann ich wohl. Aber davon würde niemals einer sich an unserem Herrn Pastor vergreifen!«, entgegnete die Köchin ziemlich beunruhigt.

»Nein, nein, es geht mir nur um Zeugen«, beruhigte Konrad sie.

Die Köchin nannte eine ganze Reihe von Namen, die

sich Konrad geschwind in seiner kleinen Kladde notierte. Danach entließ Konrad sie und begann sich an die mühsame Aufgabe zu machen, die Namen mit August und Bauer Grothe abzugleichen und zu ergänzen.

Mittlerweile war es reichlich spät geworden und Konrad fragte sich, wie er nun am besten vorgehen sollte, ohne seinen Vorgesetzten allzu sehr zu verärgern. Schließlich beschloss er, angesichts der vorgerückten Stunde nach Niederfreden zurückzureiten und dort Bericht zu erstatten. Außerdem fand er es vernünftig, gleich des Pastors Amtsbruder und Vorgesetzten in Niederfreden zu informieren, denn es würde hier ja eine nicht gewöhnliche Beerdigung zu organisieren sein.

Bauer Grothe versprach, sich um die Waschung und Aufbahrung des Pastors zu kümmern, und beruhigte Konrad auch in Bezug auf seine Sorge um die Pfarrersfrau, Thomas und die anderen Kinder.

»Das geht schon alles seinen vernünftigen Lauf, Herr Assessor. Meine Frau steht sich sehr gut mit Frau Hopius und kümmert sich um alles, was vorerst noch getan werden muss!«

Einigermaßen beruhigt, stieg Konrad auf sein Pferd und hoffte, dass dieses den Weg in den heimatlichen Stall selber finden würde, denn mittlerweile war es dunkel geworden und nur wenige Sterne und ein Viertelmond beleuchteten seinen Weg.

10. KAPITEL

Lichtenberge

KONRAD WOLLTE SEIN PFERD, nachdem es Salder verlassen hatte und plötzlich vom Hohen Weg abbog, zurück auf die ihm bekannte Straße dirigieren, doch dieses hatte im Moment den stärkeren Willen und Konrad gab mit dem Wissen um den bekannten Instinkt der Pferde, immer ihren Heimweg zu finden, nach. Viel lieber sann er weiter über das in Salder Erlebte nach und versuchte, eine Ordnung des weiteren Vorgehens zu entwerfen. Wenigstens für sich. Denn ob sie mit seinem Vorgesetzten durchführbar sei, würde sich erst erweisen.

Nun wurde das Pferd immer langsamer und Konrad lenkte seine Aufmerksamkeit auf den Weg zurück. Eine Serpentine wand sich durch den Wald, den er inzwischen erreicht hatte, in die erste Höhe, die das bis hierher flache Braunschweiger Land zu bieten hatte. Einen Moment bereute er, dem Pferd seinen Willen gelassen zu haben. Hinter sich hatte er eben ein Rascheln gehört und er hatte das Gefühl, dass ihn tausend Augen beobachteten.

»Ich bin im Wald, da raschelt's schon mal von einem Waldtier. Und sicher beobachtet der eine oder andere Fuchs oder Uhu deinen Weg mit Argusaugen«, beruhigte er sich selbst.

Der Weg wurde wieder eben und führte offensichtlich an dem Höhenzug entlang. Der Wald war sehr dunkel, weil die hohen Bäume ihre Kronen über den Weg breiteten, und nur ab und zu war der fahle Mond durch die

Äste erkennbar. Wieder überkam Konrad das unheimliche Gefühl, dass jede seiner Bewegungen überwacht wurde. Er spornte sein Pferd zu höherem Tempo an und dieses gab nach und verfiel in einen leichten Trab.

Da der junge Mann seinen Blick angestrengt auf den Weg vor sich richtete, wurde er von dem Unglück, das von oben kam, völlig überrascht. Aus dem Nirgendwo schwang ein Gewicht herab und traf ihn so heftig gegen die rechte Schulter, dass es ihn aus dem Sattel hob. Konrad war ein geübter Reiter und das half ihm vielleicht, dass der Sturz nicht tödlich endete, doch obwohl er sich im Fall instinktiv einrollte, konnte er nicht verhindern, dass sein Kopf am Ende des Sturzes hart gegen einen großen Stein am Wegesrand schlug. Die Welt wurde völlig finster.

»He, Jungchen, wach auf. Verreck uns hier nicht!« Wie aus weiter Ferne vernahm Konrad die Worte, die immer wieder wiederholt und von unangenehmen Pieksern und Stößen in seine Seite begleitet wurden. Schwer und fast unwillig kam Konrad der Aufforderung nach. Eigentlich wäre ihm ein Zurückgleiten in den schwerelosen, schmerzfreien Zustand, aus dem er kam, lieber gewesen. Schwach erinnerte er sich, schon einmal daraus erwacht zu sein. Er hatte quer über dem Rücken seines Pferdes gelegen. Als er unter Qualen den Blick nach vorne gewandt hatte, hatte er unter dem Kopf des Pferdes hindurch vier menschliche Beine gesehen, deren Eigentümer wohl das Pferd mit ihm als Last hinter sich herzogen. Nicht zuletzt seine unbezähmbare Neugier verhalf ihm jetzt dazu, der Aufforderung seines Peinigers nachzukommen.

Doch als er erst eines, dann beide Augen geöffnet hatte, wurde ihm deutlich, dass das allein ihm nicht viel Aufklärung brachte, denn er befand sich an einem völlig finsteren Ort und nur in Höhe seines Gesichtes schwebte eine qualmende Talgfunzel. Der Mann, der ihn mit seinen Pieksern und Schubsen geärgert hatte, wich aus dem kleinen Lichtkegel zurück, eine andere Gestalt tauchte an dessen Rand auf. Aber auch dieser war nicht zu erkennen, denn zusätzlich verschwand sein Gesicht hinter einer Maske, die nur die Augenschlitze freiließ.

Konrad wollte die Hand heben, um nach dem Licht zu greifen, und bemerkte bestürzt, dass seine Hände in Höhe der Hüften eng an seinen Körper gefesselt waren. Auch die Beine, die er zu bewegen versuchte, waren aneinandergebunden.

»Da bist du ja, Herr Judicus. Tut mir leid, wenn ich ein wenig zu hart vorgegangen bin, um dich zu diesem Gespräch zu laden, hihi!«, kicherte sein Gegenüber. Seine Stimme war merkwürdig gedämpft, als hielte er beim Reden etwas vor den Mund.

Konrad zog und zerrte noch einmal an seinen Fesseln, mit dem Erfolg, dass eine schlimme Woge der Übelkeit ihn überrollte. Er fing an zu würgen und dachte voll Panik, nun ersticken zu müssen, doch der Mann hinter der Talglampe stellte diese rasch in eine weit entfernte Ecke und drehte Konrad geschwind auf die Seite. Konrad konnte sich von seinem Mageninhalt, der nicht allzu beträchtlich war, da die Mittagsmahlzeit schon fast völlig verdaut war, befreien und stöhnte schwer ob des galligen Geschmacks und der nicht nachlassenden Schmerzen.

»Oh, ich glaub, es hat dich doch ganz schön schwer erwischt. Aber ein wenig zuhören musst du nun trotzdem. Danach werde ich Sorge tragen, dass man dich findet und verarztet.«

Konrad schloss die Augen, stöhnte:

»Dann redet, ich weiß nicht, wie lang ich Euch zuhören kann!«

»Ich beobachte dich schon, seit du hier bist, und musste feststellen, dass du ein gar zu pfiffiges Kerlchen bist, ganz anders als dein miesepetriger Kumpan. Du stellst die richtigen Fragen, das heißt, über kurz oder lang findest du auch die richtigen Antworten. Das darf aber nicht zu schnell passieren! Ich hab überlegt, ob ich dich für eine Weile aus dem Verkehr ziehen soll, aber das würde nur noch mehr Aufregung und Schnüffelei von höchster Stelle verursachen. Umbringen will ich dich nicht, denn du hast nichts mit dem Übel zu tun, und diese Schuld lade ich mir nicht auf. Also was tun?, frag ich mich. Ich will's dir sagen: Ich nehm dich ein wenig mit ins Boot und wir veranstalten einen Wettlauf.«

»Ihr seid der Mörder von Bertha Bethge, Karsten Knake und Pastor Hopius!«, entfuhr es Konrad. »Wie solltet Ihr mich in Euer Boot bekommen?«

»Ja, das wird nicht ganz einfach werden, wenn ich mir nur deine helle, elegante Seite ansehe. Doch ich habe mehr bei dir gesehen als dein süßes Gesicht und dein glänzendes Blondhaar. Deine Augen nehmen die Menschen kornblumenblau für dich ein, dein Lächeln lässt Eisberge schmelzen, bei Weib und Mann gleichermaßen, aber tief dahinter lauert etwas anderes. Tief dahinter lauert dein Dämon, den du nicht immer verjagen kannst, denn er gehört zu dir!«

Konrad wand sich unangenehm berührt. »Wann und wo solltet Ihr mich so genau gesehen haben?

»Haha, keine Verneinung, nur eine Frage, um mich weiter einzukreisen! Ein kluges Hirn arbeitet unter dieser schönen Fassade. Es spielt aber keine Rolle, wo ich dich schon gesehen habe, doch will ich dir sagen, dass ich dich besser kenne, als du ahnen kannst. Heute ist aber wichtiger, was wir beiden miteinander zu schaffen haben! Und sicher willst du noch viel lieber wissen, was das ist.«

»Dann sagt es mir und auch, wie es weitergehen soll, denn mir ist zum Sterben schlecht!«, giftete Konrad.

»Wir sind beide Kinder der hellen wie der dunklen Seite und wir können uns nur selbst lieben, wenn wir unser Erbe erkennen. Ich habe mein Erbe als den Fluch, der es ist, angenommen, und deshalb muss ein Gedicht zu einem Kunstwerk zusammengefügt werden. Dein Weg ist vielleicht, die Entstehungsgeschichte des Gedichtes zu erleben und sie als den einzigen Weg zu erkennen, der gegangen werden konnte.«

»Mit dem Gedicht meint Ihr die drei Sätze, die es bereits gibt?«

»Jaja, mein kleiner Schlaukopf, doch keiner außer mir weiß, wie viele Sätze es werden sollen«, kicherte der Geheimnisvolle.

Zum ersten Mal seit Beginn des Gesprächs hatte die Stimme seines Gegenübers die dumpfe Verstellung aufgegeben und Konrad meinte, eine recht jugendliche, fast kindliche Stimme gehört zu haben. Aber auch der Peiniger Konrads hatte gemerkt, dass er sich zu sehr aus der Reserve begeben hatte, und fuhr mit dumpfer, unbetonter Stimme fort:

»Am schwersten war's noch mit der Bethge, denn sie sollte an dem Ort sterben, an dem sie ihr Schicksal mit der Schnüffelei ihrer unsäglichen Nase besiegelt hat. Doch da sie allzu neugierig war, gelang es mir tatsächlich, sie am späten Abend nach dem Melken auf die Burg zu locken.

Bei den beiden anderen beschloss ich, dass es reichte, wenn sie auf ihrem ureigensten Territorium blieben. Und nun merk auf: Ehe ich gehe, gebe ich dir den nächsten Satz im Voraus, zusammen mit der Mahnung, das Ganze und nicht nur das Offensichtliche zu betrachten, denn nicht dort, wo es zu liegen scheint, ist das Gute, und auch das Böse ist nicht immer nur schlecht! Der nächste Satz wird sein: ›des gemächtes gier‹.«

Konrad schloss bei der Vorstellung, was diese Worte für das nächste Opfer bedeuten würden, entsetzt die Augen. Erschlagen und ein abgetrenntes Gemächt, wahrhaft keine schöne Aussicht für einen vierten Menschen, wenn der Mörder nicht sehr bald gefasst wurde.

Erstaunt spürte er die sanfte Berührung einer weichen Handfläche an seiner Wange und riss die Augen wieder auf, um vielleicht doch noch etwas von seinem Gegenüber zu erfassen. Aber schon in diesem Augenblick merkte er, dass er allein war.

Er wusste nicht, wie lang die Wartezeit war, bis er endlich Stimmen hörte. Teilweise dämmerte er nur dahin und versuchte, die bohrenden Kopfschmerzen zu vergessen, teilweise zermarterte er sich das Gehirn über all das eben Erlebte. Woher konnte sein Angreifer wissen, welchen Weg er nehmen würde, um ihm dann auflauern zu können? Was wusste er über ihn, Konrad, der nicht von hier stammte und vorher noch nie hier gewesen war? Er hatte gesagt, dass er ihn besser kannte, als er, Konrad, ahnen könne. Hatte er jeden seiner Schritte schon seit längerer Zeit verfolgt? Was war das für eine Zärtlichkeit und Nähe, die dieser hatte entstehen lassen können, obwohl er der Böse, der Mörder, und Konrad sein Jäger war? Woher kannte er die Wahrheiten über ihn, Konrad von Velten, die er doch selber immer schnell wieder in den dunkelsten Winkeln seines Herzens verschloss?

»Hier, hier ist ein Licht. Ja, hier liegt er! Schnell, her mit der Fackel!«

Konrad schloss die geblendeten Augen und drehte den Kopf zur Seite. Nun im Fackellicht konnte er erkennen, dass er in einem Kellerloch lag, dessen Eingang von dichtem Strauchwerk abgeschirmt war.

»Gott, oh Gott, oh Gott! Herr Assistentus, was sind das nur für Sachen. Eingeschnürt wie ein Paket und den Kopf halb eingeschlagen! Könnt Ihr Euch aufrichten, wenn wir Euch von diesen Fesseln befreien?«

Untervogt Kasten richtete sich aus seiner ungemütlich gebeugten Stellung auf und gab einem Büttel mit einem Wink den Befehl, die Fesseln zu lösen. Vorsichtig half dieser dann Konrad in eine sitzende Haltung. Dies quittierte dieser mit neuerlichem Würgen, doch gab sein gequälter Magen außer einem Faden Galle nichts mehr ab.

»Vorsichtig, langsam, kommt erst mal zu Euch«, beschwichtigte Kasten besorgt und rieb sich selbst einmal wieder den Schweiß von der Stirn.

»Wo bin ich hier und wie spät ist es?«, fragte Konrad.

»In einem verlassenen Kellerloch, das zur Domäne Altenhagen gehört, wie immer Ihr hierher gelangt sein mögt, und es ist schon eine Stunde nach Mitternacht«, antwortete Kasten kopfschüttelnd.

»Wie habt Ihr mich gefunden?«

»Ich lag schon im allertiefsten Schlaf, da gab es plötzlich einen gewaltigen Krach. Ich fuhr im Bette hoch und da lag neben meinem Bett ein Stein, der in ein Papier gewickelt war. Auf dem Papier stand mit Kohle geschrieben, dass man Euch hier finden könne. Sogar eine Zeichnung gab es dazu, damit es kein Vertun gab. Meint Ihr nun, aufstehen zu können, wenn der Hans und ich Euch stützen? Draußen steht mein Wagen und wir könnten Euch in bequemere Gefilde transportieren.«

Die Aussicht auf einen über holprige Wege rumpelnden Wagen ließ Konrad kurz erschauern, aber er sah ein, dass das doch noch die beste Möglichkeit war, schnell in sein bequemes Bett zu gelangen. Dort befand er sich eine halbe Stunde und viele Höllenqualen später und sank in einen unruhigen Dämmerschlaf, aus dem er nur einige Male erwachte, wenn die Magd, die neben seinem Bett saß, das warm gewordene nasse Tuch auf seiner Stirn gegen ein frisch gespültes, kaltes Tuch auswechselte.

Irgendwann zwischen dem einen und dem nächsten Dämmerschlaf saß Konrads Vorgesetzter zu Hohenstede an seinem Bett. Als er sah, dass Konrad wach war, schüttelte er missbilligend den Kopf und sagte:

»Hätte ich nicht gehört, dass der Amtsvogt selbst Euch nach Salder beschieden hat, wäre ich sehr böse über Euren Alleingang gewesen. Wie dem auch sei, wie kann man so leichtsinnig sein und sich in der Dunkelheit allein auf den Weg durch den Wald begeben? Habt Ihr in Salder wenigstens etwas Sinnvolles herausbekommen können?«

Konrad berichtete angestrengt in kurzen Sätzen und wies auf seine Notizen in seinem Ranzen hin.

»Es ist eindeutig wieder der gleiche Mörder und ich bin überzeugt, dass dieser mich heute Nacht auch in seinen Händen hatte. Doch er wollte mich nicht ermorden, weil er nur ganz bestimmte Leute verfolgt. Leute, die irgendetwas gemeinsam haben. Das muss herausgefunden werden.«

»Ja gewiss, gewiss«, antwortete zu Hohenstede fahrig. »Ich werde die Büttel des Amtsvogtes ausschicken, die Leute auf Eurer Liste zu befragen. Euer Ausfall kommt wahrhaftig sehr ungelegen!« Zu Hohenstede stand auf und wollte sich entfernen.

»Wartet, es wird mindestens noch ein paar Morde geben, wenn wir den Täter nicht bald finden«, stieß Konrad gequält hervor. »Mein Kerkermeister hat mir eine neue Zeile genannt und gesagt, dass aus den Zeilen ein ganzes Gedicht werden müsse. Die neue Zeile heißt: ›des gemächtes gier‹. Es fehlen viele Klammern im Folterkeller!«

Nach dieser Anstrengung vermochte Konrad nichts mehr weiter zu sagen und sank mit geschlossenen Augen und bleicher Miene zurück in die Kissen.

11. KAPITEL

Niederfreden, 8. Oktober

Am nächsten Morgen, die Sonne stand schon sehr hoch, ging es Konrad ein wenig besser und er wollte sich gegen den Widerstand der ihn betreuenden Magd aus dem Bett erheben. Kaum hatte er ein Bein auf dem Boden, erfasste ihn jedoch ein so heftiger Schwindel, dass er kreidebleich und kaltschweißig ins Bett zurücksank.

Verzweifelt haderte er damit, dass ihm die Zeit weglief, während er hier verdammt war, im Bett zu liegen. Barsch wies er die Magd an, ihm ein Stück Papier und einen Kohlestift vom Tisch zu bringen, und bemühte sich dann angestrengt, ein paar Zeilen niederzuschreiben.

»Schickt mir einen Mann herauf, den man damit betrauen kann, eine Botschaft nach Wolfenbüttel zu bringen!«, verlangte er anschließend.

In diesem Moment öffnete sich die Zimmertür und Konrad glaubte, seinen Augen nicht trauen zu können, denn auf der Schwelle stand eben der, dem er gerade seine Botschaft hatte schicken wollen: sein Onkel Andreas, der Zwillingsbruder seiner Mutter.

Andreas Riebestahl war ein stattlicher Mann in der Blüte seiner Jahre. Entbehrungsreiche, abenteuerliche Kinderjahre hatten zwar ihre Spuren in seinem schmalen Gesicht hinterlassen, machten es damit aber umso interessanter. Konrad konnte in seinem Onkel ein älteres Spiegelbild seiner selbst sehen. Eine etwas mehr als mittelgroße Gestalt mit feinen, fast mageren Gliedern und breiten Schultern. Das gleiche weizengelbe Blondhaar, bei seinem Onkel im Gegensatz zu seiner Zwillingsschwester von noch keinem einzigen grauen Haar durchwirkt. Und die gleichen kornblumenblauen Augen, wie bei seiner Zwillingsschwester wie Teiche, in die viel schwer überwundene Bitternis versunken war.

Wieder einmal fragte Konrad sich beim Anblick seines Onkels, was im Aussehen er selbst denn überhaupt von seinem Vater haben konnte. Hatte dieser, wie von Teufels Hand, wirklich keine Spuren hinterlassen?

Andreas Riebestahl eilte von der Tür zum Bett, betrachtete seinen Neffen einen Augenblick forschend und beugte sich dann nieder, fasste ihn mit beiden Händen an den Schultern und drückte diese kurz. Dann legte er seine Hand auf die Stirn von Konrad und zog sie kurz darauf erleichtert zurück.

»Man hat nach mir geschickt, weil man Schlimmstes befürchtete, aber zunächst deine Mutter nicht beunruhigen wollte. Daran hat man offensichtlich gut getan, denn ich sehe, du wirst uns nicht wegsterben!«

»Nein, aber ich wollte auch gerade nach Euch schicken, Oheim! Gott sei es gedankt, dass Ihr da seid. Mein Bettlager kommt ungelegen wie sonst kaum etwas, aber wenn ich es verlassen will, wird mir sauübel!«

»Nun, dann musst du es wohl ein Weilchen annehmen!«, lachte Andreas amüsiert. »Aber was ist so dringend, dass du nach mir rufen wolltest?«

»Erstens der Fall und zweitens zu Hohenstede! Er ist überfordert und die Zeit eilt, wir müssen handeln, ehe noch mehr Schreckliches passiert!«

Dann erzählte Konrad seinem Onkel von den Ereignissen und seinen Vermutungen. Als er fertig war, war er zu Tode erschöpft.

»Mmm, ich werde dich jetzt schlafen lassen und mich mit zu Hohenstede beraten«, überlegte Andreas Riebestahl. »Mir scheint, du hast recht, hier geht es um bittere Rache. Welch ein Ereignis sonst entfesselt solch grausames Wüten verbunden mit so kühler Vernunft? Man wird in der Vergangenheit suchen müssen und hier hilft uns vielleicht die Erinnerung der Gerichtsbarkeit in dieser Gegend. Komm zu Kräften, ich werde dich unterrichten über das, was ich herausbekommen kann.«

Ein paar Stunden später erhielt Konrad zu seiner Überraschung einen Besuch ganz anderer Art. Nach einem vorsichtigen Klopfen und seiner auffordernden Antwort trat Christine Bindig zögernd durch die Tür. An ihrer Seite erblickte Konrad eine sauertöpfisch dreinblickende Magd, die Christine allerdings mit außerordentlicher Behutsamkeit an allen in der Stube befindlichen Hindernissen vorbei zu dem Stuhl an Konrads Bett hin dirigierte.

Christine streckte Konrad ihre Hand entgegen, beziehungsweise dahin, wo sie Konrad vermutete, und dieser beeilte sich, sie zu ergreifen.

»Gott zum Gruß, Herr von Velten. Ich hörte zu meinem großen Bedauern von Eurem Missgeschick und hoffe, dass Ihr es nicht für vermessen haltet, dass ich Euch einen Besuch abstatte. Aber da ich sowieso ein Anliegen an meine liebe Freundin Sophie, die Tochter des Amtsvogtes, hatte, ließen mich Mitgefühl einerseits und große Neugier andererseits nicht mehr still zu Hause ausharren. Auch wollte ich nicht bis zu Eurer Genesung auf eine neue Begegnung mit Euch warten«, gab Christine unverblümt zu.

»Nein, nein, im Gegenteil, Ihr macht mir eine große Freude und errettet mich gerade rechtzeitig vor dem Tod durch Langeweile!«, wagte Konrad zu scherzen.

Christine setzte sich auf den Stuhl. Die Magd ließ sich wachsam auf einen etwas entfernt an der Wand stehenden Stuhl sinken und stellte neben sich auf den Waschtisch ein Stundenglas, das sie mit verbissenem Ausdruck so drehte, dass der Sand aus dem vollen Glas in das leere zu laufen begann.

»Es tut mir sehr leid, dass Euch jemand so übel mitgespielt hat, und ich vermute, dass das im Zusammenhang mit den Untersuchungen, mit denen Ihr beauftragt seid, steht. Ich werde Euch nicht damit quälen, mir zu erzählen, was es damit auf sich hat, denn ich nehme an, dass Ihr mir sowieso nicht viel erzählen dürft. Viel lieber würde ich etwas über Eure Mutter und ihre Schule erfahren«, kam Christine recht forsch zur Sache.

Konrad lachte auf angesichts dieser unverhohlenen Rede und stimmte zu. Auch ihn interessierte das Schulprojekt von Niederfreden. Zu einer der wichtigsten Taten des jetzigen Herzogs Julius hatte es gehört, bei seinem Regierungsantritt vor gut zehn Jahren eine Kirchen- und Schulordnung in Auftrag zu geben, die sich an die bereits von dem Reformator Braunschweigs, Johannes Bugenhagen, verfasste Ordnung anlehnte. Sogar Konrads Mutter hatte in Bezug auf die Mädchenbildung beratend auf diese Ordnung eingewirkt.

Ließ sich diese neue Ordnung, die Elementarschulen für alle Kinder vorsah, nun in den Städten doch in gewissem Rahmen gut durchsetzen, so war dies auf dem Land völlig anders. Hier sollten vor allem die Pfarren für die Einrichtung der Schulen verantwortlich sein, der Küster oder wie es hier hieß, der Opfermann, sollte die Landkinder in Grundkenntnissen des Lesens, Schreibens und Psalmensingens sowie im Erlernen des Kleinen Katechismus von Martin Luther unterrichten. Dies scheiterte meistens, wie auch hier in Niederfreden, wie Konrad von Christine erfuhr, an mehreren Dingen. Zum einen war der Opfermann oft mit dieser Aufgabe überfordert, sei es, weil er selbst des Lesens und Schreibens nicht unbedingt sehr mächtig war, sei es, dass er durch die Notwendigkeit, seinen Lebensunterhalt mit einer Landwirtschaft zu sichern, wenig Zeit hatte.

In Niederfreden scheiterte das Projekt aber hauptsächlich am Unwillen der Eltern. Wer hatte schon Geld für die Schulabgabe übrig und konnte dann auch noch seelenruhig zusehen, wie seinem Hof durch die Schulstunden kostbare Arbeitskraft entzogen wurde?

Christines Vater hatte sich seiner neuen Aufgabe anfangs durchaus mit einer gewissen Begeisterung gestellt, war er doch selbst ein einigermaßen gebildeter Mann, der sogar kurze Zeit an der Universität in Leipzig studiert hatte. Der Mangel an Geld und eine Geschwisterschar, die er nach dem frühen Tod seines Vaters zu ernähren hatte, hatten seine vielversprechende Laufbahn als zukünftiger Pastor beendet und mehr schlecht als recht hatte er sich mit Arbeiten als Schreiber verschiedener Adliger, zuletzt der Herren von Saldern, über Wasser gehalten. Seine Arbeitsstelle im Amt war sehr schlecht bezahlt und hatte seine kleine Familie gerade eben so über Wasser gehalten. Nach der Durchführung der Reformation im Braunschweiger Land hatte ihm sein letzter Dienstherr nahegelegt, die Stelle des Opfermannes und Lehrers in Niederfreden einzunehmen.

Der Widerstand der Eltern seiner potenziellen Schüler nun hatte Bindig an den Rand der Verzweiflung gebracht und geschah nicht noch ein Wunder, so würde die eine Wohnstube der Bindigs, die zu einer Schulstube umfunktioniert worden war, bald ihre Funktion verloren haben.

Selbst hatte Christine, die ein angenommenes Kind des kinderlosen Ehepaars Bindig war, durch ihren Adoptivvater eine recht beträchtliche Ausbildung erhalten, die über die einfachen Elementarschulerfordernisse weit hinausging. Selbst Bücher zu lesen, war ihr aufgrund ihrer Behinderung natürlich verwehrt, aber anhand einer Tontafel, in die sie Buchstaben ritzen konnte und diese an ihren Umrissen wiederum zu ertasten vermochte, hatte sie Schreiben und damit natürlich auch Lesen gelernt. Ihr Gedächtnis war ausgezeichnet durch das Wiederholen von Gelerntem geschult.

Konrad verbrachte eine sehr kurzweilige Stunde mit der entzückenden Christine, an deren Schluss er sogar noch in Erfahrung brachte, dass sie sehr wohl genaue Vorstellungen von der Welt und den Dingen um sie herum hatte, weil sie einst hatte sehen können. Im Alter von fünf Jahren musste ein Ereignis in ihrem Leben aber so schreckliche Auswirkungen auf ihre Seele gehabt haben, dass ihre Augen sich der Welt verschlossen hatten. Sie selbst wusste nicht, was sie erlebt hatte, und ihre Adoptiveltern verschwiegen ihr dies beharrlich mit der Begründung, dass Gott dieses gnädige Vergessen wohl geschickt habe, um ihre Seele vor dem Abgrund zu bewahren.

Konrad erzählte von den ersten Schritten, die seine Mutter als ganz junges Mädchen unternommen hatte, sich eine gute Bildung zu erkämpfen, und dass sie dadurch dazu beigetragen hatte, dass die Schule eines Damenstifts in Braunschweig im Laufe der Jahre ihr Unterrichtsspektrum dem einer Lateinschule für Jungen angeglichen hatte. Als verheiratete Frau konnte sie dann durch ihre Bekanntschaft mit dem Thronfolger – und späteren Herzogpaar – sogar an der Neugestaltung des schulischen Wesens im Herzogtum mitwirken und wurde Leiterin einer neu gegründeten Mädchenschule in Wolfenbüttel.

Seufzend verabschiedete Christine sich, als die Magd ihr angesichts dessen, dass der Sand des Stundenglases schon vor geraumer Zeit das untere Glas fertig befüllt hatte, eine mahnende Bemerkung zuflüsterte.

»Die Zeit ist viel zu schnell vergangen und ich hoffe wahrhaftig, dass ich Eurer Genesung mit meinem Geplauder nicht geschadet habe«, verabschiedete sie sich. Konrad beeilte sich zu versichern, dass im Gegenteil seine Genesung viel schneller voranschreiten würde, wenn sie vielleicht bald noch einmal wiederkäme.

Mit einem etwas idiotischen Lächeln auf dem Gesicht ließ er sich in sein Kissen sinken, nachdem Christine den Raum verlassen hatte, und lauschte der Erinnerung ihrer Stimme nach. So fand ihn sein Onkel einige Minuten später vor.

Schwer fand Konrad in die bittere Wirklichkeit zurück, als sein Onkel zu berichten begann, wie sein Gespräch mit Assessor zu Hohenstede verlaufen war. Halb empört, halb belustigt vernahm er die Kritik, die zu Hohenstede an seinem jugendlichen Ungestüm geübt hatte. Mit einem Zwinkern erteilte Andreas ihm einen kleinen Nasenstüber und schloss ab:

»Ich versprach, dich gebührend zu züchtigen, und das habe ich hiermit getan.

Doch nun zu dem Fall. Du hast wahrhaftig recht, hier ist unser guter Walter überfordert. Nenne ihm die Nummer eines Gesetzes und er sagt es dir in Nullkommanichts auswendig daher, aber beim selbstständigen Denken hapert's etwas. Allerdings muss man ihm zugutehalten, dass die Dinge, die er bisher auf dem Lande zu untersuchen hatte, meist wesentlich einfacher zu lösen waren.«

»Könnt Ihr nicht hierbleiben und mit mir zusammen den Fall lösen?«, fragte Konrad hoffnungsvoll.

»Nein, das wird nicht gehen, denn das hieße, dem Kollegen die Kompetenz öffentlich abzusprechen, und das möchte ich um des guten Friedens am Hof willen nicht tun. Außerdem kann Barbara jede Stunde niederkommen und du weißt, wie sehr wir uns darum sorgen, dass mit diesem Kind alles gut geht! Aber ich bin mit zu Hohenstede übereingekommen, dass hier einige Laufarbeit zu tun ist, die einfache Bedienstete des Amtes beziehungsweise Hofes in Wolfenbüttel zuarbeiten können. Er ist einverstanden, dass du diese Leute koordinierst, während er selbst weiter die Verwandten der Toten persönlich aufsuchen möchte, da dir seiner Meinung nach hier das nötige Feingefühl fehlt. Er ist schon gestern in Salder gewesen, doch waren Frau Hopius und der Junge, der die Leiche gefunden hat, noch nicht ansprechbar. Aber ich muss sagen, dadurch, dass du ausgefallen bist, ist schon unverzeihlich viel Zeit vergangen, und ich kann mir vorstellen, dass bei dem Tempo, mit dem der Mörder vorgeht, schon irgendwo die nächste Leiche liegt.«

12 KAPITEL

Wolfenbüttel, 8. Oktober

AGNES SUMMTE LEISE VOR SICH HIN, während sie durch den Flur ihrer Schule ging, in jedes der vier leeren Klassenzimmer einen kontrollierenden Blick warf, hier und dort eine Nachlässigkeit der Schüler, der Lehrerinnen oder des Hausmeisters korrigierte und dann die Tür des jeweiligen Raumes schloss.

Im letzten Klassenzimmer hielt sie seufzend inne und runzelte die Stirn, denn hier war vergessen worden, die Kerzen für den nächsten Tag zu putzen, und in einer Ecke lag gar ein zwar zusammengefegter, aber nicht entsorgter Haufen Kehricht.

»Der gute Mattes schafft die Arbeit einfach nicht mehr. Ich muss wirklich wieder einen Burschen einstellen, der ihm zur Hand geht!«

Vor zwei Jahren war wie ein wunderbarer Glücksfall ein junger Bursche in der Schule erschienen und hatte nach Arbeit gefragt. Schon damals war Mattes sehr gefordert mit den Aufgaben und da der Junge versicherte, man brauche ihm als Lohn nur Essen und eine Ecke zum Schlafen und ab und zu ein neues Kleidungsstück zu geben, hatte Agnes erfreut und ohne groß nach dem Woher des Jungen zu forschen, Ja gesagt und ihn Mattes zur Seite gestellt. Des Öfteren hatte sie den etwas seltsamen, aber sehr fleißigen Jungen versonnen vor den Büchern oder Wandtafeln der Klassenzimmer stehen sehen, als wenn er zu ergründen suchte, welche Inhalte sie bargen. Ja, einmal hatte sie ihn gar erwischt, als er gerade ein Buch zusammenklappte und es verstohlen zurück in den Bücherschrank stellen wollte. Sie hatte den Verdacht gehegt, dass hier ein sehnsüchtiger Geist nach Wissen dürstete, und den Jungen angesprochen.

»Kannst du etwa lesen, Martin?«, hatte sie ihn mit freundlicher Stimme gefragt, doch dieser hatte errötend gestammelt:

»N … nein, d … d … da sind ja nur manchmal schöne Bilder oder Muster in den Büchern, die schau ich mir gern an.«

Sie hatte an diesem Tag nicht viel Zeit, doch sie nahm

sich vor, sich ein wenig mehr um diesen scheinbar recht intelligenten Jungen zu kümmern.

Doch so plötzlich, wie der Junge erschienen war, war er nach einigen Monaten auch wieder verschwunden gewesen. Da Agnes noch gelähmt und zerschmettert von dem plötzlichen Tod ihres Mannes gewesen war, der ihr Leben von einem auf den anderen Tag so unfassbar verwandelt hatte, hatte sie nicht nachgeforscht, warum und wohin er gegangen war. In der letzten Zeit hatte sie einige Male mit einem schlechten Gewissen an ihn gedacht, besonders wenn ihr die Vernachlässigungen in ihrer Schule aufgefallen waren.

Woher solch einen Jungen wie diesen Martin bekommen? Und was mag wohl aus ihm geworden sein?

Agnes schloss die Tür des letzten Klassenzimmers, griff im Flur nach ihrem Mantel, der als Einziger noch an einem der vielen Haken, die die Wand des Flures zierten, hing und verließ das Gebäude. Nachdem sie sorgsam die Tür der Schule abgeschlossen hatte, drehte sie sich auf den Stufen, die hinab auf die Straße führten, um und blickte direkt in die feindseligen Augen Sophie Niedermayers, neben der deren Freundin Elisabeth Welfermann stand.

»Ah, die werte Frau Direktorin auf dem Nachhauseweg?«, fragte Sophie spöttisch, ohne vorher gegrüßt zu haben. »Wie viele Mädchen haben wir denn heute wieder mit Latein, Griechisch und hoher Mathematik von ihren wahren Pflichten abgelenkt?«

»Einen schönen Tag wünsche ich dir auch, Sophie, und Euch, Frau Welfermann!«, entgegnete Agnes, als wenn Sophie sie auf die netteste Art begrüßt hätte.

Agnes stieg die letzten Stufen herab, nickte den beiden Frauen zu und wandte sich ab, um nach Hause zu gehen. Doch plötzlich fühlte sie sich von Sophie am Arm gepackt und festgehalten.

»Du wirst doch nicht einfach gehen, wenn ich noch nicht fertig bin mit dir?«, zischte diese sie mit zusammengekniffenen Augen an.

Agnes seufzte schwer. Seit der letzten Auseinandersetzung mit Sophie war eine geraume Zeit vergangen und eigentlich hatte Agnes gehofft, dass das Thema ein für alle Mal der Vergangenheit angehörte.

Agnes kannte Sophie seit den Tagen ihrer Kindheit in Braunschweig. Sophie, eine Kaufmannstochter aus vornehmstem Patriziergeschlecht, hatte die Klosterschule besucht, die auch Agnes als Schülerin aufgenommen hatte. Vom ersten Augenblick an hatte die dünkelhafte Sophie in Agnes eine Rivalin gesehen und sie aufgrund ihrer angeblich unzureichenden Herkunft als Pfarrerstochter zu drangsalieren begonnen. Agnes hatte alle Versuche Sophies an sich abperlen lassen und war unbeirrt ihren Weg gegangen.

Als sich ›das Böse‹, wie Agnes den Vorfall, der ihr Leben fast zerstört hatte, nannte, ereignet hatte, hatte Sophie geglaubt, dass Agnes, nun für immer gebrandmarkt, das Kapitel Schule hinter sich lassen musste. Umso erboster war sie gewesen, als sie miterlebte, wie die Schulleiterin Adelheid von Lafferde unablässig Anstrengungen unternahm, Agnes für die Schule zurückzugewinnen, da sie sich hier schon längst als eine Art Hilfslehrerin unentbehrlich gemacht hatte.

Bald nachdem Agnes zurückgekehrt war, hatte Sophie allerdings die Schule verlassen, um eine für sie arrangierte Ehe einzugehen. Ihr Elternhaus war inzwischen durch Misswirtschaft in finanzielle Bedrängnis geraten und so wurde Sophie mit dem reichen, aber mit dem Makel der unehelichen Geburt behafteten Kaufmann Rethem verheiratet.

Bei ihrer nächsten Begegnung musste Sophie mit der Tatsache fertig werden, dass Agnes inzwischen nicht nur verheiratet war, sondern sogar einen Mann geehelicht hatte, der aus dem höheren Adel des Herzogtums stammte. Zwar war Agnes' Gatte nur der jüngste Sohn eines jüngsten Sohnes, doch trotzdem stand er in Rang und Ansehen wesentlich höher als ihr eigener Mann.

Vor drei Jahren hatte Sophie nach dem Tod ihres ersten Mannes erneut geheiratet. Diesmal den Hofbeamten Niedermayer. Ihre gesellschaftliche Stellung hatte sich damit um einiges gebessert und sie wohnte nun ebenfalls in Wolfenbüttel.

Sofort kochte das Gift in ihrer Seele wieder hoch, als sie bemerkte, dass Agnes als Freundin der Herzogin am Hofe ein und aus ging und dass ihre Schule hohes Ansehen genoss. Die Töchter der vornehmsten Familien besuchten die Schule und ihre Eltern waren hochzufrieden. Sophie selbst hatte keine Kinder bekommen und konnte so bei diesem Thema nirgendwo mitreden. Doch begann sie trotzdem, hier und da stichelnde Bemerkungen fallen zu lassen, die die Eltern der Töchter zu verunsichern begannen.

Den Tod von Max von Velten nahm Sophie mit großer Genugtuung zur Kenntnis. Nun begann sie, ihr Gift auch unverblümter in der Öffentlichkeit auszustreuen. Bei einer Begegnung einige Monate später an einem Marktstand drängten sich Sophie und ihre beste Freundin, eine der Mütter von Agnes' Schülerinnen, unverblümt vor Agnes, die gerade bedient werden sollte, und beruhigte die verlegene Freundin mit weit hörbarer Stimme:

»Aber Elisabeth, du wirst dich doch von einer ledigen Lehrerin von zweifelhaftem Ruf nicht in die Schranken verweisen lassen wollen?«

Die Tochter dieser Freundin Sophies wurde am nächsten Tag von Agnes' Schule genommen. Zunächst blieb dies ein Einzelfall und Agnes verdrängte den Vorfall in die hinterste Ecke ihres Bewusstseins, wie sie das schon immer mit den ungerechtfertigten Anfeindungen Sophies getan hatte.

Heute nun schien es zu einem Angriff zu kommen, dem sie nicht mit einem Achselzucken ausweichen konnte. Sie befreite zwar ihren Arm aus Sophies Griff, blieb aber, ihr zugewandt, stehen.

»Was ist dein Problem, Sophie?«, fragte sie und blickte dann Elisabeth Welfermann an.

»Ich hoffe, Eurer Tochter geht es gut, Frau Welfermann!«

Die Angesprochene errötete und wollte verlegen eine Antwort murmeln, doch Sophie unterbrach sie kurzerhand.

»Mein Problem ist, dass du eine Schule leitest, in der die Töchter meiner Freundinnen und Standesgenossinnen für ihr vorbestimmtes Leben als Ehefrauen und Mütter verdorben werden. Dein Hexengift scheint erste Wirkungen zu zeigen, denn Elisabeths Tochter weigert sich, den für sie bestimmten Mann zu heiraten, und besteht darauf, wieder zur Schule gehen zu wollen!«

»Nun …«, Agnes wandte sich an Frau Welfermann, »das tut mir leid zu hören. Aber vielleicht liegt es daran, dass Sibylle mit ihren knapp 16 Jahren doch noch sehr jung ist. Sie war eine sehr gelehrige Schülerin und man hätte ihr noch ein wenig Zeit in der Welt des Lernens …«

Rüde unterbrach Sophie Agnes.

»Töchter haben ihren Eltern zu gehorchen und deine Verführung zur Gelehrsamkeit macht sie ungehorsam. Sie erkennen nicht mehr ihre Pflicht, einem Ehemann Kinder zu gebären und gehorsame Gefährtin zu sein! Das ist gottlos und Teufelswerk!«

Agnes erschrak sehr angesichts dieser unverblümten Worte. Doch Sophie setzte noch eins drauf:

»Niemand weiß, wie es einer Frau, die mit 14 Jahren einen Bankert zur Welt gebracht hat, gelingen kann, so viele hochgestellte Menschen zu beeinflussen, außer, dass man vermuten könnte, dass sie mit dem Teufel im Bunde stehen muss!«

»Aber Sophie, bitte sei doch vernünftig und überlege mal. Du bist doch damals auch gerne zur Schule gegangen und es hat dir nicht geschadet!«

»Adelheid von Lafferdes Schule war, ehe du kamst, eine gottesfürchtige Lehranstalt für Mädchen, die auf die heiligen Pflichten der Ehe vorbereitet wurden. Man lernte alles, was man zum Führen eines Haushalts brauchte, und dazu gehörte wahrhaft keine hohe Mathematik«, zischte Sophie.

»Schon die edle Dame von Lafferde hast du mit deinem Hexengift infiltriert.«

»Du tust mir sehr leid, Sophie, denn offensichtlich hast du in deinen Ehen nicht die Erfüllung gefunden, die du suchst. Doch da ich dir nichts getan habe und meine Schule noch nicht einmal dein eigenes Leben betrifft, so lass mich doch bitte in Ruhe und hetze nicht die Eltern meiner Schülerinnen gegen mich auf!«

»Ha, was bist du für ein hochmütiges Miststück!«, geiferte Sophie nun recht schrill. »Du wirst sehen, wohin du damit kommen wirst. Auch andere, darunter sehr hochgestellte Personen, betrachten deine Machenschaften bereits mit Misstrauen.«

Wütend packte sie ihre Freundin unter dem Arm und zog diese von Agnes fort.

»Komm, Elisabeth, ich kann keine Minute länger hier unter den Augen dieser Hexe verweilen. Sie wird ihr gerechtes Urteil erhalten.«

Agnes blieb noch eine ganze Weile stehen und versuchte, ihre Fassung wiederzugewinnen. Schließlich zuckte sie mit den Schultern und machte sich auf den Heimweg, wobei sie sich dachte, dass es doch eigentlich ein sehr trauriges Schicksal sein musste, nie Zufriedenheit angesichts dessen zu erlangen, was einem das Leben an reichen Gaben geboten hatte. Doch eines war ihr auch deutlich: Diesmal würde es ihr nicht wieder so schnell gelingen, Sophie aus ihren Gedanken zu verbannen.

13. KAPITEL

Reppner, Wolfenbüttel

ANDREAS RIEBESTAHL SOLLTE RECHT GEHABT HABEN mit seiner Prognose. Still und ergeben lag das vierte Opfer des Meineidmörders, wie ihn Konrad schon bei sich nannte, auf seinem Bett und harrte seines Entdeckers. Was der

Mörder nicht wissen konnte, war, dass die Schwester des Opfers, die ihm den Haushalt führte, kurz vor der Tat aufgebrochen war, weil sie Botschaft erhalten hatte, dass ihre Schwester samt der siebenköpfigen Kinderschar an Masern erkrankt war und der überforderte Schwager ihre Hilfe angefordert hatte. So hatte sie sich von ihrem älteren Bruder, dem sie den Haushalt führte, für mindestens eine Woche verabschiedet.

Die Dienstmagd wiederum dachte sich nichts bei der Stille im Haus, nahm sie doch an, dass der Herr angesichts der Abwesenheit seiner Schwester die Gelegenheit zu einer ausgiebigen Sauftour genutzt hatte, wie er dies des Öfteren tat, seit er unehrenhaft aus dem Dienst als Offizier des Herzogs entlassen worden war, und sich bei seinen zwielichtigen Kumpanen den Rausch ausschlief. Das Zimmer des Herrn zu betreten, war ihr von diesem erst vor Kurzem strengstens untersagt worden, und ihr war es recht, denn diese Höhle war ihr nie ganz geheuer gewesen.

So kam es, dass Georg von Borchert auch am Mittwochmorgen noch mit Schwur- und Meineidhand und überkreuzten Beinen im Bett lag. Im Gegensatz zu seinen Vorgängern war er halb entkleidet. Derjenige, der ihn entdecken würde, würde zuerst ein zur Seite gedrehtes Gesicht mit leer in den Raum blickenden Augen sehen, über das viel Blut aus der Wunde am Hinterkopf geflossen war. Dann würde sein Blick automatisch auf seine Leibesmitte fallen, magisch angezogen von dem brummenden Fliegengewirr, und hier würde er bei näherem Hinsehen entdecken, dass Georg von Borchert entmannt worden war, dass das Gemächt aber nachträglich fein säuberlich mit einer Klammer wieder da angeklammert worden war, wo es hingehörte. Der Gestank und das Gewimmel von

Fliegen würden den Entdecker veranlassen, entsetzt den Raum zu verlassen und Hilfe zu holen, ohne sich um den beschriebenen Zettel zu kümmern, der neben der Meineidhand Borcherts lag. Nur leider kümmerte im Moment niemanden, wo Georg von Borchert sich befand und wie es ihm erging.

Andreas Riebestahl hatte sich noch am Montagnachmittag auf den Heimweg nach Wolfenbüttel begeben und war so spät zu Hause angekommen, dass er angenommen hatte, dass Barbara, seine Frau, schon schlief. Diese hingegen hatte es sich nicht nehmen lassen, auf ihn zu warten, denn sie war gar zu neugierig, was dem Neffen ihres Mannes in Niederfreden widerfahren war. Stürmisch umarmte und küsste sie ihren Mann, der sie irgendwann lachend ein wenig von sich schob, um ihren weit vorgewölbten Bauch zu betrachten.

»Vorsichtig, mein Schatz, wenn du dich so aufregst, wirst du die ganze Nacht wieder keine Ruhe vor deinem Mitbewohner haben!«

»Ach, einerlei, die Zeit ist fast gekommen und er lässt mir sowieso keine Ruhe mehr!«, wischte sie die Mahnung weg.

Andreas und Barbara freuten sich sehr auf dieses nicht mehr erwartete Geschenk. Nach den Geburten eines toten Sohnes und der inzwischen acht Jahre alten Tochter Hedwig war Barbara lange nicht mehr schwanger geworden und hatte den Verdacht gehegt, dass bei den schweren Geburten der ersten beiden Kinder irgend etwas in ihrem Inneren unwiderruflich zerstört worden war. Auch jetzt überkamen die Eheleute angesichts der Trauer und Enttäuschung wegen des toten Sohnes oft bange Gedanken, die sie sich aber gegenseitig nicht eingestanden.

»Berichte mir, was ist mit Konrad? Es geht ihm doch hoffentlich gut?«

Andreas beruhigte Barbara zunächst ob des Gesundheitszustandes Konrads und sagte, dass dieser vielleicht schon morgen wieder auf den Beinen sein könnte. Dann schloss er einen ausführlichen Bericht der Tatsachen im Amt Lichtenberg an, wohl wissend, dass, wenn er dies nicht selbst täte, Barbara so lange nicht locker lassen würde, bis sie sicher war, dass sie alles erfahren hatte, was es zu erfahren gab.

»Welch ein unseliger Ort doch dieses Niederfreden ist. Und es hat so viel mit unserer Geschichte zu tun. Dein Vater wurde von dort vertrieben, meine Mutter hat mich auf der Burg unter widrigen Umständen zur Welt gebracht und mir hätte man dort beinahe den Hexenprozess gemacht! Die Verbrennung der sieben Frauen war das Schrecklichste, was ich in meinem Leben erlebt habe, und das sage ich, die ich mein totes Kind in den Armen gehalten habe.«

»Die Hexenverbrennung … «, sann Andreas nach. »Wann ist die noch mal gewesen?«

»Du warst noch nicht wieder aus Frankreich heimgekehrt. Kamst aber kurz darauf. Es war am Ende der Zeit, die ich als Gesellschafterin von Margarethe von Saldern verbrachte, und ich wollte mich auf die Suche nach meiner Mutter machen. Das war im Jahr 1565.«

»Dann ist das jetzt 14 Jahre her. Sollten die Morde etwas mit dieser Sache zu tun haben?«

»Wie kommst du auf den Gedanken? Weil sich jemand rächen will? Aber warum dann erst jetzt?«

»Vielleicht, weil es vorher nicht möglich war, aus welchen Gründen auch immer. Aber die Meineidhände und die überkreuzten Beine bei den Toten deuten darauf hin, dass jemand diesen Menschen vorwirft, falsch Zeugnis abgelegt zu haben. Die Worte auf den Papieren, die bei den Leichen lagen, reden von üblen Zügen bei diesen Menschen. Eine schnüffelnde Nase, ein übel redender Mund, ein sich überallhin neigendes Ohr und … ja, als Nächstes soll ja das … äh, also das Gemächt dran sein.«

»Gibt es denn Aufzeichnungen über den Hexenprozess? Ich kann mich nur noch schwach an die Frauen erinnern. Die alte Frieda, die ihr ganzes Leben auf der Burg verbracht hat, und die Frau Katharina mit den zusammengewachsenen Augenbrauen, an sie kann ich mich noch erinnern, an die anderen nicht mehr. Ach, eine von ihnen hat einen Mann und sein gesamtes Haus verflucht, das weiß ich noch, denn der Mann ist bei ihren Worten schrecklich bleich geworden.«

»Weißt du noch, wie der Mann, den sie verflucht hat, hieß oder wenigstens, wie er aussah?«

Barbara überlegte einige Zeit mit gerunzelter Stirn und angestrengtem Blick, sodass Andreas beinahe hätte lachen müssen, dann schüttelte sie den Kopf und sagte:

»Es war ein lustiger Name, das weiß ich noch, denn es klang so seltsam zu diesem furchtbaren Anlass. Der Mann war groß und kräftig, wie ein Bauer eben. Und im besten Mannesalter. Aber mehr weiß ich nicht mehr.«

»Was war lustig an dem Namen? Klang er nach etwas Unanständigem?«

»Nein, nein, es waren nur komische Buchstaben. Der Vorname zum Zunamen brachte einen zum Kichern.«

Andreas hatte eine Idee: »Pass auf, ich schreibe dir ein paar lustige Namen auf und du schaust, ob dir einer von ihnen bekannt vorkommt.«

Andreas zog Papier und Feder zu sich heran, beschirmte das von ihm Geschriebene zunächst mit einer Hand, sodass Barbara nicht vorzeitig luchsen konnte, und reichte ihr dann den Bogen.

»Gerhard Hardger, Bertram Bartram, Wolf Wolfen, Karsten Knake, August Augustin ...«, las Barbara einige Namen und juchzte dann auf. »Das war er, Karsten Knake, das war der Name!«

»Und du bist ganz sicher? Das ist sehr wichtig!«, fragte Andreas eindringlich.

»Jaja, das war der Name, wie bist du auf den gekommen?«

»So heißt eines der Opfer und unser Verdacht, dass es bei diesen Fällen um bittere Rache geht, scheint nicht ganz falsch zu sein! Kannst du dich noch an irgendetwas anderes bei der Verbrennung erinnern? Überleg genau!«

Wieder verfiel Barbara in tiefes Sinnen. Nach einer Weile meinte sie:

»Es war einfach nur schrecklich. Die Menge tobte, Kinder kreischten und die alte Frieda machte sich noch lustig über die Leute des Herzogs aus der Dammfestung Wolfenbüttel, die zugegen waren, und sie schrie sie an, dass sie doch ihre eigenen Zauberschen hätten, um die sie sich kümmern konnten. Ach ja, der alte Herzog war auch da und er stellte mir ein wenig nach.«

Barbara verfiel wieder in Schweigen und überließ sich mit großen Augen den verdrängten Erinnerungen.

Andreas hatte sich einst alles genau erzählen lassen, was seine Geschwister, denn dazu gehörte Barbara durch Adoption, in Niederfreden erlebt hatten. Er konnte sich noch gut erinnern, wie er halb ungläubig, halb empört reagiert hatte, als er von den Nachstellungen des Her-

109

zogs, der damals ja schon ein sehr alter und kranker Mann gewesen war, gehört hatte. Dass nun aber der Herzog ein persönliches Interesse an den Geschehnissen in Niederfreden gehabt zu haben schien, war bemerkenswert und durfte, sollte sich herausstellen, dass der derzeitige Rachefeldzug sich tatsächlich auf die damaligen Ereignisse bezog, nicht vernachlässigt werden.

Vorerst zog sich Andreas jedoch noch in sein Arbeitszimmer zurück, um eine Nachricht an Konrad aufzusetzen, die er morgen in aller Frühe einem Boten mit dem Auftrag, sie schnellstmöglich nach Niederfreden zu bringen, übergeben wollte.

Selbst begab sich Andreas, nachdem er in aller Frühe ein vergnügliches Frühstück mit seiner quirligen Tochter eingenommen hatte, auf den Weg in die Kanzlei des herzoglichen Hofes, die direkt vor der Dammfestung mit dem Schloss gelegen war.

Heda, wie Hedwig genannt wurde, hatte er noch auf ihrem Schulweg in die Heinrichstadt mitgegeben, der Tante Agnes, die diese Schule leitete, zu bestellen, dass er ihr am Nachmittag einen Besuch abstatten werde.

Von seiner Wohnung, die innerhalb der Dammfestung gegenüber dem Schloss lag, war es nicht weit zur Kanzlei. Er eilte am Schloss vorbei, von dem her schon wieder das ewige Hämmern und Sägen herüberklang, denn hier wurde seit der Regierungsübernahme durch Julius eigentlich ununterbrochen gebaut.

Er betrat die gleich neben dem Schloss gelegene Kanzlei mit einem Seufzen, wünschte er sich doch, dass bei aller Verschönerung des Schlosses doch auch endlich der Neubau der Kanzlei in Angriff genommen würde. Durch die Zunahme der Beamtenschaft, die die zahlreichen neuen

Ressorts der aufblühenden Wirtschaftsmetropole, zu der Julius seine Residenzstadt machen wollte, bearbeitete, platzte das alte Gebäude mittlerweile aus allen Nähten. Ein Übriges tat die Sammelleidenschaft des Herzogs von Büchern. Auch seine immer umfangreicher werdende Bibliothek hatte er in diesem Gebäude noch untergebracht.

Die hauptsächliche Arbeit von Andreas bestand darin, all die neuen Ideen des Herzogs verwalterisch zu koordinieren und ihre Rechtsgrundlagen zu dokumentieren. Dabei musste er sich zu seinem Leidwesen oft mit Dingen beschäftigen, die mit seinen einstigen Zielen nicht mehr viel zu tun hatten.

Einst hatte es eine Vision gegeben, zusammen mit der Stadt Braunschweig ein wirtschaftlich geeintes starkes Herzogtum zu erschaffen, doch hatten nach einem vielversprechenden Anfang sich die maßgeblichen Kräfte seiner Heimatstadt aller Gemeinsamkeit entzogen, wohl aus der Befürchtung heraus, ihre Eigenständigkeit zu verlieren. Die alten Fronten hatten sich wieder verhärtet und Julius verwandte nun seine ganze Kraft darauf, seine Heinrichstadt mit der Festung Wolfenbüttel wirtschaftlich erstarken zu lassen.

Die Heinrichstadt, die direkt vor der Festung mit dem Schloss aufblühte, hatte vor zehn Jahren die Stadtrechte verliehen bekommen. Seitdem war sie so gewachsen, dass sie innerhalb der Wälle nicht mehr aufnehmen konnte, was Julius plante, und deshalb entstanden mittlerweile Pläne für das vor den Wällen liegende Gotteslager. Hier sollte ein riesiges Handelszentrum mit zigtausend Häusern, vier Kirchen und einer Universität errichtet werden.

Angesichts der Enge der Kanzlei und der durch ständige Umschichtung der Archive entstandenen Unüber-

sichtlichkeit beschloss Andreas, erst gar nicht selbst nach
Aufzeichnungen über die Hexenverbrennung in Niederfreden zu suchen, sondern begab sich zu Paul Behrendt,
einem uralten Faktotum der Kanzlei, der sich in diesen
Mauern und zwischen all dem Schrifttum auskannte wie
sonst kein anderer.

»Prozessakten aus der Zeit des alten Herzogs? Ja,
sicher weiß ich, wo die sich befinden. Nur wenn der Fall
in einem Amt nach Sachsenrecht verhandelt worden ist,
dann wird es darüber hier nicht viel geben, werter Herr
Assessor! Da sollte man lieber schauen, ob im Amt was
verzeichnet und bewahret ist.«

»Ja, aber der Herzog soll dem Prozess beigewohnt
haben und da hatte er vielleicht seinen eigenen Schreiber mit dabei, um die Dinge zu protokollieren.«

Behrendt winkte Andreas, ihm zu folgen, zog sich
mühsam die steile Stiege ins Obergeschoss empor und
wandte sich in Richtung der Räume, wo Julius seine Bibliothek untergebracht hatte. Doch ehe diese erreicht war,
bog er nach links in einen schmalen Gang, der vor einer
Tür endete. Behrendt suchte unter einer Vielzahl von
Schlüsseln und fand endlich den richtigen. Quietschend
öffnete sich die Tür zu einer kleinen Kammer, an deren
Wänden zahlreiche Kisten aufgestapelt waren.

»Auf dieser Seite befinden sich alle Hofgerichtsakten
aus der Zeit des alten Herzogs. Suchen müsst Ihr nun
schon selbst, ob es über Euren Fall ein Protokoll gibt.
Hier rechts sind die Kisten aus den letzten Regierungs-
jahren. Viel Glück!«

Seufzend machte sich Andreas an die mühselige Arbeit
und ihm schwante bald, dass er hier wohl kaum fündig
werden würde. Doch gerade, als er resigniert die letzte

Kiste, die mit alten Pergamenten angefüllt war, schließen wollte, stieß er auf ein Reiseprotokoll anlässlich der Hochzeit einer Margarethe von Saldern, einer Dame, die ihm wohlbekannt war, mit einem Achatz von Velten.

Der alte Herzog, Pate des Achatz von Velten, hatte dieser Hochzeit, die in dem Dorfe Salder gefeiert worden war, beigewohnt. Anschließend hatte er sich zu einem Hexenprozess, an dem er ›persönlich Anteil nahm‹, wie es in dem Bericht hieß, begeben. Dem Bericht konnte man in seiner Stimmung eine gewisse Abneigung des Schreibers gegenüber diesem Kapitel der Reise entnehmen. Er schrieb nur knapp:

›Seine Fürstliche Gnaden, Herzog Heinrich, äußerte sein Interesse, wie man in seinen fürstlichen Ämtern mit erwiesenen Zauberschen umginge. Besonderes Interesse läge hierbei am Fall einer Hexe, die nachweislich den verfrühten Tod einer ihm liebwerten Person heraufbeschworen habe. Die hochnotpeinliche Befragung von sieben Angeklagten war bei Ankunft seiner Fürstlichen Gnaden bereits abgeschlossen und diese der Zauberei überführt. Eine achte Beschuldigte war wie durch Teufels Hand entkommen. Ein junges Mädchen wurde durch Fürsprache Seiner Fürstlichen Gnaden und eines Kaplans derer von Saldern aus der Haft entlassen. Seine Fürstliche Gnaden wohnte der Hinrichtung bei. Bei selbiger höhnte ein altes Zauberweib in seine Richtung mit den Worten, er solle sich um seine eigenen Zauberschen kümmern, die in Dammburg von den Dächern fielen wie Ziegeln im Herbststurm, so viele gäbe es da, nicht nur in der Stadt, sondern in seinem eigenen Schlosse.‹

Nach diesen Worten folgte im Bericht nur noch ein langweiliges Lamentieren über die Unbilden des Heimweges. Aber Andreas hatte genug gelesen und setzte sich an ein kleines Schreibpult, um das Gelesene zu kopieren. Sorgsam faltete er das Blatt zusammen und steckte es in seine Wamstasche.

14. KAPITEL

Niederfreden, Oelber, 9. Oktober

ZWAR VERSPÜRTE KONRAD noch einen leichten Schwindel, wenn er sich zu schnell bewegte, aber ansonsten hatte er das Gefühl, wie ein Phönix der Asche entstiegen zu sein.

›Wird aber auch höchste Zeit!‹, dachte er bei sich selbst und begab sich tatenhungrig hinab in die kleine Speisestube, wo er seinen Vorgesetzten Walter zu Hohenstede anzutreffen hoffte. Erleichtert nahm er gegenüber diesem Platz und fragte, nachdem dieser ihm gnädig zugenickt hatte, nach dem Fortgang der Untersuchungen.

»Nun, nachdem eine umfangreichere Unterstützung durch die Büttel vereinbart worden ist, habe ich mich mit dreien von ihnen gestern erneut auf den Weg nach Salder gemacht. Ein rechtes Durcheinander herrscht da. Es reden zu viele, aber keiner weiß etwas. Anhand Eurer Liste wurden von den Bütteln alle befragt, die nach der Auffindung der Leiche auf dem Pfarrhof anwesend waren.

Die Beschreibung des in die falsche Richtung laufenden Menschen, einmal nachgefragt, wurde gar üppig geleistet. Wir haben nun einen Buckligen mit Pferdefuß, einen einäugigen Riesen und eine Zaubersche auf einem Besen zur Auswahl, wenn wir so wollen. Mit Frau Hopius und ihrem Sohn konnte ich zwar sprechen, doch hat der Sohn niemanden gesehen, als er in der Amtsstube seines Vaters war. Und Frau Hopius schwört, dass wohl keiner ihrem Manne etwas Böses wünschen könne, sei er doch wahrhaft fromm und im Dorfe geachtet gewesen.«

In diesem Moment betrat ein Bote den Raum. Konrad erkannte in ihm sofort einen der Meldereiter der fürstlichen Kanzlei. Der Mann verneigte sich kurz und reichte zu Hohenstede einen Brief. Dieser erbrach das Siegel und öffnete ihn, dabei glitt ein zweiter Brief heraus, den er mit einem kurzen Blick auf die Adresse an Konrad weiterreichte.

Beide Männer vertieften sich in ihre Lektüre. Während Andreas Riebestahl Walter zu Hohenstede berichtete, dass Herzog Julius die Entsendung zweier weiterer Beamter, die ihm, zu Hohenstede, unterstellt sein sollten, bewilligt hatte, hatte er seinem Neffen die Kopie des Reiseberichts Herzog Heinrichs geschickt. Angefügt hatte er, dass Konrad getrost die von ihnen gemeinsam erarbeitete Spur weiter verfolgen solle, er aber einen Weg finden müsse, seine Erkenntnisse als Ideen seines Vorgesetzten erscheinen zu lassen.

Konrads Augen hatten sich während seiner Lektüre geweitet. Er war von Anfang an auf der richtigen Spur gewesen! Rache war das Motiv und der Grund der Rache enthüllte sich immer mehr. Ja, die Mordfälle mussten etwas mit der Hexenverbrennung zu tun haben. Konrad spürte in sich den Drang, aufzustehen und einen Wirbel im Amt zu veranstalten, um mehr über dieses Ereignis vor 14 Jahren herauszubekommen. Doch eingedenk der Ermahnung seines Onkels, das weitere Vorgehen als die Ideen seines Vorgesetzten erscheinen zu lassen, fühlte er sich unmittelbar ausgebremst. Er seufzte schwer und fragte sich entmutigt, wie er dies wohl bewerkstelligen sollte.

»Schlechte Nachrichten, Herr Assistent?«, fragte zu Hohenstede aufgeräumt.

»Nein, gewiss nicht, Herr Assessor, es ist nur, sagtet Ihr nicht, als ich Euch auf meinem Krankenlager von meiner Gefangenschaft berichtete, dass man hier im Amt ansetzen und herausfinden müsse, welch ein Rachefeldzug gerade in dieser ruhigen Gegend seine Grundlage haben könnte?«

»Nun, sagte ich das? Ja, gewiss sagte ich etwas in der Richtung, worauf aber wollt Ihr hinaus?«

»Vielleicht könntet Ihr den Amtsvogt bewegen, ein wenig von den größeren Fällen der Gerichtsbarkeit im Amt in den letzten Jahren zu erzählen?«

»Nun sicher, sicher, das könnte ich tun. Wollte bei ihm sowieso ein bisschen auf den Busch klopfen. Mir scheint hier doch eine recht lässige Vorgehensweise in der Rechtsprechung vorzuliegen. Furchtbar, diese juristische Halbbildung auf dem Land!«

»Ja, vielleicht sollte man auch gleich darauf dringen, die Protokollführung der letzten 20 Jahre zu überprüfen, ob nicht auch sie im Argen liegt!«, fügte Konrad an.

»Bestens, bestens, das wäre dann eine Aufgabe für Euch, junger Herr, da könnt Ihr gleich Euren Erfahrungsschatz erweitern!«

In bestem Einvernehmen trennten sich die beiden Männer nach dem Frühstück. Zu Hohenstede wies eine Magd an, ihn beim Amtsvogt anzumelden, und folgte ihr zur Amtsstube. Konrad beschloss, die Ergebnisse dieser Unterredung abzuwarten und einen kleinen Spaziergang zu unternehmen.

Insgeheim hoffte er, vielleicht zufällig dem Fräulein Christine über den Weg zu laufen, doch diese Hoffnung erfüllte sich zunächst nicht. Als er jedoch am Ende seines kleinen Rundgangs über den Schäfergarten den Amtshof betreten wollte, erhaschte er auf einmal einen Blick auf eine eilig das gegenseitige Ende des Gartens anstrebende Gestalt mit wehendem Braunhaar.

»Fräulein Christine?«, rief er erfreut, doch das Mädchen schien ihn nicht gehört zu haben. Nicht zu eiligen Schrittes, denn er wollte sich nicht den Anschein geben, als verfolge er sie, begab sich Konrad in die Richtung, in der sie hinter ein paar Bäumen verschwunden war. Ein wenig verwunderte es ihn, wie flink das blinde Mädchen unterwegs war, er nahm aber an, dass sie sich eben hier auf bekanntem Terrain sicher zu bewegen wusste.

Als er schon meinte, sich gar in der Annahme, dass das Mädchen Christine war, getäuscht zu haben, sah er sie auf einmal auf einem Mäuerchen, das den Garten zur Straße hin begrenzte, sitzen.

»Gott zum Gruß, Fräulein Christine. Welch ein Glück, Euch hier zu begegnen! Aber ist das nicht gefährlich für Euch hier so allein?«

Christine, die nicht vorgab, seine Schritte nicht gehört zu haben, wandte das Gesicht in seine Richtung, lächelte ein wenig schüchtern und sagte:

»Oh, der Herr Assistentus ist wieder gesund, wie

erfreulich! Nein, nein, meine Magd geht nur einem Bedürfnis nach und wird gleich wieder hier sein. Aber dass Ihr hier neben mir steht, wird sie sehr entsetzen und von der Notwendigkeit überzeugen, noch besser auf mich aufpassen zu müssen. Vielleicht habt Ihr die Güte, mich nicht in diese Verlegenheit zu bringen?«

Konrad errötete und versprach, sich sofort zurückzuziehen. Zu Unrecht war er, wie er sich selbst schalt, ein wenig enttäuscht über diese unnahbare Seite eines sonst so offenen Wesens und er stammelte eine Entschuldigung, die er mit der Hoffnung verband, Christine vielleicht heute noch in ihrem Heim besuchen zu dürfen.

»Ja, gewiss, das könnt Ihr gerne tun. Kommt heute Nachmittag, wenn Eure Zeit es zulässt. Ich werde zu Hause sein!«

Konrad verbeugte sich und wandte sich, immer noch sehr verunsichert, dem Amtshof zu. Er kam sich tollpatschig und unbeholfen vor und vermisste das lichte Gefühl der Übereinstimmung mit Christine, das er bei ihrem Besuch in der Krankenstube so genossen hatte.

Entschlossen schüttelte er dann sein Unbehagen ab und betrat das Amtshaus. Hier war Walter zu Hohenstede inzwischen zu beträchtlichen Ergebnissen gekommen. Gerade hatte er zusammen mit dem Amtsvogt dessen Stube verlassen, um sich mit diesem in die Schreibstube zu begeben.

»Ah, Herr Assistentus, Ihr kommt gerade zur rechten Zeit. Wusste ich doch, dass unser Fall seinen Ursprung in der Vergangenheit haben muss. Und man kann nach meiner Unterredung mit dem Herrn Amtsvogt nur zu einem Schluss kommen: Es ist die Hexenverbrennung vor 14 Jahren, die hier vom Teufel höchstpersönlich gerächt werden soll, wie ich meine! Kommt mit in die Schreibstube, dann könnt Ihr gleich die Protokolle sichten.«

»Ist denn noch kein neuer Fall angezeigt worden, Herr Amtsvogt?«, fiel Konrad ein zu fragen. Als der Amtsvogt verneinte, schüttelte er den Kopf.

»Das ist seltsam, die anderen Morde geschahen unmittelbar hintereinander und der nächste wurde mir doch schon vor zwei Tagen angekündigt!«

»Ach, vielleicht hat der Mörder sich angesichts des Aufgebotes unserer Untersuchungen eines Besseren besonnen«, meinte zu Hohenstede hoffnungsvoll und sah sich just in diesem Moment widerlegt, weil hinter ihm Stimmen ertönten:

»Herr Amtsvogt, Herr Amtsvogt, schnell, ich habe einen Mord anzumelden!«

Verblüfft drehten sich die drei Männer auf ihren eigenen Achsen um und musterten das aufgeregte Männlein, das vor ihnen stand.

»Ich bin Reitknecht auf Schloss Oelber und die Herrin schickt mich, also die Dame von Cramm. Ein gar schreckliches Verbrechen hat sich ereignet. Es betrifft den Vogt des Schlossherrn, den Herrn Alfred. Er ist erschlagen worden und man hat ihm zusätzlich das Hirn gespalten!«

»Komm Er erst mal herein in die Amtsstube. Es trifft sich gut, dass diese Herren, Herr Walter zu Hohenstede und Herr Konrad von Velten vom fürstlichen Hof in Wolfenbüttel, zugegen sind, denn sie untersuchen bereits Mordfälle in dieser Gegend.«

In der Amtsstube begann sogleich Walter zu Hohenstede mit der Befragung des Reitknechts. Konrad wand sich innerlich bei dieser Befragung, denn zu Hohenstede gab alle Details bei den anderen Leichen preis und fragte dann, ob der neue Tatort Ähnlichkeiten aufwies. Konrad selbst hätte erst vom Zeugen alle Details erfragt und ihn dann zunächst darüber Stillschweigen bewahren lassen, aber er konnte sich schlecht schon wieder mit zu Hohenstede anlegen.

Naja, die Umstände der anderen Morde werden sich sowieso weitgehend herumgesprochen haben, dachte er dann resigniert.

Alfred von Pilburg, Spross eines verarmten Adelsgeschlechts aus dem Hessischen, diente seit einigen Jahren als Verwalter des Oelber'schen Besitzes. Er war 35 Jahre alt, verheiratet und hatte eine beträchtliche Kinderschar, aber alles nur Mädchen. Aufgefunden hatte man ihn heute Morgen im Schafstall. Er hatte mit weit ausgebreiteten Armen und gekreuzten Beinen auf dem Rücken gelegen. Seine Hände waren in die Stellung einer Schwurhand und einer Meineidhand gebracht. Sein Kopf war über der Stirn mit einem wohl recht scharfen Gegenstand gespalten und die Wundränder darüber mit einer Klammer wieder zusammengefügt worden. Aber auch am Hinterkopf war eine Wunde zu sehen gewesen. Auf seiner Brust habe ein Zettel gelegen, den er gleich mitgebracht habe.

Umständlich fummelte der Reitknecht ein Stück zusammengefaltetes Papier aus dem Wams hervor.

»Des hirnes trägheit«, las zu Hohenstede, der das Papier eilig an sich nahm, laut vor.

Nicht ›des gemächtes gier‹, dachte Konrad. Also haben wir wahrscheinlich schon wieder zwei Leichen und die eine ist noch nicht entdeckt worden.

»Ja nun, es sieht so aus, als hätte unser Mörder wieder zugeschlagen. Hat man die Leiche an Ort und Stelle liegen lassen?«, fragte zu Hohenstede, der nicht bemerkt zu haben schien, dass man es hier offensichtlich schon mit dem fünften anstatt dem vierten Mord zu tun hatte.

»Nein, die Arbeit im Schafstall musste beginnen. Wir haben Brunstzeit und die Tiere sind sehr nervös. Man hat die Leiche in der Schlosskapelle aufgebahrt.«

Konrad stöhnte und bemerkte: »Dann sind alle Spuren verwischt, die man eventuell hätte finden können.«

Zu Hohenstede wischte diese Bemerkung mit einer Handbewegung weg.

»Man hat ja auch an den anderen Orten keine Spuren gefunden! Einerlei, wenn Ihr Euch imstande dazu fühlt, reitet trotzdem hin und besichtigt den Tatort. Nehmt die Büttel mit, vielleicht könnt Ihr sie bei Befragungen gebrauchen. Allemal können die aber aufpassen, dass Euch nicht wieder jemand zu Boden bringt!«

Konrad machte sich in der Hoffnung, dass ihm die Stimmung am Tatort vielleicht doch etwas über den Täter verraten würde, auf den Weg. Mit seinen Begleitern ritt er den Burgberg hinauf, warf einen kurzen Blick in Richtung der im Wald versteckt liegenden Burgruine und erschauerte leicht. Etwas flog ihn an, was er nicht benennen konnte, und er schob es auf die Düsternis des Waldes. Deshalb war er froh, als dieser sich lichtete und er vor sich die Domäne Altenhagen liegen sah, in deren Kellern er gefangen gewesen war. Aber auch hier ließ ihn das unangenehme Gefühl nicht aus den Fängen.

Natürlich fühl ich mich hier nicht wohl, hab ich doch Schauriges hier erlebt!, mahnte er sich zur Ruhe.

In diesem Moment sah er eine Frauengestalt am Waldesrand. Kurz blickte sie zu den Reitern hinüber, um sich dann geschwind abzuwenden und im Wald zu verschwinden.

»Christine schon wieder. Aber was macht sie hier? Und allein? Nein, sicher war sie nicht allein, im Wald wird die Magd gewesen sein. Wahrscheinlich suchen sie Holz oder Bucheckern. Sie hat uns auch nicht sehen, sondern nur hören können und ist deshalb lieber im Wald verschwunden.«

Konrad schob seine Verwunderung damit zur Seite und begann, sich auf den neuen Fall zu konzentrieren. Nach einer Stunde, die man brauchte, weil man mit Rücksicht auf Konrads Verletzung die Pferde nur im Schritt gehen ließ, kam die Truppe im Schloss Oelber an.

Konrad wurde von der Schlossherrin Katharina von Cramm empfangen. Diese zeigte sich ein wenig ungehalten in Bezug auf die Störungen ihres derzeitigen Aufenthalts auf dem Familiensitz. Normalerweise weilte sie mit ihrem Ehemann Burchard im Hessischen, wo dieser landgräflicher Statthalter war. Just im Moment befand man sich in Oelber, weil Freiherr von Cramm einen Umbau des Schlosses plante und sich hierüber mit der Mitbesitzerfamilie von Bortfeld und seinem Verwalter hatte abstimmen wollen.

Ein wenig verwundert bemängelte die Freifrau, nachdem Konrad sich vorgestellt hatte, dass man nur den Assistenten des Untersuchungsbeamten geschickt habe, aber Konrad versicherte ihr, dass sein Vorgesetzter, nachdem man ihm über alle Tatsachen genügend Bericht erstattet habe, sicher noch selbst vorstellig werden würde, um die Untersuchung zu koordinieren.

Freifrau Katharina gab sich damit zufrieden und wies den Reitknecht an, dem Herrn Assistenten in allen Wünschen behilflich zu sein, beugte kurz verabschiedend ihr Haupt und verschwand im Inneren des Schlosses.

Zuerst wollte Konrad den Tatort besichtigen und ließ sich den Schafstall zeigen. Hier war, wie der Reitknecht bereits angedeutet hatte, eine beträchtliche Unruhe zugange. Schafe blökten laut und aufgeregt in einem mit einem Gatter abgeteilten Bereich. Diesem Bereich gegenüber standen mehrere Männer um zwei Schafe, bei genauerem Hinsehen waren es ein Schaf und ein Schafbock, herum und feuerten diese beiden Tiere mit zotigen Rufen an. Konrad brauchte nicht weiter erklärt zu werden, was hier vor sich ging. Vielmehr verlangte er zu wissen, an welcher Stelle genau die Leiche gelegen habe.

Der Reitknecht wies in eine Ecke, die ebenfalls mit einem Gatter abgeteilt war.

»Das ist die Krankenstube für die Schafe. Wenn eins verletzt oder krank ist, wird es hier reingelegt.«

Konrad trat näher und ließ seinen Blick von dem blutdurchtränkten Stroh fesseln. Er hörte das Geblöke der Schafe nur noch wie aus weiter Ferne, ein Rauschen legte sich darüber und eine Stimme flüsterte gedämpft:

»Deine Augen nehmen die Menschen kornblumenblau für dich ein, dein Lächeln lässt Eisberge schmelzen, bei Weib und Mann gleichermaßen, aber tief dahinter lauert etwas anderes. Tief dahinter lauert dein Dämon, den du nicht immer verjagen kannst, denn er gehört zu dir!«

Konrad sah nun den Hergang der Tat genau vor sich. Der Verwalter, der am frühen Morgen den Schafstall betrat, um zu schauen, ob alles bereit sei für die Arbeit des Tages. In der dunklen Ecke dort ein Schatten, der auf ihn wartete, wohl wissend um die Tagesarbeit seines Opfers. Der Verwalter prüfte im Schein des Talglichtes, das dort noch erloschen auf dem Boden lag, ob alle Schafe und der Bock munter waren, beugte sich vielleicht sogar

123

ein wenig über die Gatter und sein Mörder schlich sich von hinten an und ließ die schwere Eisenkugel gegen seinen Hinterkopf schwingen.

Zur Bestätigung seiner These suchte Konrad den Boden vor den Gattern nach Spuren ab, wurde dann am Gatter des Bockes fündig, denn hier erkannte er drei Spritzer von Blut auf der obersten Planke. Langsam bückte sich Konrad an dieser Stelle und untersuchte den strohbedeckten Boden. Seine Hand schob das Stroh hier und dort ein wenig zur Seite und seine Geduld wurde belohnt. Plötzlich ertastete er nämlich zwischen den Halmen einen winzigen metallenen Gegenstand und schloss seinen Griff darum. Er hielt einen winzigen Anhänger in Form eines Lebensbaumes in der Hand. Er runzelte die Stirn. Diesen Anhänger hatte er bei seiner ersten Begegnung mit Christine an deren Hals gesehen und es war wohl nichts unwahrscheinlicher, als dass Christine selbst ihn hier verloren hatte.

15. KAPITEL

Wolfenbüttel

AGNES EILTE MIT IHRER JÜNGSTEN AN DER HAND, der kleinen Käthe, durch die Straßen der Heinrichstadt. Käthe maulte, dass die Mutter sie nicht so ziehen solle, sie könne doch noch nicht so schnell laufen, und Agnes milderte schuldbewusst das Tempo ein wenig. Eigentlich gab es doch auch keinen Grund, so zu hetzen, aber eine innere Unruhe trieb sie an. Sie fühlte sich nicht mehr wohl auf diesen Straßen, vermeinte sie doch immer wieder verhohlene Blicke auf sich zu spüren und ein Zischen und Züngeln hinter sich zu vernehmen.

Heute hatte sie Käthe mit in die Schule nehmen und zeitweilig von einer ihrer älteren Schülerinnen beaufsichtigen lassen müssen, weil ihre Dienstmagd krank geworden war und sie auch nicht die hochschwangere Barbara, ihre Adoptivschwester und Frau ihres Bruders, die sonst immer gerne bereit war, auf die kleine Nichte aufzupassen, belasten wollte.

Der Schultag war unangenehm und zermürbend verlaufen. Die Schülerinnen der Klasse, die sie selbst in den alten Sprachen unterrichtete, waren seltsam unkonzentriert und aufsässig gewesen. In ihren Bürostunden war sie darüber hinaus damit konfrontiert gewesen, dass auffällig viele Abmeldungen von Schülerinnen vorlagen.

»Christina von Boyten«, las sie halblaut, »… so möchte ich Euch hiermit davon in Kenntnis setzen, dass meine Tochter Christina von Boyten mit sofortiger Wirkung nicht mehr die Schule besuchen wird. Erich von Boyten.«

»Anna von der Breitenburg, … Gesine Brandt … Cordula von Badenstedt …« Fassungslos hatte Agnes den Kopf geschüttelt. Die Mädchen waren allesamt Töchter von hohen Hofbeamten, die, ihrer Auffassung nach mit einiger Intelligenz gesegnet, gerne ihre Schule besucht hatten. Der Name Cordula von Badenstedt traf sie besonders heftig, denn diese war die beste Freundin ihrer Tochter Adelheid und ihrer Nichte Heda.

Sophie streut ihr Gift und es beginnt unerhört stark zu wirken, dachte sie entsetzt.

Agnes beschloss, gleich, wenn sie Käthe zu Hause einigermaßen versorgt hatte, Barbara einen Besuch abzustatten. Dies hatte sie ohnehin vorgehabt, nachdem ihr Bruder sie bei seinem gestrigen Besuch gebeten hatte, sich ein wenig um seine sehr ungeduldige und manchmal verzagte Frau zu kümmern.

Als Agnes mit Käthe in die Mühlenstraße einbog, in der das Haus lag, in dem sie wohnte, wehte ihr mit dem kalten Wind Geschrei entgegen und sie erblickte einige Frauen, die vor ihrem Haus standen und sich ereiferten. Als Agnes näher kam und die Frauen sie erblickten, trat betretenes Schweigen ein. Gleich darauf erkannte Agnes schockiert den Grund. An die Eingangstür war ein totes Kätzlein genagelt.

Käthe schrie gellend auf und Agnes beeilte sich, ihre Tochter auf den Arm zu nehmen und deren Gesicht an ihre Brust zu drücken. Das Katzenjunge, das sie aus leeren Augen anzustarren schien, gehörte zu dem jüngsten Wurf der Hauskatze und Käthe hatte an ihm einen besonderen Narren gefressen und Mutter und Magd manchmal überreden können, ihm ein Schälchen Milch hinstellen zu dürfen.

»Was ist das für ein böser Streich. Hat jemand gesehen, wer das gemacht hat?«, fragte sie mit zitternder Stimme.

Fast alle Frauen blickten betreten zu Boden, nur eine von ihnen schaute Agnes frech ins Gesicht:

»Vielleicht sollte sich Frau von Velten lieber fragen, wo wohl der Grund liegen mag, hier eine Katze aufzuhängen?«

Agnes blickte die Frau, eine Nachbarin, mit der sie noch nie so recht hatte warm werden können, entgeistert an.

»Was für einen Grund sollte es da wohl geben?«

»Ich sag nur, das ist ein Hexenzeichen, mehr sag ich nicht und gesehen hab ich auch nichts!«, sprach die Frau und wandte sich um, um zu gehen. Die anderen Frauen schlossen sich ihr verlegen an und es blieb nur die alte Beamtenwitwe stehen, die die andere Wohnung des Hauses bewohnte.

»Naja, Frau Agnes, ich meine, Ihr solltet Euch wieder verheiraten und einem Manne Kinder gebären und ihm vernünftig den Haushalt führen!« Damit wandte sie sich ab und verschwand im Haus.

Agnes machte mit Käthe auf dem Arm kehrt und rannte, ohne sich noch einmal umzusehen, durch das Dammtor in die Dammfestung, hielt sich hier nach rechts in die Gasse, in der die vornehmen Beamtenhäuser standen. An einer Magd, die ihr verwundert die Tür aufmachte, drängte sie sich ohne Worte vorbei und lief die Treppe hinauf direkt zur Wohnstube. Hier hielt sie nun inne, strich der immer noch schluchzenden Käthe über die Haare und beruhigte sie ein wenig. Dann fasste sie sich und klopfte an die Tür.

Ein munteres »Herein!« ließ schon ein kleines Stück Last von ihr abfallen. Als Barbara sich mit einem erstaunten »Oh!« schwerfällig aus ihrem Sessel erhob, eilte Agnes auf sie zu, umarmte sie liebevoll und vorsichtig und setzte dann Käthe ab, die sich aber weiterhin an ihr Bein klammerte.

»Welch wundersamer Fügung habe ich es zu verdanken, dass eine so viel beschäftigte Frau, wie du es bist, mich zu solch ungewohnter Stunde besuchen kommt?«, scherzte Barbara. Als sie dabei aber Agnes ins Gesicht schaute, wurde sie sofort ernst.

»Was ist geschehen? Ist etwas mit Konrad?«

»Nein, nein, da gibt es keine neuen Nachrichten und ich hoffe zu Gott, dass er bei seinen Ermittlungen jetzt ein wenig vorsichtiger ist. Aber ich habe heute merkwürdige, beunruhigende Dinge erlebt und ich musste mit jemandem sprechen, der alle Hofbeamten kennt.«

»Nun, alle kenne ich nicht, denn der Herzog holt sich ja immer noch wieder neue. Aber doch einen erheblichen Teil. Was kann ich dir über sie sagen?«, forschte Barbara. Sie winkte einer Magd und wies sie an, einen Krug verdünnte Mumme und für das Kind etwas Naschwerk zu bringen.

»Sind dir in letzter Zeit irgendwelche Gerüchte über meine Schule zu Ohren gekommen? Oder hast du etwas über Zaubersche erzählen hören?«, wollte Agnes wissen, nachdem die Magd den Raum wieder verlassen hatte.

Barbaras Augen weiteten sich erschrocken.

»Das scheinen mir aber zwei sehr verschiedene Fragen zu sein!«, begann sie zögernd.

»Also, hast du etwas gehört, sprich!«, flehte Agnes sie an.

»Nun, ich weiß selbst nicht recht, was ich davon halten soll, aber tatsächlich erzählte mir Heda heute, dass ihre Freundin Cordula nicht mehr zur Schule kommen würde, weil ihre Eltern es doch für schicklicher hielten, sie zu Hause erziehen zu lassen. Nun kommen die von Badenstedts aus dem Lippischen, wo ein gar viel strengerer Geist herrscht als bei uns, und das erklärt vielleicht den Vorbehalt gegen eine Schule, die von einer alleinstehenden Frau und Mutter geführt wird.«

»Es wurde aber nicht nur Cordula abgemeldet, sondern fünf weitere Töchter bedeutender Beamtenfamilien! Und damit nicht genug, so zischt man mir ›Zaubersche‹ hinterher und nagelt mir junge Kätzchen an die Haustür!«

Sofort begann nun Käthe, die in sich gekehrt an einem Stück kandierter Frucht geknabbert hatte, aufgeschreckt vom verbitterten Ton der Mutter und durch ihre Worte wieder an das Elend mit dem Kätzchen erinnert, bitterlich zu weinen und Barbara nahm sie zärtlich auf ihren Schoß und versuchte, sie mit gurrenden Worten zu trösten.

In diesem Moment klopfte es an die Tür und drei Mädchen traten Hand in Hand in die Wohnstube. Erschrocken schlug Agnes die Hand vor den Mund

»Elisabeth und Adelheid, habt ihr mich gesucht? Ist denn der Unterricht schon zu Ende?«

Elisabeth, ein ernstes, blasses Mädchen auf der Schwelle zum Frausein, öffnete den Mund, um zu antworten, doch ihre lebhafte achtjährige Schwester fiel ihr ins Wort:

»Aber nein, Frau Mutter, wir bringen doch immer erst Heda nach Hause, das wisst Ihr doch, und meistens gibt uns Tante Barbara eine kleine Nascherei.«

Heda, die Cousine der beiden Mädchen, stürmte heran und schloss Käthe in die Arme. Wie nebenbei langte sie dabei auf den Tisch und schnappte sich eine kandierte Kirsche. Barbara schlug ihr mit gespielter Empörung auf die Hand und befahl:

»Nehmt Käthe mit in die Küche, dort wird euch Maria mit allem versorgen, was ihr braucht.«

Das ließen die vier Mädchen sich nicht zweimal sagen und verließen den Raum fröhlich plappernd.

Barbara rutschte nun ein wenig auf ihrem Sessel herum

und biss sich auf die Lippe. Agnes beobachtete sie genau und forderte dann:

»Nun rück schon raus damit, du weißt noch etwas!«

»Ja, es ist etwas, was keiner von uns gerne hören möchte, aber leider scheint Prinz Heinrich Julius, dieser süße Knabe, mit dem ich bei Hofe so oft am Klavichord musiziert habe, in Bezug auf die Anklagen von Zauberschen völlig anders zu reagieren als sein Vater, Herzog Julius. Wie beruhigend waren die Jahre, in denen die Anklagen als das behandelt wurden, was sie waren: als üble Nachrede aus Neid, Eifersucht und Unwissen.«

»Aber Heinrich Julius ist doch meistens in Halberstadt oder Helmstedt! Er studiert doch und ist noch ein unreifer Knabe von 15 Jahren! Was hätte er in dieser Hinsicht zu bewirken?«, fragte Agnes entgeistert.

»Du darfst nicht vergessen, er ist der Thronfolger und durch seine Ämter schon in jungen Jahren ein Mann, der gehört wird. Er war kürzlich hier anlässlich seines 15. Geburtstages und beim Festgottesdienst in der Schlosskapelle wurde er vom Hofkaplan aufgefordert, über ein Bibelwort zu reden. Das Bibelwort war, wie es sich ungünstigerweise traf, aus dem 5. Buch Mose. Gewiss hätte man über diese Stelle anders predigen können, ging es doch darum, wie Gottes Volk sich im Gelobten Land aufführen sollte. Doch Heinrich Julius gefiel es, sich auf die Sache mit den Wahrsagern und Zauberern zu konzentrieren.«

»Was ficht ihn denn an? Wo sollte er in seinen jungen Jahren eine Meinung über diese Dinge entwickelt haben?«

»Ich weiß es nicht. Vielleicht hängt ihm nach, was er erlebt hat, als die Schlüter-Liese ihr Gift am Hof verspritzt hat. Es heißt ja, dass es ihr sogar gelungen sein soll, Herzog Julius zu umgarnen, und vielleicht hat der junge Heinrich Julius da mehr aufgeschnappt, als einem Kind guttut.«

»Aber was hat das alles mit mir zu tun?« Agnes rang verzweifelt die Hände.

»Er hat in seiner Predigt Frauen erwähnt, die durch undurchsichtiges Machwerk zu hoher Stellung aufsteigen, sich anmaßen, Lehrerinnen zu sein, anstatt sich einem Manne unterzuordnen. Ich weiß nicht, was ihn ritt, aber er fügte an, dass solche Frauen Kinder hätten, deren Herkunft Teufelswerk sei, weil sie sich gerne mit dem Teufel einließen, um zu hoher Bedeutung zu gelangen.«

»Aber das ist doch Humbug! Und woher soll hier jemand etwas von Konrad wissen!«

»Agnes, du weißt nicht, was so ein Hof für ein Sumpfloch ist. Ständig gibt es Neider und böse Zungen. Und Konrad ist durch die Fürsprache von Andreas zu schnell aufgestiegen. Man redet davon, dass er nicht der Sohn deines Ehemannes Max ist. Die alten Gerüchte werden ausgegraben und neu ausgeschmückt.«

»Aber Heinrich Julius kennt mich und ist mir immer mit Achtung begegnet!«

»Heinrich Julius kennt auch deinen Bruder, meinen Mann, und ist ihm immer mit Achtung begegnet. Doch manchmal ist Herzog Julius nicht allzu geschickt in seinem Umgang mit seinem Sohn. Er liebt ihn abgöttisch, doch er mutet ihm sehr viel zu. In allen wirklichen Belangen holt er sich Rückhalt bei meinem Andreas, auch in Fragen, wie man einen Prinzen erzieht. Du weißt, er bewundert Andreas in höchstem Maße dafür, dass dieser einst an der Erziehung des jetzigen französischen Königs beteiligt war, und sieht in ihm eine ernst zu nehmende Instanz. Das wiederum passt Heinrich Julius oft gar nicht.«

»Und hast du auch etwas von deiner werten Cousine Sophie Niedermayer gehört?«

Erstaunt blickte Barbara Agnes an.

»Du meinst, diese intrigante Schlange hat etwas damit zu tun?«

Agnes erzählte Barbara von dem Vorfall vor zwei Tagen vor ihrer Schule.

»Ja, jetzt, wo du es sagst, erklärt sich mir einiges. Dieses Getuschel von ihren Freundinnen, das abbricht, wenn ich den Raum betrete! Ja natürlich, seitdem Sophie am Hofe weilt, hat sich in der Stimmung viel verän … au, au …!«

Erschrocken blickte Agnes Barbara an, doch diese winkte belustigt ab.

»Er tritt mich schon wieder, als wenn er meinte, sich auch wieder einmal bemerkbar machen zu müssen!«

Agnes stand auf.

»Ich habe dich auch schon viel zu lange in Anspruch genommen. Du musst ruhen!«

»Ich bitte dich aber inständig, liebe Agnes, dich nicht zu sehr zu beunruhigen. Sprich mit Herzogin Hedwig über die Vorfälle, sie weiß gewiss einen guten Rat!«

Agnes küsste ihre Schwester und Schwägerin zärtlich und begab sich dann in die Küche, um ihre Töchter einzusammeln.

Auf dem Heimweg ließ sie sich von dem fröhlichen Geplapper der Mädchen einlullen und beschloss, Barbaras Rat, die Herzogin aufzusuchen, bald zu beherzigen.

16. KAPITEL

Niederfreden, Oelber

ALS KONRAD AUS DEM SCHAFSTALL HERAUSTRAT, fiel sein Blick auf die Schlosskapelle und er lenkte seinen Schritt dorthin, um das jüngste Opfer in Augenschein zu nehmen.

Still lag Alfred von Pilburg in seinem Sarg vor dem Altar. Wäre nicht die scheußliche Kopfwunde gewesen, hätte man meinen können, er schliefe nur. Von Pilburg war ein feister Mann mit einem runden, fast haarlosen Schädel, der, ohne Hals dazwischen, direkt auf den Schultern zu ruhen schien. Auf seinem Gesicht lag ein Ausdruck, der Konrad fast zum Lachen gebracht hätte: Ein dümmliches Lächeln, einem Schaf nicht unähnlich, lag festgemeißelt auf seinen Lippen. Bei genauerem Hinschauen meinte Konrad dann aber erkennen zu können, dass dieser Ausdruck wohl in der seltsamen Gestaltung der Physiognomie des Mannes zu liegen schien, die Mundwinkel wurden von den feisten Wangen gleichsam auseinandergezogen. ›Des hirnes trägheit‹ schien ein nach außen sichtbarer Charakterzug des Toten gewesen zu sein.

Von den anderen Zeichen der Morde war so gut wie nichts mehr erkennbar, sie hatten sich beim Herübertragen der Leiche gelöst. Allerdings stimmte die tödliche Wunde am Hinterkopf wieder mit den Wunden der anderen Opfer überein.

Konrad vernahm ein Geräusch hinter sich und fuhr herum. Hinten am Eingang der Kapelle stand ein kleines

Mädchen und starrte ihn aus großen Augen an. Unübersehbar war sie ein Kind des werten Alfred von Pilburg, denn auf einem dicklichen, kleinen Körper saß halslos ein runder Kopf.

»Der Herr Vater ist tot! Eine Hexe ist gekommen und hat einen Besen geschwungen. Gegen seinen Kopf, da war er hin!«

Konrad näherte sich interessiert dem kleinen Mädchen.

»Woher weißt du das, hast du die Hexe gesehen?«

»Ich nicht, ich habe geschlafen, aber der Jobst hat's gesehen.«

»Wer ist der Jobst?«

»Das ist der Schafhüterbub. Der hat auf dem Stallboden geschlafen.«

»Kannst du mich zu dem Jobst bringen?«, fragte Konrad und hielt dem Mädchen die Hand entgegen.

Die Kleine nahm seine Hand und verließ mit ihm die Kapelle. Immer schneller werdend, zog sie Konrad zum Schlosstor hinaus zu den Wiesen, auf denen Schafe grasten. Ein kleiner Junge, der im Gras gelegen hatte, sprang hastig auf und blickte den Heraneilenden misstrauisch entgegen.

»Das junge Fräulein hat mir gesagt, dass du eine Hexe gesehen hast, kannst du mir davon erzählen?«

Böse blickte der Junge das kleine Mädchen an.

»Die Sophie redet immer so viel Mist! Ich hab gar nichts gesehen!«

»Aber du schläfst auf dem Dachboden vom Schafstall?«

»Ja.«

»Und da war heute Nacht jemand und du bist wach geworden?«

»Ja, ich hab den Herrn Alfred gehört.«

»Und du hast sonst niemanden gesehen?«

»Da ... da ... ich hab nicht hinuntergeschaut, aber an der Wand gab es einen Schatten und der flog auf den Herrn Alfred zu. Der hatte Flügel und schwang einen Besen.«

»Bist du sicher, dass es ein Besen war?«

»Ja, er hatte einen Stiel und ... ich weiß nicht mehr!«

»Hast du noch mehr gesehen? Hast du nachgeschaut, als der Besen weg war?«

»Ich ... ich ... ich ... hatte solche Angst. Ich hab mich im Stroh vergraben. Ich hörte nur noch, wie die Hexe kicherte und flüsterte und dann erhob sie sich in die Lüfte und verschwand.«

»Und wann hast du nach dem Herrn Alfred geschaut?«

»Gar nicht, ich hab mich weiter im Stroh vergraben. Ich hatte Angst, dass die zurückkommt. Da bin ich wohl eingeschlafen, denn ich wurde vom Lärm unten im Stall wach, als man den Herrn Alfred gefunden hatte.«

»Kennst du diesen Gegenstand?«, fragte Konrad und zeigte dem Schäferjungen den kleinen Anhänger, den er im Schafstall gefunden hatte.

Jobst schaute hin und fuhr sofort erschrocken zurück:

»Das ist ein Hexenzeichen, Herr, das hat sie dagelassen, um uns alle zu verhexen!«

Konrad schüttelte beruhigend den Kopf.

»Du brauchst keine Angst zu haben, das ist nur ein Anhänger ohne irgendwelche Kraft. Er wird auch in der Kunst der Kirchenmalerei als Symbol für Jesus Christus verwendet. Wenn dir noch irgendetwas einfällt, komm ins Amt und frag nach mir, dem Herrn Konrad!«

Konrad wandte sich noch einmal der kleinen Sophie, die das Geschehen aus einiger Entfernung beobachtet hatte, zu.

»Kannst du mich jetzt zu deiner Mutter bringen?«

Heftig schüttelte Sophie den Kopf.

»Das geht nicht, sie ist gerade beim Gebären und da darf kein Mann hin.«

»Dann bring mich zum Schlossherrn!«

Gehorsam wandte sich Sophie um und zeigte Konrad den Weg ins Schloss. Ein Diener nahm das Anliegen Konrads, den Schlossherrn sprechen zu dürfen, mit unbewegter Miene zur Kenntnis und führte ihn durch die große Halle in eine Stube, wo er warten sollte.

Kurze Zeit danach betrat der Schlossherr Burchard von Cramm die Stube, nickte Konrad, der sich tief verneigte, aufmunternd zu.

»Herr Assessor, man sagte mir, dass Er mich sprechen wolle. Nun, was hat Er zu sagen?«

»Verzeiht, dass ich Euch selbst in dieser schrecklichen Angelegenheit befragen muss, aber man sagte mir, dass die Ehefrau Eures ermordeten Verwalters in den Wehen liege.«

»Das ist in der Tat wahr, der Schock der schlimmen Nachricht hat bei ihr vorzeitig die Wehen ausgelöst. Gebe Gott, dass wir heute nicht noch weitere Tote zu beklagen haben.«

»Nun ist es so, dass meine Vorgesetzten und ich inzwischen durch die Untersuchung anderer Morde in dieser Gegend zu dem Schluss gekommen sind, dass diese mit der Hexenverbrennung vor 14 Jahren zu tun haben könnten. Ich wollte eigentlich die Gattin Eures Verwalters fragen, ob sie sich einen Zusammenhang vorstellen könnte.«

»Das ist fürwahr ein recht kühner Schluss. Meint Er, die Morde seien ein Rachefeldzug?«

»Ja, darauf scheinen unter anderem die kleinen Verse, die man den Toten beigelegt hat, hinzudeuten. Bei Herrn von Pilburg waren es die Worte ›des hirnes trägheit‹. Zusammengenommen scheinen die Verse ein Gedicht ergeben zu sollen, dessen Sinn sich uns bisher noch nicht erschlossen hat.«

»Mmm, ja, mir ist in der Tat das Gerücht zu Ohren gekommen, dass Alfred von Pilburg vor 14 Jahren eine nicht ganz rühmliche Rolle bei den Vorgängen hatte. Er war damals noch nicht mein Verwalter, sondern stand in Diensten des alten Herzogs Heinrich. Er ritt mit dem Herzog überall hin und war sozusagen ein Ausführender aller Belange des Herzogs wie Quartierbeschaffer, Vorkoster, persönlicher Leibdiener und vieles mehr. Es wird gemunkelt, dass der Herzog irgendein Interesse an dieser Hexenhinrichtung hatte, und Pilburg sah zu, dass alle Wünsche seines Herrn zu dessen Zufriedenheit erfüllt wurden.«

»Könnt Ihr Euch an irgendeine Person erinnern, mit der Euer Verwalter in diesem Zusammenhang besonders zu tun gehabt haben könnte?«

»Nein, gewiss nicht. Mir war die ganze Geschichte zutiefst zuwider und ich habe diesen Mann allein aufgrund seiner hervorragenden verwalterischen Kenntnisse, die er mit Gewissenhaftigkeit, wenn auch zugegebenermaßen mit einer den Menschen gegenüber bisweilen tumben Rücksichtslosigkeit einsetzte, eingestellt. Ich erinnere mich allerdings daran, dass mir einmal erzählt wurde, dass das Interesse des Herzogs Heinrich damals bei einer gewissen Katharina lag. Es hieß, sie habe ihn einst so verhext, dass er alle seine anderen Bindungen aufs Spiel gesetzt habe, um sie zu erobern. Diese Katharina war ein stolzes, schönes Weib, das nach dem Tod ihres Mannes, eines Büttels des Amtsvogtes, mit ihren Kindern allein in einem Waldhaus wohnte. Und diese Frau starb mit den anderen sechs der Zauberei angeklagten Frauen auf dem Amtshof in Niederfreden.«

»Und was geschah mit den Kindern?«

»Das weiß ich nicht, da solltet Ihr im Amt nachfragen. Wie gesagt, mir war die ganze Geschichte zutiefst suspekt. Doch ich kümmere mich nicht so viel um die Belange dieses Herzogtums, soweit sie nicht meinen Stammsitz betreffen.« Die letzten Worte unterstrich Freiherr von Cramm mit einer abschließenden Geste und verließ, nachdem er Konrad mit einem knappen Nicken, das keinen Widerspruch zuließ, verabschiedet hatte, den Raum.

Konrad beschloss, dass hier im Schloss wohl bis auf Weiteres nichts mehr auszurichten war, er aber sehr wohl nun endlich im Amt in Erfahrung bringen musste, welche sieben Frauen einst in Niederfreden verbrannt worden waren.

Er verließ das Schlossgebäude, winkte im Hof seine Begleiter mit seinem Pferd heran, saß auf und machte sich auf den Rückweg nach Niederfreden.

Anfangs drehten sich seine Gedanken um das eben Erlebte, doch bald wandten sie sich wie von selbst seinem Vorhaben zu, Christine zu besuchen, wie er es am Vormittag versprochen hatte. Ob er die schöne Vertrautheit der ersten Begegnungen wieder würde herstellen können, wenn sie sich auf ureigenstem Terrain bewegte? Was war es, was ihn so unwiderstehlich zu diesem blinden Mädchen hinzog? Gewiss, sie war sehr hübsch, aber hübsche Mädchen hatte er schon vorher kennengelernt. War es die Aura des Geheimnisvollen, die sie umgab, oder war

138

es ihre ungebändigte Neugier auf alles, was man erlernen konnte?

Du bist auf dem besten Wege, dein Herz zu verschenken, alter Knabe, dachte er schmunzelnd bei sich. Aber es ist nicht die schlechteste Wahl, die dein Herz da getroffen hat, möchte ich meinen.

Im Amt angekommen, begab sich Konrad jedoch unmittelbar zu seinem Vorgesetzten, erstattete ihm Bericht über die Umstände, die er in Oelber angetroffen hatte, und erzählte von dem Gespräch mit dem Schlossherrn.

»Na, na, da müssen wir aber sehr vorsichtig sein, wenn hier der selige Vater unseres erlauchten Herzogs ins Spiel gebracht werden soll!«, mahnte zu Hohenstede erregt. »Ich kannte seine Fürstliche Gnaden sehr gut und keinesfalls werde ich zulassen, dass der Name eines großen Herrschers in den Schmutz gezogen wird!«

»Das liegt natürlich auch mir fern«, beeilte Konrad sich zu sagen, »doch können wir nicht ausschließen, dass ein Rächer der sieben Frauen, wenn wir denn nun von solch einem sprechen wollen, die Dinge so verstanden hat. Habt Ihr etwas über diesen alten Fall herausbekommen können?«

»Nun, die Aktenlage ist mehr als prekär. Man hat sich vor 14 Jahren kaum darum bemüht, das Verfahren gegen die Hexen schriftlich zu dokumentieren, allein schon aus dem Grunde, dass es hier im Amt keinen wirklichen Schreiber gab. Doch konnte ich zumindest die Namen der Delinquentinnen in Erfahrung bringen.«

Zu Hohenstede reichte Konrad eine Liste mit sieben Namen, die Konrad laut ablas:

»»Köchin Frieda von der Burg, Anna Bothe aus Hohenassel, Gertrude Bolze aus Reppner, Katharina Sievers aus

Oberfreden, Anna Wehrstedt aus Salder, Gerda und Maria Loers, zwei Schwestern aus Söhlde.‹ Über die Anklagen gibt es keine Aufzeichnungen?«

»Nein, das ist alles mündlich verhandelt worden und wir werden schauen müssen, ob wir Menschen finden, die sich daran noch erinnern können. Das wird schwierig, schwierig!«

»Wir können aber vielleicht schon bestimmte Opfer bestimmten Frauen zuordnen, die verbrannt worden sind. Hier zum Beispiel Anna Bothe aus Hohenassel. Mit ihr könnte Ackerbauer Knake zu tun gehabt haben. Und hier, Anna Wehrstedt aus Salder hatte bestimmt mit Pastor Hopius zu tun. Frieda von der Burg und Katharina Sievers könnten von Berthe Bethge verleumdet worden sein. Ich werde bei der Totenwäscherin Nele beginnen. Ihr bin ich neulich begegnet, als sie die Bethge gewaschen hat, und ich bin mir sicher, dass sie einiges weiß. Ihr solltet den uns zugewiesenen Bütteln den Auftrag geben, auf der Grundlage unseres neuen Wissensstandes weitere Untersuchungen in Salder und Hohenassel anzustrengen. Sie sollen Namen der Personen herausfinden, die etwas über den Prozess wissen, und diese für morgen Vormittag ins Amt einbestellen.«

»Ja, das ist in der Tat eine gute Idee, bin ich doch selbst damit beschäftigt, alles bereits in Erfahrung Gebrachte für die herzogliche Kanzlei zu dokumentieren«, stimmte zu Hohenstede nach einem Stirnrunzeln zu.

»Und es sollten vielleicht Männer nach Söhlde und Reppner gesandt werden, um in Erfahrung zu bringen, wer hier etwas über die aus diesen Dörfern stammenden Frauen weiß und wer diese angezeigt hat. Vielleicht können wir dort sogar noch Leben retten«, wagte Konrad noch eins draufzusetzen, obwohl er sich der Gefahr bewusst war, dass zu Hohenstede seine Initiative jeden Moment wieder als Anmaßung zurückweisen könnte.

»Jaja, in der Tat. Auch dieser Gedanke war mir schon gekommen«, stimmte zu Hohenstede zu. »Mache Er nur die ihm angewiesene Arbeit und befrage Er die Totenwäscherin!«

Konrad verschob seufzend seinen Besuch bei Christine auf eine spätere Stunde und machte sich auf den Weg zu Nele. Diese traf er zum Glück in ihrem Haus, vor einem kleinen qualmenden Feuerchen sitzend, an. Ihre Augen leuchteten zunächst verschmitzt auf, als sie den jungen, schmucken Besucher erkannte, als sie aber, nachdem sie ihn auf einen kleinen Schemel ihr gegenüber verwiesen hatte, den Grund seines Besuches vernahm, verdüsterte sich ihre Miene.

»Die alte Frieda kannte ich recht gut, will ich meinen. Sie lebte schon ewig auf der Burg, als ich dort einst die ersten Babys auf die Welt holte. Sie war nie und nimmer eine Zaubersche nicht. Nur ein altes, wunderliches Weib, das sich nach der Zerstörung der Burg nicht mehr verpflanzen lassen wollte. Sie kannte doch nichts anderes. Und weil sie eine geschickte Köchin war, wusste sie sich zu ernähren und zu überleben, daran war keine Hexerei. Doch die neugierige Nase von der Bethge fand immer und überall etwas. Sie begegnete eines Tages der Frieda im Wald, die gerade beim Kräutersammeln war. Frieda nutzte die Kräuter für ihre Suppe, und sicher, sie half auch manch einem bei Erkältungen und Fieber mit ihrem Sud. Als Berthe Frieda im Wald traf, murmelte diese gerade unverständliche Worte vor sich hin und betrachtete dabei ein Büschel Kräuter. Nun war es so, dass Frieda immer

Selbstgespräche führte, daran war nichts Besonderes, sie lebte ja allein. Also die Berthe behauptete dann, die Frieda hätte das Büschel beschworen, und in dem Büschel hätten sich genau die Kräuter befunden, die Fehlgeburten hervorriefen wie Petersilie, Beifuß, Arnika und Liebstöckl. Und just von Fehlgeburten seien beide Dörfer, Oberfreden und Niederfreden, in der Zeit ganz stark betroffen gewesen. Bei der Anzeige behauptete Berthe dann, dass sie mehrere Zeuginnen habe, die Frieda dabei gesehen hätten, wie sie um die Häuser der Schwangeren schlich. Beim Prozess erschien keine dieser Zeuginnen, aber da hatte die Frieda sowieso schon unter der Folter gestanden.«

»Aber das hieße ja, dass nur die Aussage einer Schnüfflerin und die Folter eine alte, harmlose Frau in einen furchtbaren Tod getrieben hätten!«, rief Konrad entgeistert aus.

»Jaja, Söhnchen, wenn die Glut des Hexenwahns gelegt wird, so wird sie durch den bösen Atem des Neides und des Misstrauens flugs entfacht. Und ehe man sichs versieht, macht die Folter einen grausamen Flächenbrand daraus.«

»Und hat die Bethge auch die Katharina Sievers angezeigt?«

»Nein, nein, diese Anzeige kam aus einer ganz anderen Ecke und wurde auch gesondert behandelt. Niemand kannte eigentlich die Katharina besonders gut. Sie lebte sehr zurückgezogen mit ihren Kindern im Wald. Nach dem Tod ihres Mannes munkelte man, die Kinder, zwei Mädchen, seien gar nicht von ihrem Ehemann, denn sie seien erst lange nach seinem Tod geboren worden.«

»Wer hat Katharina angezeigt und was wurde aus den Kindern?«

Nele blickte Konrad aus abwesend wirkenden Augen an.

»Manchmal liegt die Lösung direkt vor unseren Augen und wir sehen sie nicht. Ich bin durch einen Eid gebunden, der die Kinder von Katharina schützen soll. Doch seht Euch um und rechnet aus. Kommt Ihr auf ein Ergebnis, so geht damit behutsam um, dass Ihr nicht Leben zerstört, wo es zu blühen beginnt.«

17. KAPITEL

Niederfreden

ALS KONRAD WIEDER im Amt eingetroffen war, stellte er fest, dass keiner der in die Herkunftsdörfer der als Hexen verbrannten Frauen ausgesandten Büttel bisher wieder zurückgekehrt war. Mit einem ein wenig schlechten Gewissen beschloss er daher, nun endlich Christine zu besuchen. Man konnte ja auch hier, so entschuldigte er sich selbst, Nachforschungen zum vorliegenden Fall anstellen. Sicher kannte Christine diesen oder jenen Tratsch, denn Blinde waren ja bekannt dafür, dass ihre anderen Sinne oft umso geschärfter waren.

Freudig stellte Konrad beim Betreten der kleinen Wohnstube des Opfermannes fest, dass Christine ob seines Besuches sehr erfreut war.

»Wie schön, mein lieber Herr von Velten, dass Ihr Euch meiner erinnert. Gerade wollte mir der Nachmittag zu langweilig werden, kann ich mich doch heute auf rein gar nichts konzentrieren. Das kommt davon, wenn man den ganzen Tag in der Stube sitzt!«

»Aber ich möchte doch meinen, dass Ihr heute schon viel der frischen Luft genossen habt!«, scherzte Konrad, doch Christine reagierte nur mit einem verständnislosen Achselzucken.

Konrad war irritiert, dass Christine das Treffen am Vormittag so achtlos überging, schalt sich dann aber mit Blick auf die anwesende Magd selbst einen Narren. Natürlich wollte Christine dieses Treffen vor der Magd nicht erwähnen. In diesem Augenblick fiel ihm der Lebensbaumanhänger ein, den er vom Fundort der Leiche in Oelber mitgenommen hatte und nun in seiner Wamstasche trug. Sein Blick heftete sich auf die Stelle, wo er ihn unlängst bei Christine bemerkt hatte, doch war diesmal nur das silberne Kettchen zu sehen, das im Ausschnitt ihres Kleides verschwand. Konrad wusste keinen Vorwand, unter dem er Christine bitten konnte, ihm ihren Anhänger zu zeigen, und beschloss, auf eine bessere Gelegenheit zu warten.

»Und kommt Ihr mit Euren Nachforschungen weiter?«, wollte Christine wissen.

»Es ist schon arg mühsam. Ein neuer Mord ist gemeldet worden und wir müssen an so vielen Stellen gleichzeitig ermitteln. Aber immerhin wird langsam deutlich, wie die Todesfälle zusammenhängen.«

Konrad berichtete Christine von dem Gang der Ermittlungen und beobachtete, wie sie zunehmend stiller und in sich gekehrter wurde.

»Ich warte nun auf die Rückkehr der Büttel aus Salder, Reppner, Hohenassel und Söhlde. Vielleicht können
wir sogar einen weiteren Mord noch verhindern«, schloss
Konrad seinen Bericht ein wenig hilflos. »Und ich hoffe,
hier in Niederfreden etwas über diese Katharina Sievers
herauszufinden …«

In diesem Moment betrat Christines Vater, der Opfermann Bindig, die Stube und es gelang ihm gerade noch,
seine Tochter, die aschfahl geworden war, aufzufangen,
bevor sie ohnmächtig vom Stuhl rutschte.

Konrad sprang auf und eilte Bindig zu Hilfe. Gemeinsam trugen sie die Bewusstlose zur Wandbank und legten sie dort ab. Diese kam nun schon wieder zu sich und
wollte sich verwirrt aufsetzen, doch Bindig drückte sie
zurück und befahl:

»Bleib liegen, mein Kind, Erna kann sich ein wenig
um dich kümmern und ich geleite den Herrn Assistenten hinaus!«

Mit bestimmtem Griff schob Bindig Konrad in Richtung Tür, sodass diesem nichts anderes übrig blieb, als
nachzugeben und den Raum zu verlassen. Vor der Tür
aber drehte sich Konrad verwirrt zu Bindig um und verlangte zu wissen, ob Christine öfter einfach in Ohnmacht
fiel.

Bindig seufzte schwer und bat Konrad dann, ihm in
seine Studierstube zu folgen.

»Ihr müsst wissen, meine Tochter Christine ist mein
Augenstern. Seit dem Tod meiner Frau, Gott hab sie
selig, sind wir noch enger zusammengewachsen, denn
wir haben nur uns. Gewiss, ich muss akzeptieren, dass
Christine nun eine junge Frau ist. Doch durch ihre Blindheit ist es, als bliebe sie weiter mein kleines Mädchen.«

»Aber was war eben mit ihr?«, drang Konrad in Bindig.

»Als ich den Raum betrat, erwähntet Ihr gerade den Namen Katharina Sievers. Ihr habt also mit Christine über die Hexenverbrennung vor 14 Jahren gesprochen. Nun, dieses Thema rührt etwas an in Christine, was tief verschüttet ist. Sie hat alles vergessen, aber tief in ihr liegt es verborgen und rührt man daran, schwinden ihr die Kräfte.«

»Was ist es? Was hat Christine erlebt?«

»Christine ist die Tochter von Katharina Sievers. Sie hat die Verbrennung ihrer Mutter miterlebt.«

Konrad sank erschüttert auf einen Schemel und wischte sich über die Augen.

»Und seitdem ist sie blind?«

»Ja, niemand hatte bemerkt, dass Christine und ihre Schwester Magdalene sich unter die Zuschauer gemischt hatten. Als die Scheiterhaufen schon entzündet waren, ertönte über dem Getöse und Geschrei ein furchtbarer heller Kinderschrei. Niemand konnte zunächst erkennen, woher er kam, doch ich sah plötzlich zwei kleine Mädchen in der Nähe des Herzogs stehen. Das eine hatte die Hände vor die Augen geschlagen und sank in diesem Moment in sich zusammen. Nach dem anderen griff ein Mann des Herzogs, doch das kleine Mädchen trat ihm mit ihrem Holzschuh gegen das Schienbein und rannte fort. Nun wollte der Mann des Herzogs nach der bewusstlosen Kleinen greifen, doch einige Frauen bildeten einen Kreis um das Mädchen und die Totenwäscherin Nele schrie den Herzog an, dass er seine Schande nicht auch noch auf die Kinder von Katharina ausdehnen solle. Zunächst sah es aus, als wollte der Herzog Nele verhaften lassen, doch dann zuckte er mit den Schultern, pfiff seinen Mann

146

zurück und verließ den Richtplatz. Meine Frau war eine der Frauen, die den Kreis um Christine gebildet hatten. Sie litt sehr unter ihrer Kinderlosigkeit und so nahmen wir Christine an Kindes statt an. Christine lag viele Wochen in schwerem Fieber, ist seit diesem Tag blind und hat alles vergessen, was vor diesem Tag war.«

»Und das andere Mädchen, Magdalene?«

»Sie blieb verschwunden, niemand im Ort hat sie je wieder gesehen.«

Erschüttert verabschiedete sich Konrad vom Opfermann und begab sich zurück auf den Amtshof. Hier war nun mittlerweile einer der Büttel, die in die Dörfer geschickt worden waren, eingetroffen und schickte sich an, Walter zu Hohenstede Bericht zu erstatten. Als Konrad dazutrat, vernahm er:

»… gefunden, weil seine Schwester schon seit über einer Woche zu Verwandten gereist war. Erst heute, als wir an alle Häuser klopften, unter anderem auch bei dem Borchert, hat die Magd beschlossen, nach ihrem Herrn zu sehen. Ich hörte dann einen Schrei und dann bin ich hingerannt, wo er herkam, und da hab ich die Bescherung gesehen.«

Der Mann drückte ein Tuch an seine Lippen und wischte sich dann über die Stirn.

»Das war ein grauseliger Anblick, glaubt mir, sein Körper war schwarz vor Fliegen, die um ihn herumschwirrten. Und gestunken hat das! Der Mann musste schon länger so dort liegen.«

Das vierte Opfer, dachte Konrad. »Sagt, hat man das Opfer entmannt?«

»Jaja, fürwahr. Woher wisst Ihr das?«

»Dieser Mord ist schon vor einigen Tagen angekündigt worden, nur hat man bisher das Opfer eben nicht gefunden. Lag ein Zettel bei der Leiche?«

»Ach ja!« Der Büttel kramte umständlich in seiner Wamstasche und beförderte ein arg mitgenommenes Papierstück ans Tageslicht. »Beinahe hätte ich es übersehen, denn das Gewimmel der Fliegen versperrte einem förmlich die Sicht!«

›des gemächtes gier‹ las Konrad und hatte somit die letzte Bestätigung, dass es sich hier um das vierte Opfer handelte.

»Wie war doch gleich der Name des Mannes und was war seine Profession?«, schaltete sich nun zu Hohenstede wieder ins Gespräch ein.

»Georg Borchert, wohnhaft in Reppner, niederer Adel. Einst war er Offizier des alten Herzogs, doch sagte man mir, dass er heute keiner Arbeit mehr nachgeht, sondern seine Ersparnisse versäuft.«

»Hat Er einen Zusammenhang zum Verbrennungsopfer aus Reppner herstellen können?«

»Ja, tatsächlich wird ihm nachgesagt, dass er eine gewisse Gertrude Bolze der Hexerei bezichtigt habe. Nachdem er sich in seiner Jugend hätte rühmen können, dass er jede Frau beglücken könne, und es auch kaum eine ansehnliche Frau in der Gegend gäbe, bei der er es noch nicht getan habe, hätte ihm die Bolze das Gemächt verzaubert, sodass seine einzige Funktion noch im Wasserlassen zu finden war. Dies hätte sie aus Rache getan, weil er einst ihre 13-jährige Tochter angeblich gegen ihren Willen entjungfert habe.«

»Das ist doch mal ein klarer Zusammenhang!«, freute sich Konrad.

»Das denke ich auch«, stimmte zu Hohenstede zu, »dann können wir uns eine Leichenbesichtigung offensichtlich sparen. Der Mann soll schnellstmöglich bestattet werden.«

Eigentlich wollte Konrad gegen diese Entscheidung aufbegehren, denn es wäre interessant gewesen, aus dem Zustand der Leiche Rückschlüsse auf den Todeszeitpunkt zu ziehen, aber er hielt sich im letzten Moment zurück. Sicher lag der Todeszeitpunkt nahe dem seiner eigenen Gefangenschaft und seine Fähigkeiten, den Todeszeitpunkt einer von Fliegen umschwirrten Leiche genau zu fixieren, schätzte er dann doch als eher gering ein.

»Nun haben wir bei zwei Todesopfern den direkten Zusammenhang zu der Hexenverbrennung«, wandte sich Konrad an zu Hohenstede und berichtete, was er von der alten Nele erfahren hatte. »Wie ich dem Brief meines Onkels Andreas entnehmen konnte, hat er mit einer Augenzeugin der Hinrichtung gesprochen, die einen Bezug zu unserem zweiten Opfer, Karsten Knake, beobachtet hat. Anna Bothe aus Hohenassel verfluchte damals den Bauern. Damit wären es dann schon drei Opfer. Aber wer ist von diesen Hinrichtungen so grauenvoll betroffen, dass er heute diese schrecklichen Morde verübt? Und warum erst jetzt?«

»Hm, hm, ja, in der Tat, da kommt einiges zusammen. Warten wir doch, was die anderen Büttel zu berichten haben. Vielleicht solltet Ihr Euch auch selbst noch einmal nach Salder begeben. Ich selbst werde mich sofort an die Arbeit machen und die bisherigen Erkenntnisse dokumentieren.«

Konrad dachte rebellisch bei sich, dass das doch schon weitgehend geschehen sein sollte und seinen Vorgesetzten doch längst nicht so beschäftigen könne, dass er alle wirkliche Arbeit den anderen überließ.

Ach, sei's drum. Wenigstens bremst er mich nicht mehr aus. Das ist auch was wert!

Trotz der vorgerückten Stunde, es würde gleich dunkel sein, winkte Konrad einen Büttel zu seiner Begleitung herbei und ritt zum zweiten Mal während der Untersuchungen nach Salder. Er begab sich unmittelbar in das Pfarrhaus und bat darum, bei Frau Hopius vorsprechen zu dürfen.

Diese schien sich mittlerweile einigermaßen von dem Schock über die Ermordung ihres Gatten erholt zu haben. Mit gefasster Stimme begrüßte sie Konrad, bat ihn, sich zu setzen und über sein Begehr Auskunft zu geben.

»Liebe Frau Pastor Hopius, gestattet mir, zu fragen, wie lange Ihr mit Eurem Gatten schon verheiratet wart?«

»Zu Weihnachten wären es zehn Jahre gewesen. Ihr müsst wissen, mein guter Hopius war vor unserer Ehe Kaplan der Junker von Saldern. Dieses Geschlecht war zwar schon früh dem lutherischen Glauben aufgeschlossen, doch um der Beziehung zum herzoglichen Hof willen blieb die Familie römisch. Mein Gatte versah seinen Dienst als römischer Geistlicher, doch nach der Einführung der Reformation im Jahr 1569 konnte er sogleich examiniert und als lutherischer Pfarrer übernommen werden, denn er hatte schon fleißig die lutherischen Bekenntnisschriften studiert. Gleichfalls konnte er endlich dem Wunsch nach Zweisamkeit in der Ehe nachgehen. Ich war Gesellschafterin in den Diensten der Gattin des Junkers und für mich war mein guter Hopius die Rettung vor dem Schicksal, eine alte Jungfer zu werden, denn ich besaß zwar vornehme Abstammung, aber keine Mitgift.«

»Und könnt Ihr Euch vorstellen, dass Euer Gatte in irgendeiner Form mit den Anzeigen der Zauberschen des Jahres 1565 zu tun hatte?«

Frau Hopius schlug eine Hand vor den Mund. Mit großen Augen, die sich mit Tränen füllten, blickte sie Konrad an.

»Sagt bitte nicht, dass ihn diese Tat das Leben gekostet hat. Immer hat es ihn gereut, gerne hätte er alles rückgängig gemacht, oft hat er Gott auf Knien um Vergebung angefleht.«

»So sagt mir doch bitte, welche Tat reute Euren Gatten?«

»In den Tagen vor den Hexenverbrennungen weilte der Junker von Saldern mit seinem ganzen Gefolge hier in Salder auf seinem Gut Kleiner Hof. Und zwar anlässlich der Vermählung seiner Schwester Margarethe mit einem Adligen namens Achatz von Velten. Auch der alte Herzog war zugegen, denn er war der Patenonkel des Bräutigams. Mein Gatte hatte die Trauung durchzuführen. Vom Junker vernahm damals mein Gatte, dass im Amt Niederfreden schon mehrere Hexen einsäßen, denen der Prozess gemacht werden sollte. Neugierig verlangte mein Gatte zu wissen, was denn die Kennzeichen solcher Hexen seien. Der alte Herzog mischte sich ins Gespräch, lachte und zählte auf: rote Haare, zusammengewachsene Augenbrauen, Heilkundigkeit und Vorwitzigkeit dem männlichen Geschlecht gegenüber. Wenn dem so wäre, meinte mein Gatte daraufhin, dann könnte er schon allein in Salder mindestens eine Frau benennen, auf die fast alles davon zuträfe. Der Herzog hörte auf zu lachen, fixierte meinen Mann mit schmalen Augen und verlangte dann zu wissen, wen der Kaplan damit wohl meinen könne.

Nun wäre es an meinem Mann gewesen, zu schweigen oder zuzugeben, dass er den Mund zu voll genommen hatte. Doch ritt es ihn, den Namen einer Frau zu nennen, die ihn einmal in Salder böse angegriffen hatte: Anna Wehrstedt, eine heilkundige Frau hier aus dem Dorf, hatte rote Haare und war keinem Manne gegenüber fügsam. Sie verteidigte das Recht der Frauen, selbst zu bestimmen, wie viele Kinder sie gebären wollten, und hatte dies meinem Manne ins Gesicht geschrien. Der Anlass war der Tod einer in ihrem elften Kindbett verstorbenen Frau, der der Pfarrer in der Beichte strengstens untersagt hatte, Kräuter zu nutzen, die eine weitere schnelle Schwangerschaft verhindern würden.

Diesen Namen also nannte mein dummer Hopius und musste zu seinem Schrecken am nächsten Tag erfahren, dass Anna Wehrstedt verhaftet worden war und unter der Folter zugegeben hatte, Frauen unfruchtbar machen zu können und gemacht zu haben.

Mein Mann ritt dann noch nach Niederfreden, um das Schlimmste vielleicht verhindern zu können, doch ohne Erfolg. Nur ein anderes Mädchen, eine Gesellschafterin der Braut, die irgendwie in die Geschehnisse hineingeraten war, konnte er durch seine Fürsprache retten.

Das muss Tante Barbara gewesen sein!, dachte Konrad, der diese Geschichte aus Familienerzählungen kannte.

18. KAPITEL

Wolfenbüttel, 10. Oktober

BARBARA GING DER GESTRIGE BESUCH von Agnes nicht aus dem Sinn. Ein wenig verwünschte sie ihre Behäbigkeit und Unbeweglichkeit jetzt kurz vor der Niederkunft. Es schickte sich in diesem Zustand auch nicht mehr, bei Hofe vorzusprechen. Sonst wäre ihr nichts leichter als das gewesen, ihrer Gönnerin und Freundin Herzogin Hedwig einen Besuch abzustatten. Zumal sie gehört hatte, dass auch Hedwig wieder, zum elften Male, guter Hoffnung war.

Andreas war gestern nicht sehr gesprächig gewesen, als Barbara ihm von dem Besuch seiner Zwillingsschwester berichtet hatte. Den Thronfolger Heinrich Julius tat er als einen »dummen Jungen« ab, der noch nicht trocken hinter den Ohren war, den Streich allerdings, den man Agnes mit der Katze gespielt hatte, schien er durchaus ernst zu nehmen.

»Würde nicht unser Kind jederzeit zur Welt kommen können, würde ich gerne zu Konrad nach Niederfreden fahren, um bei den dortigen Nachforschungen dabei zu sein. Dieser Fall bringt viel Unruhe bis selbst hierher nach Wolfenbüttel. Ist dieser Fall erst mal geklärt, wird es vielleicht möglich sein, das Gerede über Zauberer und Hexen im ganzen Herzogtum mit Stumpf und Stiel auszurotten.«

»Hast du neue Nachricht von Konrad bekommen?«, wollte Barbara wissen.

»Nein, aber ich denke, dass er wohl heute einen Bericht schicken wird.«

Andreas war dann in die Kanzlei aufgebrochen und Barbara hatte sich, nachdem auch Heda von der Magd zur Schule gebracht worden war, seufzend über die Kontrolle des Haushalts hergemacht. Viel war nicht zu tun, denn zwei Mägde, eine Köchin und ein Reitknecht hielten Wohnung und Stall blitzblank in Ordnung. Und viel war sie mit dem großen Bauch auch nicht zu tun imstande. So erstreckte sich der Herbsttag noch mit endlosen Stunden vor Barbara, die sonst kein Kind der Langeweile war.

Gedankenverloren setzte sie sich an ihr Klavichord, ließ ein paar Arpeggien erklingen, doch bald schon sanken ihre Hände in den Schoß und sie begann zu träumen.

»Wie es wohl Margarethe ergehen mag?«

Ihre Freundin, deren Gesellschafterin sie einige Jahre gewesen war, war endlich auch Mutter eines Sohnes geworden, nachdem sie ihrem Manne etliche Töchter geboren hatte. Oft weilte Margarethe in ihrem prächtigen neuen Haus auf dem Burgplatz in Braunschweig und Barbara war schon des Öfteren von Margarethe aufgefordert worden, sie dort zu besuchen.

Barbara dachte zurück an Margarethes Hochzeit in Salder und an die verwirrenden und schrecklichen Ereignisse, die in ihrer Erinnerung unlösbar damit verbunden waren.

Barbara hatte sich mit einer Bediensteten der Salder'schen Güter angefreundet und hatte, als sie sich der Nachstellungen des alten Herzogs und einer ungewünschten Verheiratung entziehen musste, mit Ludmilla auf die Suche nach Spuren ihrer unbekannten Mutter gemacht. Ausgerechnet auf der Burgruine Lichtenberg, die über den Orten Oberfreden und Niederfreden lag, bei einer alten Köchin, war sie fündig geworden, genau zu dem Zeitpunkt, als der Hexenwahn auch die alte Frieda in seinen Strudel riss. So war es geschehen, dass auch sie und ihre Freundin Ludmilla verhaftet worden waren und der Zauberschen Kumpanei angeklagt werden sollten. In letzter Minute war sie selbst durch die Fürsprache des Kaplans derer von Saldern und sogar durch die Intervention des Herzogs selbst entlastet worden. Ihre Freundin Ludmilla war durch eine tollkühne Flucht entkommen, doch die sieben anderen Frauen, die Barbara in ihrer Gefangenschaft kennengelernt hatte, waren im Schäfergarten des Amtshofes grausam verbrannt worden.

Unwillkürlich hielt sich Barbara die Ohren zu, denn nun gellten die Schreie der brennenden Frauen in ihren Ohren und darüber der hohe, fast unmenschlich wirkende Schrei eines Kindes. Wie ein Schleier lüftete sich auf einmal der Rauch, der fast alle Anwesenden einzuhüllen drohte, und Barbara blickte in die riesigen dunkelbraunen Augen eines kleinen Mädchens, die in diesem Moment zu brechen schienen. Das Mädchen sank in sich zusammen und war sofort von Erwachsenen umgeben. Ein kleiner Schatten floh aus dem Bild und Barbara war es in der Erinnerung, als wenn das kleine Mädchen sich wie ein Geist aus dem Kreis der Erwachsenen entfernt hätte. Barbara hatte eine Bewegung in die Richtung des Schattens gemacht, doch plötzlich stand der Herzog vor ihr und erschrocken drehte sie sich um und flüchtete sich hinter Max von Velten. Der Herzog wandte sich verächtlich ab und verließ den Schäfergarten.

»Wie nah war doch auf einmal das Unheil. Es hätte nicht viel gefehlt und aus einer kleinen Unvorsichtigkeit wäre mir das Verderben erwachsen! Agnes hat recht, wenn sie Angst hat, die Menschen lassen sich so schnell in einen Wahn hineinziehen.«

In diesem Moment spürte Barbara auf einmal, dass ihre Röcke unter ihr nass wurden. Im gleichen Moment zog ein entsetzlicher Schmerz ihren Rücken hinauf. Die Geburt ihres Kindes hatte begonnen. Sie rief die Magd herbei, die sich in den letzten Tagen nie weit von ihrer Herrin wegbewegt hatte. Die Hebamme wurde gerufen und Barbara überließ sich ergeben der ureigensten Arbeit der Frauen, ihr Kind zu gebären.

Nach nur vier Stunden, die ihr aber wie eine Ewigkeit vorkamen, presste sie einen kleinen Jungen in die Hände der Hebamme. Diese übergab das Kind behände der bereitstehenden Magd und wandte sich Barbara, die erschöpft zusammengesunken war, zu.

»Die Arbeit ist noch nicht vorbei, Frau Riebestahl. Es kommt noch eins.« Ungläubig prustete Barbara mit den Lippen, aber in diesem Moment überkam sie eine neue Wehe und sie sah ein, dass die Hebamme recht hatte.

Zwillinge!, dachte sie. Es waren Zwillinge, ich muss es Andreas sagen. Es gab *zwei* kleine Mädchen!

Dann überließ sie sich erneut dem Kampf, ein kleines Leben aus sich herauszupressen.

Als Andreas zwei Stunden später das Haus betrat, wurde er mit der freudigen Nachricht begrüßt, dass seine Frau zwei gesunde Knaben entbunden hätte. Leise schlich er sich in die Kammer, wo er seine Frau tief schlafend im Bett erblickte. In der Wiege, in der einst schon Heda gelegen hatte, lagen zwei winzige Gestalten mit schrumpligen Gesichtern.

»Sie sind klein!«, flüsterte er der Hebamme zu.

»Aber gesund, und es ist alles dran. Schließlich mussten die beiden sich ja den Platz auch teilen, und so kräftig ist Eure Frau ja auch nicht!«

Beglückt und unendlich erleichtert, dass Barbara die Geburt zweier Kinder überstanden hatte und beide Kinder lebten, beschloss Andreas, Heda von der Schule abzuholen und seiner Schwester Agnes gleich die frohe Botschaft zu überbringen. Er kam genau zur rechten Zeit vor dem Gebäude an, in dem Agnes' Mädchenschule untergebracht war. Just in diesem Augenblick verließen Mädchen verschiedensten Alters in Begleitung von Ammen und Mägden das Gebäude. Der Unterricht war für den heutigen Tag beendet. Auch seine beiden Nichten und Heda traten fröhlich aus dem Tor und er hielt die drei an und erstattete ihnen Bericht über die Geburt seiner Söhne. Heda griff begeistert nach seiner Hand und wollte ihn mit sich nach Hause ziehen, doch er schüttelte den Kopf.

»Ich will noch mit deiner Tante sprechen und du gehst erst mal mit deinen Basen zu ihnen nach Hause. Nachher hol ich dich ab und dann darfst du deine Brüder begrüßen.«

Andreas fand Agnes in einem der Klassenzimmer. Gedankenverloren starrte sie aus dem Fenster, aber als sie ihren Bruder erblickte, erhellte sich ihr Gesicht. Sofort sah sie auch die freudige Nachricht in seinem Gesicht und fiel ihm lachend in die Arme, als er von der glücklichen Geburt seiner Söhne berichtete.

»Nun bist du auch Vater sogar zweier Söhne. Die Zwillingsgeburten passieren doch immer wieder in unserer Familie.«

»Ja, und diese beiden kann man nicht unterscheiden. Die werden uns noch gut beschäftigen. Aber wie geht es dir? Du siehst gar nicht gut aus. Haben weitere Eltern ihre Töchter abgemeldet?«

»Ja, zwei weitere Töchter von Eltern, die es besser wissen müssten.«

»Ich habe heute mit Julius über dich gesprochen, nachdem mir Barbara gestern von den Vorfällen berichtet hat. Er war sehr erzürnt und versprach, am Hofe diesen neuen Strömungen entgegenzuwirken. Zuerst wird er sich wohl seinen Thronfolger vornehmen. Besser aber noch wird es sein, wenn sich die Herzogin der Sache annimmt. Julius versprach, auch mit ihr zu sprechen.«

»Wie kommt es, dass Heinrich Julius sich so gegen alles, was ich vertrete, wendet? Er hat eine großherzige, gebildete Mutter und auch seine Schwestern sind der Bildung nicht abgeneigt.«

»Ich kann es mir nur mit den Ereignissen von 1574 erklären. Heinrich Julius war immer schon ein für alle Stimmungen sehr empfängliches Kind. Die Unruhe und das Durcheinander, das die Schlüter Liese und ihre Gefährten damals an den Hof brachten, dürften nicht an Heinrich Julius vorbeigegangen sein. Seine Mutter war in dieser Zeit durch die vielen Schwangerschaften sehr angeschlagen und konnte ihrem Sohn auch keine große Hilfe sein. Vielleicht ist er auch in Helmstedt an der Universität Einflüsterungen erlegen, denn dort wird das Thema an allen drei Fakultäten sehr kontrovers diskutiert. Doch nun lass mich dich nach Hause bringen, dann kann ich mich gleich versichern, dass alles in Ordnung ist, und Heda mit nach Hause nehmen.«

Einträchtig machte sich das Zwillingspaar auf den Heimweg. Agnes konnte es nicht verhindern, dass ihr Blick misstrauisch in alle Richtungen wechselte. Erstaunt stellte sie fest, dass man von allen Seiten nur ehrerbietig grüßte und keine scheelen Blicke in ihre Richtung geworfen wurden.

Andreas schien die Unruhe seiner Schwester nicht zu bemerken, und als sie in der Wohnung von Agnes ankamen, wurden ihre beklommenen Gedanken von der überschäumenden Freude und Ungeduld der kleinen Hedwig hinweggeschwemmt.

Andreas nahm seine Tochter auf den Arm und verabschiedete sich von seiner Schwester.

»Schick mir sofort Nachricht, wenn wieder etwas Unangenehmes vorfallen sollte. Und mach dir nicht so viele Sorgen. Die Zeit ist vielleicht noch nicht reif genug für Frauen wie dich, aber es wird bestimmt besser werden.«

Als Andreas mit Hedwig die Wohnung in der Dammfestung betrat, empfingen ihn doppeltes Babygeschrei und eine nervöse Magd, die vor sich hinmurmelte:

»Das sollte sie wirklich nicht wagen! Man muss eine Amme anstellen. Wer hätte denn so etwas schon gehört!«

Andreas bedeutete Heda, dass sie sich noch ein wenig gedulden solle, der Augenblick sei wahrscheinlich ungünstig gewählt. Er schob sie in die Wohnstube und betrat danach das Schlafzimmer, das er mit seiner Frau teilte.

Hier thronte eine etwas aufgelöste Barbara im Bett und versuchte das Kunststück, zwei hungrige kleine Jungen gleichzeitig zu stillen. Da sie aber noch nicht die Kraft hatte, sich überhaupt auf eines der Kinder zu konzentrieren, war der Erfolg, dass die Kleinen immer aufgeregter und empörter reagierten.

Andreas nahm ihr ein Kind aus dem Arm und steckte ihm kurzerhand seinen kleinen Finger in den Mund, an dem das Baby eifrig, und für einige Augenblicke getäuscht, zu saugen begann. Nun konnte Barbara das andere Kind dem ersehnten Ziel zuführen. Andreas stopfte ein dickes Kissen unter den Arm Barbaras, der das Baby hielt, und legte das andere Kind, das die Täuschung durchschaut hatte und mittlerweile wieder heftig brüllte, an die andere Brust. Auch hier schob er ein Kissen unter und genoss erleichtert die eingetretene Ruhe.

Barbara, die sich an das Betthaupt gelehnt hatte, schloss einen Moment die Augen, nur um sie sofort wieder zu öffnen und Andreas mutwillig anzublicken:

»Und wie findet es mein werter Herr Gatte, dass ich ihn nun gleich mit zwei Söhnen beglückt habe?«

»Fantastisch, nun haben wir ausgesorgt!«, ging Andreas auf den leichten Ton ein. »Aber das heißt doch nicht, dass du auch gleich noch zwei hungrige Mäuler alleine stopfen musst. Sollte nicht nach einer Amme gesucht werden?«

»Was eine Amme kann, kann ich schon längst. Auch eine Amme stillt ja zwei Kinder, ihr eigenes und das Milchkind. Meine Herren Söhne müssen eben früh teilen lernen!«

Andreas lachte amüsiert, wohl wissend, dass die Sache damit entschieden war und Barbara sich nicht würde umstimmen lassen.

»Wie sollen sie heißen?«

»Söhne müssen von ihrem Vater benannt werden. Solange du nicht auf Julius oder Heinrich bestehst!«

»Vielleicht sollte ich ja zumindest auf Julius bestehen, aber Gott sei Dank heißt Agnes' Sohn ja schon so und da können wir uns vielleicht ein wenig freier fühlen.«

»Nicolaus ist dann auch passé, aber wie fändest du Lorenz für einen von ihnen?«

160

Lorenz hieß der spät gefundene Vater von Barbara, der ein angesehener Handelsmann in Braunschweig war.

»Das ist eine gute Idee. Und der andere Bursche? Was hältst du von Maximilian? Agnes scheint nicht der Sinn nach einer neuen Heirat zu stehen, und so wird sie keinen Sohn mehr bekommen, den sie nach ihrem geliebten Max nennen könnte.«

»So soll es sein. Lorenz und Maximilian. Jetzt müssen wir nur noch sehen, welcher welchen Namen bekommt, und dürfen sie dann nicht mehr verwechseln.«

»Ich werde ihnen für ihre Taufe zwei verschiedene Kettchen mit ihren Namenspatronen machen lassen, dann legen wir die Namen fest.«

Erst Stunden später, als alle in der Wohnung fest schliefen, fiel Barbara ein, dass sie Andreas von den Zwillingsmädchen in Niederfreden hatte erzählen wollen.

19. KAPITEL

Niederfreden

KONRAD STÖHNTE GEQUÄLT. Er konnte sich nicht erinnern, die letzte Nacht geschlafen zu haben. Ruhelos hatte er sich auf den Kissen gewälzt und seine Gedanken waren von hierhin nach dahin gesprungen. Eben noch sah er die ohnmächtige Christine, im nächsten Moment sah er sieben Frauen brennen. Dann wieder befiel ihn Panik, wenn er bedachte, dass aller Wahrscheinlichkeit nach noch drei Morde ausstanden und er vielleicht keinen würde verhindern können, wenn er nicht ganz schnell herausfand, wer die letzten drei Verbrennungsopfer angezeigt hatte.

»Gerda und Maria Loers aus Söhlde und Katharina Sievers aus Oberfreden. Wer hat sie angezeigt?«

Die Büttel, die gestern nach Söhlde geschickt worden waren, waren unverrichteter Dinge wieder zurückgekommen. Kaum jemand in dem Dorf konnte sich überhaupt noch an die beiden Schwestern erinnern, stammten sie doch nicht aus Söhlde und hatten ein zurückgezogenes Leben in einem Häuschen am Waldesrand geführt. Eine alte Bäuerin erinnerte sich, dass beide Schwestern außergewöhnlich hübsch gewesen waren, und man munkelte, dass sie ein unreines Leben mit dem Teufel geführt hätten und deshalb von keinem Manne hatten wissen wollen. Da sie aber in der Dorfgemeinschaft nie aufgefallen waren und sich auch an keinen der ehrbaren Männer herangemacht hatten, hatte man meistens vergessen, dass es sie überhaupt gab. Vorfälle, dass etwa Vieh unter ungeklärten Umständen gestorben oder die Ernte missraten sei, habe es schon seit mehr als 20 Jahren hier nicht mehr gegeben. Nein, eigentlich sei Söhlde ein ruhiges und unbescholtenes Dorf.

Irgendetwas muss es gegeben haben! Aber vielleicht hatte es ja nichts mit Söhlde zu tun. Das wird sich dann wohl leider erst herausstellen, wenn wir ein sechstes Opfer haben, dachte Konrad resigniert.

Aber halt, wir wissen ja noch gar nicht, mit wem Alfred von Pilburg etwas zu tun hatte!, fiel es Konrad plötzlich siedend heiß ein. In diesem Moment krähte der Hahn

und Konrad sprang wie erlöst und voller neuem Taten-
drang aus dem Bett.

»Ich muss herausfinden, ob von Pilburg mit Katharina
Sievers zu tun hatte oder mit den Schwestern! Vielleicht
weiß das die alte Nele.«

So früh es der Anstand zuließ, klopfte er wieder einmal
an die Tür der kleinen Kate von Nele, der Totenwäscherin.

»Verzeiht, dass ich Euch schon wieder mit neuen Fragen belästige. Aber ich muss Euch noch einmal zu den
Anzeigen befragen. Bei meinem letzten Besuch wolltet
Ihr mir nicht sagen, wer Katharina Sievers angezeigt hat,
weil Ihr Euch an einen Eid gebunden fühltet. War das
zufällig der Eid, das Geheimnis der Herkunft von Christine Bindig zu wahren? Von diesem Eid könntet Ihr Euch
befreit fühlen, denn der Opfermann Bindig selbst hat
mich über die damaligen Ereignisse aufgeklärt. Ich weiß
nun, dass Christine Katharinas Tochter ist und dass sie
sich selbst nicht mehr an die ersten fünf Jahre ihres Lebens
erinnern kann.«

»Jaja, mein Schöner, da seid Ihr wieder sehr fleißig
gewesen. Grauenvoll war es, mit anzusehen, wie die Seelen dieser kleinen Mädchen zerstört wurden. Und der, der
dafür verantwortlich war, schmort vermutlich sowieso in
der Hölle. Wenn man daraus ein Geheimnis macht, wer
er war, so geschieht dies aus der uralten Angst vor den
Mächtigen, gegen die unsereins doch niemals ankommt!«

»Also wisst Ihr es? Vielleicht kann man ein Leben
retten, wenn man diesen Zusammenhang kennt, denn
der Mörder richtet die Menschen, die damals die armen
Frauen angezeigt haben.«

»Ich weiß nur, wer ein sehr großes Interesse daran
hatte, Katharina Sievers mundtot zu machen. Aber ihn

kann man nicht mehr morden, denn er schmort, wie schon gesagt, längst in der Hölle, wenn es einen gerechten Gott gibt.«

»So lasst Euch doch nicht länger bitten, liebe Nele. Ich muss nur noch herausbringen, wer Katharina und die beiden Schwestern aus Söhlde angezeigt hat. Und die Zeit drängt!«

»So erzählt mir doch im Gegenzug, was Ihr über die anderen Anzeiger herausbekommen habt. Vielleicht erkenne ich ein Muster.«

Konrad kam der Aufforderung gerne nach, half es doch auch ihm, seine Gedanken und Erkenntnisse noch einmal zu ordnen. Als er fertig war, trat ein nachdenkliches Schweigen ein. Die beiden so gegensätzlichen Menschen brüteten vor sich hin. Konrad strich sich immer wieder über die Stirn, als wollte er sie von dem Gewicht der hohen Konzentration entlasten. Nele zupfte hier an ihrem Rock, brummelte da etwas in sich hinein und malte Muster auf den Tisch. Plötzlich jedoch fuhr sie hoch:

»Von unten nach oben geht's. Vom Bettelmann zum König. Das ist die Reihenfolge!«

Konrad starrte Nele verständnislos an.

»Das ist doch so sonnenklar, dass man es eben nicht gleich bemerkt. Berthe war eine arme Kotsassin, Knake ein Ackerbauer, Hopius ein Pastor, Georg Borchert ein Offizier von niederem Adel, von Pilburg steht auf der Adelsleiter schon weiter oben und am Ende der Leiter steht unser Landesfürst! Ihr braucht die fehlende Sprosse nur noch unter dem Herzog und über von Pilburg zu suchen!«

Konrad schüttelte fassungslos den Kopf.

»Der Herzog ganz oben? Der Herzog soll Katharina angezeigt haben?«

»Ja, mein Jungchen, so war es. Der Herzog hat Katharina angezeigt. Die Verhaftung Katharinas zog wie ein Magnet andere Anzeigen nach sich. Wie ein Strohfeuer entbrannte der Wahn. Denn unsere sieben ›Zauberschen‹ waren nicht die einzigen, die brannten. Auf dem Galgenberg in Salzgitter brannte auch noch fast ein Dutzend.«

»Aber was sollte der Herzog für ein Interesse gehabt haben, Katharina Sievers brennen zu sehen?«

»Oh, der hatte ein ganz handfestes Interesse! Seine Geliebte Eva von Trotta hatte ihm, als sie von der Geburt der kleinen Mädchen Christine und Magdalene hörte, untersagt, diese als seine eigenen Kinder zu legitimieren. Dann hätten sie auf einer gesellschaftlichen Stufe mit ihren eigenen Kindern gestanden. Der Herzog, der ohnehin nicht vorhatte, zu diesen Früchten seiner Begierden zu stehen, sicherte Eva von Trotta dies zu. Katharina wiederum hatte sich dem Herzog nicht freiwillig hingegeben. Nach dem Tode ihres Mannes hatte er sie so lange unter Druck gesetzt, dass sie irgendwann resigniert hatte und ihm eine Zeit lang zu Willen war. Als sie nun aber die Kunde von dem Verbot, ihre Kinder anzuerkennen, hörte, entbrannte ihr alter Stolz wieder, sie verfluchte vor den Ohren des Herzogs seine geliebte Eva. Eva wurde wenige Tage später krank und siechte noch über ein Jahr elendiglich dahin, bis sie endlich ihren Frieden hatte und starb. Der Herzog wollte Katharina durch seine Anzeige zwingen, ihren Fluch aufzuheben. Katharina war die Einzige, die der Folter widerstand. Nie hat sie zugegeben, dass ihr Fluch Macht hatte, aber sie hat es auch nie geleugnet. Sie hat den Herzog bis in den Tod verhöhnt.«

»Aber das hieße, dass Christine eine illegitime Tochter des Herzogs Heinrich ist!«

»Ja, sie und ihre Zwillingsschwester Magdalene. Und glaubt mir, heute hat keiner mehr ein Interesse daran, das laut zu sagen. Zu schrecklich war die Gewalt, die durch diesen Umstand entbrannt ist.«

Konrad war aufgeregt aufgesprungen.

»Zwillingsschwester? Magdalene ist Christines Zwillingsschwester?«

»Ja, die beiden Mädchen glichen einander wie ein Ei dem anderen. Niemand konnte sie auseinanderhalten.«

»Und hat der Herzog nach der Hinrichtung noch versucht, seiner Töchter habhaft zu werden?«

»Nein, viel zu groß war seine Angst, das könnte weitere Auswirkungen auf Evas Gesundheit haben. Dass das eine Kind sorgsam abgeschirmt wurde und das andere Kind einfach weggelaufen war, nahm er wohl zum Zeichen, dass die Sache für ihn erledigt war. Meines Wissens ist nie angefochten worden, dass Christine zur Tochter des Opfermannes und seiner Frau wurde.«

»Danke, Frau Nele, Ihr habt mir sehr weitergeholfen. Ich muss nun annehmen, dass von Pilburg mit einer der Söhlder Frauen zu verbinden ist und dass es einen weiteren Adligen gibt, der mit der anderen Schwester zu tun hatte. Das herauszubekommen, wird meine nächste Aufgabe sein!«

Konrad verabschiedete sich und eilte zurück ins Amt, um von den neuen Tatbeständen seinem Vorgesetzten Mitteilung zu machen. Dieser zeigte sich allerdings ungläubig und äußerst irritiert angesichts der Behauptungen von Nele.

»Ich rate Euch dringend an, über diese Anschuldigungen Stillschweigen zu bewahren, sie sind gar lächerlich! Wir kommen in Teufels Küche, wenn wir ein solches Weibergewäsch an die Öffentlichkeit geraten lassen!« Kopfschüttelnd ließ er sich auf dem nächsten Stuhl nieder und wischte sich den Schweiß von der Stirn.

»Auch ist es ja einerlei, denn der Herzog ist sowieso tot, also muss er auch nicht vor Rache bewahrt werden. Kümmert Euch lieber sofort um die Söhlder Schwestern!«

Konrad schüttelte sich innerlich angesichts dieser kriecherischen Ignoranz zu Hohenstedes. Natürlich wollte sich dieser auf keinen Fall in einen Zwist mit der Hand, die ihn fütterte, einlassen. Aber es spielte im Moment keine große Rolle, denn tatsächlich war der alte Herzog ja längst aller Rache enthoben und es galt zunächst, einen drohenden Mord an einem anderen Opfer zu verhindern. Deswegen entgegnete er:

»Ich werde heute Nachmittag noch einmal nach Oelber reiten und dort nach einer Verbindung zwischen von Pilburg und den Söhlder Schwestern suchen.«

Mit einem versöhnlichen Nicken wurde Konrad entlassen, ohne dass zu Hohenstede über die Aussage Konrads stolperte, dass dieser sich erst am Nachmittag nach Oelber aufmachen wollte.

Doch Konrad spürte, dass es ihn zerreißen würde, wenn er nicht sofort noch einmal Christine aufsuchte. Nun, da er wusste, dass Christine eine Zwillingsschwester hatte, die ihr glich wie ein Ei dem anderen, wollte er sich gleichsam ihrer versichern.

Seit seiner jugendlichen Verliebtheit in die Tochter des Herzogs hatte er sich zu keiner Frau mehr so hingezogen gefühlt wie zu Christine. Und ihm war auf einmal klar geworden, was an der Begegnung mit Christine im Garten des Amtes falsch gewesen war. Er war gar nicht

Christine, sondern ihrer Zwillingsschwester Magdalene begegnet. Die Momente der Zweisamkeit, die er wirklich mit Christine gehabt hatte, waren von einem tief empfundenen Gleichklang bestimmt gewesen. Im Amtsgarten konnte er davon nichts spüren. Auch bei der Frau am Waldesrand hatte es sich wahrscheinlich um Magdalene gehandelt und das gab doch sehr zu denken.

Kaum konnte er sein Glück fassen, als er Christine allein in dem kleinen Garten, der zum Haus des Opfermannes gehörte, antraf. Aus den Fenstern des Hauses erklangen abwechselnd mit der tiefen Stimme von Wilhelm Bindig Kinderstimmen.

»Ein mal eins ist eins, zwei mal zwei ist vier, drei mal drei ist neun ...«, vernahm Konrad den recht stockenden Chor der Kinder.

Konrad machte, ehe er Christine zu nahe kam, mit einem Räuspern auf sich aufmerksam und begrüßte Christine, die sich errötend zu ihm drehte, wobei sich seine Worte zu seinem Ärger gleichsam überstürzten:

»Fräulein Christine, seid Ihr wohl? Ich muss Euch sprechen!«

Christine tat einen Schritt in seine Richtung und verfing sich mit dem Fuß in einer am Boden entlanglaufenden Schlingpflanze. Sie kam ins Wanken, doch ehe sie stürzen konnte, hatte Konrad die letzte Entfernung zwischen ihnen überwunden und hielt sie in den Armen. Er blickte verzaubert hinunter auf ihren Scheitel und dachte: Sie passt haargenau hinein in meine Arme und es ist, als wenn sie schon immer hineingehört hätte.

Christine hob verwirrt, aber nicht erschrocken, das Gesicht. Ihre Augen waren weit offen, als wenn sie mit ihrem Blick versuchen wollte, Konrads Züge aufzunehmen. Dann hob sie langsam eine Hand, bewegte sie zu Konrads Gesicht und ertastete seine Struktur. Zum Schluss fuhr sie ihm durch das Haar und da konnte Konrad nicht mehr anders, als sich ihr vorsichtig entgegenzubeugen und sie zu küssen.

Christine fuhr nicht erschrocken zurück, sondern ihr Mund nahm den seinen wie selbstverständlich entgegen. Mit zarten, vorsichtigen Bewegungen erkundeten beide des anderen Mund und Konrad, der in seinen verzweifelten Jugendjahren ganz andere Erfahrungen mit Frauen gemacht hatte, dachte sich dabei, dass diese Berührung eine ebensolch wunderbare Art sei, den Mund einer Frau kennenzulernen, wie ihn mit Blicken zu erfassen.

Der Singsang des Einmaleins in der Schule brach auf einmal ab und damit war der Zauber, der das Paar umfangen hatte, durchbrochen. Sie fuhren aber nur ein kleines Stück auseinander. Doch als die Litanei des Einmaleins von Neuem begonnen wurde, ergriff Konrad beide Hände Christines.

»Es tut mir furchtbar leid, dass ich dich gestern mit meinen Fragen in so tiefe Verwirrung gestürzt habe. Bitte verzeih mir!«

»Es gibt nichts zu verzeihen«, entgegnete Christine. »Ich weiß nun, dass ich mich dem stellen muss, was ich im Dunkel meiner Blindheit begraben habe, und das verdanke ich dir. Es wird viel Mut dazugehören, mehr über meine Herkunft zu erfahren, und dazu bin ich vielleicht heute noch nicht bereit. Doch ich werde es sehr bald sein müssen, damit ich dann an eine Zukunft denken kann.«

»Ich kenne dich noch nicht lange, Christine, aber ich hoffe, dass du mir erlauben wirst, ein Teil deiner Zukunft zu sein. Doch du hast recht, zunächst gilt es, vieles aus der Vergangenheit zu klären, und deshalb muss ich dich jetzt schweren Herzens schon wieder verlassen.«

Konrad führte die eine Hand Christines an seine Lippen, doch als sie vertrauensvoll ihr wunderschönes Gesicht zu ihm aufhob, konnte er nicht widerstehen, seine Lippen zu einem erneuten Kuss auf die ihren zu senken. Es war ihm, als wenn er nirgendwo anders mehr hinzugehören schien als in diese unschuldige Vereinigung mit Christine.

Diesmal merkte das Paar nicht, dass sich die Geräusche im Schulhaus änderten. Fröhliches Stimmengewirr und Füßegetrampel hätten ihnen gesagt, dass die Schulstunde beendet worden war, doch erst, als sie direkt neben sich Kichern und ein verlegenes Räuspern vernahmen, fuhr das Paar erschrocken auseinander. Im Fenster des Schulhauses standen ein paar Rotznasen und Wilhelm Bindig, Erstere breit grinsend, Letzterer zwischen Empörung und überraschter Anteilnahme schwankend.

Konrad stieß eine hastige und sehr stolpernde Entschuldigung aus und schloss sein verlegenes Stammeln mit den Worten, dass er jetzt leider weg müsse, aber sehr bald mit ehrbaren Absichten wiederkehren wolle, wenn der Opfermann es gestatte.

Christine fügte mit selbstsicheren und schlichten Worten an:

»Geht nur, Herr Konrad, und kommt bald wieder, mein Vater wird Euch sicher sehr gerne empfangen!«

20. KAPITEL

Auf dem Weg nach Oelber

Konrad sass mit einem etwas idiotischen Grinsen auf seinem Pferd. Seine Begleitung, einen Büttel des Amtes, hatte er schon fast wieder vergessen, zudem dies ein wortkarger und ein wenig schwerfälliger Mann war, und er war in die Erinnerung an die Ereignisse der letzten Stunde versunken.

Schnellstmöglich musste dieser verrückte Fall aufgeklärt werden. Dann wollte er sich auf die Suche nach Christines Schwester Magdalene machen und in Erfahrung bringen, welches Schicksal sie nach der Hexenverbrennung im Amt erlitten hatte und warum sie hier und da in der Nähe Christines auftauchte. Er hoffte, die beiden Schwestern vereinen zu können und so vielleicht die Blockade, die über Christines Erinnerung und Augenlicht lag, aufzulösen. Dann würde er eine befreite Christine zu seiner Frau machen können. Er war sich sicher, dass Christine in seiner Familie mit offenen Armen empfangen werden würde.

Mühsam und unwillig zwang er dann jedoch seine Gedanken zu dem Fall zurück, den er aufzuklären hatte.

Was hat ein Verwalter von Oelber mit Frauen aus Söhlde zu tun? Die Frage wird man sich stellen müssen, sinnierte er, während die Pferde in gemütlichem Schritttempo durch den Wald vorankamen. ›Des Hirnes Trägheit‹ – das Verschulden dieses Mannes beruht auf Dummheit. Hier wird sich vielleicht ein Ansatz finden lassen.

Aber wie geht man es an? Und hat dieser Mann etwas mit demjenigen zu tun, der die andere Schwester angezeigt hat? Oder gibt es vielleicht nur einen für beide Schwestern? Das hieße, dass in diesem Fall kein weiterer Mord zu befürchten wäre.

An der Stelle, an der Konrad bei seinem letzten Ritt gemeint hatte, Christine im Wald verschwinden zu sehen, schaute er automatisch auf. Doch diesmal war niemand zu erblicken. Es war ja auch nicht Christine gewesen, wie er mittlerweile wusste, sondern ihre Zwillingsschwester Magdalene. Konrad furchte die Stirn und versuchte krampfhaft, einen Gedanken zu erfassen, der ihn kurz angeflogen hatte. Aber er konnte ihn nicht mehr greifen, so angestrengt er auch nachdachte.

Ihm kam die Idee, dass er ebenso gut, wo er nun schon mit ihm unterwegs war, den Büttel noch ein bisschen befragen konnte. Schließlich konnte dieser Mann schon sein ganzes Leben hier verbracht haben und vielleicht war diese Zwillingsgeschichte bekannter, als er dachte.

»Wie lange tut Er schon im Amt Dienst und kommt Er aus Niederfreden?«, begann er nach kurzem Räuspern die Befragung.

»Oh, ich tue sch… sch… schon seit zehn Jah… Jah… ren Dienst als Bü… Büttel, doch aus Nie… Niederfreden stamme ich nicht«, begann der Mann umständlich stotternd. Als er die geduldige Miene seines Gegenübers wahrnahm, beruhigte sich der Büttel, der es sichtlich nicht gewohnt war, von hohen Herren wahrgenommen zu werden, ein wenig. »War früher vor dem Religionsfrieden a …als Landsknecht unterwegs, doch für u …unsereins gab's nach 1555 kaum noch was zu tun. Unter dem a … alten Herzog Heinrich bekam ich eine Stellung als Meldereiter. Doch nach seinem Tod stellte der neue Herzog seine eigenen Leute ein und ich fand Anstellung hier im A… Amt.«

»Kennt Er das Fräulein Christine Bindig?«, wollte Konrad wissen.

»Gewiss, mein Herr. Ein feines Mädchen. Ich kenne s… sie, seitdem ich im Amt bin, denn sie ist mit Fräulein S… Sophie, der Tochter des Amtsvogtes, eng befreundet.«

»Da ist sie wohl im Amt ein und aus gegangen?«, fragte Konrad so beiläufig wie möglich.

»Aber natürlich, mein Herr, das war manchmal ein Sch… Schnattern und Gackern bei den beiden Jungfern, wie das halt so ist nach Weiberart.«

»Und ist Ihm an dem Fräulein Bindig irgendwann mal etwas aufgefallen?«

»Nein, eigentlich nicht …« Der Mann kratzte sich verlegen am Kopf.

»Aber?«, hakte Konrad nach.

»Meistens wurde die Jungfer von ihrer Magd bis zu Fräulein Sophie geleitet, aber ein- oder zweimal kam sie allein. Das fand ich dann doch bem…merkenswert. S… sie ist ja blind und das muss doch ein sehr schwieriges Unterfangen gewesen sein, sich ganz allein ins Amt zu f… finden.«

»Und benahm sie sich bei diesen Gelegenheiten anders als sonst?«

In Konrad nahm eine vage Vorstellung Gestalt an.

»Ach, eigentlich nicht, n… nur, dass sie ein bisschen erschrocken war. Lag wohl daran, dass sie ja niemanden kommen sehen k… konnte.«

Konrad versank in brütendes Schweigen, was dem Büttel nach dieser für ihn ungewöhnlich langen Konversation durchaus recht zu sein schien. Doch nun waren auch schon die Türmchen des Schlosses Oelber zu sehen, sodass Konrad die Ergebnisse dieser Befragung widerwillig zur Seite schob.

Er fand die Schlossherrin wesentlich zugänglicher vor als beim letzten Besuch.

»Wenn ich irgendwie behilflich sein kann, diese schreckliche Geschichte aufzuklären, so will ich mich gerne bemühen. Vielleicht sollte man auch die arme Amelia hinzuziehen. Das ist die Witwe unseres ermordeten Verwalters. Eigentlich schickt es sich nicht, denn sie hat sich noch nicht völlig vom Kindbett erholt. Andererseits würde sie vielleicht enttäuscht sein, nicht die Chance bekommen zu haben, zur Aufklärung des Falles beizutragen.«

Konrad stimmte dem Gesagten aufmunternd zu und so wurde nach Amelia von Pilburg geschickt. Als diese eingetroffen war, kondolierte Konrad höflich und mitfühlend.

»Ach ja, so liegen Freud und Leid nah zusammen. Ist doch an dem Tag des Todes meines Alfred endlich sein Wunsch nach einem Sohn in Erfüllung gegangen!«, schluchzte die Witwe.

Konrad ließ einige Augenblicke in anteilnehmendem Schweigen verstreichen und begann dann behutsam:

»Vielleicht könnt Ihr mir helfen, ein paar Zusammenhänge klarzustellen. Wie lange wart Ihr mit Eurem Mann verheiratet?«

»Im Frühjahr wären es zwölf Jahre gewesen.«

»Und kanntet Ihr Euren Mann schon länger als diese zwölf Jahre?«

»Nun, er begann im Jahr 1565 um mich zu freien. Doch war er damals nicht gleich imstande, eine Ehefrau und

174

Familie zu ernähren, und so hatten wir eine lange Verlobungszeit, bis er seine Verhältnisse geordnet hatte.«

»Dann wisst Ihr aber vielleicht ein bisschen über sein damaliges Leben?«

»Ja, gewiss, mein Mann stand damals in den Diensten des alten Herzogs.«

»Was genau war seine Aufgabe?«

»Oh, er hatte eine hohe Stellung. Er war sozusagen ein Vertrauter, der dem Herzog in allen Alltagsbelangen zu Diensten war.«

Konrad dachte bei sich, dass dies nun sehr vage ausgedrückt war, aber vielleicht gerade das der Punkt war. Alfred von Pilburg war ein ›Mädchen für alles‹ gewesen, in dieser Funktion musste er höchstwahrscheinlich auch alle unehrenhaften und unrühmlichen Aufträge für einen Mann, der gewohnt war, alles zu bekommen, ausführen.

»Aber war das nicht eine Stellung, die ihm genug Einkommen bescherte, um eine Familie zu ernähren?«

»Oh nein, dazu müsst Ihr wissen, dass der alte Herzog oft über keinerlei Barschaften verfügte und seine Bediensteten nicht regelmäßig entlohnte! Der Lohn lag eher in der Ehre, dem Herzog dienen zu dürfen.«

»Könnt Ihr Euch vielleicht an die Hexenverbrennungen im Jahre 1565 erinnern, die im Amt in Niederfreden ausgeführt wurden?«

»Ach, daran möchte ich gar nicht erinnert werden. Ein furchtbares Durcheinander war das damals und mein Alfred wusste nicht, wo ihm der Kopf stand.«

»Inwiefern?«

»Wie Ihr vielleicht wisst, war bei dieser Geschichte auch der Herzog zugegen. Er hatte damals ein tragisches persönliches Interesse und meinem Alfred hat er oft sein

Leid geklagt. Wie es sein könnte, dass eine böse Zauber-sche so viel Macht haben könne, dass selbst die Amtsrich-ter nach ihrer Pfeife tanzten und sich nicht an sie heran-trauten. Und ein edler, reiner Mensch müsse dafür leiden und elend zugrunde gehen. Man müsste einen Zeugen haben, der die Hexe auf frischer Tat ertappte, vielleicht während sie mit dem Teufel buhlte.«

»Hat Euch Alfred erzählt, um welche Zaubersche es sich dabei handelte?«

»Nein, er nannte mir keine Namen, um mich vor dem Bösen zu beschützen. Ich weiß nur, dass es sich um eine Frau, die im Wald lebte, handeln sollte.«

»Und was geschah weiter?«

»Mein Alfred hatte den Ehrgeiz, die dunklen Wolken um die Stirn seines Herrn zu vertreiben und nahm sich der Sache an. Er fand die Frau und verfolgte heimlich ihre Schritte. Eines Tages machte sich diese Frau durch die Wälder auf und begab sich zum Dorf Söhlde. Dort hat er am Waldesrand die Frau mit zwei anderen dabei erwischt, wie sie sich mit dem Teufel vergnügten. Eine wilde Buhlerei und Sauferei hat er beobachtet und diese umgehend im Amte angezeigt. Die Büttel machten sich sofort auf den Weg und ertappten das Quartett auf fri-scher Tat. Alle vier wurden festgenommen.«

»Der Teufel wurde auch festgenommen?«, rief Kon-rad entgeistert.

»Nein, nein, das war eine komische Sache, denn es war plötzlich nicht mehr der Teufel, sondern eine Person, an der dem Herzog viel lag. Das kam aber erst bei der Vor-führung im Amt heraus, als der Mann höchst beleidigt Angaben zu seiner Person machte.«

»Und wisst Ihr seinen Namen?«

»Nein, da tat mein Alfred immer sehr geheimnisvoll. Man müsse den Mann schonen, denn er sei auch nur ein Opfer der Zauberschen gewesen und just in dem Moment, da er von ihrem Einfluss befreit gewesen sei, reuig und vernünftig gewesen.«

»So war Euer Mann also an der Anzeige der beiden Frauen aus Söhlde, die als Hexen verbrannt wurden, beteiligt?«

Amelia von Pilburg hob nun hochmütig das Kinn und entgegnete auf einmal nicht mehr sehr freundlich:

»Wenn man so will, ja. Aber er hat sie ja schließlich nicht zu Zauberschen gemacht, das waren die schon selbst!«

21. KAPITEL

Oelber, Lichtenberger Wald

ERSCHÜTTERT BEGAB SICH KONRAD zurück auf den Weg nach Niederfreden. Eigentlich war er froh, von Pilburg nun den Söhlder Schwestern zuordnen zu können. Andererseits hatte er den Namen der sechsten Person nicht in Erfahrung bringen können. Auch die Schlossherrin und ihr Gatte hatten dem Bericht der Frau ihres Verwalters nichts weiter hinzufügen können. Dass es mit dieser Anzeige um ein Komplott gegangen war, das eigentlich nur die Verhaftung von Katharina Sievers zum Ziel hatte, dann aber gleich zwei weitere Personen ins Verderben gerissen hatte, machte die Sache noch verderbter und komplizierter. Und wer war der geheimnisvolle Mann, der sich offensichtlich zufällig bei den Schwestern aufgehalten hatte, dann aber angab, ein Opfer der Zauberschen zu sein, und damit dem Herzog in die Hände spielte?

Die Zeit rennt mir davon und ich weiß nicht, wo ich jetzt ansetzen soll!, dachte Konrad.

»Sag Er, weiß Er, wo die Hütte von der Frau Katharina Sievers gelegen ist?«, fragte er den Büttel des Amtes, der ihn nun auf dem Heimweg auch wieder begleitete.

Dieser stutzte, wurde blass und stotterte:

»Das w... w... weiß j... jeder. Das ist ein Sp ... Spukort, mit dem keiner was zu tun haben möchte! Die Katharina sp... spukt da noch herum, und w... wer dem Haus zu nahe kommt, der v... verschwindet auf Nimmerwie... wiedersehen!«

Konrad blickte den Mann interessiert an.

»Kann Er mich hinführen?«

»Nein, bei G... Gott, das werde ich nicht tun. D... da geh ich nicht hin und Ihr solltet es auch nicht t... t... tun!«, wehrte der Mann nun sehr entschlossen ab.

»Führ Er mich nur so weit, wie Er sich traut, und den Rest des Weges erklär Er mir!«

»M... m... mein Herr, bitte überlegt Euch d... das, Ihr seid schon einmal überfallen w... worden und ich soll Euch beschützen!«

»Mir wird nichts passieren, da kann Er ganz beruhigt sein. Ich werde mich nur ganz vorsichtig der Hütte nähern und beim ersten unguten Zeichen kehrtmachen!«

Der Büttel wand sich noch, doch Konrad fragte noch einmal forsch:

»Nun, welche Richtung müssen wir nehmen?«

Widerwillig wies der Büttel auf einen kleinen Seiten-pfad, der einige Meter weiter vorne abbog, und Konrad gab seinem Pferd entschlossen die Sporen.

Tiefer und tiefer drangen die Männer in den dunklen Wald ein, der seine grünen Mauern immer enger und dich-ter um sie schloss. Plötzlich merkte Konrad, dass auch das Vogelgezwitscher nur noch sehr gedämpft zu hören war. Als Konrad schon meinte, dass der Weg nun ganz geen-det hatte, hob der Büttel einen besonders tief hängenden Tannenzweig an, wies mit der Hand nach vorn und sagte:

»Ihr m… m… müsst jetzt noch ungefähr z… z… zwei-hundert Schritte weiter reiten, dann gelangt Ihr an einen B… Bach. Dem folgt Ihr nach rechts. W… wieder 100 Schritte weiter w… w…erdet Ihr dann auf eine kleine Lichtung gel…langen. Am anderen Ende steht die Hü… Hütte. Ich aber warte hier, denn w… weiter hat sich seit J… Jahren niemand mehr get…traut!«

Nun doch ein wenig beklommen, machte sich Konrad allein auf den Weg. Fast meinte er, dass er den Weg ver-loren hätte, denn eigentlich war er als solcher nicht mehr zu erkennen und das Dickicht schloss sich immer enger um ihn. Als ihn etwas Klebriges an der Wange streifte, schlug er voll Panik danach, erkannte aber im nächsten Moment das feine Spinnennetz, das er zerstört hatte. Ein paar Meter weiter raschelte es plötzlich direkt neben ihm und sein Pferd begann zu scheuen.

Sicherlich nur eine aufgeschreckte Waldmaus!, beru-higte er sich, aber der Mut verließ ihn immer mehr. Doch als er gerade kehrtmachen wollte, hörte er das muntere Gurgeln des beschriebenen Bächleins, das er dann auch bald fand. Er gab sich einen Ruck und folgte dem Bach.

Bald erkannte er einen lichten Fleck zwischen den Zweigen und Ästen, der bei jedem Schritt seines Pferdes heller und größer wurde. Plötzlich öffnete sich der Wald ganz und Konrad befand sich auf einer Lichtung, die mit hohem Gras bewachsen war und genau in der Mitte von dem Bächlein geteilt wurde. Ganz am anderen Ende der Lichtung erkannte Konrad die Hütte. Davor schienen hier und dort Gestalten zu stehen, die seltsame Laute von sich gaben.

Konrad trieb sein Pferd sanft an und ließ es im Schritt durch das hohe Gras gehen. Zunächst gehorchte es, als aber die nächststehende Gestalt ein seltsames Klirren von sich gab, begann es zu scheuen. Konrad stieg ab und führte das widerstrebende Pferd am Zügel weiter. Wenige Meter vor der Gestalt erkannte er, dass es sich dabei um eine ausgestopfte Stoffpuppe handelte, an deren einem Arm eine Vorrichtung hing, die die seltsamen Geräusche von sich gab. An kleinen Ästen mit dünnen Fäden aufgehängt, bewegten sich Metallsplitter in der Brise, die über die Lichtung wehte.

Eine andere Gestalt hielt zwischen weit ausgebreiteten Armen einen dünnen Stoffschleier, einer dritten Gestalt waren zwei Röhren in die Arme gelegt, die im Ergebnis eine geschickt konstruierte Flöte bildeten, die, vom Wind umspielt, zwei verschiedene jammernde Töne von sich gab.

Hier weiß jemand den Aberglauben und die Geisterangst seiner Zeitgenossen wohl zu nutzen!, dachte Konrad beeindruckt.

Je näher er der Hütte kam, desto offensichtlicher wurde, dass sie keineswegs so baufällig war, wie sie es nach 14 Jahren Verlassenheit hätte sein müssen. Im

Gegenteil, um die Hütte war ein kleines, ordentliches Gemüsegärtchen angelegt und an der Seite graste friedlich eine Ziege.

Konrad band sein Pferd an dem niedrigen Zaun, der den Gemüsegarten umgab, fest und näherte sich vorsichtig der Haustür. Er blickte sich noch einmal um und klopfte leise an. Als er keine Antwort erhielt, ergriff er den Türknauf und drückte vorsichtig gegen die Tür, die sich sofort widerstandslos öffnen ließ.

Beklommen trat Konrad ein und wartete einen Moment, bis sich seine Augen an das plötzliche Dunkel der Hütte, das nur von dem durch die Tür hereinfallenden Licht erhellt wurde, gewöhnt hatten. Mit staunenden Augen betrachtete er die Einrichtung.

Direkt gegenüber dem Eingang befand sich ein offener Kamin, in dem noch schwach Asche schwelte. Über der Asche hing ein blitzblanker Kupfertopf. Vor dem Kamin stand ein glatt gescheuerter Holztisch mit zwei Schemeln. Neben dem Kamin reihten sich an der Wand Regale, die von oben bis unten mit ordentlich aufgestellten Gegenständen gefüllt waren. Konrad erkannte ein wenig irdenes Geschirr, daneben einige Bücher. Weiter hinten standen ordentlich beschriftete Tonkrüglein, von einem Zwischenboden hingen getrocknete Kräuter, Zwiebeln und Knoblauch.

In der Ecke neben der Tür hingen einige Kleidungsstücke an einem Haken, an der linken Wand war ein Verschlag mit einem Vorhang davor zu erkennen. Vor dem Verschlag war eine Leiter an den Zwischenboden angelegt.

Vorsichtig befühlte Konrad die Kleidungsstücke. Grobe Wolle und ein wenig Ziegenfell, aber auch ein einfaches Kleid aus fein gewebter Wolle, das ihm irgendwie bekannt vorkam, eindeutig weibliche Kleidungsstücke! Konrad trat an den Verschlag heran und zog den Vorhang beiseite. Wie er erwartet hatte, befand sich eine Bettstatt mit ordentlich gefalteten Decken und Kissen dahinter. Er schloss den Vorhang und wandte sich den Regalen zu. Interessiert nahm er die Bücher eines nach dem anderen in die Hand.

Alle Achtung, hier wohnt jemand mit Bildung und wohl auch mit einigem Kleingeld!, dachte er. Neben einer Lutherbibel und einem Bändchen mit gesammelten Psalmliedern standen allerdings nicht ganz passend der ›Hexenhammer‹ und eine Ausgabe der Carolinischen Halsgerichtsordnung und gleich daneben das ›Narrenschiff‹ von Sebastian Brant sowie ein kleiner Band mit Gedichten von Hans Sachs.

Besonders erstaunlich fand Konrad die Tatsache, dass es auch mehrere Bücher in englischer und sogar ein Buch in spanischer Sprache gab. Fasziniert betrachtete er die feinen Zeichnungen, mit denen die Geschichte in dem spanischsprachigen Buch sozusagen fast für einen der Sprache Unkundigen verstehbar wurde. Gerne hätte er sich in die Geschichte des Lazarillo des Tormes vertieft, schien es sich doch um eine recht abenteuerliche zu handeln. Doch da seine zwar umfangreichen Lateinkenntnisse doch nicht ausreichten, das Spanische flüssig zu entziffern, stellte er das Buch widerstrebend zurück in das Regal und griff nach den Gedichten von Hans Sachs. Beiläufig blätterte Konrad darin, während er über den Lesegeschmack des Bewohners der Hütte nachdachte. An einer Stelle öffnete sich das Büchlein wie von selbst weiter und Konrad erkannte, dass das an einem Zettel lag, der zwischen die Seiten eines Schwankes geklemmt war.

182

Zunächst saugten sich seine Augen an der Geschichte fest.
Zwar kannte er einige Gedichte des berühmten Meister-
singers, doch dieses war ihm noch nicht begegnet. Seine
Umgebung völlig vergessend, vertiefte er sich in den Reigen, den der Dichter abergläubische Bauern tanzen ließ,
die die Zauberschen vertreiben wollten. Herzlich lachte
er über den Schluss der Geschichte:

›So wird noch mancher Mann betrogen
Und an der Nas herumgezogen
Von Zauberkünstlern und Landstreichern,
Die ihre Kunst mit Lob beräuchern;
Und doch ist ihre Zauberei
Ein blauer Dunst und Fantasei,
Erdichtet und erlogen kläglich,
Wie man es kann erschauen täglich.
Daraus folgt viel des Ungemachs;
Hüt dich vor denen, räth Hans Sachs.‹

Doch dann nahm er das kleine gefaltete Blättchen
zur Hand und ihm gefror das Blut in den Adern, als er
erkannte, worum es sich hier handelte. Unheilvoll sprangen ihm die Worte des Gedichts entgegen, von dem er
fünf Zeilen bereits kannte:

»Das ist die wahrhaftge zauberei:
der nase schnüfflei,
des munnes gered,
des ohres gerücht,
des gemächtes gier
des hirnes trägheit.
des rückens gebuckel
aus des fürsten vorbild seht ihrs hier.
Die untertanen gehen in der straf voran,
die zum schluss an ihm getan.«

Die letzte Zeile bestätigte unerbittlich, worauf die Mordserie hinsteuerte: auf den Fürsten, dessen Vorbild Schuld an den unverzeihlichen Schwächen seiner Untertanen war.

Konrad überlegte, was er mit seinem Fund anstellen sollte. Ihn mitnehmen und so verraten, dass man dem Mörder dicht auf der Spur war? Ihn wieder in das Buch zurückstecken und auf dem schnellsten Wege ins Amt reiten? Oder sich verstecken und die Ankunft des Mörders erwarten, um ihn dann zu überwältigen?

Letzteres kam selbst ihm zu wagemutig vor, zumal er, seitdem er einige unangenehme Stunden in den Händen des Mörders verbracht hatte, wusste, dass dieser einen Gehilfen oder Komplizen hatte, und so beschloss er, die Hütte zu verlassen und seinen Fund im Amt anzuzeigen.

Doch als er sich halb umgedreht hatte, wurde sein Blick von einem auf dem Boden liegenden Fetzen Tuch angezogen, unter dem sich ein runder Gegenstand abzeichnete. Er bückte sich und hob das Tuch an einem Zipfel hoch. Schwarz und rostbraun schillerndes korrodiertes Eisen, mit einer Strähne schwarzen Haares verziert: vor ihm lag eine Gewichtkugel an einer Kette – genau von der Sorte, wie sie im Folterkeller des Amtes fehlte. Daneben lagen zwei Zwickklammern, deren Bestimmungszweck nicht mehr die Folter sein sollte, sondern das Anheften von abgetrennten Gliedern.

Wäre Konrad nicht schon vorher sicher gewesen, dass er sich hier im Quartier des von ihm gesuchten Mörders befand, so hätten diese Gegenstände seine letzten Zweifel ausgeräumt. Ein eisiger Schauer durchfuhr ihn und es war ihm, als spielte der Teufel schon auf seinem Rückgrat Flöte. Sein Instinkt sagte ihm, dass er die Hütte sofort

184

verlassen müsse, doch dazu kam er nicht mehr. Als er sich entschlossen zur Tür drehte, schwang sich auf einmal ein mächtiger Schatten von der Decke herunter und hüllte seinen Kopf ein. Der Dämon, wie es Konrad vorkam, umklammerte seine Schultern und brachte ihn zu Fall. Ehe Konrad sich von dem muffigen Sack, der über ihn gestülpt worden war, befreien konnte, wurde dieser um seine Leibesmitte mit einem Strick befestigt. So waren Kopf, Schultern und Arme fixiert.

Nun begann Konrad wild um sich zu treten, sein Fuß traf etwas Weiches und er vernahm einen unterdrückten Schrei. Dann hörte er ein Schrammen, als wenn etwas aufgehoben worden wäre, und im nächsten Augenblick traf ihn etwas so hart am Kopf, dass ihm schwarz vor Augen wurde. Wie durch einen dichten Nebel vernahm er noch eine eindeutig weibliche Stimme, die herzhaft fluchte und ihm mit einem weiteren Strick die Beine fesselte.

Als der Schmerz von dem Schlag einigermaßen erträglich zu werden begann, stieß Konrad hervor:

»Magdalene Sievers, seid Ihr das?«

»Verflucht sollt Ihr sein, Konrad von Velten, jetzt muss ich Euch töten oder gefangen halten, bis mein Werk vollendet ist. Ihr habt Euch geschickter angestellt, als ich dachte!«

Konrad hörte, wie sich die Tür der Hütte öffnete, und der Schein der Nachmittagssonne erhellte sogar ein wenig die Schwärze in seinem Gefängnis. Ein undefinierbares Grummeln und Grollen drang an sein Ohr.

»Nein, nein, Oskar, solange wir ihn nur schön in Gewahrsam behalten, ist er keine Gefahr für uns!«

Wieder unverständliche Laute, unterbrochen von einem pfeifenden Atem.

»Nein, ich glaube nicht, dass wir ihn umbringen müssen. Wir sind fast am Ende unserer Mission und er wird nichts mehr verhindern können. Wir bringen ihn in die Höhle und brennen die Hütte nieder. Sein Pferd treiben wir nach Hause. Man wird zwar nach ihm suchen, aber bis man ihn findet, ist längst alles vollbracht!«

»Magdalene, nehmt Vernunft an und beendet das Morden. Wenn Ihr Euer Gedicht als Grundlage dafür nehmt, so entgeht Euch doch eh der größte Fisch, weil er längst tot ist!«, stöhnte Konrad.

»Binde ein Tuch über seinen Mund, Oskar. Wir müssen uns beeilen! Reden können wir später noch, Herr von Velten!«

Panik überfiel Konrad, als er merkte, wie von außerhalb des Sackes sein Gesicht ertastet wurde und dann einfach ein Schal über der Mundpartie befestigt wurde. Konrad meinte, ersticken zu müssen, da sich das grobe Leinen des Sacks direkt an seine Nase anschmiegte. Wild begann er zu strampeln und da wurde wohl seinen Bewachern klar, in welcher Not er steckte, denn das Leinen wurde von seinen Nasenlöchern weggezupft. Dann wurde er hochgenommen und, wie er vermutete, über die Schultern des sprachlosen Individuums gelegt. Vor der Tür der Hütte legte man ihn quer auf den Rücken seines Pferdes, sodass der Kopf an der einen Seite, die Füße an der anderen Seite herunterhingen.

Durch den Stoff des Sacks spürte und sah Konrad, dass der Tag schon recht weit fortgeschritten sein musste. Es war nicht mehr sehr hell und auch recht kühl. Von Ferne hörte Konrad ein Rufen, was seine Peiniger dazu veranlasste, das Pferd in einen schnelleren Schritt zu ziehen. Äste streiften Konrads Beine und Rücken und ihm war klar, dass man die Lichtung bereits verlassen hatte. Konrad beschloss, sich vorerst in sein Schicksal zu fügen, kannte er doch Größe und Stärke des Individuums, das Magdalene begleitete, nicht und seine Fesseln ließen auch kaum eine Bewegung zu.

22. KAPITEL

Wolfenbüttel, 11. Oktober

BEHAGLICH SEUFZEND LIESS SICH ANDREAS in einen Sessel fallen, bedachte einen Augenblick mit schlechtem Gewissen, dass er heute der wöchentlichen Donnerstags-Versammlung der Hofbeamten mit dem abschließenden Wochengottesdienst fern geblieben war, dafür aber andererseits mehrere gute Gründe hatte, von denen einer der Wunsch war, ein wenig Zeit mit seiner Frau und seinen Kindern zu verbringen. Zu sehr hatte ihn Herzog Julius in den letzten Wochen mit seinen pausenlos neuen Einfällen, was in der Wirtschaft des erblühenden Herzogtums noch alles in Gang gebracht werden konnte, vereinnahmt, denn Andreas war das unmittelbar ausführende Organ, das Verbindungen knüpfte, Verträge schloss und die Leute anwarb, die Julius ihm nannte.

Die Versammlung der Hofbeamten brachte häufig erlesene Ergebnisse, da hier die Neuigkeiten der vergangenen Woche berichtet und zusammengeführt wurden.

Doch diesmal sah Andreas einfach nicht die Notwendigkeit seiner Anwesenheit, denn er würde heute Nachmittag sowieso alle Neuigkeiten bei einem fürstlichen Essen erfahren. Anlass des Mahles sollte die Besiegelung des neuen Vertrages mit dem Leipziger Kaufmann Hans Cramer, der eine viel umfangreichere Lieferung von Vitriol und Blei aus den fürstlichen Bergwerken im Harz beinhaltete, sein. Der Gottesdienst nach der Versammlung war öffentlich und immer sehr gut besucht, aber keine Pflichtveranstaltung, und so nutzte Andreas nun diesen Vormittag mit seiner größer gewordenen Familie.

Vertrauensvoll näherte sich ihm seine Tochter Heda und kuschelte sich nach einer auffordernden Bewegung von ihm auf seinen Schoß. Barbara, die sich entschlossen und entgegen dem Protest ihrer Mägde nach zwei Tagen aus dem Kindbett erhoben hatte, saß am Fenster und versuchte seufzend, Hemdchen für die neugeborenen Zwillinge herzustellen, da man nun ja mehr Kleidungsstücke benötigen würde als gedacht. Die Babys lagen ausnahmsweise einmal gleichzeitig friedlich schlafend in ihrer Wiege, die in einen kleinen Alkoven geschoben worden war.

Andreas begann, seine Tochter über ihre Erfolge in der Schule auszufragen. Heda stieß sogleich ein wenig schmollend hervor:

»Ach, ich hasse Latein! Muss ich das denn lernen? Mutter kann es auch nicht!«

»Es schadet nicht, wenn du dich ein bisschen bemühst, es zu lernen. Auch wenn du es später nicht brauchst, so weitet die Sprache den Blick. Und ein weiter Blick tut immer gut!«

»Ich mag viel lieber den Musikunterricht. Am meisten Spaß hat er bei der Frau Mutter gemacht, denn wir lernten, Liedchen aus dem Stegreif zu singen. Kommt Ihr wieder zum Unterrichten, wenn die Zwillinge größer sind, Frau Mutter?«

Barbara seufzte:

»Man wird sehen. Eine Weile werden mich diese zwei Racker schon noch genug auf Trab halten!«

»Und wie sieht es mit der Mathematik aus?«, fragte Andreas weiter.

»Oh, das geht ganz gut. Tante Agnes kann wunderbar erklären. Sie hat immer Beispiele aus dem wirklichen Leben und wie man dann das Rechnen anwenden kann.«

Andreas herzte Heda und meinte:

»Dann bekommst du alles mit, was du brauchst, und über die Anwendung in deinem Leben kannst du später selbst befinden. Bleib nur auch noch ein bisschen beim schrecklichen Latein, du wirst sehen, irgendwann wirst du deinem alten Vater recht geben, was den Nutzen angeht.«

In diesem Moment wurde der nachmittägliche Frieden jäh unterbrochen. Ein stürmisches Klopfen an der Wohnungstür, ein paar Satzfetzen und dann meldete die Magd einen Boten aus Niederfreden.

Dieser trat ein und man sah ihm an, dass er scharf geritten war. Ein wenig außer Atem noch überreichte er Andreas den Brief und vermeldete, dass er auf eine umgehende Antwort zu warten habe.

Andreas schob Heda von seinem Schoß, stand auf und nahm den Brief entgegen. Er öffnete das Amtssiegel und las mit zunehmend gefurchter Stirn. Dann bat er den Boten, ihm in seine kleine häusliche Schreibstube zu folgen und ließ eine enttäuschte Tochter und eine besorgte Ehefrau in der Wohnstube zurück.

Noch einmal las er das kurze Schreiben:

›In höchster Sorge muss ich Euch melden, dass Euer Neffe, der Assistentus Konrad von Velten, seit gestern spurlos verschwunden ist, nachdem er eine gewisse Hütte in den Lichtenberger Wäldern trotz ausdrücklicher Warnung allein aufsuchte. Selbige Hütte wurde bei der bald darauf initiierten Suche frisch niedergebrannt und ohne Spur von Eurem Neffen angetroffen. Man muss annehmen, dass sein Verschwinden im Zusammenhang mit der Untersuchung der Morde im Amt zu sehen ist und dass angesichts der Grausamkeit der Verbrechen Anlass zu höchster Sorge besteht.‹

Das Schreiben war vom Amtsvogt Jakob Bissmann unterschrieben. In einem Anhang hatte der Assessor Walter zu Hohenstede hinzugefügt:

›Da das Wohlergehen Eures Neffen als mein Untergebener mit in meiner Verantwortung liegt, muss ich anfügen, dass das eigenwillige Vorgehen desselben ihn nun zum zweiten Mal in Bedrängnis gebracht hat und ich dieses sein Verhalten zutiefst missbillige und jede Verantwortung dafür ablehne.‹

Andreas rieb sich erschüttert die Stirn, fragte dann den Boten, wie viel Zeit für einen Ritt von Wolfenbüttel nach Niederfreden zu berechnen sei, und wies, nachdem er die Auskunft erhalten hatte, dass man die Strecke im strammen Tempo in eineinhalb Stunden bewältigen könne, es aber mit seinem eigenen Pferd etwas länger dauern würde, da es die Strecke ja schon einmal hinter sich habe, eine Magd an, seinem Reitknecht Bescheid zu geben, dass man das Pferd des Boten gut versorge und ihm in einer Stunde sein eigenes Pferd sattle.

»Ruhe Er sich eine Stunde aus und lasse Er sich in der

Küche beköstigen. Ich packe ein paar Sachen und melde mich in der Kanzlei ab. Dann werde ich mit Euch nach Niederfreden reiten.«

Nachdem der Bote die Schreibstube verlassen hatte, öffnete sich gleich wieder die Tür und Barbara schlüpfte herein:

»Was ist passiert?«

Andreas reichte ihr wortlos den Brief, den sie überflog.

»Oh nein, das darf nicht sein, dass ihm etwas passiert ist. Wie soll Agnes das auch noch ertragen?«

»Vielleicht muss man nicht gleich das Schlimmste annehmen, denn seine letzte Gefangenschaft hat er auch überlebt. Der Mörder hat ja ein bestimmtes Muster und da gehört Konrad nicht hinein«, tröstete Andreas Barbara und sich selbst gleich mit.

»Sei so gut und packe mir eine kleine Satteltasche mit dem Nötigsten für ein, zwei Nächte, ich werde nach Niederfreden reiten.«

Als Barbara sich in die Schlafkammer begeben wollte, um den Auftrag zu erfüllen, klopfte es erneut heftig an der Wohnungstür. Barbara öffnete und ließ eine recht aufgelöste Agnes in die Wohnung.

»Weißt du es auch schon?«, fragte Barbara sie bestürzt.

»Ihr auch? Wie konnte die Nachricht so schnell zu euch gelangen?«

»Nun, ein berittener Bote brachte sie soeben.«

»Ein berittener Bote von der Kirche bis hierher? Wie das?«

»Ich glaube, wir sprechen von verschiedenen Dingen. Ich muss schnell etwas besorgen und du solltest vielleicht lieber gleich mit Andreas sprechen!«, entledigte sich Barbara der im Moment sehr schwierigen Aufgabe, Agnes vom Verschwinden ihres Sohnes zu berichten. Sie schob Agnes zur Schreibstube und öffnete die Tür, damit diese eintreten konnte.

Andreas blickte abwesend von einem Brief an den Herzog auf, den er gerade verfasste, um seine Abwesenheit zu erklären, und sprang auf, als er seine Schwester erkannte.

»Agnes, was führt dich just in diesem Moment hierher? Hast du Nachricht von Konrad?«

»Nein, nein, es geht nicht um Konrad, es geht um Heinrich Julius und seine Predigten. Was sollte mit Konrad sein?«, erwiderte Agnes irritiert.

»Ich muss dir leider sagen, dass es besorgniserregende Nachrichten aus Niederfreden gibt. Konrad scheint unter seltsamen Umständen verschwunden zu sein.«

Agnes wurde noch blasser, als sie vorher schon gewesen war. Andreas versuchte sofort, seinen Worten ihre Spitze zu nehmen.

»Mach dir keine Sorgen, ich reite sogleich hin. Es muss ja nichts bedeuten! Wahrscheinlich ist er längst wieder aufgetaucht, wenn ich in Niederfreden ankomme!«

Agnes bat, die Nachricht aus Niederfreden lesen zu dürfen. Dann bestand sie darauf, zu erfahren, was Andreas bereits über die Ermittlungen in Niederfreden wusste. Sie schüttelte den Kopf und flüsterte vor sich hin:

»Es hängt alles zusammen. Die Sünden der Väter rächen sich an den Kindern bis ins dritte und vierte Glied …!«

»Was meinst du?«, verlangte Andreas zu wissen.

»Heinrich Julius predigt gegen die Zauberschen, das Volk blickt sich misstrauisch um und meint plötzlich überall Hexen zu sehen. Ich werde geschnitten, als ich nach dieser unsäglichen Predigt gerade die Kirche verlasse, und höre hinter mir Worte wie ‚Teufelsbuhlschaft‘

und ‚das Kind aus der zauberschen Verbindung stürzt ins Verderben‹ zischen.«

Andreas meinte beschwichtigend, dass das eine mit dem anderen wohl nichts zu tun habe, aber er konnte Agnes in der Eile der Zeit auch nicht beruhigen.

»Ich muss los. Wenn du willst, komm mit deinen Töchtern hierher zu Barbara, solange ich weg bin. Dann könnt ihr einander unterstützen! Sobald ich zurück bin, werde ich mich um Heinrich Julius kümmern und versuchen, ihm zu verdeutlichen, was er anrichtet.«

Agnes schüttelte wild den Kopf.

»Soll ich hier in Ruhe abwarten, was dort in Niederfreden vor sich geht? Lass mich mitkommen!«

»Auf keinen Fall! Du kannst dort nichts tun und du musst bei deinen Kindern sein. Bleib hier bei Barbara. In ihrer Gegenwart wird niemand wagen, dir Böses anzutun!«

Schweren Herzens ergab sich Agnes und begab sich zu Barbara, der sie von der erneuten gegen die Zauberschen wetternden Predigt des jungen Herzogssohns und den unmittelbaren Folgen für sich selbst erzählte.

Andreas beendete seinen Brief und verließ mit ihm die Wohnung. Eine halbe Stunde später blickten die Frauen aus dem Fenster der Wohnstube und sahen Andreas, der sich sehr schnell von seiner Schwester und Ehefrau verabschiedet hatte, und seinem Begleiter auf ihren in flotten Trab verfallenden Pferden nach.

»Wo sind deine Mädchen?«, fragte Barbara.

»Sie sind in der Schule und Käthe ist bei der Magd geblieben, da sie ein wenig kränkelt.«

»Geh mit Tine nach Hause und hole deine Tochter. Dann machen wir es uns hier richtig gemütlich, bis Andreas wiederkommt. Adelheid und Elisabeth kommen sowieso mit Heda hier vorbei. In der Schule gibst du morgen Bescheid, dass du dir ein paar Tage freinimmst. Es wird auch mal ohne dich gehen!«

Da Agnes im Moment auch nichts anderes wusste, was sie tun könnte, beschloss sie, der Einladung zu folgen. Wenigstens würde sie bei Barbara nicht zu sehr ins Grübeln verfallen.

Während Barbara auf die Rückkehr von Agnes und ihrer Familie wartete, verfasste sie ein Billett an Herzogin Hedwig, in dem sie sie um einen baldigen Termin für eine kleine Unterredung für sich und ihre Schwägerin Agnes bat, und ließ die Nachricht ins nahe Schloss bringen.

Als Agnes mit ihren Töchtern zurückkehrte, war zunächst keine Zeit mehr für sorgenvolle Gespräche, denn nun verlangten die beiden erwachten Säuglinge die volle Aufmerksamkeit ihrer Mutter. Begeistert verlangten Agnes' Töchter, sich auch um die Vettern kümmern zu dürfen, und so gab es eine Weile entzücktes Gurren und Staunen, Vergleichen und Beruhigen. Erst am Abend, nachdem sich auch die vier Mädchen in die Gästekammer zurückgezogen hatten, fanden Barbara und Agnes wieder Zeit, ihr Gespräch neu aufzunehmen.

»Wie kommt es nur, dass hier in Wolfenbüttel die Saat des Neides einer verbitterten Frau, wie Sophie eine ist, so aufgehen kann?«, sann Barbara.

»Sophie denkt nur in Standesdünkeln. Ich denke, sie arbeitet unentwegt daran, ihren Einfluss zu erweitern, und bringt viel Kraft auf, andere Frauen am Hof zu beeinflussen«, erwiderte Agnes. »Ich kann mir sehr gut vorstellen, dass sie auch dich sehr genau beobachtet. Andreas' Stellung am Hofe ist weit bedeutender als die ihres Mannes. Und auch du bist mit deiner Geschichte, die sie aber Gott sei Dank nicht allzu genau kennt, sehr angreifbar! Ich bin froh, dass ihr immer verschwiegen wurde, dass du sogar ihre Base bist. Mich jedenfalls hat sie immer unter dem Aspekt betrachtet, dass sie eigentlich höher stünde als ich und ich das gebührend zu respektieren hätte. Dass mich diese Dinge nie interessiert haben, konnte sie nicht ertragen. Und sie weiß, was mir damals in Braunschweig passiert ist! Sie dachte, dass ich nun endlich am Boden läge, und dann wagte ich es, mich aus der Asche zu erheben und sogar einen Adligen zu heiraten. Das passt nicht in ihr Weltbild. Ich vermute, sie denkt wirklich, dass das nur mit Zauberei zu erreichen sei, und so erzählt sie einfach das weiter, was ihr beschränkter Horizont zu erfassen vermag.«

»Aber das ist ja schrecklich und so banal!«, stöhnte Barbara.

»Ja, und die Atmosphäre, die Heinrich Julius mit seinen Predigten schafft, ist der richtige Nährboden für ihre Geschichten. Ich glaube, sie hat schon die gesamte Dammfestung und die Heinrichstadt vergiftet.«

»Wir müssen unbedingt mit Heinrich Julius' Eltern sprechen! Ich habe schon Nachricht ins Schloss geschickt und hoffe auf baldige Antwort«, schloss Barbara.

23. KAPITEL

Niederfreden

ANDREAS FAND IM AMT einen konfusen Walter zu Hohenstede und einen sehr besorgten Amtsvogt vor. Sofort, als
zu Hohenstede Andreas' ansichtig wurde, begann er zu
lamentieren:

»Sträflicher Leichtsinn eines überheblichen jungen
Tunichtgut war das, muss ich Euch leider zu Eurem Neffen sagen, Herr Kollege! Reitet trotz ausdrücklicher Warnung eines Büttels, der die Gefahren der Gegend kennt,
allein durch den Wald und wird natürlich von der Mör-
derbande überwältigt!«

»Ich bitte Euch, so erzählt doch der Reihe nach, was
sich zugetragen hat!«, beschwichtigte Andreas den aufgeregten Mann.

»Er hatte nur den Auftrag, weitere Befragungen in
Schloss Oelber anzustellen. Ihm wurde zur Begleitung
ein Büttel mitgegeben. Auf dem Rückweg fragte er dann
den Büttel Hanne, wo die Hütte einer Frau gelegen sei,
die hier vor 14 Jahren als Hexe verbrannt wurde. Ihr
müsst wissen, mir gelang es, einen eindeutigen Zusammenhang der heutigen Morde mit der damaligen Hexenverbrennung herzustellen. Büttel Hanne warnte Euren
Herrn Neffen ausdrücklich, dass es gefährlich sei, sich
dieser Hütte zu nähern, und dass das seit Jahren niemand mehr getan habe. Aber Herr von Velten bestand,
als Hanne sich weigerte, ihn dort hinzubringen, darauf,
allein weiterzureiten. Hanne wartete in einiger Entfer-

nung, doch als er nach einer etwa halben Stunde Rauch roch und über den Baumwipfeln aufsteigen sah, eilte er ins Amt, um Hilfe zu holen!«

Andreas bat, den Büttel selbst befragen zu dürfen, und dieser wurde herbeizitiert. Verlegen trat er von einem Fuß auf den anderen, als Andreas sich von ihm erneut den Hergang des Geschehens berichten ließ. Als er an der Stelle angekommen war, wo Konrad darauf bestand, allein zur Hütte zu reiten, hakte Andreas nach:

»Was genau war gefährlich an dieser Hütte, dass sich niemand dort hintraute?«

»Also, äh, man sagt, dass die Frau Katharina dort spuke und jeden verhexe, der sich zu nahe heranwagt.«

»Und das bewog Ihn auch dazu zu fliehen, als Er den Rauch erblickte, anstatt dem jungen Herrn zu Hilfe zu eilen?«

»Nun ja, äh, ich … also ich dachte, dass es besser sei, nicht auch noch verhext oder verbrannt zu werden!«

»Von dem Geist der Frau Katharina, meint Er?«

»Ja, nein, ich weiß nicht. Mich packte halt das Grauen!«

Andreas wandte sich an den Amtsvogt:

»Und nun schickte man Leute in den Wald, um die Sache zu überprüfen?«

»Nicht gestern, denn es begann ja schon zu dunkeln!«, wand sich der Vogt. »Aber gleich heute Morgen nach Sonnenaufgang ritt ich mit mehreren Männern zu der Lichtung, auf der sich die Hütte befand, und es war nichts mehr da außer einem schwelenden Haufen Asche.«

»Und hat man menschliche Überreste gefunden?«

Andreas hielt unbewusst den Atem an.

»Gottlob nicht, da kann ich Euch beruhigen. Man hätte zumindest Knochen oder einen Schädel erkennen müssen, wenn dort ein Mensch verbrannt wäre. Aber da gab es nichts außer ein paar Brettern, einen halb geschmolzenen Kupferkessel und Asche.«

»Hat man nach Spuren gesucht, die von der Hütte wegführen?«

»Aber gewiss, mein Herr, aber des Nachts hat es geregnet und so war nicht viel zu finden. Nur Ziegenkot und ein paar Pferdeäpfel waren zu entdecken.«

Andreas wandte sich an Hanne:

»Ist Er bereit, mir den Weg zu der Hütte zu zeigen, oder fürchtet Er sich immer noch vor Hexen und Zauberern?«

»Nein, n …ein, ich meine, sicher kann ich Euch den Weg zeigen, die Hexe ist ja fortgezogen!«

Andreas verzog ein wenig schmerzlich das Gesicht, gab aber zu dieser Antwort keinen Kommentar ab. Der Vogt beeilte sich, Andreas noch mehr Büttel zur Begleitung anzubieten, doch Andreas winkte ab.

»Ich denke, der Herr Kollege zu Hohenstede wird mich gerne noch begleiten. Da können wir die Zeit nutzen zu einem Informationsaustausch.«

Zu Hohenstede sah nicht sehr glücklich aus, wagte aber anscheinend nicht, Andreas diese Aufforderung auszuschlagen.

»Nun gut, gebt mir eine halbe Stunde, damit ich mich für den Ritt umkleiden kann!«

Fast eine Stunde später – Andreas fluchte innerlich über jede Minute, die ungenutzt verstrich – war der kleine Reiterzug, bestehend aus Andreas, zu Hohenstede und dem Büttel Hanne, auf dem Weg den Burgberg hinaufgeritten und vom dichten Wald verschluckt worden.

Andreas blickte sich sehr aufmerksam um und ließ sich

jede Abzweigung erklären. Als man an der Burgruine vorbeiritt, nahm Andreas sich vor, diesen noch vor wenigen Jahrzehnten so hart umkämpften Ort später noch einmal aufzusuchen. Nach einer guten Stunde erreichte die kleine Gruppe den Trampelpfad, der auf die Lichtung mit der Hütte zuführte.

Andreas hatte zu Hohenstede systematisch zu den neuesten Erkenntnissen in den Ermittlungen der Mordfälle befragt und war zugleich fasziniert und entsetzt über die Abgründe, die sich hier aufgetan hatten.

Da ist mein pfiffiger Neffe anscheinend schon ganz dicht dran und wäre bestimmt noch weiter, wenn der werte Herr zu Hohenstede ein wenig wendiger wäre, dachte Andreas bei sich.

Still und durch dichte Nebelschwaden, die aus dem Bächlein emporstiegen, nun wirklich recht gespenstisch lag die Lichtung da, als die Reiter unter den Bäumen hervorkamen. Seltsame Geräusche waren zu vernehmen. Irgendwo schien jemand eine Flöte zu spielen und ein anderer ihn auf einem Glockenspiel zu begleiten.

»Das sind nur Puppen mit Gerätschaften, die Besucher fernhalten sollen«, erklärte zu Hohenstede nervös.

Von den Resten der Hütte war zunächst nichts zu sehen. Der Büttel Hanne bekam es anscheinend doch wieder mit der Angst zu tun, denn hart hielt er sein Pferd zurück, als dieses, angelockt von dem saftigen Herbstgras auf der Lichtung, vorwitzig weitergehen wollte. Von der ungewohnt harten Zügelung und der Nervosität seines Herrn erschreckt, bäumte es sich auf und wich zur Seite aus. Dies wiederum erschreckte das Pferd zu Hohenstedes so sehr, dass dieses ausbrach und auf das Ende der Lichtung zupreschte. Zu Hohenstede, der ein sehr ungeübter Reiter war, hatte dem Pferd nichts entgegenzusetzen und rutschte auf der Mitte der Lichtung einfach ins hohe Gras.

Andreas trieb sein Pferd, das stoisch und gehorsam stehen geblieben war, an und beeilte sich, zu der Unglücksstelle zu gelangen. Er fand zu Hohenstede reichlich lädiert vor. Jammernd lag er auf dem Rücken, sein Hut lag einige Meter weiter und das schüttere Haar bildete einen fahlen Fächer um seinen Kopf. Das rechte Bein war in einem unnatürlichen Winkel abgespreizt. Andreas sprang vom Pferd und beugte sich über seinen Amtsbruder. Vorsichtig untersuchte er zu Hohenstede und erkannte recht schnell, dass das abgespreizte Bein am Oberschenkel gebrochen war. Hanne, der sich vorsichtig dem Unglücksort genähert hatte, murmelte unablässig:

»T… Teufelswerk ist das, He… H… Hexerei und Zauberei, Teufelsw…werk ist das …«

»Halt Er den Mund und trage Er Sorge, dass Hilfe herankomme. Reite Er zum nächstliegenden Gehöft, nicht erst bis ins Amt! Und beeile Er sich gefälligst!«, fuhr Andreas den Büttel ungeduldig an, welcher sichtlich erleichtert, diesen unheimlichen Ort verlassen zu dürfen, eiligst der Aufforderung nachkam.

Andreas zog seinen Umhang aus und deckte den inzwischen mit den Zähnen klappernden Verletzten behutsam zu. Seinen Kopf lagerte er auf ein wenig Moos, das er rasch am Waldesrand zusammengesucht hatte. Zu Hohenstede ließ alles über sich ergehen und starrte mit weit geöffneten Augen in den Himmel.

Er steht unter Schock!, erkannte Andreas an der flachen, schnellen Atmung und der kalten, bleichen Haut. Er besann sich darauf, was er in jungen Jahren im Feldlager über die Behandlung dieses Zustandes gelernt hatte, und nahm seinem Pferd den Sattel ab, um die Beine des Verletzten höher zu lagern. Dabei kam er nicht umhin, das verletzte Bein zu bewegen, und stellte besorgt fest, das zu Hohenstede nach einem gellenden Schrei in Bewusstlosigkeit versunken war.

Zunächst wagte er es kaum, sich von zu Hohenstede zu entfernen, sondern kontrollierte immer wieder Puls und Atmung. Als er aber nach einiger Zeit erkannte, dass beides sich nicht drastisch veränderte, wagte er, die wenigen Schritte zu den verkohlten Resten der abgebrannten Hütte zu gehen. Langsam ließ er seinen Blick von der einen zur anderen Seite schweifen und nahm jedes einzelne Detail in sich auf. Die Reste der Stützbalken deuteten an, dass es sich um eine recht stabile Hütte gehandelt haben musste. Der halb geschmolzene Kupferkessel ließ auf eine gewisse Wohlhabenheit schließen. Die regelmäßig um die Hütte herum verteilten Ziegenköttel und der zwar jetzt zertrampelte, aber doch deutlich sichtbar akribisch angelegte Gemüsegarten ließen erkennen, dass hier ein Mensch gelebt hatte, der sich selbst zu versorgen wusste.

Etwas in der Nachmittagssonne Blitzendes an der Stelle, an der sich der Eingang zur Hütte befunden haben musste, zog Andreas' Blick an. Er bückte sich und erkannte erleichtert, dass es sich um den bescheidenen Siegelring seines Neffen handelte. Das konnte nur bedeuten, dass Konrad ihn als Zeichen, dass er die Hütte lebend verlassen hatte, ins Gras hatte fallen lassen. Aber es musste auch bedeuten, dass er sich nicht freiwillig auf den Weg gemacht, sondern dass man ihn verschleppt hatte.

Nachdem Andreas zunächst kontrolliert hatte, ob zu

Hohenstedes Zustand weiterhin einigermaßen stabil war, bewegte er sich vorsichtig zu einer hinter der Hütte gelegenen Stelle am Waldesrand, an der ihm eine Ungleichmäßigkeit aufgefallen war. Und tatsächlich war hier bei genauerer Untersuchung ein weiterer Trampelpfad zu erkennen, der genau auf der Gegenseite von der Lichtung wegführte. Andreas wagte sich nur wenige Schritte in den Wald hinein, denn er konnte auf keinen Fall zu Hohenstede allein zurücklassen. Doch schon hier fand er das nächste Zeichen, das Konrad hinterlassen hatte. Ein winziges dunkelblaues Fetzchen aus feinem Wolltuch, wie es für die Beinkleider vornehmerer Personen verwendet wurde, hing an einem Ast in Augenhöhe. Tuch von Konrads Hose! Wie auch immer Konrad es fertiggebracht hatte, es dort zu platzieren – wahrscheinlich war er einfach an dem Ast hängen geblieben –, sagte es eindeutig aus, dass seine Entführer mit ihm diesen Weg eingeschlagen hatten und dass er sich auf einem Pferd befunden haben musste.

Unruhig und verärgert begab sich Andreas zu dem Verletzten zurück und beobachtete besorgt die schon recht tief stehende Sonne. Wenn nicht bald Hilfe für den Abtransport zu Hohenstedes eintraf, wäre ein weiterer Tag vergangen, ohne dass man sich auf die systematische Suche nach Konrad begeben hätte. Doch in diesem Moment vernahm er erleichtert Stimmen aus dem Wald und kurz darauf erschien eine kleine Schar bäurischer Männer auf der Lichtung, angeführt von Büttel Hanne. Und Gott sei's gedankt, hat man an eine Trage gedacht, jubelte Andreas innerlich.

Vorsichtig und ängstlich um sich blickend näherten sich die Männer und beeilten sich dann, den immer noch bewusstlosen zu Hohenstede auf die Trage zu legen. Sie gaben Andreas die Auskunft, dass man den Verletzten ins Vorwerk Altenhagen bringen wolle und dass ein Medicus dorthin bestellt worden sei.

Andreas hoffte, dass damit einer angebrachten Versorgung seines Kollegen vorerst Genüge getan sei, und winkte Hanne zu sich.

»Bleibe Er bei mir, ich habe Spuren gefunden, die ich noch weiter zu verfolgen gedenke. Eine Stunde bleibt uns noch bei Tageslicht!«

Hanne ergab sich sichtbar schweren Herzens in sein Schicksal und so bewegten sich die beiden Gruppen, die eine schnell, fast wie auf der Flucht, die andere sorgsam um sich blickend, in verschiedenen Richtungen von der Lichtung fort.

24. KAPITEL

Wolfenbüttel, 12. Oktober

AGNES BEFAND SICH auf dem Weg zur Schule. Eine deprimierende Woche mit ihren vielfältigen Ereignissen musste zu einem sinnvollen Abschluss gebracht werden. Agnes hatte sich ohne ihre Töchter und ihre Nichte auf den Weg gemacht, um die stille Stunde vor Schulanbruch für administrative Aufgaben zur Verfügung zu haben.

Diesen Augenblick hatte Agnes immer geliebt, hatte sie sich doch stets herausgefordert gefühlt von der Aufgabe, jungen Mädchen und Frauen Welten zu eröffnen, die für die meisten von ihnen bis vor wenigen Jahren noch undenkbar erschienen waren. Sie hatte sich immer wieder von der Bestätigung dessen, dass weibliche Gehirne sich genau in die gleichen geistigen Höhen schwingen konnten wie die der Männer, und das unabhängig von Stand und Bedeutung in der Welt, begeistern lassen.

Heute spürte Agnes nichts von dieser Begeisterung. Schwer lasteten die Sorgen auf ihr. Sie hatte sich aber dennoch trotz der Einwände Barbaras auf den Weg gemacht, weil sie sich einfach nicht vorstellen konnte, ihre geliebte Schule ausgerechnet jetzt im Stich zu lassen, wo sie in Schwierigkeiten zu geraten drohte.

Bangend überlegte sie, ob die neuerliche Predigt des Thronfolgers schon Folgen für ihre Schule gezeitigt haben mochte. Würden weitere Schülerinnen von ihren Eltern abgemeldet werden? Und Konrad? Hätte sie nicht lieber mit Andreas mitreiten sollen?

Nein, beschied sie sich selbst, sie hätte einen schnellen Ritt ja nur verhindert, und alles, was sie selbst für ihren geliebten Sohn tun würde, würde auch sein Onkel für seinen Neffen tun. Und wenn Konrad etwas Schlimmes zugestoßen wäre, hätte Barbara es mit ihrem seltsamen Gespür für Krankheit und Tod in der Familie gefühlt, wie diese ihr heute Morgen noch versichert hatte.

Agnes war so in Gedanken versunken, dass sie das Geschrei zwar hörte, aber nicht wahrnahm. Erst als sie unmittelbar vor dem Schloss stand, drangen die Worte in ihr Bewusstsein.

»Grausamer Mord im Schloss … in zwei Teile geteilt …

herzoglicher Kammerdiener … von Brandeis … Gedicht neben der Leiche …«

Agnes merkte auf und versuchte, sich Klarheit zu verschaffen, was hier vor sich ging. Vor dem Schloss hatte sich eine aufgeregte Schar von Menschen versammelt. Marktweiber, Beamte, Händler und Kinder, die auf dem Schulweg waren, standen mit den Gesichtern dem Schloss zugewandt. Manche schienen gebannt darauf zu warten, dass jemand heraustrat und zu ihnen redete, andere riefen sich bereits erhaltene Informationen zu und versuchten einander zu übertrumpfen. Eigentlich wollte Agnes sich gar nicht weiter aufhalten, aber die Worte »Gedicht neben der Leiche« ließen sie innehalten. Unauffällig stand sie am Rand der Menge und lauschte dem Gewirr der Stimmen. Und da war es wieder, eine Frau klärte eine neu dazugekommene Bekannte wichtigtuerisch auf:

»Im Schloss ist ein furchtbarer Mord passiert. Und der Tote ist ausgerechnet der alte von Brandeis, der Pfau. Neulich stolzierte er noch an meinem Stand vorbei und befand meine Seifen als zu schlicht und nur fürs gemeine Volk geeignet. Hielt sich immer für den vornehmsten Menschen nach dem Herzog, nur weil er dem alten Herzog die Hosen zurechtgelegt hat!«

»Ha!«, lachte die Eingeweihte kurz auf, »um den ist es nicht schade. Aber weiß man schon mehr?«

»Der Schädel ist ihm eingedrückt worden und dann der Rücken von oben nach unten in zwei Teile gespalten worden. Bei seiner Leiche soll ein Zettel mit einem Spottgedicht gelegen haben.«

Alles Weitere, was Agnes nun zu hören bekam, bewegte sich in dem Bereich wilder Spekulationen und die Türen des Schlosses blieben fest verschlossen.

Zu dumm, dass Andreas ausgerechnet jetzt nicht hier ist. Das klingt doch alles genauso wie das, was Konrad aus dem Amt Lichtenberg erzählt hat. Sollte das miteinander zu tun haben?

In diesem Moment vernahm Agnes hinter sich Gezischel und die hämischen Worte:

»Schau mal, das ist doch die Zauberlehrerin. Sucht sich wohl neue Mädchen, die sie vom rechten Weg abbringen kann!«

Erzürnt und schockiert drehte sich Agnes um und blickte der Frau, von der diese Worte gekommen sein mussten, direkt in die zwischen feisten Wangen eingebetteten Augen. Diese hielt ihrem eisblauen Blick einen Moment stand, dann senkte sie die Augen und wandte sich ab. Agnes ihrerseits drehte sich auf dem Absatz um und entfernte sich von der Menge gerade so schnell, dass sie noch die Worte hörte:

»Spuck schnell dreimal aus und sprich dann ein Vaterunser! Das hilft vielleicht noch gegen den bösen Blick!«

»Anzeigen sollte man die Hexe!«, kam von einer anderen Stimme.

Agnes beschleunigte nun ihren Schritt und floh auf das Tor der Dammfestung zu. Plötzlich gellte eine hysterische Stimme:

»Haltet die Hexe! Sie hat den Brandeis verflucht!«

Etwas Hartes traf sie am Ohr und fiel herab auf den Boden, wo es noch kurz neben ihr her kullerte. Entsetzt erkannte sie einen faustgroßen Stein, an dem Blut haftete. Ihr eigenes Blut, wie sie erkannte, als sie das Ohr befühlte.

Hinter sich hörte sie, dass die aufgebrachte Menge sich in ihre Richtung näherte. Vor sich sah sie zwei Festungssoldaten auf sich zukommen, die ihr den Weg zum Tor abschnitten.

Ein weiterer Stein traf sie an der Schulter, doch nun hob einer der Soldaten gebieterisch die Hand und gebot der Menge Einhalt. Erleichtert erkannte Agnes in ihm einen jungen Offizier, der schon unter ihrem verstorbenen Mann gedient hatte und der sie höchst erstaunt betrachtete.

»Frau von Velten, was geht hier vor sich?«, verlangte er zu wissen.

Aus der hinter Agnes zum Stehen gekommenen Menge ertönte eine Stimme:

»Nehmt sie nur gleich fest, sie hat eben eine Frau mit dem bösen Blick verflucht. Jeder weiß, dass sie eine Zaubersche ist und wahrscheinlich hat sie auch den Brandeis auf dem Gewissen!«

Irritiert blickte der Offizier in die aufgebrachte Menge. Dann trat er ganz nah an Agnes heran und raunte ihr zu:

»Mit so einer aufgehetzten Meute ist nicht zu spaßen, Frau Agnes! Ich werde Euch jetzt zu Eurem Schutz abführen und ins Schloss bringen. Dort werde ich mir Order holen, was hier weiter zu geschehen hat.«

Agnes gab mit einem Nicken ihr Einverständnis.

Der Offizier trat einen Schritt zurück, dann nahmen er und sein Untergebener Agnes in die Mitte und er rief mit lauter Stimme:

»Platz da, Leute, die Frau wird ins Schloss verbracht! Zur Seite!«

Widerwillig teilte sich die Menge und Agnes wurde durch die sich gebildete Gasse geführt. Ein Zischen und Grollen ging durch die Menge, doch da hob Agnes stolz den Kopf und blickte langsam von der einen Seite der Menge zur anderen. Sofort kehrte betretenes Schweigen ein und viele wandten ihr Gesicht aus Angst vor dem ›bösen Blick‹ ab.

Im Schlosshof wiesen die Soldaten Agnes nach rechts in die Wachstube und baten sie, dort Platz zu nehmen und zu warten, bis man weitere Order eingeholt habe. Wenige Augenblicke später wurde sie aber schon erlöst, denn eine aufgeregte Zofe betrat die Wachstube und gab dem jungen Offizier zu wissen, dass die Herzogin aus einem Fenster beobachtet habe, wie man Agnes ins Schloss geführt habe, und dass diese unmittelbar zu ihr zu bringen sei zwecks Aufklärung dessen, warum man sie in einem so desolaten Zustand hierher eskortiert habe.

Der Offizier begrüßte die schnelle Lösung dieses Problems sichtlich und so wurde Agnes, nachdem sie mit einem reinen Tuch für ihr blutendes Ohr versehen worden war, in die Gemächer der Herzogin geführt.

Erleichtert stellte Agnes fest, dass in dem kleinen Empfangszimmer der Herzogin nur eine weitere Dame, die Agnes als Herzogin Hedwigs erste Hofdame erkannte, anwesend war. Beide Damen waren zwar anscheinend mit Reisevorbereitungen beschäftigt, denn durch eine geöffnete Tür konnte sie das Schlafgemach mit auf dem Bett ausgebreiteten Kleidern erkennen. Neben dem Bett standen einige Reisetruhen, aber als die Kammerzofe Agnes anmeldete, drehte sich Hedwig auf dem Absatz um und eilte auf Agnes zu.

Agnes knickste nach Hofetikette, doch Hedwig klatschte ungeduldig in die Hände und umarmte sie herzlich.

»Meine Liebe, wie seht Ihr nur aus? Was ist gesche-

208

hen?«, verlangte sie nun aber doch recht gebieterisch zu wissen.

Agnes rang um Worte und sofort schalt sich die Herzogin selbst:

»Wie überaus unaufmerksam von mir. Kommt und setzt Euch! Luise, veranlasst bitte, dass eine Erfrischung gebracht und der Medicus geholt wird!«

»Bitte, macht kein Aufhebens, Eure Fürstliche Gnaden. Ich sehe, Ihr seid mit Reisevorbereitungen beschäftigt!«

Doch Hedwig winkte ab: »Jaja, heute Nachmittag reisen der Herzog und ich nach Schloss Hessen. Die Tochter unseres treuen Schlossvogtes, die auch mein Patenkind ist, heiratet. Aber meine Damen werden erleichtert sein, wenn ich von meinen Einsprüchen, was sie in meine Koffer zu packen haben, abgelenkt werde, und kommen dann sicher auch viel besser zurecht!«

Erst als die Getränke gebracht waren und die Zofe sich entfernt hatte, nahm Hedwig den Faden wieder auf und verlangte zu wissen, was Agnes widerfahren war. Agnes blickte der hochgestellten Freundin ins Gesicht und dachte angesichts des gütigen Ausdrucks auf dem noch immer schönen Gesicht: Wie soll ich ihr das alles nur erklären? Kann ich ihr denn ins Gesicht sagen, was ihr geliebter Sohn mit verursacht hat?

Nachdem sie zunächst zögerlich begonnen hatte, von den ersten Misshelligkeiten zu erzählen, flossen ihr die Worte zunehmend leicht aus dem Mund. Schließlich, als sie auf die Rolle von Heinrich Julius zu sprechen kam, schnalzte Hedwig unmutig mit der Zunge.

»Ich wusste, dass aus diesen Predigten nichts Gutes entstehen würde. Auch der Herzog ist äußerst ungehalten. Doch das Ungestüm der Jugend und die unablässigen Diskussionen an der Universität zu diesem Thema heizen das Gemüt meines Sohnes auf und ihm ist kaum Einhalt zu gebieten.«

»Es sind nicht nur die Predigten Eures Sohnes, Eure Fürstliche Gnaden, es sind auch andere Kräfte am Werk.« Agnes erzählte von der Rolle, die ihre alte Rivalin Sophie Niedermayer bei der Sache spielte, und kam schweren Herzens auf die dunkelste Stunde ihres Lebens zu sprechen, der ihr Sohn Konrad sein Leben zu verdanken hatte.

Hedwig wusste bereits, dass Agnes einst als blutjunges Mädchen überfallen und vergewaltigt worden war. Auch dass Konrad das Produkt dieser Begegnung war, hatte sie, als ihr dies erzählt worden war, erst mühsam verarbeitet. Noch heute konnte sie sich, wenn sie darüber nachdachte, nicht vorstellen, wie Agnes dazu fähig gewesen war, dieses Kind zu behalten und sogar zu lieben. Sicher, wenn man Konrad heute kannte, so konnte man verstehen, dass dem hübschen, stattlichen jungen Mann, der im Aussehen seiner Mutter und ihrem Zwillingsbruder Andreas so sehr glich, die Herzen zuflogen. Aber das hatte Agnes nicht wissen können. Allein das untrennbare Band der Liebe, das zwischen einer Mutter und einem schutzlosen Neugeborenen besteht, musste Agnes dazu bewogen haben, diesen Sohn zu behalten. Und die bedingungslose Liebe ihres späteren Ehemannes Max von Velten zu ihr und diesem Kind hatte das Band wahrscheinlich noch gestärkt.

Dass sich nun die dunkle Herkunft ihres Sohnes erneut so gegen Agnes kehrte und sie gar nicht mehr als Opfer, sondern als zauberische Täterin hingestellt wurde, verschlug der Herzogin vollends die Sprache.

»Ihr und Eure Kinder werden ab sofort unter meinen besonderen Schutz gestellt. Ich werde sofort veranlassen, dass man sie ins Schloss bringt.«

»Nein, nein!«, wehrte Agnes ab. »Meine Töchter sind bei ihrer Tante Barbara, die Zwillinge sowieso in Helmstedt an der Universität. Und ich muss den Schulbetrieb am Laufen halten. Ich kann doch nicht für alle Zeiten hier im Schloss bleiben! Wenn Ihr nur auf Euren Sohn einwirken und ihm verdeutlichen wollt, dass seine Predigten unkontrollierbare Folgen haben, so beruhigt sich das Volk sicher wieder.«

»Nun gut, ich werde einen Soldaten zu Eurem Schutz abstellen und den Herzog dazu veranlassen, sobald wir von unserer Reise zurückgekehrt sind, eine öffentliche Erklärung zu dem Thema verlautbaren zu lassen. Die Dame Niedermayer werde ich mir persönlich vornehmen und ihr verdeutlichen, dass ihr boshaftes Geschwätz die unmittelbare Entlassung ihres Mannes aus dem Dienste bei Hofe nach sich ziehen könnte.«

»Ich danke Euch, das ist mehr, als ich erwarten konnte. Weiß man schon Näheres über den Mord an Herrn von Brandeis?«

Die Herzogin runzelte die Stirn.

»Das ist eine äußerst unerfreuliche und sehr merkwürdige Geschichte. Nach dem Tod meines Schwiegervaters wollte von Brandeis sich nicht vom Hofe zurückziehen. Er hat keine Familie und das Leben am Hof war das Einzige, was er kannte. Mein Mann wollte ihn aber keinesfalls als Kammerdiener übernehmen, konnte sich aber auch über seinen Wunsch, am Hofe bleiben zu dürfen, nicht hinwegsetzen. So lebte er in einer Art Ruhestand im Ostflügel, versäumte aber nicht, das gesamte Schlosspersonal immer wieder von seiner eigentlichen Bedeutung als engster Vertrauter des alten Herzogs überzeugen zu wollen. Seit vorgestern allerdings erschien er vollkommen verändert. Anstatt dem Personal nachzulaufen, zog er sich plötzlich zurück, ja, vermied direkte Begegnungen. Mir wurde berichtet, dass er scheu um sich blickte und unverständliches Zeug vor sich hin brabbelte, aus dem man immer wieder das Wort ›Hexenzauber‹ heraushörte. Er …«

»Entschuldigt, habt Ihr von den Morden im Amt Niederfreden gehört, mit deren Aufklärung Walter zu Hohenstede zusammen mit meinem Sohn Konrad betraut worden ist?«, fiel ihr Agnes ins Wort und wurde dann rot, als ihr die Ungehörigkeit dieser Unterbrechung bewusst wurde.

Hedwig allerdings störte sich nicht im Geringsten daran.

»Aber natürlich, meine Liebe, ich sprach sogar noch vorgestern mit Eurem Bruder darüber. Als er ging, sah ich ihn noch mit Herrn von Brandeis auf dem Hof stehen und sprechen.«

»Konrad ist verschwunden und Andreas ist nach Niederfreden gefahren. Nach allem, was ich bis jetzt gehört habe, ist der Mord an von Brandeis genau im gleichen Muster ausgeführt worden wie die dortigen Verbrechen. Vielleicht hat Andreas ihm davon erzählt und von Brandeis hat das Muster erkannt und begonnen, sich zu fürchten.«

»Ja, da habt Ihr wohl recht! Zu dumm, dass Euer Bruder just nun nicht hier ist, aber wir werden eine Meldung nach Niederfreden veranlassen und die Ermittlung hier im Schloss wird mit den dortigen Untersuchungen gekoppelt werden müssen. Ich werde dies sogleich dem Herzog nahelegen.«

Agnes stand auf und sagte:

»Ich habe Eure Zeit ungebührlich lange in Anspruch genommen und nun muss ich wirklich in die Schule und nach dem Rechten sehen!«

Hedwig nickte, gab ihrer Hofdame Anweisung, dass diese eine Begleitung für Agnes veranlassen sollte, und verabschiedete Agnes. Besorgt blickte sie ihr noch aus dem Fenster nach, bis sie in Begleitung eines Soldaten durch eine Seitenpforte den Schlosshof verlassen hatte.

25. KAPITEL

Lichtenberge, irgendwo im Wald

»MAGDALENE, SEID IHR DAS?«

Konrad hob den Kopf und lauschte in die Dunkelheit, die ihn umgab, weil man über seine Augen ein schwarzes Tuch gebunden hatte. Er hatte jedes Gefühl für Zeit verloren, lag er doch nun seit, wie ihm schien, ewigen Zeiten geschnürt wie ein Paket auf einem steinigen Boden, dessen Härte man gerade eben in Höhe seines Kopfes mit einem Büschel Stroh gemildert hatte. Er fühlte sich ausgekühlt, obwohl über ihn ein paar Decken gebreitet waren, und ihm tat jeder Knochen im Leibe weh.

Einige Zeit hatte er dazu genutzt zu versuchen, seine Fesseln zu lockern, aber außer dass er nun starke Schmerzen an den wund gescheuerten Handgelenken hatte, war er zu keinem Erfolg gekommen.

Einziger Lichtblick waren die kurzen Unterbrechungen gewesen, wenn das Faktotum namens Oskar, das in Begleitung von Magdalene gewesen war, hereinschlurfte, Konrad in eine sitzende Haltung brachte und ihm zu trinken und zu essen gab. Allerdings wurden nicht einmal dafür die Fesseln gelockert, sondern er musste sich blind füttern lassen wie ein kleines Kind. Seine Notdurft hatte er danach schamhaft in ein rundes Gefäß verrichten dürfen, auf das ihn Oskar ächzend hievte.

Diese Unterbrechungen hatte es bereits viermal gegeben, und so schätzte Konrad, dass seit seiner Gefangennahme schon mehr als 24 Stunden vergangen sein mussten.

Nichts wünschte er sich sehnlicher, als dass Magdalene sich einem Gespräch mit ihm stellen würde, in dem er sie vielleicht von dem Wahnsinn ihrer Taten überzeugen und von weiteren Morden abhalten konnte. Als man ihn an diesen Ort gebracht hatte, hatte er, von dem Knebel befreit, ein Gespräch in Gang zu bringen versucht, doch die einzige Antwort, die er von Magdalene erhalten hatte, war, dass er sich gedulden solle, vorerst sei Wichtigeres zu tun.

Einen kurzen Blick hatte er auf diese Frau, die seiner Christine bis aufs Haar glich, werfen können, als man ihn aus dem Sack befreite. Dann war das Tuch über seine Augen geschlungen worden. Doch schauderte ihn immer noch bei der Erinnerung. Obwohl die Ähnlichkeit so absolut gewesen war, hatte er eine durch und durch wilde Frau gesehen, deren Wesen nichts mit dem heiteren, sanften Wesen von Christine gemein zu haben schien. Aber ebenso, wie ihn die Sanftheit Christines anzog, hatte ihn diese wilde Frau in ihren Bann gezogen.

Als ihm nun tatsächlich Magdalene auf seine Frage antwortete, wusste er nicht, ob er erleichtert oder besorgt sein sollte.

»Ja, ich bin's, mein lieber Gefangener. Nun habe ich ein wenig Zeit für Euch, denn mein Werk ist fast vollendet. Meine sechste Tat kennt Ihr ja schon aus meinem Gedicht. Könnt Ihr Euch der Tugend erinnern, die diesen Menschen auszeichnete, dessen Leben ich heute beendet habe?«

Konrad wiederholte im Geiste das Gedicht, das er in der Hütte gelesen hatte, und kam bei der sechsten Untugend an: ›des Rückens Gebuckel‹.

Magdalene hatte Konrad inzwischen von dem Tuch über seinen Augen befreit und während er versuchte, sein Gegenüber im schwachen Licht der kleinen Talglampe zu erkennen, nahm er gleichzeitig flüchtig ein paar Einzelheiten der Umgebung, in der er sich befand, auf.

»Wer ist es?«

»Oh, diesmal musste ich zur Dammfestung reiten und unseren hohen Hof besuchen. Wisst Ihr's nicht bereits, wer es sein könnte, wo Ihr doch so fleißig wart?«

»Seinen Namen kenne ich nicht, doch weiß ich, dass es der Mann sein muss, der dem Herzog in allem diente, was dessen Leib und Leben anging!«

»Richtig, mein schlauer Konrad. Es ist der alte Herr Georg von Brandeis, Hofmarschall und Arschkriecher von Herzog Heinrich.«

»Bitte, um Eurer unschuldigen Schwester willen, beendet diesen Wahnsinn!«, flehte Konrad.

»Um meiner unschuldigen Schwester willen? Sie ist ich und ich bin sie. Alles, was ich tue, tue ich auch um ihretwillen!«

»Dann erklärt es mir, ich versteh es nicht!«

»Oh, Ihr versteht sehr wohl, meine ich. Der einzige Unterschied zwischen Euch und mir ist, dass Ihr beide Seiten in einer Gestalt tragt. Christine und ich haben sie aufgeteilt. Christine ist das reine, holde Opfer, das sein Los in Demut und Willen zur Vergebung trägt, ich bin die dunkle Seite, die Täterin, die rächt.«

»Aber Christine kann sich nicht erinnern! Weiß sie überhaupt, dass es Euch gibt?«

»Tief in ihrem Inneren weiß sie es, genauso, wie Ihr von Eurer anderen Seite wisst. Manchmal des Nachts habe ich Christine, wenn sie ganz tief schlief, besucht. Dann habe ich mich neben sie gelegt und wir waren eins. Wir waren die helle und die dunkle Seite und wir waren wieder ein Ganzes.«

»Wie konntet Ihr nach der Hinrichtung Eurer Mutter im Wald überleben? Und wie kommt es, dass Ihr lesen und schreiben könnt?«

»Als Christine in Ohnmacht fiel und die Leute sich um sie scharten, sah ich, dass der Herzog, der Teufel, der unser Vater war, in meine Richtung blickte. Ich wusste, dass ich nicht in seine Hände geraten durfte, und so rannte ich, was meine Beine hergaben, davon. Ich lief und lief.

Sicher, heute weiß ich, dass mich die Beine einer Fünfjährigen wohl nicht allzu weit getragen haben, doch jedenfalls war ich im Wald angekommen, als ich bemerkte, dass mir niemand folgte. Ich ging einfach weiter, bis ich nicht mehr konnte. Irgendwann legte ich mich hin und schlief ein. Am nächsten Tag wanderte ich weiter. Es war Som-

mer, unsere Mutter hatte uns wohl unterwiesen, im Wald
Essbares zu finden, und Bäche mit Wasser gibt es in den
Lichtenbergen zuhauf. So wanderte ich wohl drei oder
vier Tage, schlief aber auch tagsüber immer wieder an
einem Bächlein oder auf einer Wiese ein. Ich begegnete
keinem Menschen, der mich hätte aufhalten können, denn
ich hielt mich abseits der Wege. Doch irgendwann merkte
ich, dass der Wald lichter wurde und ich nicht mehr so
vielen Waldtieren begegnete. Da wusste ich, dass ich in
der Nähe einer menschlichen Ansiedlung war. Was ich
dann aber sah, als ich aus dem Wald trat, überwältigte
mich doch sehr. Vor mir breitete sich in einer tiefen Ebene
eine riesige Stadt mit so vielen Häusern und Türmen, wie
ich sie noch nie in meinem Leben auf einem Fleck gesehen hatte, aus. Magisch zog mich dieser Anblick an und
ich betrat durch ein großes Tor die Stadt. Ein Torwäch-
ter raunzte mich an, was ich hier allein zu suchen hätte,
aber ich sagte nur, dass ich meine Mutter verloren hätte
und sie suche, und er ließ mich passieren.

Ich wanderte den ganzen Tag, bis es dunkel wurde,
durch die Gassen der Stadt. Später erfuhr ich, dass die
Stadt Hildesheim heißt. Als es Abend wurde, war ich
sehr hungrig und wusste auch nicht, wo ich mich schlafen legen konnte. Ich kauerte mich in eine dunkle Ecke
an einer riesigen Kirche und schlief erschöpft ein. Doch
mitten in der Nacht wurde ich beim Arm gepackt und
hochgezerrt. Jemand legte mich wie einen nassen Sack
über seine Schulter und trug mich hinaus aus der Stadt.
Ich schrie, doch niemand war da, der mir helfen konnte.
Irgendwann wehrte ich mich nicht mehr, sondern ergab
mich in mein Schicksal. Und das war meine Rettung.
Der, der mich trug, war Oskar. Mit seiner Mutter war er

zur späten Stunde noch durch die Stadt gelaufen, denn sie war Hebamme und hatte einem Kind auf die Welt geholfen. Die Mutter von Oskar, Dorothea, Tochter eines vornehmen Adelsgeschlechts, war eine weise Frau, wie ich es nenne. Sie lebte außerhalb der Stadtmauern ein Leben auch außerhalb der Ordnung der Stadt. Einst war sie Nonne des Benediktinerinnen-Klosters Marienrode gewesen. Doch im Jahre 1542, dem Jahr, in dem die Reformation in Hildesheim eingeführt wurde, verlangte sie vom Kloster den Rest ihrer Mitgift zurück und folgte einem Priester, der die lutherische Lehre annahm. Schon lange hatten sie sich in Keuschheit geliebt, doch nun wollten sie heiraten und ein gemeinsames Leben beginnen. Doch bevor sie sich den Segen der Kirche holen konnten, starb der Priester an einem Fieber und sie selbst war bereits schwanger, weil sie ihre Keuschheit angesichts der bevorstehenden Hochzeit bereits aufgegeben hatte. Mit ihrem Geld kaufte sie sich ein kleines Häuschen am Stadtrand und ließ sich dort als Heilerin und Hebamme nieder, denn als solche hatte sie auch schon im Hospiz des Klosters gearbeitet. Dorothea war sehr belesen, konnte neben deutsch auch englisch und spanisch lesen. Sie besaß auch einige Bücher, eben die, die Ihr in meiner Hütte saht. Sie lebte zurückgezogen und tat alles, um ihrem Kind, das taub und stumm und ein wenig zurückgeblieben war, ein menschenwürdiges Leben zu bieten. Oskar wurde seine ganze Kindheit lang von anderen Kindern gehänselt und verfolgt und so blieb ihm nichts anderes übrig, als Bärenkräfte zu entwickeln, um sich verteidigen zu können.

Dorothea behielt mich bei sich, nachdem ich ihr erzählt hatte, dass meine Mutter als Hexe verbrannt worden war.

Sie verfluchte den Aberglauben, der so vielen Frauen und auch manchen Männern zum Verhängnis wurde, sobald sie im Leben etwas darstellten, was der gemeine Verstand nicht erfassen konnte. Sie brachte mir das Lesen und Schreiben bei und weihte mich in einige Geheimnisse der Kräuterkunde ein. Oskar war mir wie ein älterer Bruder. Er bewachte jeden Schritt, den ich außerhalb des kleinen Häuschens tat, und da er mittlerweile erwachsen und bärenstark war, ließ man unsere seltsame kleine Familie weitgehend in Ruhe. Doch als ich 13 Jahre alt war, beging Dorothea den Fehler, mich zu Geburten mitzunehmen. Ich wollte auch gerne die Hebammenkunst erlernen. Bei einer dieser Geburten kamen wir zu einer Frau, deren erste drei Kinder tot zur Welt gekommen waren. Diesmal gebar sie einen noch lebenden kleinen Jungen, der aber in meinen Armen starb, während Dorothea die Mutter versorgte. Eine Magd schrie hysterisch, dass sie genau gesehen hätte, wie ich das Kind mit dem bösen Blick angeschaut hätte. Eine andere begann zu lamentieren und behauptete, dass ich das wohl von meiner Meisterin gelernt hätte. Sie habe alle Kinder der Herrin getötet, um aus den Säuglingsleichen ihre Salbe zu gewinnen, mit der sie sich ewige Zauberkraft sichere. Erst neulich sei sie auf dem Friedhof bei den Kindergräbern gesehen worden. Der Totengräber habe erzählt, dass sie mit ihm um das Ausgraben eines Säuglingsschädels gefeilscht habe. Nun trat der Hausherr ein, betrachtete erzürnt das tote Kind und jagte uns ohne den Lohn, den er schuldig war, hinaus. Dorothea zog mich aus dem Haus und wir liefen in wilder Eile zur Stadt hinaus. Oskar, der uns diesmal nicht begleitet hatte, wartete in unserem Häuschen vor der Stadt bereits sehnsüchtig.

»Packt ein wenig Kleidung und die Bücher ein, ladet alles auf das Maultier und geht in den Wald! Dort wartet ihr auf mich!«, wies sie uns hektisch an. »Wir müssen sofort weg, ich muss nur noch eine kleine Besorgung in der Stadt machen.«

Oskar wollte nicht ohne Dorothea losgehen, er spürte genau, dass seine Welt in diesem Moment zusammenbrach. Dorothea herrschte ihn an, dass er gehorchen und gut auf mich aufpassen solle, da ich in großer Gefahr sei. Auch sie käme bald hinterher. Schließlich gehorchte Oskar und wir zogen das Maultier mit unseren wenigen Habseligkeiten hinaus aus der Stadt. Das war das letzte Mal, dass wir mit Dorothea sprachen. Wir sahen sie noch einmal wieder, aber da brannte sie bereits lichterloh auf dem Schciterhaufen der Hildesheimer Steingrube.«

Magdalene verstummte und starrte vor sich hin. Sie begann sich vor und zurück zu wiegen, die Arme fest um den Oberkörper geschlungen, und in einen seltsamen Singsang zu verfallen. Ihre Augen waren weit geöffnet und ihre Pupillen riesig. Konrad wagte nicht, sie anzusprechen und weitere Fragen zu stellen, doch plötzlich fuhr Magdalene wie eine Furie hoch und schrie:

»Tod und Fegefeuer allen Hexenbrennern und ihren Gehilfen! Sie verbrannten eine heilige Frau, eine Weise! Sie verbrannten meine Mutter ein zweites Mal! Verflucht seid ihr, ihr Kotbauern, Ackerbauern, Pfarrer, Soldaten und Fürsten. Verflucht seien alle Bürger aller Städte, die Zaubersche brennen ... verflucht, verflucht, verflucht ...« Sie tanzte einen wilden Veitstanz durch den kleinen Raum.

In diesem Moment betrat Oskar die Höhle und betrachtete besorgt die aufgelöste Frau, die er mit aufgezogen hatte. Dann trat er an sie heran, nahm sie in seine

220

mächtigen Arme und wiegte sie sanft. Dabei stieß er unartikulierte Laute aus, die sich mit ihrem wilden Schluchzen mischten. Langsam wurde Magdalene ruhiger und schließlich ließ sie sich wieder gegenüber von Konrad auf dem Boden nieder. Erschöpft erzählte sie weiter:

»Wir kamen zu spät. Wir hatten drei Tage und Nächte im Wald gewartet, weil wir nicht wagten, eine Entscheidung ohne Dorothea zu treffen. Man machte Dorothea den Prozess ohne viel Federlesens. Sie hatte alles gestanden, was man ihr vorgeworfen hatte, um uns zu schützen. Da sowieso eine Hinrichtung in der Steingrube für den nächsten Tag angesetzt war, wurde neben dem Galgen für den Dieb noch ein Scheiterhaufen für die Hexe errichtet.«

Oskar, der offensichtlich an Magdalenes Lippen ablas, was sie sagte, gab ein paar wehklagende Laute von sich und Magdalene strich ihm abwesend über die rechte Pranke.

»Als wir endlich wagten, den Wald zu verlassen, sahen wir Rauch von der Hinrichtungsstätte in der Steingrube aufsteigen. Wir erkannten anfangs nicht, dass der Mensch, der dort brannte, Dorothea war, denn sie war von dichtem Rauch eingehüllt, weil man anscheinend nasses Holz verwendet hatte. Doch plötzlich fuhr ein Wind über die Richtstätte und hob den Rauch hoch. Gleichzeitig entfachte er das Feuer richtig und Dorothea stieß einen markerschütternden Schrei aus. Oskar konnte es ja nicht hören, doch sehen konnte er wohl. Er wollte zu seiner Mutter eilen und sie dem Feuer entreißen, doch ich hielt ihn fest. Er stieß mich beiseite, da klammerte ich mich an seinen Unterschenkel. Er schleifte mich hinter sich her, doch in diesem Moment erkannte uns ein Büttel der Stadt, der uns wohl gewogen war, weil Dorothea alle seine Kinder lebend zur Welt geholt und des Öfteren von dieser oder jener Krankheit geheilt hatte. Er zog Oskar einfach eins mit einem Knüppel über den Kopf und als dieser zusammenbrach, zog er ihn an den Armen in den Wald hinein. Ich folgte ihm. Niemand hatte etwas gemerkt, denn keiner wollte auch nur einen Augenblick des Schauspiels verpassen. Als Oskar wieder zu sich kam, war alles vorbei und die Menge hatte sich zerstreut. Er heulte und jaulte und war kaum zu beruhigen. Ich erklärte ihm, dass ich jetzt für ihn sorgen würde, Dorothea hätte es so gewollt, und er vertraute mir, wie er seiner Mutter vertraut hatte.

Den Rest kennt Ihr. Wir fanden die verlassene Hütte meiner Mutter wieder und blieben all die Jahre ungestört, weil wir sehr wachsam waren und ein wenig ›spukten‹, wenn jemand der Hütte zu nahe kam. Wenn wir etwas brauchten, das wir nicht selbst herstellen konnten, so besuchten wir die Märkte in Bockenem und tauschten es auf dem Markt gegen unser selbst gezogenes Gemüse, denn dort kannte uns niemand. Und wenn jemand wusste, dass wir uns im Wald aufhielten, so schwieg er aus Angst.

Ich besuchte seit dieser Zeit regelmäßig meine Schwester, wenn sie schlief, denn ich sehnte mich nach meiner anderen Hälfte und fühlte mich nur bei ihr als Ganzes. Sie spürte es, glaubt mir das, aber sie könnte es nicht benennen.«

»Aber wie konntet Ihr so lange unbemerkt bleiben?«

Magdalene lachte auf. Sie veränderte ihre Haltung, strich sich die wirre Mähne glatt, so gut es ging, ließ ihren Blick in unbestimmte Ferne schweifen und neigte den Kopf lauschend ein wenig zur Seite.

Konrad zuckte zusammen, denn nun saß nicht mehr Magdalene vor ihm, nein, es war ganz und gar Christine.

»Beantwortet das Eure Frage? Ich konnte jederzeit die Gestalt und das Aussehen Christines annehmen und das tat ich, wenn ich in Niederfreden weilte. So konnte ich sogar im Amt ein und aus gehen, denn Christines Herzensfreundin war die Tochter des Amtsvogtes, und mir meine Werkzeuge und Waffen beschaffen. Begegnete ich jemandem, konnte ich ihn immer und jederzeit davon überzeugen, dass er Christine vor sich hatte. Ich musste nur aufpassen, nicht gleichzeitig mit Christine unterwegs zu sein, was aber nicht schwer war, weil ich ihre wohlbehüteten Gewohnheiten kannte. Eines hatte ich mir im Angesicht des Feuers, das meine zweite Mutter verbrannte, geschworen: Ich würde herausbekommen, wer meine Mutter und die anderen sechs Frauen, die mit ihr verbrannten, angezeigt hatte, und sie würden sterben müssen. Da Christine untrennbar zu mir gehört und untrennbar mit der Vergeltung verbunden ist, war es nur recht, ihre Rolle als Tarnung zu benutzen.«

Konrad schüttelte fassungslos den Kopf, doch Magdalene fuhr fort:

»Der Hausherr, der nach der Totgeburt seines vierten Kindes Oskars Mutter Dorothea anzeigte, starb übrigens schon vor einigen Jahren mit meiner Hilfe durch Oskars Hand.«

26. KAPITEL

Lichtenberge, irgendwo im Wald

KONRAD LAG WIEDER ALLEIN im Dunkeln in seiner Höhle. Das Tuch war nicht wieder über seine Augen geschlungen worden, doch er sah ohne das Talglicht ohnehin nichts von seiner Umgebung. Wieder und wieder ließ er sich die Erzählung Magdalenes durch den Kopf gehen. Kurz bevor sie ihn im Dunkeln zurückgelassen hatte, hatte er sie noch gefragt, wer denn ihr siebtes Opfer sein solle, wo doch der siebte, vornehmste und schlimmste Ankläger längst gestorben sei. Magdalene hatte nur geheimnisvoll gelächelt und gesagt, dass das schlechte Blut eines Menschen nicht mit ihm sterbe. Das sehe man doch schließlich an der jetzigen Stimmungslage im Herzogtum. Wie der Herr, so das Volk. Er, Konrad, bräuchte doch nur daran zu denken, welchen widrigen Angriffen seine Mutter in jüngster Zeit ausgesetzt sei.

Nun zermarterte Konrad sich den Kopf, wie sie das gemeint hatte. Der derzeitige Herzog war doch ein wahrhaft edles Vorbild für seine Bevölkerung, und was meinte Magdalene mit den Angriffen auf seine Mutter? Er kam jedoch zu keinem nennenswerten Ergebnis, weil andere Worte Magdalenes ihn immer wieder ablenkten. Was meinte sie, dass er genauso sei wie sie? Was wusste sie über ihn oder erkannte es nur, wenn sie ihm in die Augen blickte?

Er selbst wusste von den tiefen Abgründen in seiner Person, die sich aber nur auftaten, wenn er es zuließ. Und nun kam dieser Augenblick mit Macht, begleitet von quälenden Kopfschmerzen.

Als zwölfjährigem Knaben war ihm das Geheimnis seiner Geburt anvertraut worden und an diesem Tage hatte er sich von seiner Kindheit verabschiedet. Sein Weltbild war in den Grundfesten erschüttert worden und wäre da nicht die liebevolle Führung durch seinen Stiefvater Max von Velten gewesen, so wäre sein neues Wissen zu seinem Verderben geworden.

Seine Mutter Agnes war einst als blutjunges Mädchen von einem Kaminkehrermeister vergewaltigt worden. Er, Konrad, war das Produkt dieser Gewalttat. Dass Max von Velten nicht sein Vater war, hatte Konrad immer gewusst, denn dieser war ja erst zu einer Zeit in sein Leben getreten, an die er sich noch dunkel erinnern konnte.

Aufgewachsen war er im Pfarrhaus der Andreaskirche in Braunschweig. Seine Familie bestand in seiner frühen Kindheit aus einer seltsam abwesenden, aber hochverehrten Mutter, einer liebevollen Tante, einem distanzierten Onkel und dem Großvater, dem Pastor der Andreaskirche, mit seiner herzlichen und allen Kindern der Familie in gleicher Weise liebevoll begegnenden zweiten Ehefrau Katharina.

Da Katharinas Töchter in seinem Alter waren, hatte Konrad eigentlich in ihr immer seine Mutter gesehen, was sich erst geändert hatte, als Max von Velten in das Leben seiner leiblichen Mutter Agnes getreten war. Allmählich war er auch in das Alter gekommen, wo er Fragen nach seinem Vater zu stellen begann, die anfangs immer sehr ausweichend beantwortet worden waren.

Durch die Hochzeit seiner Mutter mit Max von Velten wurde er fast zu einem von Velten, wenn auch nur dem Namen, nicht aber der familiären Gleichstellung nach. Erst die Geburt seiner Halbgeschwister und das zunehmende Bewusstsein seiner eigenen, nicht geklärten Herkunft erzwangen dann das Gespräch, das Agnes in Anwesenheit von Max mit ihm geführt hatte. Eine lange Zeit drohte ihm das neue Wissen den Boden unter den Füßen zu entziehen. Er durchlief die Stadien von Entsetzen, Verzweiflung, unbändigem Hass auf seinen unbekannten Erzeuger, aber auch auf Agnes.

Er versuchte, mehr über den Kaminkehrer herauszufinden, doch lange wurde ihm der Einblick in die spärlichen Prozessakten verweigert. Er versuchte, sich den Mann vorzustellen, indem er stundenlang in eine Spiegelscherbe starrte und Gesichtszüge auszumachen suchte, die ihn mit diesem Monster verbanden. Er verbrachte Stunden damit, Mädchen zu beobachten, näherte sich den Dirnen auf den Märkten und spürte, gleichzeitig fasziniert und angeekelt von sich selbst, dass ihr Anblick ihn keineswegs ungerührt ließ. Er begann versuchsweise, Tiere zu quälen, um zu fühlen, ob das Böse auch ihn anzog. Dabei wurde er eines Tages von Max erwischt und zur Rede gestellt.

Max stellte ihm, nachdem er Stück für Stück aus Konrad herausgebracht hatte, was in ihm vorging, in aller Ruhe die Frage, ob er es denn nun genossen habe, Kreaturen zu quälen, und Konrad gestand schaudernd, dass er es nicht wisse, weil er so damit beschäftigt sei, dies herauszufinden, dass sein Blick völlig verstellt sei. Max fragte weiter, ob er denn beim Anblick einer Frau das Gefühl habe, er müsse ihr wehtun? Konrad schüttelte den Kopf. Nein, der Anblick von Frauen und Mädchen löse in ihm eine Sehnsucht aus, die er gar nicht benennen könne. Er wolle sie anfassen und in ihrer Umarmung versinken.

Behutsam klärte Max seinen Stiefsohn über alles, was zwischen Mann und Frau geschehen konnte, auf. Er begann mit den Worten der Schöpfung, die erklärten, warum und wozu Gott den Menschen als Mann und Frau geschaffen hatte, und legte das Gewicht auf die Worte › … dass er eine Gefährtin habe‹. Die körperlichen Aspekte der Vereinigung zwischen Mann und Frau beschrieb er mit Worten, die das Gefühl hinterließen, dass der Mann, der die richtige Gefährtin gefunden hatte, der Glückseligkeit schon auf Erden nahekäme. Aber er verschwieg auch nicht, dass es unendlich viele verschiedene Formen der Vereinigung gab. Gekaufte Vereinigung, durch Konventionen der Gesellschaft erzwungene Vereinigung und durch Selbstsucht erzwungene Befriedigung aus einer gewalttätigen Vereinigung. Letzteres käme leider im Kriegsrausch überaus selbstverständlich vor, aber auch in Friedenszeiten immer wieder bei Männern, die Frauen nur als Gefäß für ihre Gier betrachteten und so zu gequälten Opfern machten.

Konrad hatte eine Weile geschwiegen und dann verzweifelt geschrien:

»Warum lässt Gott es zu, dass aus allen Vereinigungen Kinder entstehen?«

Diese Frage hatte Max ihm nicht beantworten können und gab das auch zu.

»Trotzdem glaube ich daran, dass ein jedes Kind, das geboren wird, ein Geschöpf aus dem Willen Gottes ist und die Freiheit hat, selbst ein guter oder ein schlechter Mensch zu werden.«

»Aber ist denn der Mann, der mich gezeugt hat, nicht ein Teufel?«

»Nein, nur ein sehr irregeleiteter Mann. Im Prozess hat

er angegeben, dass er nie vorhatte, deiner Mutter Gewalt anzutun, dass aber der Teufel ihn in dem Moment verleitet habe, wo er sie allein durch die Stadt habe laufen sehen.«

Konrad hatte sich nach diesem Gespräch beruhigt und aufgehört, das Böse in sich selbst zu suchen. Er hatte sich in seine Studien gestürzt und seine Verzweiflung tief in sein Inneres verbannt. Das heitere, unkonventionelle Elternhaus, die Liebe zu seinen Geschwistern und die tiefe eheliche Verbundenheit, die er zwischen Max und seiner Mutter beobachtete, halfen ihm dabei.

Doch mit 17 Jahren hatte er schamvoll ein erstes Mal ein Dirnenhaus besucht, um das Geheimnis der Vereinigung zwischen Mann und Frau selbst zu ergründen. In dieser Zeit hatte er erkannt, dass aus der geschwisterlichen Freundschaft mit Sophie Hedwig, der Tochter des Herzogs, mehr geworden war und er konnte sich nicht vorstellen, diese Frau nicht eines Tages sein Eigen nennen zu dürfen. Im Bewusstsein, dass sie mit irgendeinem fremden Fürsten verheiratet werden würde, suchte er das Haus in Helmstedt auf und bekam eine Lehrmeisterin, die ihn verzweifelt erkennen ließ, in welche Abgründe ihn seine Lust führen konnte. Er war an eine Frau geraten, die diesem Studiosus und Neuling bewusst alle Illusionen nehmen wollte, weil sie selbst tief enttäuscht vom Leben war. Sie peitschte ihn durch sexuelle Abenteuer, die in ihm immer nur die Sehnsucht nach mehr und Abgründigerem erweckten. Sie weihte ihn ein in Genüsse von Tränken aus Bilsenkraut, Gewürznelken und Honig, die die Empfindungen ins Unermessliche steigerten. Er genoss die Höhenflüge der körperlichen Liebe unter der Droge gepaart mit Hass, Verzweiflung und Selbstekel. Er wollte immer mehr und begann, seine Studien zu vernachlässigen. Er beobachtete mit einer perversen Freude seinen sichtbaren Niedergang wie von außen, als wenn ein besonders gehasstes Wesen auf seine verdiente Vernichtung zusteuerte.

Aus diesem Strudel des Verderbens rettete ihn wieder einmal Max, wenn auch nur durch seinen verfrühten Tod. Als Konrad davon Nachricht erhielt, ergriff ihn tiefe Scham. Das Letzte, was Max von ihm gehört haben musste, war nur Schlimmes gewesen, dabei hatte er doch eigentlich alles tun wollen, um der tiefen, unverdienten Zuneigung dieses einzigen wirklichen Vaters, den er gehabt hatte, zu entsprechen.

Konrad reiste nach Wolfenbüttel und versuchte, den Niedergang seines Elternhauses zu verhindern. Er kümmerte sich um seine Geschwister und bemühte sich, der tief trauernden Mutter Stütze zu sein. Doch allein wäre er mit dieser Aufgabe überfordert gewesen und so nahm er dankbar die Hilfe seines Onkels Andreas an. In einem Gespräch zwischen den beiden Männern gestand Konrad dem Älteren dann seine Scham über sein Verhalten und die Enttäuschung, die er für Max gewesen sein musste. Andreas gelang es, ihn wieder aufzurichten, indem er ihm von den Höhen und Tiefen seiner eigenen Jugend erzählte.

»Wenn du meinst, dass in dir eine böse Seite schlummere, so sei dessen gewiss, dass du nicht der Einzige bist. Ich glaube, in jedem Menschen schlummern beide Seiten, und das ist der Grund, warum wir immer neu der Vergebung Gottes bedürfen. Aber dieses Bewusstsein hilft der hellen Seite zu siegen. Da bist du nicht anders als alle anderen Menschen! Und dein Vater Max hat immer gewusst, dass du gar nicht anders können würdest, als auf die helle Seite zurückzukehren!«

Seltsam getröstet hatte Konrad seine Studien wieder aufgenommen und sehr erfolgreich zum Abschluss gebracht.

Nein, Magdalene, du liegst falsch. Ich bin nicht wie du und Christine ist nicht deine helle Seite! Deine helle Seite musst du in dir selbst suchen!, dachte er erleichtert und schob entschlossen die Faszination über die Schönheit in Magdalenes Wildheit in den dunkelsten Winkel seines Bewusstseins ab.

Ungeduldig zerrte er erneut an seinen Fesseln, denn es überkam ihn eine unbändige Sehnsucht, Christine wiederzusehen und sie seiner Liebe erneut zu versichern. Nichts schien wichtiger, als diese Frau zu der seinen zu machen und von sich und ihr alle bösen Kräfte dieser Welt abzuhalten. Und nichts machte ihm mehr Angst als die Vorstellung, Magdalene könnte sich Christine offen nähern und versuchen, sich wieder mit ihr zu vereinen.

Doch die Fesseln hielten ihn nieder wie zuvor. Frustriert gab er einen wilden Schrei von sich. Dann begann er zu überlegen, was seine Augen während des Gespräches mit Magdalene aufgenommen hatten. Er hatte erkannt, dass er in einer Höhle lag, die aber von Menschenhand geschaffen worden zu sein schien. In einer Ecke hatte er eine Anhäufung von seltsamen Gefäßen gesehen, in einer anderen Ecke eine Reihe länglicher Behältnisse, die fast aussahen wie steinerne Sarkophage. Gegenüber von diesen Gegenständen schien sich der Eingang der Höhle zu befinden, der aber in einen dunklen, lichtlosen Gang zu münden schien. Er vermutete, dass sich erst am Ende dieses Gangs der wirkliche Ausgang aus der Höhle befand.

Systematisch begann er nun, sich in die Richtung zu rollen, in der er die seltsamen Gefäße gesehen hatte. Als er schon meinte, sich in der Richtung geirrt zu haben, trafen seine gefesselten Hände auf einen glatten, kalten Gegenstand. Er betastete ihn und kam zu dem Schluss, dass es sich um einen irdenen Teller handelte. Entschlossen griff er zu und versuchte, ihn auf dem Boden zu zerschlagen. Es gelang und er tastete nach einer Scherbe, mit der er dann begann, an seinen Fesseln zu säbeln. Es war eine mühselige Angelegenheit, denn immer wieder brach das spröde Material oder die Bruchkanten verloren an Schärfe. Als alle Scherben des Tellers aufgebraucht waren, meinte Konrad, immer noch keinen Unterschied in der Festigkeit der Fesseln zu spüren, und suchte verzweifelt nach einem neuen Gegenstand.

Diesmal hatte er mehr Glück und erwischte einen Krug, der aus stabilerem Material gebrannt worden zu sein schien. Mit der Kraft der Verzweiflung zerschlug er auch diesen auf dem Boden und hatte nun schärferes Werkzeug zur Hand, mit dem es ihm nach einer Weile gelang, die Handfesseln zu zerschneiden.

Nun musste er sich dem Strick, der ihn von oben bis unten umwand, widmen, kam aber hier viel schneller zum Erfolg, weil er nun mit den befreiten Händen sehr viel kräftiger ausholen konnte. Wenige Minuten später stand er aufrecht und versuchte, die Zirkulation des Blutes in seinem Körper zu normalisieren. Er ächzte gequält, denn das lange Liegen mit an den Körper gefesselten Gliedern verlangte nun, da das Blut wieder frei fließen konnte, seinen Tribut.

Als es ihm ein wenig besser ging, tastete er sich mit kleinen Schritten und vor sich gestreckten Armen durch die Höhle, um zunächst die Wände, dann den Gang zu finden. Sicher wusste er erst, dass er sich in dem Gang befand, als er gegen eine Stufe stieß. Er erstieg sie und stieß sogleich gegen eine weitere. Eine Treppe! Er erklomm langsam Stufe für Stufe. Es wurde nicht heller und als er am Ende der Treppe angelangt war, erkannte er resigniert, dass dort, wo sich nun der Eingang befinden musste, auch nur Stein zu ertasten war. Er stemmte sich dagegen, aber es bewegte sich nichts.

»Wäre bei Gott auch zu einfach gewesen!«, brummte er vor sich hin. Aber es musste ein System geben, diesen Eingang von innen zu öffnen, denn durch den Gang war kein Tageslicht gefallen, als Magdalene bei ihm gewesen war, also hatte sie den Gang während ihres Aufenthaltes bei ihm von innen geschlossen.

»Oder es war Nacht oder Oskar hat draußen gewartet, du Narr!«, schalt er sich wütend.

Systematisch tastete er den Stein vor sich ab. Auf halber Höhe fand er zwei runde Erhebungen im Abstand von ungefähr einer Elle, die ziemlich genau in seine Handflächen passten. Er drückte dagegen, doch nichts geschah. Er drückte von oben nach unten, doch wieder rührte sich nichts. Zuletzt stemmte er die rechte Schulter von unten gegen eine Erhebung, während er die andere Erhebung mit der linken Hand von unten nach oben drückte. Nun kam er zu seiner grimmigen Freude zu einem kleinen Ergebnis. Ganz deutlich hatte er gespürt, dass er den Stein ein wenig angehoben hatte. Mit entschlossenerer Kraft wiederholte er den Vorgang. Wieder hob sich der Stein ein Stück, diesmal sogar ein Stück mehr. Doch sonst tat sich nichts. Konrad drehte sich um und wiederholte die Bewegung nun seitenverkehrt. Seine linke Schulter lag unter der einen Erhebung, seine rechte Hand unter der anderen. Gleichzeitig presste er sich mit seinem ganzen Gewicht gegen den Stein. Und siehe da, diesmal bewegte sich der Stein um seine Mittelachse und stand zum Schluss quer.

Welch ein Wunder der Mechanik!, dachte er bei sich. Der Stein war oben und unten durch eine Stange, die durch seine Mittelachse verlief, verzapft. War der Eingang verschlossen, ruhte der Stein in einer Rinne, aus der man ihn zum Öffnen mittels der Erhebungen herausheben musste. Dann konnte er sich über die Stange in seiner Mittelachse drehen.

Wer hatte sich das wohl ausgedacht?

Doch hielt er sich nicht weiter bei diesen Gedanken auf, denn nun galt es, genügend Entfernung zwischen sich und sein Gefängnis zu bringen und sich zu überlegen, wie er zurück nach Niederfreden gelangen konnte.

27. KAPITEL

Wolfenbüttel, 21. Oktober

MISSMUTIG STARRTE AGNES die Schale mit Hafergrütze, die vor ihr stand, an. Was hatte es überhaupt für einen Zweck aufzustehen, sich anzuziehen und zu frühstücken, wenn der ganze Tag sich in endloser Ödnis, in der man zur Tatenlosigkeit verdammt war, vor einem erstreckte. Die Konsequenz ihres Besuches in ihrer Schule am gestrigen Tage war gewesen, dass diese nun vorübergehend geschlossen worden war. Als sie in Begleitung des ihr zur Verfügung gestellten Soldaten an der Schule angekommen war, fand sie das Gebäude leer und still vor. Im Schloss hatte sie so viel Zeit verloren, dass sie erst nach der normalen Zeit des Unterrichtsbeginns eintraf. Doch weder auf dem Gang noch in einem der drei Klassenzimmer war auch nur eine Menschenseele anzutreffen. Dafür sah sie umgestürzte Pulte, aus den Angeln gerissene Wandtafeln und zerschmissene Fenster. Agnes lief weiter zu dem kleinen Raum am Ende des Gangs, der ihr als Büro und den drei Lehrerinnen als Aufenthaltsraum in den Pausen diente. Die Tür stand offen und schon im Rahmen lagen auf dem Boden Bücher und Papiere achtlos hingeworfen. Zögernd betrat Agnes den Raum.

Sie sah die Zerstörung ihres Lebenswerks. Gewiss, es waren nur Bücher und Papiere aus den Schubladen und Regalen gezogen worden und auf dem Boden verstreut. Ihr Schreibtisch war umgestürzt, der dazugehörige Stuhl in Stücke zerschlagen worden. In einer Ecke kauerte die jüngste Hilfslehrerin und blickte aus schreckgeweiteten Augen zu Agnes empor. Über der Stirn verlief eine blutige Schramme und sie zitterte am ganzen Körper.

»Was ist hier passiert?«, fragte Agnes tonlos.

Mühsam fokussierte die junge Frau ihren Blick auf Agnes und begann fast unhörbar zu sprechen:

»Mattes schloss mir … heute Morgen die Tür auf, doch ich war noch nicht ganz eingetreten, da traf mich etwas im Rücken und eine Stimme schrie:

›Schluss mit der Hexenschule!‹ Ich stolperte herein und wies Mattes an, die Tür schnell wieder zu schließen. Doch er hat mich beiseitegeschoben und trat wieder hinaus. Vor der Tür hatten sich inzwischen Straßenjungen, Marktweiber und andere Passanten zusammengerottet und vertrieben die wenigen Schülerinnen, die ankamen. Mattes hat versucht, die Menge zu beruhigen und den Schülerinnen und Lehrerinnen Geleit in die Schule zu geben. Da haben sie ihn gegriffen und fortgeschleift. Dabei haben sie Worte wie ›Hexendiener‹ und ›Zauberschengeselle‹ geschrien. Ich weiß nicht, wohin sie ihn gebracht haben. Die Schülerinnen und Lehrerinnen sind schnell weggelaufen, doch ich war hier drinnen gefangen.«

Die junge Frau brach nun in Tränen aus. Abgerissen schluchzte sie:

»Ich … ich warf die Tür zu und … und … versuchte, von innen … abzuschließen, doch … doch der Schlüssel glitt mir aus der … Hand und dann war es zu spät! Sie stürmten in die Schule und zerschlugen alles. Mich be… beachteten sie dabei zuerst kaum, doch … als ich sie davon abhalten wollte, diesen … Raum zu betreten, schlug mich einer so, dass ich mit dem Ko… Kopf gegen den Türrahmen knallte. Sie sind noch nicht la… lange weg und ich glaube, es war … Euer Glück, dass Ihr nicht hier wart.«

Agnes lehnte sich an den Türrahmen. Ihr war, als wenn man ihr Innerstes nach außen gewendet hätte. Das war das Ende ihrer Schule. Ihr Hochmut war vor dem Fall gekommen. Erst hatte sie als ledige Mutter weit über ihren Stand geheiratet, dann hatte sie die Hybris gehabt, gegen eine Gesellschaft, die noch nicht so weit war, zu handeln, Mädchen zu höheren Zielen zu führen. Gott hatte ihr erst den Geliebten genommen und jetzt nahm er ihr auch ihr Lebenswerk.

Tonlos flüsterte sie:

»Geht nach Hause, Fräulein Lüders, die Schule ist geschlossen.«

Zusammen mit dem Soldaten begab sie sich zurück ins Schloss und meldete in der Wachstube den Vorfall mit der Schule und dass ihr Hausmeister Mattes Schulz verschleppt worden sei. Man hatte ihr bedeutet zu warten, und dann war sie einem Beamten des Hofes vorgeführt worden, den sie erleichtert erkannte. Georg Brandt war ein Freund von Andreas und Agnes war ihm schon gesellschaftlich begegnet. Brandt protokollierte ihre Aussage akribisch.

»Hat man denn Leute ausgeschickt, um nach Mattes zu suchen?«, fragte Agnes nach einer Weile besorgt.

»Es geht alles seinen Gang, Frau Agnes, dessen könnt Ihr gewiss sein«, versicherte der Beamte beflissen. »Soldaten des Hofes sind ausgesandt worden und sie haben die Spur der Meute bereits aufgenommen. Leider klingt gar nicht gut, was berichtet wurde. Wie es scheint, wurde der Mann aus dem Alten Tor hinaus in Richtung Lechlumer Holz geschleift. Wenn das wahr ist, scheint der Mob so aufgehetzt zu sein, dass er auf der Richtstätte die Justiz gleich selbst in die Hand nehmen will. Da kann man nur hoffen, dass unsere Soldaten rechtzeitig eingreifen können!«

Agnes war dann zum Hause von Andreas und Barbara geleitet worden und hatte den ganzen Tag wie zur Salzsäule erstarrt in der Wohnstube gesessen. Weder Barbara noch die Kinder hatten Zugang zu ihr gefunden.

Barbara gesellte sich mit einem Zwilling auf dem Arm zu Agnes.

»Du solltest die Zeit nutzen und unsere Mädchen hier zu Hause unterrichten!«, begann sie vorsichtig. »Sie müssen beschäftigt werden und mein Haushalt gibt ihnen da nicht viel an die Hand. In ein paar Tagen wird sich sicher alles wieder ein wenig beruhigt haben und dann kannst du überlegen, wie es mit der Schule weitergehen soll!«

»Ja, du hast sicher recht …«, seufzte Agnes, doch in diesem Moment war eine Unruhe von der Haustür zu vernehmen.

»Andreas scheint zurückgekommen zu sein!«, sagte Barbara hoffnungsvoll. »Sicher hat er Konrad gefunden!«

Doch nicht Andreas betrat den Raum, sondern zwei hoch aufgeschossene Jünglinge, hager, dunkelhaarig und wie ein Ei dem anderen, wie Agnes einmal mehr wehmütig dachte, ihrem verstorbenen Vater gleichend.

»Nicolaus und Julius! Was tut ihr hier?«, fragte Agnes entgeistert.

Seit Anfang des Jahres waren die beiden jungen Männer an der Universität in Helmstedt eingeschrieben. Julius studierte Theologie, Nicolaus Medizin. Keiner der beiden Jungen hatte Lust gezeigt, in die militärischen Fußstapfen des Vaters zu treten, doch Agnes war nicht böse darum.

Bisher waren immer nur begeisterte und positive Nachrichten aus Helmstedt zu Agnes gelangt und sie hatte sich schon vorsichtig der Hoffnung hingegeben, dass die Flegeljahre ihrer beiden Söhne hinter ihnen lagen. Ihre Abwesenheit von der Universität an einem Wochentag mitten im Semester schien jedoch auf nichts Gutes hinzuweisen.

»Mutter, wir haben Euch gesucht. Die Schule war geschlossen und auch zu Hause öffnete niemand. Deshalb kamen wir her, um Tante Barbara nach Euch zu fragen. Warum seid Ihr hier und nicht in der Schule?«

»Das ist eine lange Geschichte und ich möchte zuerst von euch wissen, weshalb ihr nicht an der Universität seid!«

Betreten blickten sich die beiden Jungen an. Dann ergriff wie immer Nicolaus als Erster das Wort und berichtete stockend:

»Wir gerieten gestern in eine Disputation über Zaubersche und Hexen. Sie war auf Befehl von Heinrich Julius von der theologischen Fakultät anberaumt, doch alle Disziplinen waren geladen.«

Julius fiel ein:

»Ihr müsst wissen, Mutter, die Haltung der theologischen Fakultät in dieser Frage ist momentan sehr rigoros. Zur Disputation und Beurteilung war ein Traktat aufgenommen worden, das vor einigen Jahren schon einmal verhandelt wurde, jetzt aber neue Brisanz gewonnen hat. Es handelt sich um das Traktat des Theologen Hermann Hamelmann, der vor gut zehn Jahren noch in unserer Landeskirche als Superintendent und Inspektor des Vorgängers unserer Universität in Gandersheim tätig war. Die Schrift heißt: ›Die Zauberinnen soltu nicht leben lassen‹.«

»Dieser Schrift wurden die Thesen des Mediziners Johann Weyer entgegengestellt, der die Hexen als melancholische alte Weiber, die durch ihre Torheit und Leichtgläubigkeit zu Opfern des Teufels werden, beschreibt«, warf der Mediziner Nicolaus ein.

»Was uns entsetzte, war, was bei der Disputation herauskam: eine wilde Vermischung der beiden entgegengesetzten Meinungen nämlich. Ein Tutor der juristischen Fakultät meinte, das Ergebnis so zusammenfassen zu dürfen: Mit aller Härte müsse gegen alle Hexen und Teufelsbuhlinnen im Lande vorgegangen werden, da sie sich heute nicht mehr nur ihrer eigenen Schliche wie Kräuterzauber, Verfluchungen und bösen Blicken bedienten, sondern aus ihrer Buhlschaft mit dem Teufel ungleich

Raffinierteres hervorgegangen sei, wie das Beispiel des Umstürzens der göttlichen Ordnung, in dem man Mädchen und Frauen Männerbildung eintrichterte, zeige.«

Agnes lachte gequält auf.

»Die Saat geht also auch in Helmstedt auf. Oder ist sie dort gesät und breitet sich über das ganze Herzogtum aus?«

Bitter erzählte sie ihren Söhnen von den Ereignissen in Wolfenbüttel, die zur Schließung ihrer Schule geführt hatten.

»Aber ihr habt mir immer noch nicht gesagt, warum ihr hier seid. Was hat die Disputation damit zu tun?«, schloss sie.

Nicolaus und Julius schauten sich erneut betreten an, dann begannen sie gleichzeitig:

»Wir haben Eier geworfen … und«, Julius beendete den Satz »… und den Rektor der Universität getroffen!«

Entsetzt starrte Agnes ihre Söhne an, denn das war das bei Weitem Schlimmste, was hatte geschehen können.

»Ihr habt den Thronfolger Heinrich Julius mit Eiern beworfen?«

»Ihn traf nur eines und das aus Versehen. Als er uns vor sich zitierte, haben wir uns sofort entschuldigt. Er entließ uns mit sofortiger Wirkung von der Universität und befahl uns, nach Hause zu reisen und hier auf weitere Bestrafung zu warten. Mutter, wir haben mit Heinrich Julius als Kinder gespielt. Es ist fürwahr ein trefflicher Witz, dass er allein durch seinen Stand mit den gleichen 15 Jahren, die wir auf dem Buckel haben, als Rektor der Universität akademisch so weit über uns gestellt ist! Er wird sich aber wieder beruhigen!«, behauptete Nicolaus hoffnungsvoll.

Agnes schüttelte erschüttert den Kopf:

»Das glaube ich nicht, denn er nimmt im Moment eine seltsame Haltung zu diesem Thema ein, ihr habt es ja gehört. Und ihr seid meine Söhne!«

»Aber was sollen wir nun tun?«

Agnes seufzte.

»Wir müssen warten, bis euer Onkel aus Niederfreden zurück ist. Die Sache eskaliert an zu vielen Enden und alles, was wir tun würden, könnte es nur noch schlimmer machen.«

Dann berichtete Agnes ihren Söhnen von den Ereignissen, die zuerst Konrad und nun auch Andreas nach Niederfreden geführt hatten.

Nicolaus warf seinem Bruder einen bedeutsamen Blick zu, der Agnes entging.

»Wir machen uns am besten auf und gehen in unsere Wohnung, hier bei Tante Barbara wird es ja nun wirklich zu eng!«

Agnes erhob keinen Einwand, sondern meinte im Gegenteil, dass es vielleicht besser sei, sie würde ihnen mit den Schwestern folgen. Doch Nicolaus schüttelte den Kopf.

»Ich glaube, Ihr seid hier besser aufgehoben, Mutter. Und wir kommen schon zurecht, wenn die Magd uns mit Essen versorgt.«

Agnes leistete keinen Widerstand mehr, sondern dachte selbst, dass sie hier jedenfalls schneller von Andreas' Heimkehr erfahren würde.

Barbara, die zu allem geschwiegen und nur zugehört hatte, küsste ihre Neffen und gab ihnen leise flüsternd mit auf den Weg:

»Ich bin mir fast sicher, dass ihr nach Niederfreden reiten wollt, und ich halte euch auch nicht auf. Doch seid vorsichtig und berichtet eurem Onkel, wie sehr sich die Lage hier zuspitzt! Er muss sich beeilen zurückzukommen!«

Julius, der wenigstens den Anstand hatte, rot geworden zu sein, drückte seiner Tante den Arm, küsste sie und beteuerte, dass sie sich keine Sorgen machen müsse.

Am gleichen Tag erhielt Agnes die erschütternde Nachricht, dass der Hausmeister ihrer Schule gestorben sei, noch bevor die Meute, die ihn, immer rasender werdend, zum Lechlumer Holz geschleift hatte, ihn richten konnte. Sein Herz hatte versagt. Als die Soldaten den Zug erreichten, stand die betretene Menge, deren Zorn ebenso schnell, wie er geschürt worden war, wieder erloschen war, um den Toten herum und es waren ihrer so viele, dass die Soldaten nicht wagten, Verhaftungen vorzunehmen, da die Rädelsführer sowieso nicht mehr auszumachen waren.

28. KAPITEL

Lichtenberge, Osterlinde, Niederfreden

KONRAD IRRTE IM WALD UMHER und gab inzwischen resigniert zu, dass er sich hoffnungslos verirrt hatte. Zunächst hatte er sich nur geringfügig von seinem Gefängnis entfernt, gerade so weit, dass er hoffte, dass Magdalene und

Oskar ihn nicht finden würden, sollten sie ausgerechnet jetzt zurückkommen. Er hatte sich im dichten Unterholz eine kleine Kuhle gegraben und dann, zitternd vor Kälte, auf den Sonnenaufgang gewartet.

Als die ersten Sonnenstrahlen durchs Unterholz brachen, wusste er nun zumindest, wo Osten war. Doch das half ihm nicht viel, denn er wusste ja nicht, in welche Richtung seine Wächter ihn geführt hatten. Er musste eine Siedlung oder einen Hof finden, um fragen zu können, wo er sich befand. Er wusste, dass die Wälder der Lichtenberge sich vom Südwesten nach Nordosten erstreckten und dann in einem Knick nach Süden abbogen. Er berechnete, dass, wenn er sich strikt in Richtung Norden bewegte, unweigerlich auf den Waldrand und vielleicht sofort auf eine Ortschaft treffen musste. Also sah er zu, dass er die Sonne vorerst immer zur Rechten behielt, und stapfte hoffnungsvoll los.

Erleichtert stellte er schon nach kurzer Wanderung fest, dass seine Berechnungen ihn nicht getrogen hatten. Der Wald lichtete sich und er fand sich vor einem kleinen Bauerndorf wieder. Entschlossen wandte er sich angesichts der Ärmlichkeit der Kotsassenhöfe lieber gleich in die Richtung, in der er einen Kirchturm erblickt hatte, und fand sich wenige Augenblicke später in der Amtsstube des Pfarrers wieder, in die ihn eine misstrauische Magd geführt hatte. In kurzen Zügen stellte sich Konrad vor und erzählte, dass er sich aufgrund eines Missgeschicks im Wald verirrt hätte, nicht wisse, in welchem Dorf er sich nun befände, und um Hilfe bäte, um zurück ins Amt nach Niederfreden zu gelangen.

Die Miene des grämlichen alten Pastors hellte sich allmählich auf, als er der gebildeten Ausdrucksweise und der ausgezeichneten Manieren seines Gastes gewahr wurde. Als er gar hörte, dass es sich bei seinem Besucher um den Assistenten eines Hofbeamten handelte, wurde er sehr gesprächig und hilfsbereit.

»Aber gewiss doch, junger Herr. Ihr befindet Euch hier in Osterlinde, gar nicht allzu weit von Niederfreden entfernt. Ich werde Anweisung geben, dass man meine Kutsche anspannen lässt, und dann werde ich Euch gerne ins Amt geleiten. In der Zwischenzeit lade ich Euch ein, mein bescheidenes Frühstück mit mir zu teilen.«

Konrad versicherte zwar, dass die Begleitung des Pfarrers nach Niederfreden nicht nötig sei, man werde dort im Amt sicher veranlassen, dass die Kutsche zurück zum Pfarrhof nach Osterlinde gebracht würde, doch Pastor Papius blieb beharrlich bei seinem Wunsch, Konrad zu begleiten, erhoffte er sich doch ein reichliches Quäntchen Abwechslung von seinem eintönigen Alltag.

So begann er denn auch, kaum dass er sein müdes altes Pferd dazu gebracht hatte, in einen gequälten Schritt zu verfallen, Konrad systematisch auszufragen. Dieser wäre lieber seinen eigenen Gedanken nachgehangen, dachte dann aber: Was soll's?, und beantwortete die Fragen des Alten nach seiner Herkunft, nach dem Grund der Anwesenheit im Amt und den Untersuchungen so vage, wie es der Pastor zuließ. Nach einiger Zeit jedoch kam ihm die Idee, den Spieß umzudrehen und sein Gegenüber auszufragen.

»Wie lange seid Ihr schon in Osterlinde?«

»Oh, schon ein halbes Leben. Ich war Mercenarius des alten Pfarrers Johannes Issmann, der zeitweise die Pfarren Niederfreden, Oberfreden und Salder verwaltete. Im Jahr 1548 wurde ich dann mit dieser Pfarrstelle hier bepfründet. Gott sei's gedankt, konnte ich mich schon in meiner Jugend für die lutherische Lehre erwärmen und bestand die Examination, die 1569 bei allen Pfarrern, die unter der lutherischen Obrigkeit im Amt bleiben wollten, durchgeführt wurde.«

»Dann habt Ihr sicher auch noch geheiratet?«, fragte Konrad, der dieses Kapitel der Geschichte seines Heimatlandes immer mit großer Faszination betrachtet hatte.

»Jaja!«, stieß Papius mit einem Seufzer hervor. »Aber Frau und zwei kleine Kindlein starben an einem Fieber und dann beschloss ich, dass die Ehe nichts mehr für mich sei. Die Pfründe ist auch sehr klein und nährt kaum ihren Mann.«

»Aber Ihr kennt sicher alle Geschichten, die sich im Amt zutrugen?«

»Aber natürlich. Es ist sozusagen mein Steckenpferd, über alles informiert zu sein. Auch rühme ich mich einer doch recht guten Kenntnis der Gegend.«

»Ah, ich habe gehört, im Wald gäbe es eine Höhle unter einem Hügel. Wisst Ihr davon?«

»Jaja, man munkelt, dass das so sei. Sogar mehrere soll es geben, denn das sind wahrscheinlich Gräber aus vorchristlicher Zeit. Allerdings scheut man sich, die Gräber zu öffnen und die Geister der Heiden zu stören. Aber wie kommt Ihr darauf?«

»Ach, das interessiert mich einfach«, antwortete Konrad so beiläufig wie möglich.

»Habt Ihr damals auch den Prozess der sieben Hexen von Niederfreden mit verfolgt?«, fragte Konrad weiter.

»Oh, das war eine betrübliche Angelegenheit. Ja, ich habe den Prozess mit verfolgt, denn ich kannte zwei der armen Seelen, die verurteilt wurden, und konnte sie nicht retten.«

Nun war Konrad hellwach und gar nicht mehr daran interessiert, so bald im Amt anzukommen.

»Oh, darf ich fragen, wie die Bedauernswerten hießen und was man ihnen zur Last legte?«

»Das waren zwei Schwestern, die früh durch Fieber und Unglück ihre ganze Familie verloren hatten. Sie hießen Gerda und Maria Loers und kamen ursprünglich aus einer wohl angesehenen Familie aus dem Hildesheimischen. Da sie nach dem Tode ihrer Eltern nichts außer ihrem Leib und Leben ihr Eigen nennen konnten, wollte kein Mann sie zu Ehefrauen haben, obwohl sie wahrhaftig recht ansehnlich waren. Sie hatten aber einen entfernten Verwandten im Dorfe Nettlingen, der sie zwar nicht übermäßig begeistert empfing, ihnen aber fürs Erste ein Häuschen am Waldesrand bei Söhlde zur Verfügung stellte. Das war ihr Unglück, denn Ihr müsst wissen, just dieses Häuschen befand sich nun im Verwaltungsbezirk des Amtes Niederfreden und somit standen die beiden Frauen auch unter seiner Gerichtsbarkeit.«

»Was aber wurde ihnen denn vorgeworfen und woher kennt Ihr die beiden Frauen, wenn sie doch in Söhlde wohnten?«, fragte Konrad ungeduldig, denn schon waren die ersten Häuser Niederfredens in Sicht.

»Nun, sie waren fleißige und kundige Frauen und zu stolz, um von den Brosamen des Tisches ihres Verwandten zu leben. Sie suchten, sich Einkünfte zu verschaffen, und beackerten ein kleines Fleckchen Land, das zu dem Häuschen gehörte, als Kräutergarten. Sie stellten heilsame Öle und Sudgetränke aus ihren Pflanzen her und verkauften sie in den Dörfern rings umher. So lernte ich sie kennen, denn ich hatte in dieser Zeit das Reißen und sie halfen mir mit einem wunderbaren Sud aus Löwenzahn, Giersch, Arnika, Beinwell und Mutterkraut. Sicher wundert Ihr Euch, dass ich die Zusammensetzung so genau nennen kann. Doch hielten die beiden Frauen mit der Zusammensetzung ihrer Mittel nicht hinter dem Berge, denn sie wussten, dass man leicht in den Verdacht der Zauberei kommen konnte. Doch geholfen hat's ihnen auch nicht. Brennen mussten sie, weil sie mit dem Teufel im Bunde gewesen sein sollten.«

»Und wisst Ihr mehr darüber?«

»Nun, ich durfte als Geistlicher dem Prozess beiwohnen und das war eine höchst sonderliche Geschichte. Ein Mann, der im Dienste des Herzoges stand, hatte die beiden Schwestern zusammen mit einer Frau aus den Wäldern angezeigt. Sie hätten sich der Teufelsbuhlschaft schuldig gemacht. Auch der Teufel selbst sei verhaftet worden, doch letztlich war er es nicht selbst, sondern der Teufel hatte sich nur seiner Gestalt bemächtigt. Der Mann, Alfred von Pilburg hieß er und wurde später Verwalter auf Schloss Oelber, gab an, dass er eine ›wilde Buhlerei und Sauferei‹ beobachtet habe. Die Frauen jedoch sagten aus, dass der Mann, der als Teufel bezichtigt wurde, in ihr Haus eingedrungen war, in der Meinung, er könnte sich bei ihnen Liebesdienste erkaufen. Als sie abgelehnt hätten, sei er gegenüber Maria Loers handgreiflich geworden. Die beiden anderen Frauen konnten ihn überwältigen und waren dabei, ihn zu fesseln, als von Pilburg dazustieß. Und nun kommt das Absonderlichste: Dieser Mann war ein hoher Beamter des Hofes in Wolfenbüttel!«

»Wie war sein Name?«, stieß Konrad aufgeregt hervor.

»Es war der Hofmeister des Herzogs, Gernod von Brandeis, der sich anlässlich der Hochzeit von Margarethe von Saldern in der Gegend aufhielt«, murmelte Papius düster.

»Natürlich hatten seine Aussage und die des Herrn von Pilburg wesentlich mehr Gewicht als die dreier Frauen in fragwürdiger gesellschaftlicher Stellung. Und er sagte aus, dass er nicht bei sich selbst gewesen sei in dem Moment, als er das Haus der Frauen betrat. Er hätte zusehen müssen, wie der Teufel in seinen Körper geschlüpft sei und die Frauen sich dann vergnügt in allerlei Abart mit ihm verlustiert hätten. Erst als die Büttel das Haus betreten hätten, sei der Teufel mit einem schauerlichen Lachen aus ihm herausgefahren und hätte sich davongemacht.«

Die Kutsche war nun beim Amtshaus angelangt und Konrad kam nicht mehr dazu, den Pastor weiter zu befragen, denn als eine Magd seiner ansichtig wurde, brach sie in wildes Geschrei aus und rief Haus und Hof zusammen mit der Nachricht, dass die Hexen den jungen Herrn Assistenten aus Wolfenbüttel doch nicht geholt hätten. Sofort war Konrad umringt und wurde mit Fragen bestürmt. Mühsam hielt er die Leute von sich ab, indem er verkündete, dass er zuallererst mit seinem Vorgesetzten und dem Amtsvogt zu sprechen habe. Es gelang ihm gerade noch, sich einigermaßen manierlich von Pastor Papius zu verabschieden, dann stand er auch schon in der Amtsstube vor einem höchst erregten Amtsvogt.

»Herrgott zu allen Zeiten, man hielt Euch schon für tot. Euer Onkel sucht höchstpersönlich in den Wäldern nach Euch!«

»Mein Onkel?«, unterbrach Konrad.

»Ja, als er Nachricht von Eurem Verschwinden bekam, ritt er sofort hierher. Euer Vorgesetzter zu Hohenstede verunglückte gar auf der Suche nach Euch und liegt mit einem gebrochenen Bein zu Bette.«

»Kann man meinen Onkel schnellstmöglich zurückholen? Ich habe höchst beunruhigende Neuigkeiten, die auch er sofort hören sollte!«

Der Amtsvogt winkte einem Büttel, dass man sich auf die Suche nach Herrn Riebestahl, mit der Nachricht, dass sein Neffe wieder zurück sei, machen solle.

Konrad bat, sich, bis sein Onkel eingetroffen sei, zurückziehen zu dürfen, um die Spuren seiner Abenteuer in Kleidung und Haar zu beseitigen. Dies wurde ihm sehr ungnädig zugestanden.

Wie es der Zufall wollte, ritten in dem Moment, als Andreas von seiner Suche in das Amt zurückkehrte, zwei wilde jugendliche Reiter im Hof ein. Ihre Pferde kamen knapp vor Andreas zu stehen.

»Julius und Nicolaus!«, brachte Andreas nur entgeistert hervor.

Konrad, der sowohl das Eintreffen Andreas' als auch das seiner Brüder durch das Fenster seiner Stube beobachtet hatte, schlug sich an den Kopf und stöhnte:

»Was soll das denn nun werden?«

Eilig rannte er die Treppen hinab in den Hof hinaus. Andreas wandte seinen entgeisterten Blick von seinen beiden jüngeren Neffen ab und überbrückte mit einem schnellen Schritt den restlichen Abstand zwischen sich und Konrad. Er packte diesen bei den Schultern und musterte ihn eingehend.

»Bist du gesund und unverletzt? Ja, bei Gott, es scheint so!«

248

Dann gab er ihm eine schallende Ohrfeige.

»Das ist für deine verdammte Eigenmächtigkeit.«

Konrad hielt sich zerknirscht die Wange und gestand sich ein, dass dies in der Tat eine milde Strafe sei, wenn es dabei bliebe.

»Und was habt ihr hier zu schaffen?«, fragte Andreas seine beiden anderen Neffen im gleichen aufgebrachten Ton.

Die beiden Jungen wollten gleichzeitig zu einer Antwort anheben, doch Konrad kam ihnen zuvor:

»Lasst uns hineingehen. Ich habe Dringendes zu berichten und ich glaube auch nicht, dass Julius und Nicolaus nur zum Spaß hergeritten sind!«

Andreas beruhigte sich und sagte:

»Du hast in der Tat recht. Lasst uns eins nach dem anderen klären!«

29. KAPITEL

Wolfenbüttel

UNGEDULDIG WARTETEN BARBARA UND AGNES auf Nachrichten aus Niederfreden und noch mehr, dass zumindest Andreas wieder nach Hause käme.

Barbara war hin und her gerissen, ob sie Agnes erzählen sollte, dass auch ihre Zwillinge nach Niederfreden geritten waren. Seufzend betrachtete sie ihre eigenen im Moment friedlich schlummernden Söhne.

Nicht einmal getauft seid ihr und ich denke bereits darüber nach, was ihr mir wohl später für Streiche bieten werdet, überlegte sie amüsiert. Für den Taufgang wurde es aber nun auch höchste Zeit, doch konnte sie ihn kaum ohne Andreas machen.

Agnes, die eine Weile brütend über einem Buch gesessen hatte, blickte auf.

»Worüber denkst du nach, dass du kichern musst?«

»Ach, eigentlich sind es eher sorgenvolle Gedanken! Ich glaube, ich muss dir etwas gestehen: Julius und Nicolaus sind nicht in eure Wohnung gegangen, sondern sie sind auch nach Niederfreden geritten. Sie wollten Andreas von den Geschehnissen hier in Wolfenbüttel und in Helmstedt berichten.«

Einen Moment lang war Agnes empört.

»Diese Nichtsnutze sollten sehen, dass sie ihre eigenen Angelegenheiten in Ordnung bringen!«

»Aber es hängt doch irgendwie alles miteinander zusammen und da ist es vielleicht gut, dass Andreas und Konrad wissen, was hier los ist!«, entgegnete Barbara beruhigend.

»Ja, du hast wahrscheinlich recht«, seufzte Agnes. »Es ist nur ... *ich* hätte dorthin reiten sollen. Warum sind wir Frauen nur immer so gefesselt?«

In diesem Moment wurde laut und anhaltend an die Wohnungstür geklopft. Stimmengewirr erscholl in der Diele, nachdem eine Magd geöffnet hatte. Dann flog die Tür zur Wohnstube auf und zwei sichtlich betretene Büttel des Schlosses standen im Rahmen.

»Frau Agnes von Velten? Ihr habt uns ohne Widerstand zu folgen. Für Euch ist nach einer Anzeige eine Befragung vor dem Hofgericht angeordnet!«

Agnes war sehr blass geworden.

»Darf man erfahren, um was für eine Anzeige es sich handelt?«

»Hochverrat, Mord und Zauberei.«

Barbara, die sich schützend dicht neben Agnes gestellt hatte, fuhr die Büttel an:

»Das ist doch sicher ein grauenhafter Irrtum. Ihr sprecht von der Zwillingsschwester meines Mannes Andreas Riebestahl, Beamter des Hofes.«

»Man hat uns mit der Aufgabe, Frau Agnes von Velten zu arrestieren, hierhergeschickt, und die erledigen wir. Alles andere ist Sache des Gerichts. Leistet nun bitte keinen weiteren Widerstand!«, entgegnete der Büttel nun etwas drohender und trat einen Schritt auf Agnes zu. Diese erwiderte rasch:

»Jaja, ich folge euch schon, denn ich weiß, dass es sich hier um einen Irrtum handelt, der schnell aufgeklärt werden wird.«

Sie wandte sich zu Barbara:

»Schick einen Boten nach Niederfreden. Tue selbst nichts Unüberlegtes! Denk an deine und an meine Kinder!«

Dann warf sie sich ihren Umhang um und folgte den Bütteln aus der Wohnung. Sie war sich dabei gar nicht so sicher, dass ihre impulsive Schwägerin ihren Worten Folge leisten würde.

Vor der Haustür warteten vier weitere Büttel und Agnes wurde in die Mitte der Eskorte genommen und die wenigen Schritte von der Wohnung der Riebestahls bis zum Schloss geführt.

Schon auf dieser kurzen Strecke begann ein neuer Spießrutenlauf für Agnes, denn es hatte sich in Windeseile herumgesprochen, dass die Zaubersche, die in ihrer Mädchenschule so lange unerkannt ihr Hexenwerk treiben konnte, endlich wirklich festgenommen worden sein sollte.

Diesmal ging es nicht zur Wachstube, sondern zu einem rückwärtig gelegenen älteren Teil des Schlosses. Über einen kleinen, ungepflasterten Hof wurde sie zu einem Torbogen geführt, von dem aus sich eine steile Treppe nach unten wand. Am Fuße der Treppe befand sich rechts eine abgeteilte Wachstube, in der zwei Festungswächter träge mit Würfeln spielten, aber sofort Haltung annahmen, als sie der Ankömmlinge gewahr wurden.

»Agnes von Velten, verhaftet auf Befehl des Kanzlers, zu verbringen in eine sichere Zelle zum Aufenthalt, bis ihr Verhör beginnt«, meldete der Anführer der Büttel.

Einer der beiden Würfelspieler griff nach einem großen Schlüsselring, rasselte kurz damit und winkte der Eskorte, ihm zu folgen.

Weiter ging es durch einen langen steinernen Gang, der nur hier und dort notdürftig von qualmenden Fackeln erleuchtet wurde. In regelmäßigen Abständen gingen links und rechts Türen von dem Gang ab und hinter einer vernahm Agnes schockiert eine flehende Stimme, die schrie:

»Ich hab doch nichts getan. So lasst mich doch raus!«

Ehe sie sich's versah, wurde eine der Türen aufgeschlossen, Agnes in den dahinterliegenden Raum geschoben und die Tür hinter ihr wieder verschlossen.

Die Beine gaben unter Agnes nach und sie sank kraftlos auf eine Strohschütte neben der Tür. Wogen der Übelkeit überrollten sie und sie schaffte es gerade noch, sich auf

Händen und Knien kriechend ein Stück von der Strohschütte in eine Ecke zu entfernen, ehe sie sich gewaltsam
übergeben musste.

Sehr langsam kam sie wieder einigermaßen zu sich und
schaute sich in ihrem Gefängnis um.

Man hatte in eine Halterung eine Fackel gesteckt, die
den Raum ein wenig erleuchtete. Außer der Strohschütte,
einem Eimer, in den sie wohl ihre Notdurft verrichten
sollte, und einer schmalen an der Wand angebrachten
Bank gab es in der Zelle nichts zu entdecken. Im unteren
Drittel der Tür befand sich eine schmale Klappe, durch
die wahrscheinlich das Essen gereicht werden würde. Es
war feucht und recht kalt und Agnes zog schaudernd
ihren Umhang enger um sich.

»Mein Gott, wer hat mich angezeigt und wie kommt
es, dass man diese Anzeige entgegengenommen hat?«

Agnes konnte sich nicht vorstellen, dass das Fürstenpaar von dieser Sache etwas wusste, war es doch die strikte
Politik von Herzog Julius, Hexenprozesse zu vermeiden.
Und außerdem wusste doch Hedwig alles über Agnes
und ihr Schicksal und würde sich sofort schützend vor sie
stellen. Nein, hier waren andere Kräfte am Werk, und es
würde nur wichtig sein, dass diejenigen, die Agnes helfen
konnten, möglichst schnell von ihrem Schicksal erfuhren.

Ob Barbara schon etwas in die Wege geleitet hatte?
Angesichts der Erinnerung an Barbaras aufbegehrende
und empörte Miene bei der Verhaftung fühlte sich Agnes
etwas getröstet. Der Schreck und die Aufregung forderten
ihren Tribut und sie schlief, an die kalte Wand gelehnt,
im Sitzen ein.

Als sie von Schlüsselgeräuschen in der Tür wieder auf-
wachte, musste geraume Zeit vergangen sein, denn die

Fackel brannte nicht mehr, sondern glühte nur noch sehr schwach.

»Mitkommen!«, raunzte der Wächter, der sie abholte, kurz angebunden.

Agnes erhob sich und stieß einen kleinen Schrei aus, als das Blut in ihren Beinen zu zirkulieren begann. Durch ihre ungünstige Haltung waren ihr die Beine eingeschlafen.

Der Wächter interpretierte den Schrei allerdings als den Anfang eines Angriffs auf seine Person, fuhr ein Stück zurück und rief mit Panik in der Stimme einen zweiten Wächter herbei. Grob wurde Agnes nun an beiden Armen gepackt und fast aus der Zelle geschleift.

Es ging nicht, wie sie gehofft hatte, aus dem Gang hinaus die Treppe empor, sondern in die andere Richtung, tiefer in den dunklen Gang hinein. Am Ende befand sich eine weitere Treppe, die in noch dunklere Tiefen des Verlieses führten. Am Ende der Treppe öffnete sich ein großer Keller, an dessen gegenüberliegender Wand ein munteres Feuer in einer riesigen Esse flackerte. Überall im Keller standen seltsam anmutende Gerätschaften herum, deren Sinn sich Agnes plötzlich gewaltsam enthüllte, als sie eine Vorrichtung als Streckbank erkannte.

»Nein!«, schrie sie. »Was führt ihr mich hierher?«

Ihre Wächter schleiften sie ein Stück weiter vor einen Tisch, hinter dem drei Männer saßen, welche sie mit strengen Blicken betrachteten.

»Agnes von Velten, dies ist eine erste Vernehmung. Es liegt in Eurer eigenen Macht, all diesem hier zu entgehen«, begann der in der Mitte sitzende Mann, auf die Foltergeräte um sich herum weisend. »Ich bin Richter des Peinlichen Gerichtes und diese beiden Herren sind meine Assessoren.«

254

Jetzt erkannte Agnes den Richter Heinrich von Schadenberg. Sie war ihm bereits bei einem fürstlichen Fest vorgestellt worden und sie wusste, dass er ein strikter Gegner ihres Bruders Andreas am Hofe war. Seiner Ansicht nach hatte der bürgerliche Pfarrerssohn entschieden zu viele Befugnisse, die er sich, wie von Schadenberg meinte, durch allerlei Schliche erworben hatte, da er seit jungen Jahren mit dem Herzogspaar befreundet war.

»Es liegt eine Anklage gegen Euch vor, die beinhaltet, dass Ihr Euch in jungen Jahren durch ein Bündnis mit dem Teufel die Macht erworben habt, Menschen, ja hochgestellte Herrschaften, zu beeinflussen. Weiter sollt Ihr durch diese Macht einen Adligen dazu gebracht haben, Euch die Ehe anzubieten, obwohl Ihr bereits einen Bankert aus der Teufelsbuhlschaft empfangen und geboren hattet. Eure Verruchtheit soll in der Gründung einer sogenannten ›Mädchenschule‹ gegipfelt haben, in der ihr nach Zeugenaussagen arme weibliche Seelen verführt, die göttliche Ordnung zu vergessen.«

Agnes japste ein wenig, schluckte und begann hysterisch zu lachen:

»Ach, daher weht der Wind, Sophie Niedermayer verspritzt weiterhin ihr Gift!«

»Schweigt, Weib, Ihr habt nur zu reden, wenn es Euch gestattet worden ist!«, herrschte einer der Assessoren Agnes an.

»Im Folgenden werden Euch die Vorwürfe im Einzelnen dargelegt werden und Ihr könnt dazu Stellung nehmen. Aber nehmt Euch in Acht, Weib, es gibt Methoden, Euch der Lüge zu überführen!«, fuhr der Richter fort. »Zunächst der Vorwurf der Teufelsbuhlschaft. Was habt Ihr dazu zu sagen?«

»Die Untat eines Mannes, die ich als 14-Jährige erleiden musste, soll mir nun zum Verhängnis werden? Er fiel über mich her, vergewaltigte mich und wurde später dafür verurteilt!«, erwiderte Agnes erbittert.

»Und er gab vor Gericht zu, dass er es nicht selbst gewesen sei, sondern der Teufel in ihn gekommen sei!«, fügte der Richter hinzu. »Ein Beweis dafür, dass Ihr ihm willig wart, ist, dass Ihr das Kind, das der Buhlschaft entsprungen ist, behalten habt und sogar Euren späteren Ehemann dazu gebracht habt, ihn an Sohnes statt anzuerkennen!«

»Es war nur die Liebe einer Mutter, die mich das Kind behalten ließ, und es war die unendliche Liebe und Güte meines Ehemannes, dass er mir nicht zum Vorwurf machte, wofür ich nichts konnte!«

»So leugnet Ihr denn also, einen Pakt mit dem Teufel eingegangen zu sein?«

»Ja, denn es gibt weder Hexen noch Zauberei. Seit jeher wurden Frauen angeklagt, die einfach nur neue Wege beschritten. Die Menschen haben Angst vor Neuerungen und Angst vor Dingen, die sie nicht verstehen. Neid und Missgunst tun ihr Übriges dazu und deshalb stehe ich heute hier!«

»Ihr wollt also einfach leugnen, was selbst an den höchsten Universitäten ohne nennenswerte Widerlegungen gelehrt wird? Das ist wahrhaftig vermessen und riecht nach dem Atem des Leibhaftigen!«

Der Richter wandte sich seinen Assessoren zu:

»Das Weib leugnet die Teufelsbuhlschaft. Damit wären die anderen Vorwürfe ebenfalls hinfällig, denn sie folgen aus der Anklage der Teufelsbuhlschaft. Das Weib leugnet sogar, dass es Hexerei und Zauberei gibt! Was sollen wir mit ihr machen?«

»Man muss sie einer Probe unterziehen, denn so wird man nicht weiterkommen! Mir scheint die Wasserprobe doch immer noch als die effektivste Möglichkeit, eine Hexe zu überführen«, meinte der eine Beisitzer, nachdenklich den Kopf wiegend.

Agnes schnappte hart nach Luft. Die Wasserprobe war eine gebräuchliche und aberwitzige Methode, sich des unliebsamen Opfers zu entledigen. Wurde dieses dabei doch gefesselt in tiefes Wasser geworfen. Trieb es an der Oberfläche und versank nicht, war es der Hexerei überführt, versank es aber, so war zwar seine Unschuld bewiesen, doch dieses nützte ihm in diesem Leben nichts mehr, denn es war dann ja ertrunken.

Der andere Beisitzer schüttelte den Kopf.

»Wir dürfen diesen Fall nicht allein verhandeln! Sie hat mächtige Gönner und ihr böser Einfluss könnte dem ganzen Hofe sehr zum Schaden gereichen!«

Auch Richter von Schadenberg wagte den nächsten Schritt nicht, obwohl er es sehr bedauerte.

»Wir werden eine Anfrage an die theologische Fakultät in Helmstedt richten, wie in solch einem Fall zu verfahren ist. Bis wir Antwort erhalten haben, verbleibt die Frau in Kerkerhaft.«

Er schlug die dicke Rechtsordnung, die er vor sich liegen hatte, mit einem ärgerlichen Schwung zu, erhob sich und befahl den Wächtern, Agnes abzuführen.

Nachdem sich erneut die Kerkertür hinter Agnes geschlossen hatte, starrte diese eine lange Weile an die gegenüberliegende Wand.

30. KAPITEL

Niederfreden, Wolfenbüttel

DIE PFERDE STANDEN GESATTELT BEREIT. Eile war geboten, zurück nach Wolfenbüttel zu gelangen. Konrad und Andreas waren zu diesem Schluss gekommen, nachdem sie sich in Anwesenheit des Amtsvogtes gegenseitig über alle Entwicklungen informiert hatten. Den Ausschlag hatte schließlich der Bericht der beiden Studenten gegeben.

Wie von Geisterhand vor seine Augen geschrieben, erkannte Konrad schließlich das ganze Muster: Was in Niederfreden und Umgebung geschehen war, würde seine Vollendung in Wolfenbüttel erhalten. Deswegen war es auch sinnlos, hier weiter nach Magdalene und ihrem Gefährten zu suchen, sie war mit Sicherheit nicht mehr hier!

Einige Formalitäten waren noch zu klären, nicht zuletzt waren Anordnungen über die weitere Behandlung und den Transport des verletzten zu Hohenstede, der sich mit seinem gebrochenen Bein zwar nicht bewegen konnte, nach einer fachgerechten ärztlichen Versorgung aber durchaus in einer Kutsche reisen konnte, zu erteilen.

Konrad erbat sich noch einen kurzen Aufschub, um sich von Christine verabschieden zu können. In seinem Bericht hatte er ganz vorsichtig durchscheinen lassen, dass ihn mit ihr mehr verband als die reine Bekanntschaft mit einem Zeugen. Andreas mahnte ihn, sich kurz zu fassen, und Konrad rannte fast vom Hof. Doch schon im Tor stieß er mit Opfermann Bindig zusammen, der es seinerseits sehr eilig zu haben schien, ins Amt zu kommen.

»Herr Bindig, gestattet gnädigst, dass ich mich noch schnell von Eurer Tochter …«

Weiter kam er nicht, denn Bindig fiel ihm ins Wort:

»Christine, sie ist weg. Ich weiß nicht, wo ich noch suchen soll!«

Verdattert fragte Konrad:

»Weg? Sie kann doch nicht weit sein und ihre Magd weiß doch sicher …«

»Nein, nein, die Magd wollte sie heute Morgen wecken und fand das Bett unberührt und von Christine keine Spur!«

Konrad merkte, wie ihm kalter Schweiß auf die Stirn trat.

»Hat sie in letzter Zeit etwas über ihre Herkunft in Erfahrung gebracht? Ist die Erinnerung zurückgekehrt?«

»Nein, sicher nicht, sie war ein wenig still nach ihrer Ohnmacht vor ein paar Tagen. Als Ihr dann verschwunden wart, wollte sie unbedingt alles wissen, was ich darüber in Erfahrung bringen konnte. Das war doch aber nicht viel. Nur dass Ihr im Hexenhaus verschwunden wart.«

Konrad stöhnte. Entweder war Christine unvorsichtig aufgebrochen, um nach ihm zu suchen, was er für nicht sehr wahrscheinlich hielt. Eher noch waren ihr Erinnerungen gekommen, denen sie folgen zu müssen glaubte. Oder Magdalene hatte sie, ihre ›andere Seite‹, mitgenommen, um ihr Werk als ›ganze Person‹ zu vollenden.

»Herr Bindig, wir müssen sofort nach Wolfenbüttel reiten. Es kann sein, dass Christines Verschwinden mit dem, was wir dort verhindern müssen, zusammenhängt.

Bitte begebt Euch zum Amtsvogt und bittet ihn, dass man auch in den Wäldern nach Christine sucht!«

»Was hat Christine mit Eurem Anliegen in Wolfenbüttel zu tun?«, fragte Bindig verwirrt.

»Ich kann Euch das jetzt nicht auf die Schnelle erklären, Eile ist geboten. Aber es hat etwas mit Christines Zwillingsschwester Magdalene zu tun!«, versuchte Konrad, Bindig abzuschütteln.

»Magdalene? Sie ist seit der Hexenverbrennung verschwunden. Man glaubt, dass sie in den Wäldern umgekommen ist!«

»Nein, nein, sie lebt und hat Christine die ganzen Jahre lang nicht aus den Augen gelassen!«

»Dann komme ich mit nach Wolfenbüttel. Das könnt Ihr mir nicht verwehren!«

Seufzend begab sich Konrad zu seinem Onkel, um ihm den weiteren Aufschub zu erklären.

»Wir warten nicht länger als zehn Minuten, dann reiten wir los!«, bestimmte Andreas.

Doch Bindig hatte dem verwirrten Amtsvogt in wenigen Minuten das Versprechen abgenommen, in den Wäldern nach Christine suchen zu lassen, und ihn darüber hinaus überredet, ihm ein für einen Büttel gesatteltes Pferd leihweise zu überlassen. Vor Ablauf der Frist saß er im Sattel und die Männer trieben ihre Pferde in scharfem Galopp vom Amtshof auf die Straße nach Wolfenbüttel.

Doch wie es das Unglück wollte, ließ sich das scharfe Tempo nicht einmal bis zu dem Dorf Barum beibehalten. Bindig, des Reitens sichtlich ungewohnt, war schon früh zurückgefallen und man musste mehrmals anhalten, um auf ihn zu warten. Kurz vor Barum verlor das Pferd Konrads ein Hufeisen und die Tiere der anderen zeigten ob des scharfen Tempos auch schon unübersehbare Ermüdungserscheinungen.

Andreas gelang es in dem Wirtshaus, das für die herzoglichen Meldereiter als Station zum Pferdewechsel diente, den Wirt davon zu überzeugen, dass man ihm wenigstens zwei frische Pferde überließ. Streng mahnte er dann seine Neffen Julius und Nicolaus, mit Bindig so lange hier auszuharren, bis sich deren Pferde einigermaßen erholt hatten.

Doch auch Andreas und Konrad ritten erst in Wolfenbüttel ein, als sich die Abendsonne schon dem Horizont näherte.

In Wolfenbüttel lenkten sie ihre Pferde zunächst auf den Schlosshof und verlangten von einem Wachhabenden zu erfahren, ob sich der Thronfolger Heinrich Julius immer noch in Wolfenbüttel aufhielte.

Der Befragte bedachte Andreas mit einem langen, seltsamen Blick und gab dann die Auskunft, dass sich der Thronfolger wohl im Schloss befände, nicht aber seine Eltern, das Fürstenpaar.

Andreas wusste, dass Herzog Julius mit seiner Frau Hedwig zu einem Besuch auf Schloss Hessen, das Herzog Julius in seiner Thronfolgerzeit zu einem wahrhaft herrschaftlichen Sitz ausgebaut hatte, aufgebrochen waren, und gab dem Wachhabenden Anweisung, dass man ihn dem Thronfolger melden solle, da er mit dringenden Nachrichten, die sofortiger Anhörung bedurften, gekommen sei.

Der Wachhabende gab das Anliegen von Andreas weiter, drehte sich dann aber wieder zu diesem um und räusperte sich verlegen.

»Hat Er noch was?«, fragte Andreas, nun doch aufmerksam geworden.

»Es geziemt mir vielleicht nicht, Euch dies zu melden, doch denke ich, dass Ihr es wissen solltet, bevor Ihr Prinz Heinrich Julius trefft. Eure Schwester Agnes von Velten sitzt im Verlies ein. Sie ist heute infolge einer Anzeige verhaftet worden. Und es heißt, dass Prinz Heinrich Julius von dieser Verhaftung Kenntnis habe.«

Andreas und Konrad waren bei diesen Worten immer blasser geworden.

»Veranlasst umgehend, dass wir bei dem Prinzen gemeldet und vorgelassen werden!«, befahl er dem Soldaten.

Der Wachhabende drehte sich erleichtert auf den Hacken um und eilte, den Befehl auszuführen. Andreas und Konrad führten ihre Pferde vor die Schlossstallungen und baten einen Pferdeknecht, sie vorerst zu versorgen, da sie einen scharfen Ritt hinter sich hätten. Dann postierten sie sich vor dem Trakt des Schlosses, in dem die Gemächer des Fürstenpaares und ihres Thronfolgers untergebracht waren. Sie mussten jedoch nicht lange warten, denn ein Bediensteter trat hinaus und gab ihnen Meldung, dass der Erbprinz sich im Moment in einer wichtigen Disputation mit einigen Gelehrten, die er aufs Schloss geladen habe, befände und keinesfalls heute noch gestört werden könne.

Andreas schob den Bediensteten einfach zur Seite und wollte mit Konrad im Schlepptau den Schlosstrakt stürmen, doch in der großen Halle wurden sie sofort von zwei Wachsoldaten mit gekreuzten Speeren aufgehalten. Wutentbrannt versuchte Andreas, die Speere auseinanderzuschieben, was sofort aus allen Ecken andere Soldaten auf den Plan brachte, die die beiden Eindringlinge umringten und mit gezogenen Schwertern in Schach hielten. Ein Offizier trat herzu.

»Hofrat Riebestahl, was ficht Euch an, hier gewaltsam eindringen zu wollen?«, fragte dieser sichtlich überrascht.

»Es ist große Gefahr im Verzug und wir müssen sofort den Erbprinzen sprechen!«, grollte Andreas.

Der Offizier flüsterte dem inzwischen wieder bereitstehenden Bediensteten etwas zu und dieser verschwand hinter der Tür, die zu den Gemächern führte.

Nicht viel später kam dieser jedoch wieder zurück und verkündete laut:

»Seine Fürstliche Gnaden haben angeordnet, dass man die beiden Ruhestörer abführen und vorerst in Gewahrsam nehmen solle, bis seine Fürstliche Gnaden Zeit haben, sich um das Anliegen dieser zu kümmern.«

Empört wollte Konrad sich wehren und machte eine Bewegung, die einer der Soldaten als Angriff interpretierte. Er richtete sein Schwert gegen Konrads Brust und hätte ihn niedergestochen, hätte nicht ein anderer Soldat, der hinter Konrad stand, diesem im gleichen Augenblick den Knauf seines Schwertes in den Nacken geschlagen, sodass der junge Mann bewusstlos zusammenbrach. Andreas stöhnte auf, fügte sich aber der Übermacht.

»Bitte sperrt mich zusammen mit meinem Neffen ein, damit ich mich um ihn kümmern kann! Und meldet dem Erbprinzen, dass es wahrhaftig mit unserer Meldung um sein Leben geht und er uns nicht zu lange warten lassen sollte!«

Wenigstens ersterem Wunsch entsprachen die Soldaten, die sich zutiefst verunsichert fühlten, dass der beliebte Hofrat plötzlich so in Ungnade gefallen sein sollte, indem die einen Andreas abführten, andere Konrad an den Armen hochzogen und in ihrer Mitte über den Hof zu den Verliesen schleiften.

Als der Zug sich durch den Torbogen, der vom hinteren zum vorderen Schlosshof führte, bewegte, kamen ihm zwei Frauen entgegen. Die eine, wie eine einfache Bürgerfrau gekleidet, senkte züchtig den Blick, doch konnte Andreas erkennen, dass sie sehr jung und hübsch war. Die andere war eher wie eine Tagelöhnerin gekleidet, hatte ihr Gesicht fast vollständig in ein Kopftuch gehüllt, sodass noch nicht einmal zu erkennen war, ob sie alt oder jung war.

Beide Frauen drückten sich eng an die Wand des Torbogens, um die Soldaten passieren zu lassen. Andreas fiel auf, dass die Augen der jungen Bürgerin ihn nun anstarrten, aber auch nicht weiterwanderten, als er aus ihrem Blick geraten sein musste. Sie starrte einfach weiter und änderte ihre Haltung nicht. Als er sich kurz umdrehte, um ihr nachzublicken, hatte die andere Frau sie aber schon weitergezogen.

Ein unsanfter Stoß zwischen die Schulterblätter bedeutete Andreas, seinen Schritt zu beschleunigen, und er vergaß die sonderbare Begegnung wieder angesichts der Schmach, vor den Augen der gesamten Schlosswache und einiger Bediensteter wie ein Verbrecher abgeführt zu werden.

31. KAPITEL

Niederfreden, Wolfenbüttel

WILLENLOS LIESS SICH CHRISTINE von ihrer Schwester immer weiterziehen. Sie spürte, dass der Weg nur auf einen entsetzlichen Abgrund zuführen konnte, aber sie hatte nicht das kleinste Quäntchen Kraft, sich zu widersetzen.

Meine Schwester, meine andere Hälfte!, dachte sie ein hundertstes Mal erstaunt. Ich wusste, dass es dich gab, und wusste es auch nicht. Ich habe dich vermisst und doch fehltest du mir nicht!

In der Nacht war sie plötzlich aufgewacht und hatte, anstatt entsetzlich zu erschrecken, die seltsam tröstliche Gegenwart einer anderen Person neben sich gespürt. Sie hielt ihre Hand und raunte seltsame Worte vor sich hin.

»Wer bist du?«, hatte sie gehaucht.

»Du weißt es doch, ich war doch schon immer da! Ich bin's, Magdalene!«

Christine konnte nicht sagen, ob das, was sich nun in ihrem Kopf abspielte, Stunden einnahm oder nur wenige Sekunden. Gewaltsame Szenen in grellen Farben spielten sich vor ihr ab:

Sie saß auf einer Lichtung im Wald und ihr gegenüber saß sie selbst. Sie und ihr zweites Ich banden kleine Wildblumenkränze und sangen dabei ein Liedchen:

›Wir woll'n den Kranz binden.

So binden wir den Kranz.

Liebe Tine, sage fein,

Wie soll der Kranz gebunden sein.

Wir woll'n den Kranz lösen.

So lösen wir den Kranz.

Liebe Lene, sage fein,

Wie soll der Kranz gelöset sein.‹

Gegenseitig setzten sie sich die Kränzlein auf, nahmen sich an der Hand und liefen in die Arme einer Frau, von der Christine automatisch wusste: Mutter. Als sie die Mutter fast erreicht hatten, ragte hinter dieser eine andere, dunkle Gestalt auf und hob die Mutter weg.

Ihr anderes Ich und Christine knieten auf dem Boden in einer Hütte und pulten Erbsen in einen Topf. Über dem Ganzen schwebte eine liebliche Stimme – die Stimme der Mutter, die am Spinnrad saß und ein wehmütiges Lied von verlorener Liebe sang. Plötzlich verkehrte sich die liebliche Stimme in ein kreischendes Wimmern und sie sang nicht mehr von der Liebe, sondern deutlich vernahm man die Worte: »Alle Zauberschen müssen brennen!« Die Mutter verfiel vor den Augen von Christine zu einem Haufen Asche, ihr anderes Ich fing die Asche in den Händen auf und verstreute sie, sich um sich selbst drehend, in der ganzen Hütte.

Das nächste Bild zeigte Christine und ihr anderes Ich am Bach. Mit klammen Händen wrangen sie Wäsche aus, während die milde Stimme der Mutter mahnte, sie sollten sich doch gemeinsam noch ein bisschen mehr bemühen. Ein dunkler Wind fuhr über die Szene und im nächsten Moment sah Christine Rauch, der ihr anderes Ich, das den Mund zu einem entsetzten Schrei geöffnet hatte, einhüllte. Als sich der Rauch wieder hob, war ihr anderes Ich verschwunden und es gab nur noch sie.

»Du bist mein anderes Ich!«, entfuhr es Christine.

»Nein, nicht dein anderes Ich, ich bin nur der andere Teil deines Ichs. Ich bin deine Zwillingsschwester! Einst waren wir ein Ganzes, doch wir wurden getrennt.«

Verwirrt strich sich Christine über ihr Gesicht, dann langte sie dorthin, wo sie das Gesicht ihrer Besucherin vermutete, und tastete es ab.

»Du bist ich und ich bin du!«, fuhr Magdalene fort. »Als man unsere Mutter verbrannte, hast du dich für das Vergessen entschieden, ich entschied mich für die Rache. Doch das Vergessen ist der falsche Weg. Wir müssen wieder ganz werden und die Rache für unsere Mutter vollenden.«

»Die Morde, die Herr Konrad aufklären will, das warst du?«, entfuhr es Christine fast tonlos.

»Hihi, den magst du sehr gerne, den Herrn Konrad, nicht wahr? Siehst du, das ist unser Gemeinsames! Aber sag nicht Morde, sondern sage: die Bestrafungen. Denn Bestrafungen sind es für die falschen Kläger. Höre dieses Gedicht:

»Das ist die wahrhafte zauberei:
Der nase schnüfflei,
des munnes gered,
des ohres gerücht,
des gemächtes gier
des hirnes trägheit.
des rückens gebuckel
aus des fürsten vorbild seht ihrs hier.
Die untertanen gehen in der straf voran,
die zum schluss an ihm getan.«

Dann hatte Magdalene ihrer Schwester leise die ganze Geschichte ins Ohr gehaucht. Christine war es hinterher, als hätte sie schon immer alles gewusst, nur nicht ins

267

Bewusstsein gelassen. Auch war sie nicht erstaunt, als Magdalene ihr erzählte, dass sie schon sehr oft des Nachts in ihr Zimmer gekommen war und sich neben sie gelegt hatte. Es war, als höbe sich plötzlich ein Schleier von dem Leben, das sie in den letzten Jahren gekannt hatte, und nun war sichtbar, dass das Ganze viel größer war als das Leben als blinde Tochter des Opfermannes.

»Warum bin ich blind geworden? Ich konnte doch früher sehen?«

»Das war der Teil unseres Ichs, der nicht ertragen konnte, was er gesehen hat. Wenn unser Werk vollendet ist, wird dieser Teil von uns erlöst werden, glaube mir!«, beschwor Magdalene sie. »Komm, es ist Zeit, dass die Aufgabe vollendet wird!«

Als wenn eine Geisterhand sie aufrichtete und voranschob, bewegte sich Christine an der Hand der Schwester fort aus dem Haus, in dem sie so viele Jahre verbracht hatte, aus dem Dorf, das sie schützend eingehüllt hatte. Es war, als sei ihre Blindheit bereits dadurch aufgehoben worden, dass Magdalene sehen konnte.

Vor dem Dorf wartete Oskar mit einem Pferd auf die beiden Frauen. Ohne Mühe hob er Christine in den Sattel und Magdalene schwang sich dahinter. Auch Oskar schien Christine vertraut, wie ein Bruder, der schon immer da gewesen war. Sein unverständliches Brummeln, das anscheinend von Gesten begleitet war, denen Magdalene den Sinn entnehmen konnte, übersetzte Magdalene für die Schwester.

»Oskar sagt, dass wir kurz vor Sonnenaufgang vor Wolfenbüttel sein werden. Der Mond scheint hell und der Weg ist trocken.«

Der Ritt durch die Nacht war für Christines gesunde Sinne von einem Meer an Empfindungen begleitet. Das gedämpfte Klappern der Hufe des Pferdes, der schwere Schritt Oskars, der warme Leib unter und der andere warme Leib hinter ihr, die Geräusche der Nacht, die hier im Wald so viel wilder klangen als zu Hause, die kalte Herbstluft, die auf ihren Wangen brannte, die beschwörenden Worte von Magdalene, die sie immer mehr vergessen ließen, dass sie sich noch vor Kurzem nach ganz anderen Dingen gesehnt hatte als nach mordender Rache. Immer deutlicher wurde ihr, dass sie nur ganz sein konnte, wenn sie mit Magdalene als Ganzes handelte. Ab und zu stahl sich die warme, humorvolle Stimme Konrads zwischen die gemurmelten Worte Magdalenes. Doch ehe sich der Gedanke verfestigen konnte, dass es Unrecht sein könnte, wozu ihr Ganzes sich berufen fühlte, zerstreuten die warnenden Worte Magdalenes ihn mit den Worten:

»Du denkst an Herrn Konrad, nicht wahr? Aber glaube mir, die Liebe eines Mannes kann es für Katharinas Töchter nicht geben, ehe sie die Gewalt der Männer, Frauen als Hexen zu verbrennen, zerstört haben! Und die Liebe Konrads werden wir nicht erlangen können, wenn er nicht erkennen kann, dass alles Strafen seine Richtigkeit hatte!«

Wie Oskar vorausgesagt hatte, waren sie kurz vor Sonnenaufgang vor den Toren Wolfenbüttels angekommen.

»Wir warten hier vor dem Tor, bis die Marktfrauen Einlass begehren, und mischen uns unter sie. Niemand wird uns Beachtung schenken, denn ich werde mir ein paar Ziegenfelle aufladen und dir werde ich eine Kiepe mit Kräutern auf den Rücken schnallen. Beides trägt Oskar bereits mit sich. Oskar wartet hier vor dem Tor auf uns«, klärte Magdalene Christine auf.

Wenig später waren die ersten nahenden Stimmen der Bauersfrauen, die vom Land zur Dammfestung strömten, zu hören. Christine spürte, wie Magdalene sie in einen Umhang aus rauer Wolle hüllte und ihr ein wollenes Tuch um Kopf und Schultern schlang.

»Halt dich an meinem Umhang fest, dann sieht nicht gleich ein jeder, dass du blind bist!«, befahl Magdalene.

Die ersten Bauernkarren rumpelten an ihnen vorbei und die beiden Schwestern reihten sich in den Zug der Marktweiber ein und fielen nicht mehr auf unter ihnen.

»Wir kommen jetzt durch das Mühlentor, dann sind wir schon in der Dammfestung. Dann wird man gleich das Schloss sehen. Der Markt findet auf dem Platz davor statt und wir werden eine Möglichkeit finden, unauffällig ins Schloss zu gelangen.«

Inmitten des Getümmels, in dem Marktstände aufgebaut wurden, Neuigkeiten ausgetauscht und kleine Rangeleien um den besten Platz für die Stände ausgeführt wurden, nahm Magdalene Christine den groben Umhang und das Tuch wieder ab.

»Es ist besser, dass du aussiehst, wie du aussiehst, denn einen unschuldigeren Anblick kann ich mir nicht vorstellen«, versicherte sie.

Langsam näherten die beiden Schwestern sich nun dem Schloss und Christine spürte dumpf durch die Festung, die Magdalene mit ihren Erzählungen um sie herum errichtet hatte, dass etwas nicht stimmte. Sie konnte es nur nicht fassen.

Christine hörte ein leises Rauschen und Plätschern und Magdalene raunte ihr zu, dass sie sich jetzt auf der Brücke, die über den Schlossgraben führte, befanden.

»Wir müssen durch das erste Tor, das wird die schwierigste Aufgabe sein, denn es wird bewacht. Wenn wir dann im vorderen Schlosshof sind, werden wir nicht mehr

auffallen. Lass mich alles machen, tu einfach nur sehr
schüchtern und schlage die Augen nieder. Dann wird man
noch nicht einmal merken, dass du blind bist.«

»Halt, wer begehrt Einlass?«, fragte auch schon eine
barsche Stimme und Christine nahm mit ihrem feinen
Gespür für die Aura der Menschen wahr, dass zwei Männer unmittelbar vor ihnen standen.

»Holla, Euer Gnaden, fein gewacht!«, kicherte Magdalene wie ein altes Weib, und hätte Christine es nicht
besser gewusst, hätte sie schwören können, dass auch ein
altes Weib neben ihr stand, denn auf einmal verströmte
Magdalene auch einen seltsamen muffigen Geruch, wie
man ihn manchmal bei alten, armen Menschen wahrnahm.

»Dieses Mägdelein, mein Enkeltöchterchen, soll vorstellig werden in der Küche. Ihre Gnaden, die ehren-
werte Schlossköchin, ist meine Base und mir noch einen
Gefallen schuldig. Da will sie es mit meiner Tine mal
versuchen.«

Christine merkte, dass Magdalene ihren Körper näher
an die Soldaten bewegte, und hörte sogleich den Ausruf:

»Bei meiner Seel, Weib, geht weiter. Du stinkst zum
Erbarmen, aber dein Mädchen sieht ja wirklich lecker
aus!«

Magdalene zog Christine an den Männern vorbei,
wobei der eine Soldat es nicht unterließ, Letzterer durch
die Röcke in eine Hinterbacke zu kneifen und ihr zuzu-
raunen:

»Ich hoffe, man sieht sich dann öfter, meine Schöne!«

Christine stieß einen kleinen Schreckensschrei aus,
senkte ihr Haupt noch tiefer und hörte empört wiehern-
des Gelächter hinter sich.

»Willkommen in der wahren Welt, Schwester!«, lachte Magdalene kurz und bitter auf, aber nun hatten sie schon die erste schwere Hürde genommen und standen im Schlosshof.

»Es ist noch recht früh am Tag und vor Einbruch der Dunkelheit werden wir unser Werk nicht beginnen können. Da heißt es nun: nicht auffallen. Wir müssen ein verstecktes Plätzchen finden, wo wir warten können und keiner unseren Müßiggang sieht. Denn lass dir sagen, hier herrscht ein Rennen und Schaffen, wie du vielleicht hören kannst.«

Tatsächlich hörte Christine, dass sich aus allen Richtungen geschäftige Schritte kreuzten, Karren gezogen wurden, Pferde geführt wurden und einander Befehle oder Grüße zugerufen wurden. Einmal wurde sie sogar grob angerempelt und eine ungeduldige Stimme herrschte sie an:

»Was hältste Maulaffen feil, Mädel, haste nichts zu tun?«

Eilig zog Magdalene Christine weiter und öffnete eine quietschende Tür.

»Komm, hier ist die Schlosskapelle, hier gibt es ein Kämmerchen, in dem heute keiner was zu schaffen hat! Wir müssen nur diese Treppe hinauf bis zur Orgel. Vorsicht, die Stufen fangen an!«

Tatsächlich befand sich am Ende der Treppe der Zugang zu einer Orgelempore, von der wiederum eine Tür abging, hinter der sich allerlei sakrales Gerümpel befand, wie Magdalene verächtlich feststellte.

»Zumindest wird hier wohl nicht ausgerechnet heute jemand herkommen«, stellte Magdalene zufrieden fest und zog Christine auf einen Stapel alter Kissen, die in einer Ecke lagen.

»Wie kommt es nur, dass du dich überall so gut aus-
kennst? Du musst schon sehr oft hier gewesen sein!«,
wollte Christine einmal mehr erstaunt wissen.

»Ach, nach Wolfenbüttel komme ich schon seit ein
paar Jahren. In dem Moment, als unser Vergeltungsplan
zustande kam, reiste ich in immer neuen Verkleidun-
gen hierher. Ich habe sogar schon ein paar Wochen in
der Küche des Schlosses als Küchenmagd gearbeitet. Ich
wollte mich genau vergewissern, welch Geistes Kind die
heutige Herrschaft und somit das Volk sind. Anfangs sah
es auch gar nicht so aus, als wenn sich die Rache auf den
Fürsten erstrecken würde, denn tatsächlich erlebte ich den
derzeitigen Herzog als sehr milde und aufgeschlossen.«

Magdalene schloss die Augen und erzählte fast träu-
merisch weiter.

»Deinen Herrn Konrad kannte ich schon lange vor dir.
Nein, er wusste nichts von mir, denn ich beobachtete ihn
nur verborgen, als er einst seine Mutter nach dem Tode
ihres Ehegatten zu trösten versuchte. Ein arg herunter-
gekommenes Studentlein war er damals, hihi.«

Christine fuhr hoch.

»Heruntergekommen?«, fragte sie entgeistert.

»Ja, glaub mir, der hatte auch sein Päckchen zu bewältigen. Ein Päckchen, das eng mit seiner Herkunft zusam-
menhing. Doch davon später vielleicht. Ich hatte jedenfalls von der Mädchenschule der Frau Agnes vernommen,
und das hat mich so fasziniert, dass ich mir das aus der
Nähe anschauen wollte. Als Knabe verkleidet, bekam
ich eine Anstellung, dem alten Hausmeister der Schule
zur Hand zu gehen. Das war die Zeit in meinem Leben,
in der ich fast bereit war, auf meine Rache zu verzichten
und ein Leben als gebildete Frau und vielleicht Lehrerin

anzustreben. Doch nach dem Tode vom Eheherrn der Frau Agnes verschlechterte sich deren Situation sofort. Überall wurde über sie getuschelt, dass sie des Teufels Weib gewesen sei und aus dieser Verbindung dein Herr Konrad entstanden sei. Zunächst hat sie das nicht wahrgenommen, denn zu sehr war sie vom Tod ihres Mannes erschüttert, doch in den letzten Wochen konnte sie nicht mehr die Augen davor verschließen, denn mittlerweile ist es wirklich schlimm geworden, wie ich vor einigen Tagen erfahren habe.«

Entsetzt schlug Christine eine Hand vor den Mund und erstickte ein erschrecktes Keuchen. Magdalene fuhr fort:

»Konrad selbst bekam nicht viel mit davon, denn er musste ja sein Studium beenden. Aber ich hatte die Wurzel des Übels bald entdeckt. Es war Neid einer dummen Frau, die Gerüchte über Frau Agnes streute, und es war der Spross des Fürstenhauses, der diesen Gerüchten Bedeutung verlieh. So war es besiegelt, das Gedicht begann sich zu wiederholen und diesem Verlauf musste durch mein Werk Einhalt geboten werden.«

32. KAPITEL

Wolfenbüttel

ERLEICHTERT SAHEN DIE ZWILLINGE Jakob und Nicolaus und Opfermann Bindig die Tore der Dammfestung Wolfenbüttel vor sich aufragen. Mit ein wenig Glück würden sie hoffentlich noch die Wächter am Mühlentor überreden können, sie in die Dammfestung einzulassen. Nicolaus war zuversichtlich, dass der alte Simon den Wachdienst versehen würde, ein alter Haudegen, der seine beste Zeit unter dem alten Herzog Heinrich erlebt hatte und von dem sich die Jungen schon manchmal schaudernd von den alten Schlachten hatten erzählen lassen.

Tatsächlich stand Simon am Tor und hatte nicht übel Lust, seine jungen Bekannten in ein Schwätzchen zu verwickeln, doch sie unterbrachen ihn hastig und fragten, ob ihr Onkel und ihr Bruder bereits in der Stadt angelangt seien. Simon nickte erstaunt ob der Aufgeregtheit und Eile der jungen Herren.

»Sicher, bereits vor drei Stunden. Sie ritten unmittelbar zum Schloss!«

»Danke, Simon, auf ein Wiedersehen, wenn wir wieder mehr Zeit haben. Heute drängt es uns sehr, auch ins Schloss zu kommen!«, rief Julius und trieb sein Pferd an. Nicolaus und Bindig folgten ihm. Der alte Soldat schmunzelte jedoch:

»Da werden die Herren Heißsporne wohl heute kein Glück mehr haben, würde ich meinen.«

Tatsächlich wurde den Jungen der Zutritt zum Schloss kategorisch verwehrt. Als sie nach ihrem Onkel und nach Konrad fragten, erhielten sie gar die erstaunliche Auskunft, dass sie sich dorthin sicher nicht gesellen wollten, wo diese beiden gerade einsäßen.

Verblüfft fragte Nicolaus, was damit wohl gemeint sei, und er erhielt die ein wenig hämische Antwort eines jungen Soldaten:

»Na, im Schlosskerker findet ja schon ein Familientreffen statt. An Eurer Stelle würde ich mich schnellstens fortscheren, Eure Familie scheint sich im Moment nicht der größten Beliebtheit zu erfreuen!«

Verdattert und einigermaßen schockiert beschlossen die Zwillinge, zu ihrer Tante Barbara zu reiten, um in Erfahrung zu bringen, ob sie mehr über die Ereignisse wusste. Bindig jedoch beschloss, vor dem Schloss auszuharren, falls sich hier noch etwas täte.

Als die Zwillinge wenige Minuten später bei ihrer Tante eintrafen, fanden sie eine sehr ruhelose Barbara vor, die schon den ganzen Tag ihre Gebundenheit an ihr Haus verfluchte, doch klug genug war, ihre neugeborenen Zwillinge und die Mädchen nicht alleine zu lassen.

Sie hatte einen Boten mit der Nachricht der Verhaftung von Agnes nach Niederfreden geschickt, dieser schien aber ihre Verwandten verfehlt zu haben. Außerdem war sie kurz im Schloss vorstellig gewesen, um vielleicht mit Herzogin Hedwig sprechen zu können, doch beschieden worden, dass diese zurzeit nicht in Wolfenbüttel weilte. Nun fiel sie allerdings aus allen Wolken, als sie die Nachrichten vernahm, die ihre Neffen brachten, während diese stumm vor Entsetzen waren, als sie von der Verhaftung ihrer Mutter erfuhren.

»Was ist hier nur los? Liegt denn der alte Fluch der Hexenverbrennung auch auf unserer Familie?«

Barbara rang die Hände, lief in ihrer Wohnstube auf und ab und zermarterte sich das Gehirn, wie man diesem Wahnsinn ein Ende machen, Heinrich Julius warnen und zur Vernunft bringen und ihre Familie befreien könnte.

»Das alles kann nur passieren, weil Herzog Julius und Hedwig nicht hier sind. Sie würden ihrem Herrn Sohn die Hammelbeine lang ziehen, wenn sie wüssten, was der hier veranstaltet. Aber wir können es nicht ändern und wir können auch nicht warten, bis sie zurückgekehrt sind.«

»Wahrscheinlich befindet sich Magdalene Sievers schon hier in Wolfenbüttel, wenn nicht sogar im Schloss. Sie kann jede Minute ihr Vorhaben in die Tat umsetzen, Heinrich Julius zu ermorden. Tatsächlich muss sie sich ja sogar recht gut auskennen, denn sie hat auch schon einen Weg gefunden, zu Georg von Brandeis zu gelangen!«, überlegte Julius.

»Wir müssen jemanden finden, der auch zu dieser Zeit noch bei Heinrich Julius vorgelassen wird und dem dieser vertraut!« Barbara verzog in höchster Konzentration ihr Gesicht und fand schließlich die Lösung.

»Der Hofprediger, wir müssen Pastor Malsius aufsuchen. Er hat großen Einfluss auf Heinrich Julius und wird uns sicher auch am Abend noch empfangen!«

Barbara schnappte sich ein Umhangtuch, warf es sich energisch um die Schultern und wies ihre Neffen an:

»Du, Julius, kommst mit mir mit, und du, Nicolaus, bleibst hier und bewachst deine Schwestern und meine Kinder!«

Zum Haus des Hofpredigers war es nicht weit, es lag zum Glück außerhalb der Schlossmauern, sodass ein langes Verhandeln mit den Schlosswachen nicht nötig war.

Barbara und Julius trafen den alten Geistlichen bei seinem Abendmahl an, das er mit seiner Gattin und einem jungen Mädchen, seiner jüngsten Tochter, wie Barbara wusste, einnahm. Sehr erstaunt betrachtete Malsius seine Besucher, die, aufgeregt durcheinanderredend, vor ihm standen. Dann herrschte Barbara Julius an, dass er schweigen solle, damit sie dem Prediger erklären könne, was los sei.

Malsius wischte sich umständlich den Mund und bat dann:

»Folgt mir doch in meine Studierstube, dann können sich meine Damen zurückziehen.«

Als sie in der Studierstube angelangt waren, hatte Barbara sich so weit gefasst, dass sie wusste, wie sie ihre Erklärungen beginnen musste.

»Herr Hofprediger, Ihr kennt mich und meine Verwandten sehr gut und wisst, dass ich Euch nicht mit einem Anliegen behelligen würde, das nicht von höchster Dringlichkeit wäre. Ich muss Euch bitten, mir zu helfen, unmittelbar ins Schloss und zum Erbprinzen Heinrich Julius zu gelangen. Ich kann Euch jetzt nicht die ganze Geschichte erzählen, doch so viel vielleicht, dass das Leben des Erbprinzen in höchster Gefahr schwebt. Es ist ein Anschlag auf sein Leben geplant, der im Zusammenhang mit Morden im Amt Lichtenberg steht, die mein Neffe und mein Mann aufzuklären im Begriffe sind. Durch ein Missverständnis aber sind selbige heute verhaftet worden und können den Prinzen nicht warnen.«

Hofprediger Malsius schüttelte verwirrt den Kopf.

»Was sollte der junge Heinrich Julius mit diesen seltsamen Morden im Amt Lichtenberg zu tun haben, von denen ich natürlich auch schon gehört habe?«

»Bitte, Herr Hofprediger, die Zeit drängt. Alles hängt mit einer Hexenverbrennung vor 14 Jahren zusammen, an der der alte Herzog Heinrich maßgeblichen Anteil hatte. Der Racheakt erstreckt sich jetzt auf seinen Enkelsohn, nicht zuletzt wahrscheinlich deshalb, weil auch er gegen die Hexen predigt!«, schloss Barbara bitter.

Nun war Malsius ebenfalls im höchsten Maße alarmiert.

»Es heißt, eine neue Hexe sei angezeigt und inhaftiert worden, aber man bekommt nichts Genaueres heraus.«

»Bitte, es ist Eile geboten! Die Frau, die verhaftet worden ist, ist übrigens meine Schwester und Schwägerin.«

»Frau Agnes? Das könnt Ihr nicht meinen! Ich habe diesen Tropf doch gewarnt!« Malsius war nun aufgesprungen und rief nach seinem Mantel.

Erleichtert liefen Barbara und Julius mit dem schwergewichtigen und deshalb sehr langsamen Malsius die wenigen Schritte zum Schlosstor. Dort trafen sie auf Bindig, der hier immer noch geduldig ausharrte. Julius stellte diesen kurz vor und Bindig folgte den drei Ankömmlingen einfach auf dem Fuß zur Wache. Diesmal gab es kein Problem mit dem Einlass. Malsius ging hier ja jeden Tag ein und aus und war eine höchst vertrauenswürdige Person mit großem Einfluss am Hof. Er wurde anstandslos durchgelassen und seine Begleiter ebenso, nachdem Malsius für sie gebürgt hatte.

Schwieriger wurde es bei den Wachen an der Heinrichsburg, dem Teil des Schlosses, in dem die privaten Gemächer der fürstlichen Familie untergebracht waren. Hier verlangten die Wachen zu wissen, mit welchem Anliegen der Thronfolger zu so später Stunde gestört werden solle. Er habe ausdrücklich Befehl gegeben, keine Besucher zuzulassen.

Malsius erwiderte, dass es um eine Angelegenheit ginge, die Leib und Leben des Sohnes des Herzogs betraf, und dass man dieses dringlich weitergeben müsse.

Der diensthabende Offizier der Wache schüttelte zweifelnd den Kopf.

»Da seid Ihr ja heute nicht die Ersten! Andere sitzen schon ein wegen ihrer Ruhestörung!«

»Jaja!«, fiel ihm Barbara ins Wort, »die kamen mit der gleichen Warnung und wir kommen nicht, um die Ruhe zu stören, sondern weil die Lage wirklich sehr ernst ist. Sage Er Heinrich Julius, dass die gleiche Mörderin, die den alten von Brandeis gemeuchelt hat, auch hinter ihm her ist!«

Nun winkte der Offizier doch einen Diener heran und flüsterte ihm ein paar Worte ins Ohr. Dieser verschwand hinter großen Flügeltüren und erleichtert wartete Barbara mit ihren Begleitern auf seine Rückkehr.

Tatsächlich wurde ihnen nach einigen Minuten beschieden, dem Diener zu folgen. Nachdem sie durch etliche Gänge und über eine Treppe zu den Gemächern des Thronfolgers gelangt waren, die über den Gemächern des Fürstenpaares lagen, wurde ihnen geboten, vor der Tür zu warten, bis man ihnen Einlass gewährte.

Hier vergingen nun einige weitere zähe Minuten, in denen Barbara ruhelos von einem auf das andere Bein trat, Malsius sich schwer an eine Fensterbank lehnte und wahrscheinlich in seine gemütliche Stube zurückwünschte und Julius fasziniert vor einem Bildnis stand, das eine außerordentlich hübsche Dame darstellte.

»Das ist Sophie Hedwig, die Schwester von Heinrich Julius«, erklärte Barbara.

»Ich weiß, ich erkenne sie wieder, obwohl ich noch sehr klein war, als ich sie das letzte Mal sah.«

»Ach, wäre sie hier! Sie hatte immer sehr viel Einfluss auf ihren Bruder!«, seufzte Barbara.

In diesem Moment trat der Diener an sie heran, der mit ihrer Anmeldung betraut gewesen war, und erklärte mit herablassender Stimme, dass dem Hofprediger Malsius und der Dame Barbara Riebestahl eine kurze Audienz beim Thronfolger gewährt sei, die beiden anderen Herren aber draußen zu warten hätten.

Barbara schnitt den Protest von Julius mit einer kurzen Bewegung ab, dachte aber rebellisch:

Audienz? Bürschchen, ich habe dich auf meinen Knien geschaukelt und noch bist du ja wohl nicht der Herzog!

Während Barbara und der Hofprediger die Räumlichkeiten von Heinrich Julius betraten, trollte sich Julius, gefolgt von einem entmutigten Bindig, enttäuscht zurück auf den inneren Schlosshof und trat dort lose Steinchen in die Luft, um sich die Wartezeit zu verkürzen. Eines der Steinchen erzeugte beim Aufprall nicht das ›Klick‹, das die Landung der anderen Steinchen angezeigt hatte, sondern brachte ein metallenes Klirren hervor. Etwas erschrocken und sehr neugierig näherte Julius sich der Stelle, die im Dunkeln lag. Beinahe wäre er über die erste Stufe der neuen Freitreppe, die zur Schlosskapelle führte, gestolpert, als er diese dann erstiegen hatte, erkannte er, dass er einen der schweren kupfernen Beschläge der Tür zur Hofkapelle getroffen haben musste. Beiläufig fasste er die Klinke der Tür an und stellte fest, dass die Tür nicht verschlossen war.

Er drehte sich um und rief dem im Hof stehen gebliebenen Bindig zu, dass er kurz die Kapelle aufsuchen wolle, um vielleicht ein paar von den wunderbaren Neuerungen, die Herzog Julius hatte vornehmen lassen, betrachten zu können.

In der Kapelle war es so dunkel, dass man die neuen Emporen gerade nur erahnen konnte. Als Julius' Blick auf das Prospekt der Orgel fiel, das durch ein hohes Fenster vom hellen Mondlicht erleuchtet wurde, sah er auf einmal ein kurzes Flattern und Huschen, so flüchtig, dass er im nächsten Moment meinte, sich wohl getäuscht zu haben. Doch seine Neugier ließ ihn seine Schritte in die Richtung der kleinen Wendeltreppe lenken, und flink erstieg er die Stufen der sich im engen Turm nach oben windenden Treppe bis zur Höhe der Orgel. Hinter einer Tür, die von der Orgelempore abging, meinte Julius, ein Geräusch gehört zu haben.

»Hallo, ist hier jemand?«, rief er, beherzter klingend, als ihm eigentlich zumute war. Doch er bekam keine Antwort.

Wer sollte auch um diese Zeit wohl hier sein?, mahnte er sich selbst und wollte eben den Abstieg beginnen, als er neuerlich ein Geräusch hinter der Tür vernahm.

Nun hielt es ihn nicht mehr und er tastete sich vorsichtig auf Zehenspitzen zur Tür, umfasste den Türgriff und drückte ihn langsam hinunter. Als er die Tür einen Spaltbreit geöffnet hatte, linste er mit einem Auge hindurch und sah zu seinem großen Erstaunen ein Mädchen im Lichtkegel einer kleinen Kerze sitzen und bitterlich weinen.

33. KAPITEL

Wolfenbüttel

Mit einem Stöhnen kam Konrad zu sich und fand sich in völliger Dunkelheit wieder. Doch die Dunkelheit war diesmal nicht so erschreckend, weil er die beruhigende Wärme eines Menschen neben sich und unter seinem Kopf spürte. Ehe sein gepeinigter Kopf in der Lage war, auch nur den Anfang einer Frage zu formulieren, hörte er die warme, beruhigende Stimme seines Onkels.

»Bleib ganz ruhig liegen, es ist nichts Schlimmes passiert!«, untertrieb er nach Ansicht von Konrad etwas und strich ihm mit einem feuchten Tuch über die Stirn. »Wir sind ein wenig übers Ziel hinaus geschossen und nun hat man uns erst mal weggesperrt. Das ist natürlich fatal, denn nun gewinnt Magdalene Sievers viel kostbare Zeit. Aber wir können zunächst nichts tun. Spätestens morgen wird man uns wohl vernehmen.«

Konrad stöhnte. »Das ist zu spät! Sie wird heute zuschlagen. Sie weiß, dass wir ihr auf den Fersen sind!«

»Es hilft nichts. Ich habe den Wachen mehrmals versichert, dass wir nur zur Rettung von Heinrich Julius so stürmisch waren, aber sie hören nicht zu und haben ihre Befehle.«

Konrad setzte sich langsam auf und hielt sich den Kopf, der in tausend Stücke zu zerspringen drohte. Andreas stützte ihn und mahnte:

»Du solltest lieber liegen bleiben. Das ist das zweite Mal in kurzer Zeit, dass man dir etwas gegen den Kopf versetzt hat, und das steckt auch der härteste Bursche nicht so schnell weg.«

Doch Konrad fühlte sich nun im Sitzen ein wenig besser und lehnte sich gegen die kalte Wand, Schulter an Schulter mit seinem Onkel.

»Aber ich kann dich über das Befinden deiner Mutter beruhigen. Da waren die Wachen kooperativer, als ich sie fragte, denn deine Mutter ist allseits beliebt. Niemand versteht, was den jungen Spund reitet, und man hat Agnes sehr wohl versorgt in einer Zelle in unserer Nähe eingesperrt. Morgen werden der Herzog und seine Frau zurückerwartet. Da wird schneller, als Heinrich Julius schauen kann, wieder die rechte Ordnung am Hofe eintreten. Das Übel liegt wohl in dem Peinlichen Gericht, das Herzog Julius einst gegen meine Warnungen eingerichtet hat und das in seiner Abwesenheit missbraucht werden kann.«

»Peinliches Gericht, was soll das sein? Meinst du das Hofgericht?«

»Nein, nein, das Hofgericht tritt ja in fest bestimmter Ordnung zusammen, hat seine Gerichtstage und spricht Recht in allen Belangen, die vorher aus den Ämtern herangetragen worden sind. Doch für brennende Fragen, die den Hof direkt betreffen, hat Julius als Konsequenz auf die Ereignisse um die Goldzaubererbande vor fünf Jahren ein Peinliches Gericht eingeführt, in dem nur drei Richter seiner engsten Wahl mit direkter Weisung des Fürsten Untersuchungen anstellen können. Die Urteilsfindung geschieht dann auf einem Rechtstag des Hofgerichts unter Beteiligung von Schöffen. Dieses Gericht kann sehr schnell und leider auch sehr willkürlich handeln. Unter Julius ist nie etwas Schlimmes passiert, außer der Verurteilung dieser Verbrecherbande, die es wirklich verdient hat, doch Heinrich Julius scheint es in Abwesenheit seines Vaters für seine Zwecke missbrauchen zu wollen.«

»Erzähl mir von der Goldzaubererbande. Ich war damals meistens in Helmstedt und habe nicht viel mitbekommen!«, forderte Konrad seinen Onkel auf.

»Nun, leider geriet unser verehrter Herzog wegen seiner großen alchemistischen Interessen bald nach seinem Regierungsantritt unter den Einfluss eines gewissen Philipp Sömmering und seiner Hauptmitstreiterin Anne-Marie Schumpach, genannt Schlüter-Liese. Zu fünft war die Gruppe, und sie nutzte die Sehnsucht unseres damals etwas naiven Herzogs aus, mit der Umwandlung von weniger edlen Metallen in Gold unendlichen wirtschaftlichen Reichtum für das Herzogtum zu erlangen. Mit immer wieder neuen Ausreden und Lügen wurde der Herzog über Jahre in dem Glauben gelassen, dass sein Wunsch in Erfüllung gehen würde, und in dieser Zeit weitete diese Gruppe ihren Einfluss am Hof immer weiter aus. Bis dahin, dass der Herzog seine geliebte Gattin vom Hofe verbannte, weil er, wie gemunkelt wurde, auch den weiblichen Reizen der Schlüter-Liese, durch Zauber, wie manche sagen, erlegen war. Als schließlich nach zwei Jahren der ganze Schwindel mehr oder weniger aufflog, wurde der Gruppe in aller Härte durch das einberufene Peinliche Gericht der Prozess gemacht. Ausdrücklich wurde aber formuliert, dass die Taten nicht mit Hexerei und Teufelsbuhlschaft motiviert waren, sondern allein aus Bosheit und übler Gewinnsucht geschahen. Die vier Männer wurden mit glühenden Zangen zerrissen, geschleift und geviertelt, die intrigante Schlüter-Liese wurde als Frau milder behandelt und nur auf einem eisernen Stuhl verbrannt. Und nun höre und staune: Das Urteil wurde unter dem Vorsitz des damals zehnjährigen Heinrich Julius verkündet. Welche Narben müssen die Ereignisse in der Seele dieses Kindes hinterlassen haben! Die geliebte Mutter verbannt wegen einer intriganten Giftmischerin, die Ereignisse, die zum Prozess führten, und schließlich eine Rechtsprechung, die meiner Meinung nach sehr über das Ziel hinausgeschossen ist. Tief in seiner Seele muss der Knabe damals schon der Überzeugung gewesen sein, in aller Härte gegen Zauberer vorgehen zu müssen, auch wenn dies so nicht ausgesprochen werden durfte.«

»Aber nun kehrt er sich gegen Menschen, die er sein ganzes Leben lang kennt, die mit seinen Eltern auf gutem Fuße stehen und die nachweislich keinen bösen Einfluss auf diese haben!«, entgegnete Konrad erregt.

»Ja, und wiederum weißt du nicht, welchen Einflüssen dieser junge Mensch nun ausgesetzt ist. Du hast von deinen Brüdern gehört, wie hoch es bei der Disputation in Helmstedt hergegangen ist. Vielleicht traut Heinrich Julius in diesen Dingen seinen Eltern nicht mehr das rechte Urteilsvermögen zu und glaubt Einflüsterungen aus anderer Richtung. Bei solchen Dingen spielen immer auch Neid und Machtintrigen eine Rolle, und es kann auch sein, dass sich die Ränke nicht nur gegen deine Mutter, sondern gegen den Einfluss, den unsere gesamte Familie am Hofe gewonnen hat, richten. Also auch gegen mich und dich.«

»Und so wird nun verhindert, dass wir Heinrich Julius vor einem Anschlag auf seine Person warnen können!«, lachte Konrad bitter auf.

»Ja, das ist das Närrische an der ganzen Sache«, bestätigte Andreas nachdenklich.

Erst entfernt, dann immer deutlicher drangen nun Geräusche sich nähernder Wachen in die Zelle. Ein Riegel wurde krachend zur Seite geschoben und die Tür öffnete sich.

»Aufstehen!«, befahl eine barsche Stimme.

Mühsam rappelten sich Konrad und Andreas auf und schirmten die Augen gegen das nach der absoluten Finsternis blendende Licht der Fackeln ab.

»Mitkommen!«, forderte die Stimme nun und die beiden Männer wurden, jeweils von zwei Soldaten flankiert, aus dem Verlies geführt.

Andreas begehrte zu wissen, wo man sie hinführte, und bekam die knappe Antwort, dass Prinz Heinrich Julius sich nun gnädigerweise doch noch heute herablasse, sich ihr Anliegen vortragen zu lassen.

Wenige Minuten später standen Andreas und Konrad, weiterhin streng bewacht, vor Heinrich Julius, der sich lässig in einem Sessel fläzte. Zu ihrer großen Freude und Erleichterung erkannten sie auch die anderen anwesenden Personen im Raum. In gebührendem Abstand standen der Hofprediger Malsius und Barbara, Letztere mit einem aufmunternden Lächeln auf den Lippen.

»Mir sind gar wunderliche Dinge von Eurer Gemahlin zu Gehör gebracht worden, die nach weiterer Aufklärung verlangen. Ist es nur Geschwätz und wilde Fantasie, die jeder Grundlage entbehren, oder soll auf mich tatsächlich ein Racheanschlag verübt werden für eine Tat, die mein Großvater beging?«, begann Heinrich Julius halb spöttisch, halb beunruhigt.

»Zunächst muss ich Euch in aller Dringlichkeit nahelegen, sofort die Wachen um Eure Person herum verstärken und das Schloss auf eventuell unrechtmäßig anwesende Personen hin durchsuchen zu lassen. Ist der Schutz Eurer Person ausreichend gewährleistet, so möget Ihr mir gestatten, Euch in Ruhe die ganze Sache darzulegen.«

Einen Moment lang sah es so aus, als wolle Heinrich Julius die Forderung nach Verstärkung der Wachen einfach wegwischen, aber sich umständlich räuspernd bat der Offizier der Wache um Gehör und gab an, dass er tatsächlich heute beim Anblick zweier Frauen auf dem Schlosshof kein gutes Gefühl gehabt habe, dass eine von ihnen völlig vermummt gewesen sei, die andere aber geradezu diabolisch durch ihn hindurchgeblickt habe.

Konrad stöhnte auf und platzte, die höfische Etikette ignorierend, heraus:

»Das sind sie. Die Verhüllte ist die Mörderin, die andere ist ihre blinde Schwester. Sie hat nicht durch Euch hindurchgesehen, sondern sie sieht nichts. Und sie ist völlig unschuldig!«

»Schweigt!«, herrschte Heinrich Julius Konrad an. Dann gab er allerdings dem Offizier den Befehl, die Wachen vor seiner Tür zu verstärken und zu veranlassen, dass im ganzen Schloss nach den beiden Frauen gesucht würde.

»Nun, dann beginnt und erzählt mir die ganze Geschichte!«, befahl er schließlich.

Sich abwechselnd das Wort erteilend, berichteten Konrad und Andreas nun von der Entsendung Walter zu Hohenstedes in Begleitung von Konrad in das Amt Lichtenberg zur Untersuchung sich seltsam häufender bestialischer Morde bis zur Aufklärung der Geschichte durch Konrad.

Zunehmend erschüttert, hörte sich der junge Prinz die Geschichte an. Als Konrad bei der Tatsache, dass die

Ermordung des greisen von Brandeis hier im Wolfenbütteler Schloss auch in die Mordserie gehörte, angelangt war, sprang der Prinz auf und warf einen besorgten Blick aus einem Fenster in den kleinen Schlosshof. Er
setzte sich nicht wieder, sondern verlangte, als Konrad
fast am Ende seiner Erzählung angelangt war, zu wissen,
was er selbst, der zur Zeit der Lichtenberger Hexenverbrennung ja noch ein Wickelkind gewesen sei, mit diesem Rachefeldzug zu tun habe.

»Nun, verehrter Prinz, hieran seid Ihr, wie ich annehme,
leider nicht ganz unschuldig«, begann Andreas mutig.
»Für Magdalene Sievers seid Ihr durch die Verbindung
des Blutes mit Eurem Großvater und durch Eure mittlerweile schon bekannt gewordenen Ansichten in Bezug
auf Hexenwerk und Teufelsbuhlschaft die Wiedergeburt
Eures Großvaters. Die Fürstengestalt im Gedicht, die
ihren Untertanen als schlechtes Beispiel dient.«

»Das ist infam und widerlicher Verrat! Mir scheint selbige Magdalene eher eine Wiedergeburt ihrer zauberschen
Mutter zu sein!«, empörte sich Heinrich Julius. »Dass
Ihr es überhaupt wagt, mir solches mitten ins Angesicht
zu sagen!«

»Es tut mir leid, aber der Eindruck, den Magdalene Sievers gewonnen hat, scheint sich in der Behandlung meiner
Schwester Agnes durch Euch zu bestätigen«, fuhr Andreas tapfer fort. »Denn just ist sie unter dem Verdacht,
mit dem Teufel im Bunde zu stehen, auf Euren Befehl
hin verhaftet worden.«

Heinrich Julius hielt mitten in seinem ruhelosen Gang
inne, errötete jäh und schrie:

»So verteidigt Ihr diese Frau gar und steckt womög-
lich mit ihr unter einer Decke!«

Nun trat Hofprediger Malsius einen Schritt vor und streckte beschwichtigend die Arme aus.

»Hoheit, gewiss würde dann der Herr Riebestahl nicht hier stehen und Euch warnen wollen. Und bedenkt, ich hatte Euch davor gewarnt, den Einflüsterungen einer gewissen Person in Bezug auf Frau Agnes Glauben zu schenken! Es erschüttert mich sehr zu hören, dass schon solche Schritte gegen eine unbescholtene Frau, die Eurer Frau Mutter sehr nahe steht, eingeleitet worden sind.«

Bei diesen Worten seines einstigen geistlichen Erziehers sah Heinrich Julius plötzlich wie ein gescholtener Schulbub aus, der er in gewissem Sinne ja auch war.

»Nun, im Falle Eurer Schwester Agnes ist bisher ja nur eine Voruntersuchung im Gange. Schließlich muss einer solchen Anzeige, wie sie gegen sie ergangen ist, eine Untersuchung folgen. Doch geht nun und schließt Euch der Suche nach der Mörderin und ihrer Schwester an, denn Ihr, von Velten, wisst ja schließlich, wie die Frauen aussehen!« Heinrich Julius setzte sich wieder in seinen Sessel und verschränkte die Arme vor der Brust.

Konrad und Andreas verbeugten sich kurz, Barbara eilte zu ihrem Mann, und zu dritt wollten sie eben den Raum verlassen, als direkt neben ihnen mit einem lauten Krach eine Schranktür aufging. Eingerahmt vom schweren Holz des Schrankes, standen wie Gespenster zwei bleiche Frauen, die eine fast eine exakte Kopie der anderen. Eine der Frauen hielt eine schwere Arkebuse vor sich und zielte damit direkt auf Heinrich Julius.

34. KAPITEL

Wolfenbüttel

JULIUS TRAT EINEN SCHRITT in die Kammer auf das weinende Mädchen zu und lag im nächsten Moment bäuchlings vor ihr auf dem Boden. Als er verwirrt zu seinen Füßen schaute, was ihn ins Stolpern gebracht hatte, sah er fasziniert, dass das gleiche Mädchen auch noch hinter ihm stand. Ihr hochgestrecktes Bein war es gewesen, was ihn straucheln ließ.

»Ihr müsst Magdalene und Christine Sievers sein!«, bemerkte er ein wenig dümmlich.

»Und wer bist du?«, fauchte das stehende Mädchen und zielte nun mit einer Arkebuse, die sie vorher locker gehalten hatte, auf seine Brust.

»Ich bin Julius von Velten, der Bruder von Konrad von Velten, den Ihr ja kennt!«

»Sieh an, die ganze Familie mischt sich ein, um den Hexenbrenner zu retten! Oder bist du nicht aus diesem Grunde hier?«

»Vielleicht will die ganze Familie Euch und Eure Schwester vor diesem Wahnsinn retten!«, entgegnete Julius trotzig.

»Oh, Wahnsinn nennt Ihr das! Und was ist mit Eurer Mutter, die, gerade eben als Hexe angeklagt, im Schlossverlies zittert?«

»Sicher, Heinrich Julius muss zur Vernunft gebracht werden. Aber für die Verbrechen, die Ihr an ihm rächen wollt, kann er doch nichts!«

Julius wandte sich an die immer noch vor ihm auf dem Boden kauernde Christine.

»Und Ihr, wollt Ihr nicht Eure Schwester zur Vernunft bringen? Ihr hattet doch mit allem bisher nichts zu schaffen!«

Ehe Christine zu einer Antwort ansetzen konnte, fauchte Magdalene:

»Sie ist ich und ich bin sie. Mit allem hat sie zu schaffen, was weißt du denn?«

Christine hatte sich mittlerweile an der Wand aufgerichtet und tat einen Schritt auf Julius zu.

»Sage deinem Bruder, dass es mir sehr leidtut und dass er mir sehr lieb geworden ist!«

Julius wollte nach ihrer Hand greifen, doch in diesem Moment erklang eine Stimme hinter Magdalene:

»Christine!«

Magdalene fuhr herum, während Christine die Hände vor den Mund schlug, um ihren Schrei zu dämpfen. Hinter Magdalene erblickte Julius den Opfermann Bindig, der ihm wohl gefolgt war.

Magdalene hob die Arkebuse und zielte auf Bindigs Kopf.

»Sie ist nicht mehr Eure Christine, sie ist wieder Christine Sievers! Nehmt die Hände über dem Kopf zusammen und tretet neben den Jungen! Christine, komm her!«

»Es ist zu spät, der Herzog ist bereits gewarnt und ihr werdet nicht mal in Sichtweite von ihm gelangen, ohne dass Euch die Wachen greifen!«, schrie Julius.

»Oh, darüber macht Euch mal keine Sorgen! Kaum jemand weiß von dem Gang, der von hier direkt in die Heinrichsburg führt!«, lächelte Magdalene.

Bindig war neben Julius getreten und machte Anstalten, nach Christine zu greifen. Da zog Magdalene ihm blitzschnell mit dem Kolben der Arkebuse einen Schlag über den Kopf, sodass Bindig lautlos zusammenbrach. Christine schrie auf und tastete um sich.

»Vater? Was hast du getan, Magdalene?« Das blinde Mädchen ging in die Knie und ertastete nun den auf dem Boden liegenden Bindig. Behutsam nahm sie seinen Kopf in den Schoß und redete auf ihn ein.

»Er ist nur bewusstlos, der Schlag war nicht hart. Komm jetzt endlich!«

»Nein, ich kann nicht. Es ist nicht recht, was wir tun! Ich bin Christine Bindig geworden und dieser Mann war immer nur gut zu mir!«

Entschlossen richtete Magdalene die Arkebuse auf Julius' Kopf.

»Wenn du nicht kommst, wird wirklich der erste Unschuldige sterben. Ich erschieße den Jungen!«

Julius starrte auf den Lauf der Waffe.

»Geht nicht, sie tut es nicht!«, forderte er mit brüchiger Stimme. »Der Schuss würde sie verraten!«

Unschlüssig wandte Christine die blinden Augen hin in Magdalenes Richtung, dann zurück zu ihren Knien, auf denen Bindig lag. Langsam stand sie auf, streifte, für Magdalene unsichtbar, Julius' Hand und raunte, nur für ihn hörbar:

»Ich muss gehen, es ist uns bestimmt!«

Julius wollte sie festhalten, doch Magdalene spannte den Hahn der Arkebuse und Julius war sich nicht sicher, ob sie nicht doch schießen würde. Hilflos sah er, wie die beiden Schwestern den Raum verließen und die Tür hinter sich verriegelten.

Scheinbar wie ein willenloser Schatten folgte Christine Magdalene die Wendeltreppe hinab. Doch ging es nicht so weit nach unten, wie Christine es in Erinnerung hatte, sondern auf der halben Treppe blieb Magdalene stehen. Christine hörte, wie eine Tür entriegelt wurde, und erschrak vor dem Schatten, der an ihren Augen vorbeihuschte. Im ersten Moment nahm sie einfach an, dass sie sich getäuscht hatte, doch irgendetwas war anders. Die Schwärze, die sie wie ein altgewohnter Mantel umgab, war gewichen und vor ihren Augen tanzte ein Spektrum kleiner Punkte. Die Punkte wurden immer gleißender und fügten sich dann in einem Wirbel zu einem dunklen Kreuz vor hellerem Hintergrund zusammen. Christine kam ins Straucheln und ehe sie fiel, konnte sie das dunkle Kreuz fassen und sich daran aufrichten. Magdalene zischte:

»Was ist los?«

»Nichts, mein Fuß ist nur umgeknickt. Es geht aber schon wieder.«

Langsam wandte sie ihren Blick von dem Kreuz in die Richtung Magdalenes. Auch hier zunächst ein wilder Tanz von Punkten, die sich schließlich zu einem Ganzen zusammenfügten. Vor einem etwas helleren Hintergrund sah Christine die dunklen Umrisse ihrer Schwester Magdalene. Nun erkannte sie auch, dass das Kreuz ein Fensterkreuz im Mondlicht war. Andere Umrisse fügten sich aus den tanzenden Punkten zusammen. Ihre Hand, die auf der Fensterbank lag, das Viereck eines Hofes vor dem Fenster, begrenzt von gewaltigen Gebäuden mit abermals vielen Fenstern. Zutiefst verwundert, strich sie sich über die Augen, die auf einmal die selbst auferlegte Unfähigkeit hinter sich ließen.

Warum jetzt?, fragte sie sich erschüttert.

Magdalene griff nach Christines Hand und zischte ungeduldig:

»Was stehst du da herum? Nun komm endlich!«

Folgsam setzte sich Christine wieder in Bewegung, während die Gedanken in ihrem Kopf wie in einem wilden Karussell jagten.

Ich kann sehen und sie weiß es nicht! Ich liebe mehr, als ich hasse, und sie will das nicht! Wir sind nicht eine Person, wir sind zwei! Ich war Christine Sievers und bin Christine Bindig geworden. Ich will leben und lieben und mein eigenes Schicksal erfüllen. Ich bin ich und sie ist meine Schwester!

Die beiden Frauen hatten das Ende des schmalen Ganges erreicht und standen wieder vor einer Tür.

»Wir kommen jetzt in die Privatgemächer des Herzogs. Durch sie gelangen wir in die der Herzogin. Weil beide verreist sind, werden wir wohl niemandem begegnen, aber trotzdem müssen wir sehr vorsichtig sein.«

»Es ist nicht recht, Magdalene! Er ist noch ein Kind und hatte nichts mit unserer Mutter zu tun!«

»Ich weiß, das musst du jetzt sagen! Du bist ja mein Gewissen! Aber das Gewissen muss schweigen, wenn das Ziel darüber siegen wird. Das Ziel, Christine, ist, dass unser Gedicht vollendet ist und es jeder zu hören bekommt. Dann wird nie wieder eine Frau als Hexe brennen!«

»Das Gedicht hat keine Zaubermacht, weil wir keine Zauberschen sind! Das fürstliche Vorbild war ein alter Mann und nicht ein Jüngling von 15 Jahren!«

»Schweig, mein Gewissen! Es ist zu spät!« Grob zerrte Magdalene Christine durch die fürstlichen Gemächer, deren Pracht sich vor Christines Augen selbst im schwachen Mondlicht, das durch die hohen Fenster fiel, entfaltete. Einen Moment vergaß sie, warum sie hier war, und staunte über das Wunder des Sehens angesichts der wunderschönen Möbel, Vasen und Teppiche. Alles war sehr unscharf und die Grenzlinien waberten hin und her, doch die Farbpracht sowie der Schwung der Formen verlangten von Christines wiedergewonnenem Sehsinn das Äußerste und sie geriet immer mehr ins Taumeln. Das Interieur änderte sich sichtlich, nachdem sie eine hohe Flügeltür passiert hatten. Ebenso prächtig, aber eindeutig maskuliner eingerichtet waren die Räume, durch die sie nun huschten.

Magdalene, die Christines Schwäche bemerkt hatte und sie der Überforderung durch die Blindheit zuschrieb, fasste die Hand der Schwester fester und legte ihr die andere Hand mit Nachdruck in den Rücken.

»Am Ende dieser Räume befindet sich eine geheime Treppe, über die wir in die Gemächer des Thronfolgers gelangen. Selbst Heinrich Julius kennt sie nicht, denn sie dient seinem Vater zur geheimen Überwachung seines Sohnes!«, raunte Magdalene.

»Woher weißt du so viel über das Schloss?«, verlangte Christine zu wissen.

»Oh, ich war schon oft hier. Zuletzt, als ich den Lüstling von Brandeis gestraft habe. Doch vorher schon einige Male. Du glaubst nicht, wie leicht es ist, ins Schloss zu gelangen, wenn man sich nur die rechte Tarnung zu verschaffen weiß. Und ein Diener, der einem hübschen Weib gegenüber gerne ein wenig geschwätzig wird, wenn man ihm die Zunge mit ein bisschen scharf Gebranntem löst, findet sich allemal. Aber jetzt komm, sonst ist es zu spät!«

Nichts mehr wünschte sich Christine, als hier verharren, ihr Gemüt dem neu gewonnenen Tempo der Augen anpassen und alles genauer betrachten zu können, doch Magdalene zog sie zu einem riesigen farbenfrohen Wandteppich, den sie ein wenig von der Wand abhob, um dahinter zu verschwinden. Altvertrautes Dunkel umgab nun auch Christine wieder und sie fühlte sich seltsamerweise dadurch gestärkt. Während Magdalene fast über jede zweite Stufe der engen Wendeltreppe, die sie sich nun emporhangelten, stolperte und leise vor sich hin fluchte, fasste Christine festen Tritt.

»Psst!«, wisperte Magdalene, als wenn es Christine gewesen wäre, die vor sich hin geflucht hatte. »Wir sind oben. Wir betreten jetzt durch eine kleine Tür einen großen Kleiderschrank. Erschrecke dich nicht, es hängen ein paar Festgewänder und Mäntel darin. Die vordere Kleiderschranktür öffnet sich direkt in das Gemach des Prinzen. Wenn ich *jetzt* sage, öffnest du die Tür und ich ziele mit meiner Arkebuse direkt auf ihn!«

»Und wenn er nicht allein ist? Vielleicht befinden sich Diener oder Wachen bei ihm«, entgegnete Christine verzweifelt.

»Das macht nichts, denn ich brauche für ihn nur einen Schuss, was dann kommt, wird unser Schicksal sein.«

Edle Stoffe und Felle streiften Christines Wangen, als sie sich mit Magdalene in den Schrank tastete. Wie aus sehr weiter Ferne vernahmen sie gedämpfte Stimmen. In der gemeinsamen Blindheit gefangen, tasteten die Frauen die Vorderseite des Schrankes nach einem Riegel ab. Christine fand ihn schneller, da ihr Tastsinn viel geschärfter war als der Magdalenes.

»Es ist ein einfacher Hebel, der nach oben gedrückt

werden muss«, wisperte sie, »von außen wird es wohl ein Drehknauf sein. Doch bitte, lass uns zurückgehen, noch ist es nicht zu spät!«

»Es ist zu spät!«, versetzte Magdalene fast tonlos. »Unser Werk ist so gut wie vollendet, es gibt keinen Weg zurück! Ich zähle bis drei, dann öffnest du die Tür!«

Doch als Magdalene bei drei angekommen war, reagierte Christine nicht.

»Was ist, warum öffnest du nicht?«, zischte Magdalene.

»Ich kann wieder sehen und ich weiß, warum es gerade jetzt passiert: Es passiert, weil mein Gewissen dich von dieser Tat abhalten muss. Ich bin nicht du, sondern Christine Bindig, die als kleines Mädchen Christine Sievers war. Du bist Magdalene und dein Leben ist unglücklicher verlaufen als meines, aber dein Leben ist nicht mein Leben!«

»Schweig!«, herrschte Magdalene ihre Schwester an, ohne darüber nachzudenken, dass man sie vielleicht hören könnte. »Dann öffne ich eben selbst die Tür!«

Wie ein farbenprächtiges Gemälde traf der Anblick des von vielen Kerzen erleuchteten Raumes auf Christines Netzhaut. Eine Gruppe von Menschen, in deren Mitte auf einem Sessel das Ziel von Magdalenes Rache saß, stand wie zur Salzsäule erstarrt und blickte fassungslos auf den Schrank.

35. KAPITEL

Wolfenbüttel

Schliesslich war Konrad der Erste, der sich aus der Erstarrung löste. Er war der Einzige im Raum, der die Schwestern Sievers vom Sehen kannte und der die eine, wie ihm mit schmerzlicher Gewalt deutlich wurde, innig liebte.

»Christine!«, rief er und tat einen Schritt in die Richtung der Schwestern.

Christines Blick wurde von seiner Stimme angezogen und gebannt.

Er ist schön!, dachte sie, erstaunt über die Tatsache, hierüber überhaupt ein Urteil fällen zu können.

Doch die scharfe Stimme Magdalenes brach den Bann:

»Bleibt stehen, Herr Konrad, sonst muss ich Euch erschießen!«

Konrad zwang seinen Blick zu Christines Ebenbild und erkannte mit einem Mal, dass die Ähnlichkeit der beiden Schwestern, die völlig identische einfache graue Kleider trugen, nur eine äußerliche war.

Magdalene hatte die Arkebuse nun auf Konrad gerichtet, behielt aber die anderen Personen im Raum scharf im Blick.

»Wenn Ihr auf mich schießt, habt Ihr keine Kugel mehr übrig und seid verloren!«, entgegnete Konrad forscher, als ihm zumute war.

Heinrich Julius erhob sich nun sehr langsam aus seinem Sessel und Magdalene schwenkte mit der Arkebuse wieder in seine Richtung.

»Wahr ist's, Herr Konrad, nicht Ihr seid mein Ziel! So hört nun Euer Urteil, Fürst, der Ihr meint, richten zu dürfen, was Ihr für Zauberwerk haltet!«, schrie sie.

»Das ist die wahrhaftge zauberei:
Der nase schnüfflei,
des munnes gered,
des ohres gerücht,
des gemächtes gier
des hirnes trägheit.
des rückens gebuckel
aus des fürsten vorbild seht ihrs hier.
Die untertanen gehen in der straf voran,
die zum schluss an ihm getan.«

In diesem Moment schlug die Tür zu dem Gemach mit einem Krachen auf und Soldaten stürmten in den Raum. In ihrem Gefolge Julius von Velten und ein sehr derangierter Opfermann Bindig.

»Mein Prinz, sie kommen durch die Geheimgänge!«, keuchte der Anführer der Soldaten und erstarrte zur Salzsäule, als er sah, worauf alle Anwesenden ihren Blicke richteten. Hinter ihm hoben zwei Soldaten ihre Hakenbüchsen und zielten auf die beiden Frauen im Schrank.

»Nicht schießen!«, schrie Andreas, der Barbara mit seinem Körper schützte.

Der Finger Magdalenes krümmte sich am Abzug.

»Nicht!«, schrie Konrad und warf sich vor den Erbprinzen, kurz bevor der Schuss detonierte. Zwei weitere Schüsse vermischten sich mit den Schreien und dem Krachen umstürzender Möbel, Menschen fielen übereinander, hilflose Befehle wurden gebellt. Rauchwolken waberten im Raum. Schließlich herrschte lähmende Stille.

Heinrich Julius erhob sich mit blutverschmiertem

Gesicht vom Boden und herrschte einen zu seiner Unterstützung herbeieilenden Soldaten an:

»Nehmt die Hexen fest, worauf wartet ihr noch?«

Andreas, der Barbara unter sich zu Boden gerissen hatte, stand auf und starrte in den dunklen Schrank, in dem nichts mehr zu sehen war. Barbara richtete sich neben ihm auf, aber blickte entsetzt auf die Gestalt, die regungslos neben dem Prinzen auf dem Boden lag.

Pastor Malsius, der sich ebenfalls schützend vor seinen Zögling hatte werfen wollen, war über die Teppichkante gestolpert und ebenfalls zu Fall gekommen. Er richtete sich gerade in sitzende Haltung auf und faltete erleichtert die Hände zu einem Dankgebet, als er Heinrich Julius aufrecht stehen sah.

Die vier Soldaten rückten langsam in Richtung des Schrankes vor. Julius folgte ihnen, doch dann blieb sein Blick an der Gestalt seines reglos auf dem Boden liegenden Bruders hängen. Opfermann Bindig folgte den Soldaten weiter zum Schrank und jammerte:

»Tut der Christine nichts!«

Über diese Szene donnerte in diesem Augenblick eine herrische Stimme:

»Was zum Teufel ist hier los?« In der Tür stand Herzog Julius.

Heinrich Julius trat wie ein kleiner Junge vor seinen Vater, wies auf den Schrank und stotterte:

»Zwei Hexenweiber haben sich in den Schrank gezaubert und wollten mich ermorden!«

Waren eben noch alle Bewegungen wie in Zeitlupe erschienen, kam nun wieder Leben in alle Anwesenden.

Barbara und Julius knieten neben Konrad, der auf dem Bauch lag, nieder und erstarrten, als sie das Loch in der linken Schulter sahen, aus dem dickes Blut pulsierte. Unter seinem Körper rann auch Blut hervor, und als Barbara ihn vorsichtig auf die Seite drehte, sah sie, dass die Kugel wieder aus seinem Körper herausgefahren sein musste. Beherzt fasste sie sich unter den Rock und riss einen Streifen von ihrem Unterkleid ab, teilte ihn und drückte die beiden Teile zusammengeknüllt auf jeweils eine Wunde.

»Schnell, wir brauchen mehr Stoff, um die Blutung zu stillen!«, wies sie Julius an, der seinerseits sein Wams und sein Hemd auszog, um ihr beides zu reichen.

Andreas war mittlerweile beim Schrank angelangt und entdeckte ein Gewirr von Röcken, Haaren und verschlungenen Armen am Boden des Schrankes. Einer der Soldaten wollte mit seiner Lanze in den Haufen stechen, doch Andreas hielt ihn auf.

Langsam kam Bewegung in eine der Gestalten. Mühsam löste sie sich aus der Umklammerung der anderen, ein Kopf hob sich und aus einem blassen Gesicht, von wirren Haaren umgeben, starrte sie aus schreckensweiten Augen die Soldaten an. Die rechte Wange war kohlschwarz und mit dem Schwarz vermischte sich das Rot des Blutes, das aus einer klaffenden Stirnwunde rann. Die eine Hand umklammerte mit festem Griff die Arkebuse.

»Ich wollte sie abhalten, aber sie war zu stark!«

»Christine?«, fragte Andreas vorsichtig.

Der Blick der Frau fokussierte sich langsam auf ihn. Dann wandte sie sich ab und tastete nach ihrer Schwester. Vorsichtig zog sie deren Kopf auf ihren Schoß und nun konnte Andreas das kreisrunde Loch in deren Brust erkennen. Das Gesicht war bleich und regungslos und, wie Andreas erkannte, wunderschön.

Nun traten die Soldaten entschieden heran, zerrten die sitzende Schwester hoch, hoben die Tote aus dem Schrank und legten sie auf den Boden davor.

Opfermann Bindig, der den Soldaten gefolgt war, schrie auf und sank vor der liegenden Gestalt zu Boden.

»Christine!«, jammerte er.

»Vater, ich bin doch Christine!«, insistierte die stehende Gestalt.

Wie vom Blitz getroffen starrte Bindig die junge Frau an.

»Aber Christine ist blind!«

»Nein, Vater, meine Sehkraft ist vor ganz kurzer Zeit zurückgekehrt!«, jubelte Christine. Verwirrt richtete Bindig sich auf, sah das Mädchen an und wollte kaum glauben, dass das Unfassbare passiert war. Christine trat einen Schritt vor und umarmte ihren Vater.

Andreas erklärte den Soldaten, dass diese Frau mit Nachsicht zu behandeln sei, wenn man sie abführte, denn sie sei nur durch die bösen Ränke ihrer Schwester hierher gezwungen worden und schien, wie es aussah, das Attentat sogar zu verhindern getrachtet haben. Dann wandte er sich ab und erkannte jetzt erst in aller Deutlichkeit, dass sein Neffe Konrad mit dem Kopf in Barbaras Schoß regungslos auf dem Boden lag.

»Schnell, die Wunde muss versorgt werden!«, rief diese und hob eine Hand unter der Schulter Konrads hervor, die einen völlig blutdurchtränkten Fetzen Stoff hielt.

In diesem Moment öffnete Konrad die Augen und bekam Blickkontakt mit der Frau, die die Soldaten aus dem Raum führten.

»Christine, wo ist …?«, brachte er hervor und versank wieder in Bewusstlosigkeit. Dass eine zweite, tote Frau aus dem Raum getragen wurde, sah er nicht mehr.

Herzog Julius herrschte einen der Soldaten an, sofort seinen Leibarzt heranzuschaffen. Andreas raffte ein Tischtuch unter silbernen Bechern, die auf einem Tisch standen, hervor, ohne sich um die herabfallenden Kostbarkeiten zu scheren, zerriss es und drückte die Hälften zerknüllt auf das Eintrittsloch sowie das Austrittsloch der Kugel, die Konrad niedergestreckt hatte. Heinrich Julius starrte hinunter auf Konrad, fasste sich dann an die Stirn und bemerkte aschfahl:

»Die Kugel ist durch ihn hindurchgegangen und hat mich an der Stirn getroffen!«

»Und wäre nicht mein Neffe gewesen, so wäret Ihr jetzt vermutlich tot!«, fauchte Barbara, die nun ein Ventil für alle aufgestauten Schrecken gefunden hatte, ihn an.

Herzog Julius erkannte, dass es schwierig sein würde, in dieser aufgeheizten Situation Aufklärung zu erlangen, und befahl dem inzwischen herbeigeeilten Leibarzt, sich zunächst um die Wunde Konrads und dann um seinen Sohn zu kümmern. Den Einwand des Arztes, dass er sich vielleicht zuerst um den Thronfolger kümmern wolle, wischte er verächtlich weg.

»Es ist doch wohl deutlich zu sehen, wo es sich um eine ernste Gefährdung des Lebens und wo es sich nur um eine Schramme handelt!«

Konrad wurde, nachdem der Arzt ihn zunächst kurz in Augenschein genommen hatte, vorsichtig auf einen Tisch gehoben.

»Wie es aussieht, hat den jungen Mann eine Kugel getroffen, die seinen Leib aber sogleich wieder verlassen hat. Sehr gut, die Blutung ist gestillt, nun wird man abwarten müssen. Ich schlage vor, ihn in ein Bett zu transportieren. Dort kann ich die Wunde dann endgültig verbinden.«

Konrad wurde behutsam aus dem Raum getragen, Barbara folgte dem Transport wie eine besorgte Glucke.

Die im Raum verbliebenen Männer starrten Herzog Julius erwartungsvoll an, als wenn er die Lösung für alle weiteren Probleme parat hätte.

»Ich möchte zunächst mit meinem Sohn und Hofrat Riebestahl sprechen. Alle anderen Personen mögen draußen warten!«, befahl er.

Opfermann Bindig, Pastor Malsius und Julius sowie die verbliebenen Soldaten verließen wie an Fäden geführt den Raum, in der Tür wurden sie jedoch von einer erregt hereinstürmenden Frau aufgehalten, bis man sich gegenseitig ausweichend arrangiert hatte.

»Julius, ich muss Euch sofort sprechen, ich habe soeben gar unerhörte Nachrichten vernommen …«

Herzogin Hedwig blieb wie angewurzelt in der Mitte des Raumes stehen, als sie des Durcheinanders und des Aussehens der Männer im Raum ansichtig wurde.

»Was ist passiert?«, fragte sie entsetzt.

Andreas bat darum, dass man sich setzen solle, dann wolle er alle Fäden entwirren, die zu dieser Situation geführt hätten.

Heinrich Julius war mittlerweile schon in einen Sessel gesunken und drückte sich ein Taschentuch an die blutige Stirn.

»Die Hexe wollte mich umbringen, dafür muss sie brennen!«, stieß er hasserfüllt hervor.

»So schnell verbrennen wir keine Frauen an unserem Hof!«, erwiderte Herzogin Hedwig und blickte ihren Erstgeborenen halb besorgt, halb empört an.

»Das bringt mich gleich zu der Frage, was das zu bedeuten hat, dass man meine liebe Freundin Agnes von

Velten unter dem Verdacht der Teufelsbuhlschaft eingekerkert hat. Wer gab denn dazu um Himmels willen den
Befehl?«

»Ich befürchte, Euer Gnaden, in diesem Falle hängt
alles miteinander zusammen. Ich bitte Euch, der Reihe
nach erzählen zu dürfen! Aber vielleicht könnte man
meine Schwester aus dem Kerker holen, einerseits, weil
sie es wirklich nicht verdient hat, dort zu sein, zum anderen, weil sie auch zur Aufklärung beitragen kann.«

Als Julius einem vor der Tür stehenden Soldaten den
betreffenden Befehl gab, stöhnte Heinrich Julius genervt
auf, bedeutete seinem Vater, dass er furchtbare Kopfschmerzen habe, und bat darum, sich zurückziehen zu
dürfen.

»Mir scheint, dass du ein gerüttelt Maß Anteil an der
Geschichte hast, aber um deiner Gesundheit willen lass
deine Wunde versorgen. Wir unterhalten uns morgen.«
Julius wandte sich an Andreas. »Vorerst wird es reichen,
wenn Ihr und Eure Schwester uns aufklären, Herr Riebestahl.«

36. KAPITEL

Wolfenbüttel, 16. / 17. Oktober

KONRAD ERWACHTE MIT zwei sehr gegensätzlichen Empfindungen. Während in seiner Schulter ein pochender Schmerz tobte, spürte er auf seiner Stirn eine kühle Hand. Er hörte die Stimme seiner Tante Barbara:

»Das Fieber ist gesunken. Ich glaube, er ist über den Berg.«

Mühsam versuchte Konrad, die Augen zu öffnen. Es war, als lägen Kieselsteine auf den Augenlidern. Als er die Hände zu Hilfe nehmen wollte, bekam er sie gerade eine Handbreit nach oben, während der Schmerz in der Schulter zu explodieren schien. So begrüßte er dankbar das erneute Versinken in der Bewusstlosigkeit.

Als er das nächste Mal erwachte, fiel es ihm wesentlich leichter, die Augen zu öffnen und in das helle Tageslicht, das durch die Scheiben eines großen Fensters fiel, zu blinzeln. Das Feuer in seiner Schulter war zu einer schwachen, dumpfen Glut zusammengefallen. Diesmal reagierte niemand auf sein Erwachen, und so blickte er sich, um Klarheit bemüht, was mit ihm geschehen war, in dem Raum um, in dem er lag. Er erkannte sofort, dass es sich nicht um sein Zuhause und auch nicht um das Amtshaus in Niederfreden handelte, sondern … um das Schloss in Wolfenbüttel. Die Kammer, in der er lag, war zwar nicht fürstlich, doch recht luxuriös ausgestattet. Er lag in einem großen hölzernen Bett mit feinem Leinenzeug und einem dunkelgrünen samtenen Bettvorhang, der zur Seite gezogen war. Neben dem Bett stand ein reich verzierter Waschtisch, gegenüber nahm ein prächtiger, mit Intarsien geschmückter Schrank fast die ganze Wand ein. In der Mitte des Raumes sah Konrad einen großen Tisch mit gedrechselten Beinen, um ihn herum drei Stühle. Neben dem Bett stand ein gepolsterter Stuhl mit Armlehnen.

Eine Seite des Zimmers wurde von zwei großzügigen viereckigen Fenstern mit hellen Butzenscheiben eingenommen, deren Form Konrad eindeutig verriet, dass er sich im Schloss befand.

Angestrengt begann Konrad, sein Gehirn nach Erinnerungen zu durchforsten, wie es dazu kam, dass er hier lag. Dann durchfuhr es ihn siedend heiß. Er stöhnte laut:

»Christine!«

Mit aller Macht kehrten die Bilder wieder. Die zwei Frauen im geöffneten Kleiderschrank, die eine wild und verzerrt, die andere desorientiert und verzweifelt. Für ihn bei aller äußerlichen Ähnlichkeit ohne jeden Zweifel auseinanderzuhalten.

Entschlossen begann er mit einer Hand, der Hand, deren Bewegung keinen feurigen Schmerz zur Strafe hervorrief, die Bettdecken von sich zu zerren, und versuchte, sich aufzurichten.

In diesem Moment öffnete sich die Tür und seine Mutter betrat in Begleitung seines Onkels und einer Magd den Raum.

»Konrad, du bist wach, Gott sei's gedankt! Aber du musst liegen bleiben!«

Besorgt eilte Agnes an das Bett heran und drückte Konrad, den ohnehin schon alle Kräfte verlassen hatten, zurück in die Kissen. Er kämpfte mit Wogen von

Schmerz und Übelkeit und kämpfte verbissen gegen die lockenden Umarmungen der drohenden Bewusstlosigkeit. Ein nasser Lappen, der auf seine Stirn gelegt wurde, half ihm zu neuer Klarheit.

Die Magd wurde angewiesen, aus der Küche eine stärkende Hühnerbrühe heranzuschaffen, und eilte wieder hinaus.

»Was ist mit Christine passiert?«, verlangte Konrad zu wissen.

»Nun …«, Andreas Riebestahl räusperte sich, »das ist eine verzwickte Sache. Magdalene Sievers wurde von der Kugel einer der Wachen getroffen und war sofort tot. Christine scheint im letzten Moment versucht zu haben, das Attentat zu verhindern. Sie griff ihrer Schwester in die Waffe und zog sich selbst beim Schuss, der sich löste, Verbrennungen im Gesicht zu. Wahrscheinlich aber wurde der Schuss durch sie ein wenig abgelenkt. Ein Weiteres hast du getan, weil du dich vor den Prinzen geworfen hast. Er jedenfalls hat nur eine leichte Schramme an der Stirn durch die Kugel, die deine Schulter durchschlagen hat, erhalten.«

Konrad wartete verwundert auf die Erleichterung, die ihn bei diesen Nachrichten hätte überfallen müssen, aber irgendetwas, das er nicht zu fassen vermochte, verhinderte, dass er an diesen relativ glimpflichen Ausgang glauben konnte.

»Wo ist Christine jetzt?«, verlangte er zu wissen.

»Ja, das ist das Verflixte an den Geschehnissen. Christine wurde abgeführt, wurde allerdings auf meine Bitte, sie schonend zu behandeln, weil sie nicht die Schuldige war, nur in einer Kammer des Schlosses eingesperrt. Nachdem der Leibarzt des Herzogs dich und Heinrich Julius versorgt hatte, wurde er angewiesen, sich die Wunden von Christine anzusehen, die übrigens vorher behauptet hatte, ihre Blindheit verloren zu haben. Medicus Bremer stellte eine mittelschwere Verbrennung der rechten Wange fest und nähte eine Wunde an der Stirn. Als er fertig war, drehte er sich von Christine weg, die diesen Moment nutzte, ihn von hinten mit einem Waschkrug niederzuschlagen. Eine anwesende Magd zwang sie mit einem scharfen Operiermesser des Arztes in der Hand, sich ihrer Kleider zu entledigen. Sie tauschte diese Kleider gegen ihre eigenen, verließ den Raum und sperrte den Medicus und die Magd ein. In dieser Verkleidung gelang es ihr, unbemerkt das Schloss zu verlassen, ehe man die Eingesperrten fand.«

Konrad hatte der Erzählung mit zunehmendem Staunen gelauscht.

»Was hat man mit der toten Magdalene gemacht? Kann ich sie sehen?«

»Nein, du liegst hier schon drei Tage. Du musst wissen, dein Leben stand auf Messers Schneide, denn du hast sehr viel Blut verloren. Magdalene hat man inzwischen auf dem Armenfriedhof verscharrt. Es sollte keine große Geschichte aus den Geschehnissen gemacht werden, denn Herzog Julius befand die Rolle, die sein Sohn in dieser Geschichte gespielt hat, als zu schändlich.«

Agnes nahm der Magd, die mit der geordeten Hühnerbrühe den Raum betreten hatte, den Napf ab, setzte sich zu Konrad auf das Bett und begann, ihn langsam mit der Suppe zu füttern.

»Man hat mich nach diesen schrecklichen Ereignissen sofort aus dem Kerker holen lassen und ich durfte mich seitdem um dich kümmern. Heinrich Julius hat eine gehörige Gardinenpredigt erhalten und was der ehrenhaften Sophie Niedermayer passiert, steht noch aus.«

»Es war schandbar, was dir geschehen ist! Aber ich wusste, dass dir nicht wirklich etwas passieren würde, solange Herzog Julius an diesem Hofe regiert. Doch was die Zukunft in dieser Hinsicht bringen wird, darüber bin ich mir angesichts dieses Thronfolgers sehr unsicher!«, bemerkte Andreas.

Konrad richtete sich wieder ein wenig auf.

»Hat man Christine gefunden?«

»Nein, doch man hat nicht sehr ernsthaft nach ihr gesucht. Auch ihr Ziehvater hatte das Schloss bereits verlassen und man nahm an, dass die beiden sich gemeinsam auf den Heimweg gemacht haben. Man hat nur einen Reiter in das Amt geschickt, mit dem Auftrag, dass Christine dort baldmöglichst zu einer Vernehmung vorgeladen werden solle, zu der ein Untersuchungsbeamter aus Wolfenbüttel geschickt werden würde, um die Ereignisse endgültig aufzuklären.«

»Und Heinrich Julius, hat er Stellung zu den Vorfällen genommen?«, wollte Konrad wissen.

»Nun, nach der Strafpredigt hat er sich, von seinem Vater gezwungen, bei Agnes entschuldigt, sich dann ein paar Tage beleidigt in seinen Räumlichkeiten verkrochen und will morgen früh nach Halberstadt aufbrechen, um seine dortigen Aufgaben wieder aufzunehmen.«

»Aber du musst dich nun ausruhen und schnell gesund werden!«, stellte Agnes bestimmt fest. Konrad, der spürte, dass er dem im Moment nichts mehr entgegenzusetzen hatte, ergab sich in sein Schicksal und versank wenige Augenblicke danach in einen tiefen Schlaf.

Sehr viel später, die Dunkelheit im Raum und vor den Fenstern zeigte ihm, dass es bereits wieder Nacht war, fuhr er schweißgebadet aus einem wirren Traum empor. Ein wilder Reigen hatte sich vor seinen Augen abgespielt. Frauen mit wehenden Haaren und Kleidern tanzten um auf dem Boden liegende Tote herum. Drehte sich eine Frau in ihren Bewegungen zu ihm um, so hatte sie immer das Gesicht der Zwillingsschwestern. Ehe sich das Gesicht dem Reigen wieder zuwandte, zersprang es jedes Mal in tausend Stücke. Er näherte sich den Tanzenden und fasste eine bei der Hand. Widerstandslos ließ sie sich mit gesenktem Haupt aus dem Reigen führen. Als Konrad ihr Gesicht anhob, starrte er in leere Augenhöhlen, in denen ein helles Feuer loderte. Das Feuer brach aus den Augenhöhlen und ließ die ganze Gestalt verbrennen. Mittlerweile hatte sich der Reigen aufgelöst.

Sieben Frauen, alle mit den Gesichtern Christines und Magdalenes, trugen nun jeweils einen Toten zu Konrad und legten ihn vor ihm ab. Konrad erkannte die Verstümmelungen der Toten, die zu Magdalenes Gedicht gehörten. Der siebte Tote trug die Züge von Heinrich Julius, aber sie waren gealtert und glichen denen seines verstorbenen Großvaters. Konrad kannte ein Gemälde von ihm. Und dieser Körper war nicht tot, sondern begann sich in den Armen der Frau in eine Schlange zu verwandeln, die sich zu Boden wand und in der Dunkelheit verschwand.

Die Frau mit dem Zwillingsgesicht blickte Konrad unendlich traurig ins Gesicht und begann zu weinen. Konrad wollte sie in den Arm nehmen, denn er meinte, dass er Christine sah, doch die Züge der Frau verzerrten sich zu einer abstoßenden Maske und sie zischte ihm ins Gesicht:

»Die Sünde der Väter ist noch nicht gerächt!«

Dann fuhr sie mit einer Hand, die sich in eine hässliche Klaue verwandelt hatte, in sein Gesicht und Konrad sah sich selbst zu Staub zerfallen.

Mit einer Klarheit, die ihm den Atem nahm, erkannte Konrad:

»Christine ist tot, Magdalene hat sich für Christine ausgegeben und ist entkommen!«

Die Trauer, die ihn nun befiel, glaubte er nicht einen Augenblick länger, ans Bett gefesselt, ertragen zu können. Vorsichtig richtete er sich in sitzende Stellung auf und bekämpfte den wilden Schwindel, der ihn überfiel. Als die Gegenstände um ihn herum sich wieder alle fest an ihrem Platz befanden, setzte er die Füße zu Boden und stand auf. Seine Beine gehorchten ihm, auch wenn er meinte, sie hätten das Doppelte an Schwere gewonnen, und er tastete sich zu dem Schrank, in dem er Kleidungsstücke zu finden hoffte. Doch er fand nur fein gestapeltes Leinen und ein paar Decken. Auf einem Stuhl in der Ecke jedoch entdeckte er wenigstens Hose und Stiefel, die er angehabt hatte, als er von dem Schuss getroffen worden war. Stöhnend zog er die Kleidungsstücke an und stopfte mit unbeholfenen Händen das Nachthemd, das man ihm angezogen hatte, mehr recht als schlecht in die Hose.

In diesem Moment öffnete sich die Tür und eine Magd betrat, eine Kerze in der Hand haltend, das Zimmer und schlich auf Zehenspitzen zum Bett. Erschrocken hielt sie die Kerze näher an die Liegestätte und schlug die Decken weiter zurück. Als ihr klar wurde, dass niemand im Bett lag, fuhr sie herum und entdeckte Konrad in der Ecke des Zimmers.

»Oh!«, rief sie, doch ehe sie mehr sagen konnte, zischte Konrad:

»Pssst, bitte verrate mich nicht. Ich muss leider ganz schnell hier weg!«

»Das geht nicht, Herr, Ihr seid schwer krank und ich soll nach Euch sehen während der Nacht!«

»Nein, nein, mir geht es gar nicht so schlecht!«

Ein neuerlicher Schwindelanfall, der ihn auf den Stuhl zurücksinken ließ, strafte Konrads Worte Lügen.

»Da seht Ihr's, Herr!«, insistierte die Magd.

»Wie ist dein Name, Mädchen?«

»Liese.«

»Wie spät ist es, Liese?«

»In einer Stunde wird die Sonne aufgehen, Herr.«

»Liese, bitte, du musst mir helfen. Ich muss dringend aufbrechen und jemanden suchen. Hol mir etwas zu essen, danach wird es mir sehr viel besser gehen. Und wenn es möglich ist, dann besorg mir ein Wams!«

Treuherzig schaute Konrad Liese an und fügte hinzu:

»Ich bin mir sicher, dass du eine gute Komplizin bist, wenn es gilt, schlimmes Unrecht zu verhindern!«

Lieses Widerstand schmolz sichtlich und es bedurfte nur noch einiger schmeichelnder und aufmunternder Worte, und sie schloss leise die Tür hinter sich, um das Verlangte zu holen.

Wenig später kehrte sie mit einem Tablett in den Händen und mit einem Kleidungsstück über dem Arm zurück. Sie stellte das Tablett auf den Tisch und Konrad setzte sich auf einen Stuhl, um zu essen. Erst jetzt merkte er, wie hungrig er war, und vermutete, dass dies wohl seine erste richtige Mahlzeit seit Tagen war. Dunkel erinnerte er sich, dass ihm irgendwann zwischendurch in einer wacheren

Phase etwas Hühnerbrühe eingeflößt worden war. Eine solche hatte Liese ihm nun auch gebracht, doch in ihr schwammen mehrere Fleischstücke. Neben dem Suppenteller lagen ein großes Stück Brot und drei ungekochte Eier. Außerdem befand sich auf dem Tablett ein Krug mit frisch schäumender Mumme.

»Oh, Liese, du weißt offensichtlich, was einen Mann wieder zu Kräften kommen lässt!«, scherzte Konrad mit einem Zwinkern und ließ die rohen Eier, nachdem er die Schale am Tellerrand geknackt hatte, direkt in seinen Mund laufen. Danach machte er sich über die Suppe her, in der er auch das Brot aufweichte.

Liese, erfreut über das Lob, zeigte Konrad währenddessen eine verschlissene Soldatenjacke und erzählte schüchtern:

»Die gehört meinem Verlobten. Er ist bei der Schlosswache. Er wird nicht so schnell merken, dass die Jacke weg ist, denn er hat heute Nacht am Schlosstor Dienst.«

»Aber das ist ja wundervoll. Du musst gehen und ihn einweihen. Dann kann ich unbemerkt das Schloss verlassen!«

»Aber Herr, das geht nicht! Man wird uns zur Rechenschaft ziehen!«

»Nein, nein, ich bin ja kein Gefangener und niemand wird fragen, wie ich mein Verschwinden bewerkstelligt habe! Geh jetzt und sprich mit deinem Verlobten. Wenn ich zwei Stunden weg bin, magst du mein Verschwinden melden, dann wird dir niemand etwas anlasten.«

Wieder ließ sich Liese nach einigem Hin und Her überreden und eine halbe Stunde später konnte Konrad mithilfe seiner beiden neu gewonnenen Komplizen kurz vor Sonnenaufgang das Schloss unbemerkt verlassen.

37. KAPITEL

*Auf dem Weg von Wolfenbüttel nach Halberstadt,
17. Oktober*

IN ALLER FRÜHE fand sich Andreas Riebestahl vor dem
Schloss ein und bestieg eine Kutsche im Gefolge des Erbprinzen Heinrich Julius, das sich auf die Reise nach Halberstadt begab. Einige rechtliche Angelegenheiten, die
von höchster Stelle besehen werden mussten, erforder-
ten seinen Besuch. Heinrich Julius sollte in Bezug auf
die Regentschaft in Halberstadt in wenigen Monaten der
Vormundschaft entwachsen und die Aufgaben des regie-
renden Bischofs übernehmen.

Andreas seufzte, als er an die vor ihm liegenden Aufgaben dachte. Würden diese ihn doch oft für längere
Zeit von zu Hause wegführen. Viel lieber hätte er sich
gerade angesichts der Geburt seiner Zwillingssöhne mit
den Obliegenheiten am Hofe in Wolfenbüttel begnügt.
Doch war ihm klar, dass Herzog Julius ihm mit vollem
Bewusstsein und einigen Hintergedanken diese Mission
übertragen hatte.

Erbprinz Heinrich Julius würde eines Tages die Nach-
folge seines Vaters in einem Herzogtum antreten, das
zwar wirtschaftlich wieder erblüht war, in sich aber Stoff
für viele Konflikte barg. Heinrich Julius war ein sehr
intelligenter junger Mann, der sich für Wissenschaft und
Kunst im hohen Maße begeistern konnte. Er hatte bereits
umfassende Kenntnisse auf den Gebieten der Theologie
und der Jurisprudenz. Fasziniert hatte Andreas die ersten

literarischen Versuche des jungen Mannes zur Kenntnis genommen, der sich im Verfassen von kleinen Schauspielen übte. Der Erbprinz war wissensdurstig und ruhelos und Andreas fühlte sich sehr stark an sich selbst in diesem Alter erinnert.

Eben darum betrachtete er allerdings, genauso wie Herzog Julius, die Irrwege, die Heinrich Julius zu gehen drohte, mit großer Sorge. Was war das für eine Verbissenheit in seinem Kampf gegen vermeintliche Hexen, die ihn sich selbst gegen eine langjährige vertraute Freundin richten ließ. Welche spontanen Unbedachtheiten würden ihn zu Fehlern verführen, die nicht mehr rückgängig gemacht werden konnten. Würde unter seiner Regentschaft als erster lutherischer Bischof von Halberstadt ein endgültiger Weg zu finden sein, die Stadt, die sich schon vor Jahrzehnten die Religionsfreiheit vom Magdeburger Erzbischof erkauft hatte und lutherisch geworden war, mit dem römisch-katholischen Domkapitel zu vereinigen?

Andreas' Gedanken wanderten weiter zu Konrad, seinem Neffen, der sich nun Gott sei Dank wieder auf dem Wege der Besserung befand. Von Herzen wünschte er sich, dass Konrad sich nach diesen ersten so verwirrenden Erlebnissen auf seinem Weg in eine juristische Laufbahn vollkommen erholen und nicht beirren lassen würde. Sein Verhältnis zu der jungen Christine Bindig würde schwer zu klären sein, war sie doch, selbst anscheinend völlig unschuldig, die Schwester einer vielfachen Mörderin und Attentäterin und hatte sich durch diese in den Strudel des Verbrechens reißen lassen. Wie sollte Konrad diese Frau, so er denn wollte, ehelichen können, ohne seine Karriere am Hof zu zerstören? Das Leben nicht nur einer Generation war nachhaltig durch jene grausame Hexenverbrennung vor 14 Jahren aus den Fugen gebracht worden.

Andreas warf einen abwesenden Blick aus dem Fenster der Kutsche. Soeben ließ man die Gehöfte des Dorfes Denkte hinter sich und es würde noch gute vier Stunden dauern, bis man Schloss Hessen erreichen würde, die erste Etappe auf dem Weg nach Halberstadt. Nach einer Mittagspause würde Erbprinz Julius Heinrich entscheiden, ob man den Weg noch an diesem Tage bis Halberstadt fortsetzen würde oder ob man die Bequemlichkeiten des einst von Herzog Julius ausgebauten Schlosses nutzen und die Reise erst am nächsten Tag fortsetzen würde.

Zeit für ein Schläfchen, dachte Andreas und verfiel fast unmittelbar in einen leichten Dämmerschlaf.

Mit einem Ruck blieb die Kutsche stehen und Andreas fuhr erschrocken hoch, als er einen Schuss und panisches Geschrei vernahm. Eilig öffnete er den Schlag und versuchte zu erfassen, was vor sich ging. Dies wurde erschwert durch Nebel und Pulverdampf, doch konnte er sofort erkennen, dass das Zentrum des Geschehens die Kutsche des Erbprinzen war. Er sprang aus der Kutsche und bemühte sich, sich durch das Gewirr von aufgeschreckten Pferden, querstehenden Kutschen und flüchtenden Menschen zu drängen.

Dicht bei seiner Kutsche erblickte er Heinrich Julius, der blass neben seiner Kutsche stand, umringt von einigen Hofbeamten. Neben ihm auf dem Boden lag ein Mann hingestreckt und Andreas erkannte bei näherem Hinsehen, dass es sich um den Kutscher handelte, der anscheinend von der Kugel einer Arkebuse getroffen worden war.

Heinrich Julius hatte seinen Blick auf das Geschehen,

das sich auf einer kleinen bewaldeten Anhöhe neben dem Weg abspielte, gerichtet und sein Blick wandelte sich vor Andreas' Augen von Schrecken zu grenzenloser Verachtung. Soldaten der Leibgarde hatten anscheinend mehrere Personen überwältigt und versuchten diese nun abzuführen. Andreas erkannte eine Frau und einen großen, schwergewichtigen Mann und ... Konrad. Letzterer verlor anscheinend just in diesem Moment das Bewusstsein, denn er sackte in sich zusammen und wurde im letzten Moment von einem der Soldaten gestützt, sodass er nicht lang niederschlug. Die Frau, Christine Bindig, wie Andreas meinte, gebärdete sich wild und versuchte, sich von ihren Häschern durch Tritte und Bisse zu befreien. Der große, schwere Mann starrte die Frau verzweifelt an und stieß unartikulierte Laute aus.

Heinrich Julius befahl seinen Soldaten mit scharfer Stimme, die Überwältigten heranzubringen. Andreas stürzte zu dem kraftlos ins Gras sinkenden Konrad, Christine Bindig kam direkt vor dem Sohn des Herzogs zu stehen und spuckte ihm ins Gesicht. Als Andreas aufblickte, um Hilfe für den Bewusstlosen zu fordern, sah er gerade noch, wie es Christine Bindig gelang, eine Hand aus dem Griff des sie haltenden Soldaten zu befreien, der in diesem Moment durch eine ihn bedrohende Wespe abgelenkt war. Wie von Zauberhand geführt, fuhr ihre Hand unter ihr Wams und hielt im nächsten Moment einen Dolch, den sie direkt auf die Brust des Erbprinzen fahren ließ.

Andreas, der hochgefahren war, umfasste das Handgelenk der Frau einen Lidschlag, bevor der Dolch den Prinzen berührte, und hielt es mit stählernem Griff fest. Die Frau schrie auf und blickte ihm mit wahnsinnigem Blick in die Augen. Als Andreas den Dolch vom Herzog weg lenken wollte, kam Bewegung in den Begleiter Christines und er warf sich, seine Bewacher mit sich ziehend, mit vollem Gewicht auf Andreas. Die ganze Gruppe stürzte in einem Haufen übereinander.

Nach einem Moment höchster Verwirrung gelang es ihnen schließlich, sich zu entwirren. Nur Andreas und die Frau, die zuunterst zu liegen gekommen waren, erhoben sich nicht.

Andreas, der bäuchlings auf Christine lag, fühlte unter seinen Händen eine klebrige Flüssigkeit hervorquellen und dachte einen Moment lang verzweifelt, dass das Messer in seinen Leib gefahren sei. Vorsichtig begann er sich aufzurichten und blickte in die geweiteten Augen der auf dem Rücken liegenden Christine. Der Messergriff ragte aus ihrer Brust. Sie fuhr sich mit der Zunge über die Lippen, über die ein Rinnsal Blut sickerte, das plötzlich zu einem reißenden Strom wurde, und begann stockend, von Blutstürzen unterbrochen, zu flüstern:

»Des Fürsten ... Vorbild ist ... nicht gestürzt ... brennen werden ... sie ... sagt Konrad ... es ... tut mir ... leid!«

Ein letzter Schwall von Blut ergoss sich aus ihrem Mund und Magdalene Sievers, Andreas erkannte nun, dass nur sie es sein konnte, war tot.

Der Begleiter Magdalenes stieß ein markerschütterndes Geheul aus und wollte sich auf Magdalene stürzen, wurde nun aber von den Soldaten mit vereinten Kräften abgeführt.

Andreas wandte sich zurück zu Konrad, der inzwischen aus seiner Bewusstlosigkeit erwacht war. Er begann sich aufzurichten und Andreas eilte ihm zu Hilfe. Entsetzt starrte Konrad auf die Tote. Seine Augen wanderten von ihr zu Heinrich Julius, der immer noch wie angewurzelt am gleichen Fleck stand.

»Das ist Magdalene Sievers. Die Tote im Schloss war Christine. Als mir das klar wurde, ahnte ich, dass Magdalene es noch einmal versuchen würde. Ich wollte sie zur Vernunft bringen!«

»Du Idiot«, sagte Andreas mit einer Stimme, die den Worten die Schärfe nahm, »warum hast du uns nicht einfach nur gewarnt?«

»Ich wollte … äh, ich hoffte …«, begann Konrad, doch Andreas, der befürchtete, dass sich Konrad noch um Kopf und Kragen reden würde, wenn deutlich wurde, dass er gehofft hatte, Magdalene trotz ihrer schlimmen Taten retten zu können, unterbrach ihn und schimpfte:

»Nun, man wird es dir trotz deiner großen Dummheit sicher hoch anrechnen, dass du den Erbprinzen ein zweites Mal gerettet hast!«

Konrad enthielt sich weiterer Aussagen, als er in die strengen Augen seines Onkels blickte, und sank kraftlos in sich zusammen.

»Nun, dann können wir ja wohl unsere Reise fortsetzen und hoffen, dass wir heute noch unbehelligt in Schloss Hessen anlangen!«, bemerkte Heinrich Julius mit sich langsam festigender Stimme und verschwand in seiner Kutsche.

EPILOG

Niederfreden, 19. Oktober

ACHT MENSCHEN STANDEN um das schlichte Grab herum. Andreas und Barbara, Agnes mit den Söhnen Julius und Nicolaus, die Magd des Opfermannes Bindig und in ihrer Mitte Konrad und Wilhelm Bindig. Ein kleines Holzkreuz trug zwei Namen und ein Geburtsdatum. Magdalene und Christine, geliebte Töchter von Katharina Sievers und Wilhelm und Anna Bindig.

Während der alte Mann haltlos vor sich hin schluchzte, stand Konrad mit versteinerter Miene vor dem Grab.

Die letzten drei Tage hatte Konrad damit verbracht, sich von seiner Verwundung zu erholen und gleichzeitig mit eisernem Willen durchzusetzen, dass die Schwestern Magdalene und Christine hier in Niederfreden auf dem Kirchhof eine gemeinsame letzte Ruhestätte fanden. Er hatte sich nicht gescheut, dieses Ergebnis gleichsam zu erpressen.

Herzog Julius und seine Ehefrau hatten ihn an seinem Krankenbett besucht, um sich für die erneute Rettung ihres Sohnes zu bedanken. Sie hatten sich die Zeit genommen, die ganze Geschichte aus allen Blickwinkeln beleuchtet zu bekommen. Auch die letzte Tat Konrads, sein Ritt in die Nacht, um Magdalene zu finden, die er irgendwo auf dem Weg nach Halberstadt in einem Hinterhalt vermutete, wurde gehört und kommentarlos hingenommen. Niemand fragte mehr, warum er nicht einfach am Hofe Bescheid gegeben hatte, dass Magdalene noch am Leben und somit wahrscheinlich weiter auf Jagd nach Heinrich Julius war. Die Tatsache, dass Magdalene sogar die Arkebuse, die sie beim ersten Attentatsversuch bei sich hatte, unbemerkt hatte mitnehmen können, ließ Herzog Julius allerdings wutentbrannt aufspringen und mit zornesroter Miene hervorstoßen, dass das üble Folgen für die Schlosswache nach sich ziehen würde.

Konrad hatte Magdalene und Oskar nur wenige Minuten vor dem Überfall in der Böschung am Wegesrand entdeckt, war aber von seinem Ritt so geschwächt gewesen, dass er den wilden Drohungen Magdalenes, ihn umgehend zu töten, wenn er versuchte, sie an ihrer Tat zu hindern, kaum etwas entgegenzusetzen hatte. So hatte diese Oskar befohlen, Konrad festzuhalten, als die Kutsche des Erbprinzen in Sicht kam, und hatte sich, mit der Arkebuse bewaffnet, erhoben.

Konrad rang mit Oskar, der aber keinerlei Mühe hatte, mit einem Arm dessen Arme am Körper festzupressen und mit der anderen Hand ihm den Mund zuzuhalten. So geschah es lediglich, dass der Schuss, der auf dem deutlich im Kutschenfenster sichtbaren Heinrich Julius gerichtet war, durch einen wilden Tritt Konrads gegen Magdalenes Hüfte auf den unglücklichen Kutscher abgelenkt wurde. Sogleich waren dann die Leibgardisten zur Stelle gewesen und hatten die Attentäter überwältigt.

Konrad wurde anheimgestellt, eine Belohnung zu fordern, vielleicht ein besonderes Amt oder eine andere Bevorzugung. Doch er hatte nur dieses gemeinsame Begräbnis gleichsam als Wiedergutmachung für das, was der Vater des Herzogs dieser Familie angetan hatte, gefordert. Dabei erlaubte er sich sogar den dezenten Hinweis, dass es sich bei Magdalene und Christine ja sogar höchstwahrscheinlich um Halbschwestern des Herzogs gehandelt hätte, da ja behauptet wurde, dass der alte Herzog Heinrich ihr Vater gewesen sei. Herzog Julius zeigte sich zutiefst erschüttert und gab Anweisung, dass man dem Wunsch Konrads Rechnung tragen solle. Auch Oskar, der langjährige Gefährte Magdalenes, sollte begnadigt werden und der Sorge eines Stiftes unterstellt werden.

Christines sterbliche Hülle wurde aus dem Armengrab geholt und zusammen mit ihrer Schwester Magdalene wurde sie nach Niederfreden überführt.

Konrad wusste nicht so richtig, wie er weiterleben sollte. Hier am Grab Christines spürte er nur Leere und unendlichen Verlust. Er hatte Christine nicht lange gekannt, ja eigentlich sogar nur viermal wirklich gesehen, doch es schien ihm, dass er schon in der ersten Minute gewusst hatte, dass sie für ihn bestimmt war. Sie war die Frau gewesen, da war sich Konrad vollkommen sicher, die sein Stiefvater Max ihm einst beschrieben hatte, als er von der ›richtigen Gefährtin‹ sprach, die, wenn man sie fände, einem Glückseligkeit auf Erden brächte.

Wie konnte es sein, dass ihm diese Gefährtin, kaum dass er sie gefunden hatte, auch schon wieder entrissen worden war?

Und er erkannte, dass er auch Magdalene geliebt hatte. Wild und verzweifelt, schien sie eine Kehrseite der sanften Christine gewesen zu sein, die doch untrennbar zu ihr gehört hatte.

Das Leben der Zwillingsschwestern war in dem Moment zum Scheitern verurteilt gewesen, als grausamer Aberglaube und die herzlose Intrige eines mächtigen Mannes das Leben ihrer Mutter vernichtet hatten. Das Leben seiner eigenen Mutter war aufgrund der Niedertracht einer eifersüchtigen Frau und der unausgegorenen Geltungssucht eines Knaben, der seinen in der Kindheit gewonnenen und durch halb verstandene Theorien an der Universität vertieften Hexenglauben in willkürlicher Machtausübung bestätigt wissen wollte, aufs Höchste gefährdet worden.

Und so schwor sich Konrad, der wusste, dass er sein Leben irgendwie weiterleben musste, dass er es dem erbarmungslosen Kampf gegen Hexenglauben und die Hinrichtung von unschuldigen Menschen weihen würde.

ENDE

HANDELNDE PERSONEN

Die mit einem Sternchen gekennzeichneten Personen haben wirklich existiert. Ihre Namen tauchen mal mehr, mal weniger in den Geschichtsdokumenten auf. Ihre Handlungen in diesem Buch sind jedoch weitgehend frei erfunden, wie es im Kapitel Wahr und Unwahr erklärt werden wird.

Herzog Julius von Braunschweig-Wolfenbüttel*
Herzogin Hedwig von Braunschweig-Wolfenbüttel*
Erbprinz Heinrich Julius von Braunschweig-Wolfenbüttel*

Konrad von Velten, frischgebackener Jurist am Hof Wolfenbüttel

Agnes von Velten, seine Mutter, leitet eine Mädchenschule
Julius, Nicolaus, Elisabeth, Adelheid und Käte von Velten, ihre weiteren Kinder und Halbgeschwister von Konrad von Velten

Andreas Riebestahl, Hofbeamter am Hof Wolfenbüttel, Onkel von Konrad und Zwillingsbruder von Agnes.
Barbara Riebestahl, Ehefrau von Andreas und Ziehschwester von Andreas und Agnes.
Heda (Hedwig) Riebestahl, Tochter von Andreas und Barbara.

Walter zu Hohenstede, Assessor und Hofbeamter.

Jacob Bissmann, Amtsvogt Amt Lichtenberg*
Friedrich Kasten, Untervogt Amt Lichtenberg
Nele, Totenwäscherin in Niederfreden
Adam, Totengräber in Niederfreden
Frau Hopius, Pastorenfrau in Salder
Thomas Hopius, ältester Sohn der Pastorenfamilie
Georg Grothe, Jörg Papendeich, Bauern in Salder
August, ein Knecht
Anton Bethge, Kotsasse in Niederfreden
Witwe Knake, Ackerhofbäuerin in Hohenassel
Superintendent Schultius, Niederfreden*
Büttel Hanne und andere Büttel im Amt Lichtenberg

Wilhelm Bindig Opfermann (=Küster) und Schulmeis-
    ter in Niederfreden
Christine Bindig, Tochter von Wilhelm Bindig

Burchard Freiherr von Cramm, Oelber*
Katharina Freifrau von Cramm, seine Gattin*
Amalia von Pillburg, Ehefrau des Verwalters von Oelber.
Sophie von Pillburg, ihre Tochter
Jobst, ein Schäferjunge in Oelber

Pastor Papius, Osterlinde

Sophie Niedermayer, verw. Rethem, geborene Kale, Hof-
    beamtengattin in Wolfenbüttel
Elisabeth Welfermann, Freundin von Sophie Nieder-
    mayer

Paul Behrendt, Archivar in der Kanzlei in Wolfenbüttel

Hofprediger Malsius, Wolfenbüttel*

Frau Lüders, Hilfslehrerin an der Schule von Agnes von
Velten

Mattes, Hausmeister an der Schule von Agnes von Velten

Simon und viele andere Soldaten des Hofes Wolfenbüttel

GLOSSAR

Ackerhofbauer: Besitzer eines größeren Hofes

Assessor der Jurisprudenz: Titel eines Hofjuristen

Assistentus: Assistent

Katechismus: Handbuch der Unterweisung in den Grundfragen des christlichen Glaubens.

Opfermann: In der nachreformatorischen Zeit bis ins 19. Jahrhundert vereinte der Opfermann die Aufgaben eines Küsters, Lehrers und oft auch Organisten in seiner Person.

Superintendent: Ein den Pastoren übergeordneter Geistlicher.

Kothof: Kot kommt von Kate, Kote, kleines Haus, Hütte, Gehöft.

Kotsasse: Besitzer oder Pächter des Kothofes. Besaßen nur eine Hufe oder wenige Morgen Land.

Gängelband: Als Laufhilfe und als Mittel zur Einschränkung der Bewegungsfreiheit eingesetzte Bänder für Kleinkinder. Nachweisbar seit dem Mittelalter.

WAHR UND UNWAHR

NATÜRLICH IST MEINE Kriminalgeschichte erfunden, auch wenn in ihr historische Personen vorkommen. Deshalb erzähle ich an dieser Stelle, was war und was nicht war:

Konrad von Velten und fast seine gesamte Familie sind meiner Fantasie entsprungen, aber nur fast. Die Adelsfamilie von Velten, eigentlich von Veltheim, gab und gibt es tatsächlich im Braunschweiger Land. Und Achatz von Veltheim (bei mir Achatz von Velten) ist eine historisch verbürgte Gestalt aus genau der beschriebenen Zeit. Ebenso seine Gemahlin Margarete von Veltheim, geborene von Saldern. Der Adoptivvater Konrads aber, Max von Velten, ein jüngerer Sohn der Familie, ist eine erfundene Figur und so natürlich auch die Adoption eines unehelich geborenen Kindes durch einen von Veltheim.

Der Rückblick auf die Geschichte Barbaras mit Margarete von Saldern bzw. die Verlegung der Hochzeit Margaretes mit Achatz von Veltheim nach Salder enstprang meiner Fantasie, weil es gut in die Vorgeschichte passte.

Konrads Familie mütterlicherseits, die Riebestahls, hat es so, wie ich sie beschrieben habe, auch nicht gegeben und es war kein Riebestahl am Hofe des Herzoghauses Braunschweig Wolfenbüttel tätig. Doch gab es im Braunschweiger Land einen Pastor Nicolaus Riebestahl, den ich zum Stammvater dieser Familie gemacht habe. Seine eigentliche Geschichte verliert sich weitgehend im Dunkeln.

Agnes von Velten, geborene Riebestahl, und ihre Mädchenschule sind ein meiner Fantasie entsprungenes Konstrukt. Hierfür war die Zeit noch gar nicht reif, obwohl der Theologe Johannes Bugenhagen in seiner Kirchenordnung für Braunschweig schon Jahrzehnte vorher dafür den Grundstock gelegt hatte. Doch war es für mich zu verlockend, diese Entwicklung mit all ihren Problemen meiner Agnes anzuvertrauen, als dass ich darauf hätte verzichten können, zumal es historisch verbürgt ist, dass Agnes' Gönnerin und Helferin, Herzogin Hedwig von Braunschweig, eine gebildete Frau war.

Auch die Dame Adelheid von Lafferde, die von der Intrigantin Sophie Niedermayer erwähnt wird, hat es gegeben. Sie war Äbtissin des Braunschweiger Kreuzstiftes und führte in der lutherisch gewordenen Institution eine Mädchenschule.

Sophie Niedermayer, geborene Kale, ist eine erdachte Figur. Barbara Riebestahl ist mit ihr über ihren leiblichen Vater, Lorenz Kale, verwandt. Das Kaufmannsgeschlecht Kale gab es tatsächlich in Braunschweig. Es stellte mehrere Ratsherren und Bürgermeister. Lorenz und Sophie sind jedoch Fantasiegestalten und alles, was sie im Buch sagen und erleben, ist ebenfalls erfunden.

Wilhelm Bindig, seine Person ist fiktiv, die Verbindung der Ämter von Opfermann (Küster), Lehrer und Kantor einer Kirchengemeinde der Frühen Neuzeit hat es so gegeben und war im Herzogtum üblich. Martin Luther hatte in seiner Schrift ›An die Ratsherren aller Städte deutschen Landes, dass sie christliche Schulen aufrichten und halten sollen (1524)‹ die Einführung der Schulpflicht für Jungen gefordert. In unterschiedlichem Maße wurde die Forderung umgesetzt, wobei es oft zu diversen, im Buch geschilderten Schwierigkeiten kam. Eine allgemeine Schulpflicht für Jungen wurde im Herzogtum erst 1647 eingeführt, 1753 wurde sie dann auf Mädchen ausgedehnt.

Erst 1920 wurden die Ämter des Küsters und des Lehrers im Zuge der Trennung von Staat und Kirche geteilt.

Alle sieben Morde und alle sieben Mordopfer im Amt Lichtenberg sind erfunden. Dem Opfer Alfred von Pilburg habe ich eine Verwalterposition auf dem tatsächlich heute noch existenten Schloss Oelber angedichtet. Handelt es sich bei ihm um eine fiktive Person, so hat es den Freiherren Burchard von Cramm und seine Gemahlin Katharina in dieser Zeit gegeben.

Von Burchard von Cramm, dessen Familie sich den Besitz des Schlosses Oelber mit der Familie von Bortfeld teilte, ist bekannt, dass er landgräflich-hessischer Statthalter war. Daher vermute ich, dass er nur ab und zu auf Schloss Oelber weilte. Tatsächlich veranlasste er zusammen mit seinem Bruder Franz den Umbau und die Erweiterung des Schlosses weitgehend in die Gestalt, wie wir sie heute noch besichtigen können. Was ich ansonsten in meinem Roman beschrieben habe, hat sich dort nicht ereignet.

Auch Pfarrer Hopius aus Salder ist erfunden. Alle heute im Salderschen Pfarrhaus (einem Nachfolgerbau) lebenden mir sehr wohl bekannten Personen mögen mir diesen perfiden Ausrutscher verzeihen, der keinerlei Wahrheitsgehalt und Anspielung enthält.

Der Auslöser meiner Mordserie, eine Hexenverbrennung im damaligen Amt Lichtenberg, ist historisch verbürgt, nicht aber die Namen und Gestalten der sieben als Hexen verbrannten Frauen in meinem Roman. Sie stehen für das übliche Muster der Hexenanklagen und Verfolgung dieser Zeit.

Alle Personen, denen Konrad auf dem Amtshof begegnet, sind erdacht. Gegeben hat es allerdings einen Superintendenten Schultius zu dieser Zeit, der mir hoffentlich nicht böse sein würde, dass ich ihm eine so wenig zufriedenstellende Predigt angedichtet habe – in dieser Zeit hat das Volk sehr darauf geachtet, dass ihm Gesetz *und* Evangelium (=die gute Botschaft) gepredigt wurde, doch nicht alle Pastoren erfüllten immer diesen Anspruch.

Das Amt Lichtenberg hat seinen Namen von der alten Welfenburg oberhalb der Orte Oberfreden und Niederfreden. Nach der Zerstörung der Burg wurde das Amt in die Domäne Lichtenberg in Niederfreden verlegt. Erst 1857 wurde der Ort Lichtenberg aus den Orten Ober- und Niederfreden, der Domäne und dem Vorwerk Altenhagen gebildet.

Die anderen Orte dieser Gegend, die im Buch erwähnt werden, also Salder, Reppner, Osterlinde, Hohenassel usw. gibt es tatsächlich und sie gehörten in der beschriebenen Zeit zum Amt Lichtenberg.

Die beiden Verstecke, in die Konrad von Magdalene verfrachtet wird, sind nur halb erdichtet. Das Vorwerk Altenhagen gibt es tatsächlich und da es auf dem Weg der Streifzüge Magdalenes lag, konnte sie einen entlegenen Kellerraum durchaus für ihre Zwecke genutzt haben.

Vorchristliche Hügelgräber gibt es in den Lichtenbergen unweit von Osterlinde tatsächlich, doch liegt ihre wahre Herkunft und Bestückung im geschichtlichen Dunkel. Ich habe eine Art von Grabbeigaben beschrieben, wie sie auch aus einer späteren Nutzung denkbar wären. Die Technik der Steintür habe ich mir ausgedacht, damit mein Held einen Weg nach draußen finden konnte.

Die Geschichte, die Magdalene über die Zeit ihrer
Mutter in Hildesheim erzählt, sowie die Figuren der
Dorothea und des Oskar sind frei formuliert, doch findet
man in der tatsächlichen Historie Hildesheims gerade in
dieser Zeit einige Hexenverbrennungen auf der genann-
ten Hinrichtungsstätte.

Die drei Generationen der Herzöge von Braunschweig-
Wolfenbüttel, die in meinem Roman vorkommen, bieten
in ihrer Verschiedenartigkeit viel Nahrung für die Fantasie. Großvater-Sohn-Enkel, drei mächtige Männer, die
die Welfenlinie Mittleres Haus Braunschweig mit ihrer
Tatkraft zu einer großen Blüte gebracht haben, jeder auf
seine Art.

Herzog Heinrich der Jüngere steht noch für die Generation der in die nachreformatorischen Religionskriege
involvierten Soldatenfürsten. Kaisertreu und deshalb
standhaft römisch-katholisch, mischte er fleißig und viel-
fach tonangebend in den Auseinandersetzungen mit und
brachte einige Opfer. So musste er fünf Jahre Gefangenschaft und Entmachtung hinnehmen und darüber hinaus
erleben, dass in der Schlacht von Sievershausen im Jahr
1553 seine beiden mit ihm konformen älteren Söhne und
Thronerben fielen.

Seine innenpolitische Erkenntnis im eigenen Herzogtum war, dass es nötig war, über eine Kanzleiordnung die
fürstenstaatliche Organisation zu straffen und ein Hofgericht einzurichten, das nach dem neuen carolingischen
Recht urteilte.

In Liebesangelegenheiten stand Herzog Heinrich für
den Skandal seiner Zeit. Er installierte seine Geliebte Eva
von Trott nach der Geburt ihrer drei ersten gemeinsamen
Kinder und nachdem er ihren Tod vorgetäuscht hatte,

in Bad Gandersheim und zeugte sieben weitere Kinder mit ihr.

Im fortgeschrittenen Alter heiratete Heinrich seine zweite Frau, Sophia von Polen, wohl hauptsächlich aus dem Grunde, mit ihr nach dem Tode seiner beiden älteren legitimen Söhne noch einen legitimen Thronfolger zu zeugen, um den ungeliebten Sohn Julius als Thronfolger umgehen zu können. Mit Sophia bekam er allerdings keine Kinder mehr. Eva von Trott hatte er später auch ›aus seinen Diensten entlassen‹ und im Kreuzstift Hildesheim untergebracht.

Hier und da findet man in der Literatur jedoch Hinweise, dass er selbst jetzt nicht ganz der Weiblichkeit abhold war, und so habe ich ihm das Verhältnis mit Katharina und die Nachstellungen Barbaras angedichtet, zumal auch ein Interesse seinerseits an den Hexenverbrennungen in Salzgitter durch die Literatur geistert.

Sein Sohn Julius, der, wäre es nach seinem Vater gegangen, niemals hätte Herzog werden dürfen, leitete eine beispiellose Veränderung im Herzogtum ein.

Als dritter, schwächlicher und gehbehinderter Sohn war er nie für die Thronfolge bestimmt, sondern wie man es zu dieser Zeit oft mit jüngeren Söhnen tat, wurde er für eine geistliche Laufbahn erzogen. Das Bemühen seines Vaters, ihn von reformatorischen Einflüssen fernzuhalten, zeitigte gegenteiligen Erfolg. Während seiner Universitätslaufbahn in Köln und dem flandrischen Löwen und seiner Reisen durch Frankreich muss sich sein Denken genau in die ungewollten Bahnen des Protestantismus begeben haben. Aus Frankreich brachte Julius einige Ritterromane mit, die den Grundstock der später von ihm gegründeten Bibliothek, die heute unter dem Namen

Herzog August Bibliothek international bekannt ist, bildeten.

Nachdem er nach dem Tod seiner beiden älteren Brüder plötzlich Thronfolger geworden war, versuchte er dem Groll und der Einflussnahme seines Vaters sowie den Intrigen am Wolfenbüttler Hof zu entgehen, indem er zunächst zum Hofe des Ehemanns seiner Schwester Katharina, des lutherischen Markgrafen Johann von Brandenburg, flüchtete. Hier lernte er ein wirtschaftlich und verwalterisch hervorragend geführtes Land kennen. Mit Feuereifer machte er sich daran, alles zu lernen, was ihm für die erfolgreiche Verwaltung seines eigenen Erbes von Nutzen sein konnte.

Auch fand er hier seine spätere Frau, eine Nichte Johanns, Hedwig, die Tochter des Kurfürsten Joachim von Brandenburg.

Die folgenden Jahre verbrachte Julius mit seiner Ehefrau und den erstgeborenen Kindern in Schloss Hessen, einmal, um sich hier weiter in verwalterischen und wirtschaftlichen Fähigkeiten zu üben, zum anderen, um dem immerwährenden Konflikt mit seinem Vater weiterhin aus dem Weg zu gehen. Erst die Geburt seines eigenen Sohnes Heinrich Julius milderte die Einstellung des alten Herzoges Julius gegenüber.

Julius führte gleich nach seinem Regierungsantritt die Reformation im Braunschweiger Land ein und gestaltete mit Hilfe der Theologen Martin Chemnitz, Jacob Andreae und Nicolaus Selnecker das Kirchenwesen um. Er gründete das Pädagogium illustrae in Bad Gandersheim, das 1574 nach Helmstedt verlegt wurde und durch die Schaffung der juristischen und der medizinischen Fakultäten neben der theologischen Fakultät zur Universität wurde.

Neben der Neuordnung des Fürstentums in geistlicher Hinsicht machte Julius sich sofort daran, sein Erbe auch in wirtschaftlicher und verwalterischer Hinsicht zu stabilisieren und zu erweitern. In Bezug auf die Verwaltung bewegte er sich durchaus konsequent auf den Spuren seines Vaters: er erneuerte die Kanzleiordnung, baute die Organisation der Ämter und deren Supervision aus und verhinderte das Bestreben der Stände, ihre Sonderrechte zu erweitern.

Der Absicht, sein Herzogtum wirtschaftlich stark zu machen, entsprang ein riesiger Wissensdurst und eine große Experimentierfreudigkeit. Unablässig trat er in Kontakt zu Menschen mit neuen Ideen. Dies hatte nicht immer nur positive Folgen, wie zum Beispiel bei der im Buch beschriebenen Goldmacheraffäre. Doch im Großen und Ganzen waren seine Bemühungen von beachtlichen Erfolgen gekrönt. Der Ausbau und die Neuorganisation des schon vom Vater unterstützten Bergbauwesens brachten reiche Erträge an Bodenschätzen. Salinen und Steinbrüche und die Forstwirtschaft lieferten Rohprodukte, die verarbeitet und kaufmännisch verwertet wurden. Die Oker wurde schiffbar gemacht, damit die Erze aus dem Bergbau im Harz nach Wolfenbüttel gebracht werden konnten. So entstand in Folge eine florierende Waffenindustrie. Um neue Verkehrswege zu erschließen, wurde die Anbindung des Herzogtums an das Wasserstraßennetz außerhalb des Herzogtums geplant.

Das Schloss Wolfenbüttel und die vor ihm liegende Heinrichstadt wurden systematisch ausgebaut (den Namen Wolfenbüttel erhielt das Ganze erst 1747).

Da sich die Stadt Braunschweig schon unter den Vorgängern Julius' allen Bestrebungen, ihre Selbstständigkeit zu beschränken, verschlossen hatte, beschloss Julius, mit dem systematischen Ausbau seiner Residenzstadt der alten Hansestadt wirtschaftlich zum Konkurrenten zu werden. Er plante eine eigene Großstadt mit dem Namen ›Gotteslager‹ vor den Toren der Heinrichstadt. Hier sollte es eine Universität, Kirchen und Manufakturen geben. Die Heinrichstadt ließ er von dem Niederländer Hans Vredemann de Vries trockenlegen und nach dem Muster von Amsterdam entstand ein Grachtensystem.

In meinem Roman erscheint Julius als ein Fürst, der sich neuen Ideen öffnet und die Hexenverfolgung ablehnt. Und wirklich soll es während seiner Regierungszeit keine Hinrichtung aufgrund der Anklage der Hexerei gegeben haben, obgleich er sich auch Gedanken darüber, was denn Hexen seien, gemacht haben soll.

Julius stößt meine Romanfigur Konrad dazu an, sozusagen die Wissenschaft der Kriminologie zu begründen. Tatsächlich gab es in dieser Zeit keine Kriminalermittler nach unserer heutigen Vorstellung. Verbrechen wurden gemeldet, Verdächtige angezeigt und zur Anzeige, wenn nötig hochnotpeinlich, befragt und verurteilt. Regelrechte Ermittlung nach bestimmten Untersuchungsmethoden ist erst Jahrhunderte später nachgewiesen. In meinem Roman konstruiere ich sozusagen den Beginn einer solchen Tätigkeit schon im 16. Jahrhundert und lasse meine Juristen mit der Aufgabe betraut werden. Vieles, was Julius getan hat, war in seiner Zeit neu – da kann man sich unter dem Aspekt der dichterischen Freiheit ja auch solch einen Anfang des Verlaufs der Geschichte der Kriminologie vorstellen.

In seiner Hofhaltung soll Julius bescheiden und familiär gewesen sein. Prunksucht und Zecherei waren nicht sein Ding. Er hielt sich und seine Familie an feste Regeln und Zeiten und gebot eine für einen Fürsten dieser Zeit bescheidene Haushaltsführung.

Als Julius 1589 mit knapp 61 Jahren nach gut zwanzigjähriger Herrschaftszeit starb, hinterließ er seinem Sohn Heinrich Julius ein hervorragend geordnetes und wohlbestalltes Herzogtum.

Die Hofbeamten und Richter, die in diesem Buch eine Rolle spielen, gab es unter diesen Namen nicht und auch was sie in diesem Roman tun und entscheiden, ist frei erfunden.

Erbprinz Heinrich Julius kommt in meinem Krimi nicht so gut weg wie sein Vater. Als unreifer Bengel, wie man heute sagen würde, setzt er hier, frei erfunden, mit der Verbreitung seiner Ideen zum Hexentum die beschriebenen Ereignisse in Gang. Die ihm unterstellten Predigten hat es nicht gegeben. Doch hatte Heinrich Julius unter anderem eine umfassende theologische Ausbildung erhalten und im Alter von zehn Jahren schon an theologischen Disputationen teilgenommen, und so habe ich den Gedanken gesponnen, dass man ihn hier und dort auf die Kanzeln des Herzogtums holte.

Viel mehr möchte ich über Heinrich Julius an dieser Stelle nicht sagen, da er sich zu der Zeit meiner Handlungen noch im jugendlichen Alter befindet. Doch so viel sei doch schon verraten: Die eine Seite dieses späteren Herzogs ist, dass er als ›Hexenbrenner‹ in die Geschichte eingegangen ist. Ab 1590 sollen auf der Richtstätte Lechlumer Holz bei Wolfenbüttel oft an einem Tag 10 bis 12 Hexen verbrannt worden sein. Außerdem verwies er 1591 die Juden seines Landes.

Seine andere Seite jedoch ist die eines kulturell, literarisch und musikalisch äußerst gebildeten Mannes, der ein glänzendes höfisches Leben förderte und in der Literatur als einer der ersten Barockfürsten genannt wird.

Den Hofprediger Malsius hat es tatsächlich gegeben. Seine Handlungen in diesem Roman sind allerdings auch erdichtet.

Was Konrad im Amt Lichtenberg erlebt und ermittelt, könnte sich theoretisch so zugetragen haben. So viel möglich war, habe ich über die Bauten des Amtssitzes recherchiert bzw. bin in langen Betrachtungen eines Merianstiches von 1654 versunken. Vieles blieb aber der Fantasie überlassen.

Ebenso erging es mir mit den Bauten der Heinrichstadt und des Schlosses Wolfenbüttel. Hier haben die Veränderungen der folgenden Jahrhunderte manches überlagert, doch konnte ich einige hilfreiche Veröffentlichungen zu Rate ziehen, wie das Buch ›Das Pentagon von Wolfenbüttel‹ von Barbara Uppenkamp.

Konrad, der frühneuzeitliche Ermittler, wird in der Zukunft im Auftrage seines Herzogs weitere Verbrechen im Braunschweiger Land aufklären. Sein nächster Fall hat schon begonnen!

DANKSAGUNG

An dieser Stelle soll nun noch mein Dankeschön stehen.

Danke sage ich vor allem »der Buchhändlerin meines Vertrauens« und Freundin Gudrun Kiefer, die dieses Buchprojekt von Anfang an begleitet und beim monatlichen »Literaturcafé« kommentiert und konstruktiv kritisiert hat.

Den Mitgliedern meiner Familie, die sich durch das unlektorierte Manuskript gearbeitet haben, danke ich für erste Fehlererkennung und Korrektur und ihre Begeisterung, die mir Mut machte, die Suche nach einem Verlag nicht aufzugeben.

Last not least danke ich meiner Lektorin, Frau Claudia Senghaas, und den Mitarbeitern des Gmeiner-Verlages, die mich sehr schnell nach Einsendung meines Manuskriptes unkompliziert, freundlich und kompetent durch alle Schritte bis zur Drucklegung geleiteten.

Weitere Krimis finden Sie auf den folgenden Seiten und im Internet:

WWW.GMEINER-SPANNUNG.DE

GERHARD LOIBELSBERGER
Der Henker von Wien
....
978-3-8392-1732-0 (Paperback)
978-3-8392-4727-3 (pdf)
978-3-8392-4726-6 (epub)

»Bei den Ermittlungen im Schieber- und Schleichhändlermilieu riskiert Oberinspector Nechyba Kopf und Kragen bei der Suche nach dem ›Henker von Wien‹.«

Winter 1916. Vor den Lebensmittelgeschäften stehen täglich Menschenschlangen. Die Versorgungslage mit Lebensmitteln ist katastrophal. Ein Schleichhändler beginnt Konkurrenten und unwillige Lieferanten auszuschalten, indem er sie aufhängt. Als im k. u. k. Kriegsministerium ein hoher Beamter erhängt aufgefunden wird, werden Oberinspector Nechyba und ein hoher Militärgendarm mit den Ermittlungen betraut. Bei der Suche nach dem »Henker von Wien« geht es Nechyba diesmal selbst fast an den Kragen.

WWW.GMEINER-VERLAG.DE
Wir machen's spannend

ARMIN ÖHRI
Die Dame im Schatten
....
978-3-8392-1729-0 (Paperback)
978-3-8392-4721-1 (pdf)
978-3-8392-4720-4 (epub)

»Der Tatortzeichner auf Juwelenjagd! Auch Julius Bentheims dritter Fall bietet Lokal- und Zeitkolorit sowie eine vertrackte Kriminalgeschichte.«

Berlin 1866. Soeben aus dem Krieg zurückgekehrt, müssen Julius Bentheim und Albrecht Krosick wieder ermitteln: Auf der Spur gerissener Juwelendiebe geraten sie in eine internationale Verschwörung, die sie bis nach Ägypten führt.

Als die beiden unerwartete Hilfe von einer mysteriösen Frau erhalten, stellt sich die alles entscheidende Frage: Ist die Dame im Schatten gefährliche Verbündete oder verführerische Gegenspielerin?

ELKE WEIGEL
Der Traum der Dichterin
....
978-3-8392-1733-7 (Paperback)
978-3-8392-4729-7 (pdf)
978-3-8392-4728-0 (epub)

»Annette von Droste-Hülshoff wird lebendig! Elke Weigel zeichnet ein eindrückliches Bild von der jungen, rebellischen Dichterin.«

Annette schreibt Verse, die gar nicht so bescheiden sind, wie von ihr erwartet wird. Im Sommer 1820 trifft sie auf Straube, den ersten Mann, der ihr literarisches Schaffen ernst nimmt. Aber auch der Schöne von Arnswaldt ist zu Besuch, dessen strenge Religiosität ihre schwelenden Schuldgefühle weckt, weil sie ihr dichterisches Leben nicht nach Gott ausrichtet. Sie lässt sich auf Vertraulichkeiten ein, die die Männer gründlich missverstehen. Und als ihre Freundin Male noch dazukommt, bahnt sich eine Katastrophe an.

WWW.GMEINER-VERLAG.DE
Wir machen's spannend

SILVIA STOLZENBURG
Die Salbenmacherin
....
978-3-8392-1731-3 (Paperback)
978-3-8392-4725-9 (pdf)
978-3-8392-4724-2 (epub)

»Ein weiterer fesselnder Mittelalterroman aus der Feder der Gewinnerin des Goldenen HOMER 2014.«

Als die 16-jährige Olivera aus Konstantinopel ihren Vater mit einer List dazu bringt, sie mit einem seiner Handelspartner zu verheiraten, ahnt sie nicht, welche lebensverändernden Folgen dies haben wird. Schon bald nimmt sie Abschied von der Heimat und bricht mit ihrem Gemahl auf zu einer langen Reise ins ferne Tübingen. Dort angekommen stößt sie nicht nur auf das Misstrauen der Einheimischen, auch ihr Liebster scheint sich mehr und mehr zu verändern. Es dauert nicht lange, bis Olivera herausfindet, dass er ein furchtbares Geheimnis hütet. Ihre Entdeckung bringt nicht nur sie in höchste Lebensgefahr.

ANTJE WINDGASSEN
Die Hexe von Hamburg
....
978-3-8392-1734-4 (Paperback)
978-3-8392-4731-0 (pdf)
978-3-8392-4730-3 (epub)

»Das ergreifende Schicksal der Hamburger Kaufmannstochter Anneke Claen, nach einer alten Handschrift erzählt. Eine wahre Geschichte, die unter die Haut geht.«

Hamburg 1622. Anneke Claen, Tochter einer wohlhabenden Hamburger Kaufmannsfamilie, wird der Hexerei bezichtigt. Mithilfe eines teuflischen Amuletts soll sie ein Unwetter herbeigerufen und Menschen krank gezaubert haben. Einige mysteriöse Todesfälle in ihrem Umfeld erhärten den Verdacht. Sie wird eingekerkert und soll unter Folter alle Missetaten gestehen. Wird ihr die Flucht ins Holländische gelingen? Dort könnte sie Ihre Unschuld mittels der kaiserlichen Hexenwaage beweisen.

WWW.GMEINER-VERLAG.DE
Wir machen's spannend

Das Neueste aus der Gmeiner-Bibliothek

Unsere Lesermagazine

Bestellen Sie das kostenlose KrimiJournal in Ihrer Buchhandlung oder unter www.gmeiner-verlag.de

Informieren Sie sich ...

www ... auf unserer Homepage:
www.gmeiner-verlag.de

@ ... über unseren Newsletter:
Melden Sie sich für unseren Newsletter an
unter www.gmeiner-verlag.de/newsletter

f ... werden Sie Fan auf Facebook:
www.facebook.com/gmeiner.verlag

Mitmachen und gewinnen!

Schicken Sie uns Ihre Meinung zu unseren Büchern per Mail an gewinnspiel@gmeiner-verlag.de und nehmen Sie automatisch an unserem Jahresgewinnspiel mit »mörderisch guten« Preisen teil!

WWW.GMEINER-VERLAG.
Wir machen's spanne